3/11

El deseo oscuro

books4pocket

Christine Feehan

El deseo oscuro

Traducción de Alicia Sánchez

EDICIONES URANO

Argentina - Chile - Colombia - España
Estados Unidos - México - Uruguay - Venezuela

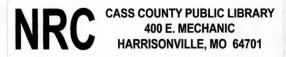

Título original: *Dark Desire*
Copyright © 1999 by Christine Feehan

© de la traducción: Alicia Sánchez
© 2005 by Ediciones Urano
            Aribau, 142, pral. – 08036 Barcelona
            www.edicionesurano.com
            www.books4pocket.com

1ª edición en books4pocket enero 2010

Diseño de la colección: Opalworks
Imagen de portada: Shutterstock
Diseño de portada: Estudio TGD

Impreso por Novoprint, S.A.
Energía 53
Sant Andreu de la Barca (Barcelona)

Fotocomposición: books4pocket

ISBN: 978-84-92801-09-1
Depósito legal: B-43.941-2009

Impreso en España – *Printed in Spain*

A mi padre, Mark King, que me enseñó que en el mundo
hay muchos tipos de héroes. A mi agente, Helen,
que se negó a enterrar a mis carpatianos.
Quiero dar las gracias especialmente a Allison Luce
y a mi hija Billie Jo Feehan que se enamoró
de Jacques y me hizo sugerencias muy útiles.
Y por supuesto a mi hijo Brian que tuvo que leerme
muchas veces las escenas de acción.

1

Había sangre, corría todo un río de sangre. Había sufrimiento, flotaba en un mar de sufrimiento. ¿Terminaría alguna vez? Miles de cortes y quemaduras y una risa sarcástica que le indicaba que eso duraría toda una eternidad. No podía creer que estuviera tan indefenso, ni que su increíble poder y fortaleza le hubieran sido arrebatados, reduciéndolo a tan lamentable estado. No cesaba de pedir ayuda mentalmente en la noche, pero nadie de su raza venía en su ayuda. La agonía proseguía, incesante. ¿Dónde estaban? ¿Sus semejantes? ¿Sus amigos? ¿Por qué no acudían a socorrerle y ponían fin a todo eso? ¿Se trataba de una conspiración? ¿Le habían dejado deliberadamente en manos de esos carniceros que manejaban sus cuchillos y antorchas con tanto placer? Había sido alguien que conocía quien le había traicionado, pero curiosamente la memoria le estaba fallando, obnubilada por un dolor sin fin.

Sus verdugos habían podido capturarle, paralizarle, de modo que no pudiera mover ninguna parte de su cuerpo, ni sus cuerdas vocales. Estaba totalmente indefenso, vulnerable a los débiles humanos que estaban desgarrando su cuerpo. Oía sus risas burlonas, las interminables preguntas y sentía su rabia cuando él se negaba a reconocer su presencia o el sufrimiento que le estaban infligiendo. Deseaba la muerte, la estaba esperando, y sus ojos fríos como el hielo, nunca abandonaban sus rostros, nunca parpadeaban, eran los ojos de un depredador al acecho, observando, jurando venganza. Esa actitud les exacerbaba, pero se resistían a darle la estocada final.

El tiempo ya no significaba nada para él, su mundo se había vuelto muy reducido, pero hubo un momento en que sintió otra presencia en su mente. Se trataba de una mujer joven y lejana. No tenía ni la menor idea de cómo había conectado con ella, sus mentes se fusionaron, de modo que ella compartía su tormento, cada quemadura infernal, cada corte, cada pérdida de sangre, la pérdida de su fuerza vital. Intentaba recordar quién podría ser. Tenía que tratarse de alguien cercano a él si podía compartir su mente. Estaba tan indefensa como él, soportando el dolor, la necesidad de protegerla era primordial para él, no obstante, estaba demasiado débil como para bloquear sus pensamientos. Su dolor, el cruel tormento, fluía directamente hacia la mujer que compartía su mente.

Su angustia le impactó como si hubiera recibido una fuerte descarga eléctrica. Al fin y al cabo, era un varón carpatiano. Su principal deber era proteger a la mujer en cualquier circunstancia y a riesgo de su propia vida. El hecho de haber fracasado en su misión no hacía más que aumentar su desesperación y sentimiento de fracaso. Pudo captar algunas tenues imágenes de ella en su mente, una pequeña y frágil figura envuelta en un manto de dolor, intentando por todos los medios regresar a la cordura. Para él era una desconocida, no obstante había algo en su color que no había visto en siglos. No podía hacer que ambos cayeran dormidos para evitar esa agonía. Sólo podía captar fragmentos de sus pensamientos, mientras ella intentaba desesperadamente pedir ayuda, descifrar lo que estaba pasando.

Gotitas de sangre empezaban a aflorar de sus poros. Sangre roja. Pudo ver claramente que su sangre era roja. Eso quería decir algo importante, sin embargo estaba confundido, era incapaz de discernir por qué era importante y qué significaba. Su mente se empezaba a nublar, como si le estuvieran poniendo un gran velo sobre el cerebro. No podía recordar cómo le habían apresado. Se esforzaba por «ver» el rostro del delator de su raza que le había traicionado, pero ésta no regresaba a su mente. Sólo había dolor. Un terrible e interminable sufrimiento. No podía emitir ningún sonido aunque su mente estallara en un millón de pedazos y ya no pudiera recordar qué o a quién, estaba intentando proteger.

Shea O'Halloran yacía retorciéndose en su cama, la lámpara le proporcionaba la luz suficiente para leer su revista médica. Leía página tras página en tan sólo unos segundos, confiando el material a su memoria, como había hecho desde pequeña. Ahora estaba finalizando su período como residente, era la residente más joven de la historia y eso suponía una prueba agotadora. Se apresuró a terminar el texto, esperando descansar un poco mientras pudiera. El dolor la atacaba por sorpresa, azotándola con tal virulencia que saltaba de la cama y su cuerpo se contraía al notar esa fuerza. Intentaba gritar, reptar a ciegas hacia el teléfono, pero sólo podía retorcerse indefensa en el suelo. Estaba bañada en sudor, gotas de sangre carmesí brotaban de sus poros. Era un dolor como jamás había experimentado, como si alguien la estuviera cortando con un cuchillo, quemándola, torturándola incansablemente. El padecimiento prosiguió durante horas, días, hasta perder la cuenta. Nadie vino a ayudarla, ni nadie lo haría; estaba sola, era tan reservada que no tenía verdaderos amigos. Al final, cuando el dolor maduró hasta el punto de sentir como si en el pecho le hubieran abierto una cavidad del tamaño de un puño, se desmayó.

Cuando pensaba que sus verdugos iban a acabar con él, que pondrían fin a su sufrimiento, que le darían muerte, descubrió lo que realmente era el infierno: agonía desgarradora. Rostros diabólicos por encima de él. Una afilada estaca apuntaba a su corazón. Una décima de segundo o un segundo. Todo terminaría en un instante. Tenía que terminar. Sintió la gruesa punta de madera clavándose en su carne, abriéndose paso entre los músculos y tendones. El martillo cayó con fuerza sobre el extremo de la estaca, haciendo que ésta se clavara todavía más. El dolor superaba todo lo que jamás hubiera podido imaginar. La mujer que compartía su sufrimiento había perdido la conciencia, una bendición para ambos. Él siguió sintiendo con cada golpe, como la estaca separaba su carne, penetrando en sus entrañas mientras la sangre brotaba como un géiser, debilitándole todavía más. Sentía como su fuerza vital le abandonaba, ahora su fuerza estaba tan mermada que estaba seguro de su muerte inminente. Estaba cerca. Ya la había abrazado, pero no había de ser así. Era un carpatiano, un inmortal, alguien del que no es tan fácil deshacerse. Alguien cuya voluntad era férrea. Una voluntad que luchaba contra la muerte aunque su cuerpo suplicara un final a su sufrimiento y existencia.

Sus ojos se encontraron con los dos humanos. Estaban bañados con su sangre, que había salpicado toda su ropa. Hizo acopio de sus últimas fuerzas y captó su atención con su mirada hipnotizadora. Si podía mantenerla el tiempo suficiente, conseguiría que todo el mal que le estaban haciendo regresara a sus agresores. Uno le maldijo de repente y apartó a su compañero. Enseguida se cubrieron los ojos con un trapo, incapaces de seguir manteniendo la oscura promesa en los abismos del sufrimiento, temerosos de su poder, a pesar de su impotencia ante ellos. Se reían mientras le encadenaban al ataúd y lo elevaban. Él oyó su propio grito de dolor, pero el sonido sólo estaba en su mente, resonando con fuerza, aislado, burlándose de él. Se obligó a detenerlo. Ellos no podían oírle, pero eso no le importaba. Todavía le quedaba un halo de dignidad. De respeto hacía sí mismo. Ellos no le vencerían. Era un carpatiano. Oía la tierra golpeando la madera, cada pala llena, mientras le enterraban en el muro de la bodega. La oscuridad era total. El silencio se apoderó de él.

Era una criatura de la noche. La oscuridad era su mundo. Pero, ahora, en su agonía, era su enemiga. Sólo era sufrimiento y silencio. Antes, siempre había sido él quien había elegido permanecer en la oscuridad, en la sanadora tierra. Ahora, era su prisionero, encerrado, sin poder tocarla. Si pudiera estar en contacto con la tierra habría hallado alivio, pero la madera del ataúd impedía que su cuerpo alcanzara lo que siempre había sanado sus heridas.

El hambre empezó a invadir su mundo de agonía. Pasaba el tiempo, pero no significaba nada. Sólo había un hambre terrible e incesante que aumentó hasta convertirse en todo su mundo. Agonía. Hambre. Para él no existía nada más.

Al cabo de un tiempo, descubrió que podía dormir. Pero el regreso de este don había perdido su sentido. No recordaba nada. Esto era su vida. Dormir. Despertar sólo cuando alguna criatura inquisitiva se acercara demasiado. La agonía le consumía cuando le latía el corazón. Conservar toda la energía posible para atraer el alimento. Los recursos eran escasos y espaciados. Hasta los insectos habían aprendido a evitar la oscuridad de la malévola criatura que allí moraba.

En los interminables momentos durante su estado de agonía despierto, susurraba su propio nombre, *Jacques*. Tenía un nombre, era real, existía. Vivía en el infierno, en la oscuridad. Las horas se convirtieron en meses, luego en años. Ya no podía recordar ninguna otra forma de vida, ningún otro tipo de existencia. No había esperanza, ni paz, ni salida. No había final. Sólo oscuridad, sufrimiento, un hambre terrible. El tiempo seguía transcurriendo, ya no significaba nada en su limitado mundo.

Tenía las manos esposadas, de modo que apenas podía moverse, pero cada vez que alguna criatura se acercaba lo bastante, arañaba las paredes de su ataúd en un vano intento de escapar. Estaba recuperando su fuerza mental, por lo que al final conseguía atraer a su presa, pero sólo comía lo mínimo para sobrevivir. No había modo de recobrar su poder y su fuerza sin sustituir la gran cantidad de sangre que había perdido. Bajo tierra no había criatura alguna lo bastante grande como para que pudiera conseguirlo. Cada vez que se despertaba y se movía, la sangre volvía a brotar de sus heridas. Sin la dosis de sangre adecuada para reemplazar su pérdida, su cuerpo no se recuperaría. El círculo era interminable, horrendo, un círculo terrible que podía durar toda la eternidad.

Los sueños empezaron a irrumpir. Despertándole cuando tenía hambre, sin modo alguno de llenar el vacío. Una mujer. La reconoció, sabía que estaba allí fuera, viva, sin esposas, sin estar enterrada, libre para ir donde quisiera. Ella estaba fuera del alcance de su mente, sin embargo, casi podía tocarla. ¿Por qué no se le acercaba? No podía recordar ningún rostro, ni pasado, sólo sabía que estaba allí fuera en alguna parte. La llamó. Le suplicó, imploró. Estaba enfurecido. ¿Dónde estaba? ¿Por qué no se le acercaba? ¿Por qué permitía ella su agonía cuando su mera presencia en su mente ya aliviaba su sensación de aislamiento? ¿Qué había hecho tan terrible para merecer esto?

La ira, más bien el odio, encontró una salida en su mundo. En el lugar donde había existido un hombre se estaba creando un monstruo, mortalmente peligroso, que medraba con el sufrimiento, con una voluntad imposible de doblegar. Cincuenta, cien años —¿qué podía importar viajar hasta las mismas puertas del infierno para vengarse? Ya vivía en él, aprisionado en cada momento de vigilia.

Ella llegaría hasta él. Se lo prometió a sí mismo. Podía utilizar su voluntad para encontrarla. Una vez la hubiera hallado se convertiría en su sombra en su mente, hasta familiarizarse lo suficiente con ella como para imponerle su voluntad. Ella vendría a él y podría vengarse.

El hambre le acechaba cada vez que se despertaba, de modo que dolor y hambre se fusionaban hasta ser una misma cosa. Sin embargo, concentrarse en hallar la vía de acceso hasta esa mujer, le aliviaba algo su agonía. Su concentración era tal que podía bloquear el dolor durante un breve período de tiempo. Al principio durante sólo unos segundos. Luego unos minutos. Cada vez que se despertaba utilizaba su voluntad para encontrarla, era su única ocupación. Meses, años. Daba igual. No podía escapar de él eternamente.

La primera vez que Jacques conectó con su mente fue un choque para él, después de miles de intentos infructuosos e inmediatamente perdió el contacto. Y la ráfaga de euforia hacía que de nuevo brotara un chorro de sangre roja alrededor de la zona donde estaba clavada la estaca, mermando lo que le quedaba de fuerza. Durmió durante un largo tiempo en un intento de recuperarse. Quizás una semana o un mes. No importaba el tiempo. Ahora tenía una meta, aunque ella estuviera lejos de él. La distancia era tal que necesitó todas sus fuerzas para concentrarse de nuevo y llegar hasta la mujer a través del tiempo y del espacio.

Jacques volvió a intentarlo al despertarse. Esta vez no estaba preparado para las imágenes que aparecerían en su mente. Sangre, un pequeño pecho humano abierto en canal. Un corazón palpitante. Ella tenía las manos hundidas en el pecho cubiertas de sangre. En la habitación había otras personas cuyos movimientos dirigía mentalmente. No parecía consciente de lo que estaba haciendo. Estaba totalmente enfocada en su horripilante tarea. La facilidad con la que las guiaba sugería que lo hacía a menudo. Las vívidas imágenes eran horribles y sabía que ella había formado parte de su traición, que pertenecía al grupo de quienes le habían torturado. Casi perdió el contacto, pero su indómita voluntad pudo más. Pagaría por lo que le había hecho. Lo pagaría caro. El cuerpo que estaba torturando era tan pequeño que debía tratarse de un niño.

El quirófano apenas estaba iluminado, como le gustaba a la doctora O'Halloran; sólo el cuerpo encima de la mesa tenía un potente foco. Su oído inusualmente agudo captaba voces fuera de la estancia: una enfermera consolando a los padres del paciente.

—Tienen suerte de que la doctora O'Halloran esté de guardia esta noche. Es la mejor del hospital. Tiene un don. De verdad. Cuando ya no hay esperanza, todavía consigue sacar al paciente adelante. Su hijo no podría estar en mejores manos.

—¡Pero estaba tan mal! —dijo la aterrada y apesadumbrada madre.

—La doctora O'Halloran es conocida por hacer milagros. Créanme. Tengan fe. Nunca abandona el quirófano hasta que lo ha conseguido. Creemos que les obliga a vivir.

A Shea O'Halloran no podía distraerla nadie en esos momentos, mucho menos una enfermera prometiendo a los padres que ella salvaría a su hijo que estaba con el pecho abierto y los órganos fuera en un revoltijo. No cuando había pasado las últimas cuarenta y ocho horas investigando y su cuerpo le exigía descanso y comida. Se aisló de todos los ruidos, voces y se concentró en la tarea que estaba realizando. No iba a perder al pequeño. No podía hacerlo. Era así de sim-

ple. Nunca se daba otra opción, nunca dejaba que otro pensamiento invadiera su mente. Contaba con un buen equipo, sabía que trabajaban bien con ella, se acoplaban como una máquina bien ajustada. Nunca tenía que mirar para ver si le iban a dar lo que quería o necesitaba; siempre estaban junto a ella apoyándola. Si podía salvar la vida a sus pacientes, cuando otros no habían podido, no se debía sólo a sus esfuerzos.

Se inclinó más sobre el niño, apartando de su mente cualquier otro pensamiento que no fuera el de salvarle la vida. Al alargar el brazo para alcanzar el instrumento que la enfermera le estaba dando, hubo algo que le llamó la atención. El dolor se apoderó de ella, la consumía, arrasando su cuerpo como un terrible incendio. Había sentido esa misma agonía sólo otra vez, un par de años antes. Nunca pudo descubrir lo que le había pasado. El dolor simplemente había desaparecido tras casi veinticuatro horas. Ahora, con la vida de un niño entre sus manos, dependiendo de su habilidad, no podía permitirse el lujo de desmayarse. La agonía la devoraba, le corroía las entrañas y le cortaba la respiración. Shea se esforzaba por controlarse, los años que había pasado intentando dominar su mente para que se sometiera a una estricta disciplina le fueron muy útiles. Al igual que hacía con otras distracciones, obligaba al dolor a salir de su mente, respiraba a fondo y se concentraba en el niño.

La enfermera que tenía más cerca la miraba con asombro total. En todo el tiempo que llevaba trabajando con la doctora O'Halloran, admirándola, casi idolatrándola, jamás había visto que perdiera la concentración, ni siquiera durante un segundo. Esta vez, Shea había permanecido totalmente quieta —unos cuantos latidos, eso era todo— pero a la enfermera no se le pasó por alto porque eso era inusual. Sus manos habían temblado y se había empapado en sudor. Automáticamente, le secó el sudor de la frente. Para su horror, la gasa se le había manchado de sangre. Gotitas de sangre manaban de sus poros. La enfermera le secó la frente por segunda vez, intentando ocultar la gasa de las miradas del resto del equipo. Nunca había visto nada igual.

Enseguida, Shea, volvió a ser ella misma, recobrando su atención. La enfermera se tragó todas las preguntas y volvió al trabajo, las imágenes de lo que necesitaba la doctora O'-Halloran regresaron tan pronto a su mente que no tuvo tiempo de volver a pensar en el extraño fenómeno. Hacía mucho tiempo que se había acostumbrado a saber lo que necesitaba la doctora antes de que se lo pidiera.

Shea notó una presencia desconocida en su mente, sintió la oscura malevolencia acosándola durante un latido antes de que desconectara; enseguida su atención se centró de nuevo en el niño y en el revoltijo de órganos que era su pecho. No iba a morir. No iba a permitirlo. «¿Puedes oírme, niño? Estoy aquí contigo y no te dejaré morir», se prometió en silencio. Lo dijo en serio. Siempre lo decía en serio. Era como si una parte de ella se fusionara con los pacientes y de algún modo se las arreglaba para salvarles la vida hasta que podía actuar la medicina moderna.

Jacques durmió durante algún tiempo. No le importaba cuánto. El hambre le esperaba. El dolor le esperaba. El corazón traicionero y el alma de una mujer le estaban esperando. Tenía una eternidad para recobrar la fuerza necesaria y ella no podría huir de él ahora que había hallado la vía de acceso para entrar en su mente. Dormía el sueño de los inmortales, sus pulmones y corazón se habían paralizado mientras yacía enterrado, su cuerpo cerca de la tierra que tanto necesitaba para curarse, separado de ella por una fina capa de madera. Cuando se despertaba arañaba pacientemente las paredes del ataúd. Algún día llegaría a la sanadora tierra. Se las había arreglado para hacer un pequeño orificio para atraer a sus presas. Podía esperar. Ella jamás podría escapar. Atraerla era su único propósito.

La acechaba durante el día o la noche. Le daba igual. Ya no sabía cuál era la diferencia cuando tanto le había importado antes. Vivía para intentar apaciguar su omnipresente hambre. Vivía para vengarse, para la represalia. Vivía para hacer que la vida de esa mujer fuera un infierno durante sus horas de vigilia. Se hizo un maestro en ello. Tomaba posesión de su mente durante varios minutos seguidos. Era imposible entenderla. Era muy complicada. En su cerebro había cosas que para él no tenían sentido y los breves momentos que permanecía despierto sin perder su precioso remanente de sangre, no eran suficientes para comprenderla.

Hubo un momento en que ella se asustó. Él pudo sentir su temor. Sentir el latido de su corazón, de modo que el suyo pudo acoplarse al terrible ritmo. Sin embargo, su mente permanecía en calma en medio de la tormenta, recibiendo breves pero nítidos flashes de datos que ella procesaba con tanta rapidez que él casi no podía seguirla. Dos extraños iban en su busca. La hostigaban. También vio una imagen en la que se veía a sí mismo con su espesa cabellera colgando en hebras por delante de su demacrado rostro y su cuerpo torturado por unas violentas manos. Vio claramente la estaca introduciéndose en sus tejidos y ligamentos. Hubo un breve flash en la mente de ella, una sensación de pesar y luego él perdió el contacto.

Shea nunca olvidaría sus rostros, sus ojos y el olor de su sudor. Uno de ellos, el más alto, no podía apartar su mirada de ella.

—¿Quién eres? —Ella les miró con los ojos abiertos y una mirada inocente, totalmente inofensiva. Shea sabía que parecía joven e indefensa, demasiado pequeña como para causarles ningún problema.

—Jeff Smith —dijo el alto con un tono cortante. Sus ojos la devoraban—. Es mi compañero, Don Wallace. Necesitamos que venga con nosotros para responder a unas preguntas.

—¿Se me acusa de algo? Soy médico caballeros. No puedo marcharme así como así. En una hora termino de operar. Quizá puedan arreglarlo para hacerme las preguntas cuando termine mi turno.

Wallace le sonrió. Debía pensar que parecía encantador. A Shea le pareció un tiburón.

—No podemos hacerlo doctora. No se trata sólo de nuestras preguntas, hay todo un comité esperando hablar con usted. —Esbozó una ligera sonrisa y una película de sudor cubrió su frente. Le gustaba hacer sufrir, pero Shea era demasiado fría, demasiado altiva.

Shea se aseguró de que su mesa de despacho fuera una buena barrera entre ella y los hombres. Con gran cuidado para moverse despacio y no parecer preocupada, bajó la mirada a su ordenador, tecleó la orden de destruir los datos y apretó la tecla «intro». Luego cogió el diario de su madre y se lo puso en el bolso. Lo hizo todo con facilidad y naturalidad.

—¿Están seguros de que soy la persona que buscan?

—Shea O'Halloran, ¿su madre era Margaret, «Maggie» O'Halloran de Irlanda? —dijo Jeff Smith—. ¿Nació usted en Rumanía y no conoce a su padre? —Había un tono provocador en su voz—.

Shea proyectó todo el poder de sus ojos color esmeralda sobre el hombre, le miró fríamente mientras él se movía con nerviosismo y su deseo hacia ella le consumía. Smith fue mucho más susceptible que su compañero.

—¿Se supone que eso me ha afectar Sr. Smith? Yo soy quien soy y mi padre nada tiene que ver con ello.

—¿No? —Wallace se acercó a su mesa—. ¿No necesita sangre? ¿No la ansía? ¿No se la bebe? —Sus ojos brillaron de odio—.

Shea se puso a reír. Su risa era suave, sexy, una melodía que se podría escuchar eternamente.

—¿Beber sangre? ¿Es esto una broma? No tengo tiempo para estas tonterías.

Smith se humedeció los labios.

—¿No bebe usted sangre? —Su voz tenía un tono de esperanza.

Wallace le miró inquisitivamente.

—No la mires a los ojos —le dijo gruñendo. Ya deberías saberlo.

Shea levantó las cejas. Volvió a reírse suavemente, invitando a Smith a que se uniera a ella.

—De vez en cuando necesito una transfusión. No es tan raro. ¿No han oído hablar de la hemofilia? Caballeros, me están haciendo perder el tiempo. —El tono de su voz bajó todavía más, se había convertido en una suave seducción de notas musicales—. Les ruego que se vayan.

Smith se rascó la cabeza.

—Quizá nos hayamos equivocado de mujer. Mírala, es una doctora. No se parece en nada a los otros. Son grandes y fuertes y de pelo oscuro. Ella es delicada, pequeña y pelirroja. Sale de día.

—Cállate —dijo Wallace bruscamente—. Ella es uno de ellos. Debíamos haberla amordazado. Te está seduciendo con su voz. —Sus ojos se deslizaron sobre ella, haciendo que su carne se debilitara—. Hablará. —Sonrió malévolamente—. Ahora te he asustado. Ya era hora. Cooperarás O'Halloran, a las buenas o a las malas. De hecho, yo prefiero que sea a las malas.

—Estoy segura de que lo hará. ¿Qué es lo que quiere de mí?

—Pruebas de que eres una vampiresa —murmuró Wallace entre dientes.

—Debe estar bromeando. Los vampiros no existen. Eso es una leyenda —dijo ella desafiando, en busca de información y dispuesta a conseguirla de cualquier fuente, aunque ello supusiera provocar a hombres tan detestables como ese par.

—¿No? Yo he conocido a varios. —Wallace volvió a esbozar su malévola sonrisa—. Quizás uno o dos de tus amigos. —Lanzó varias fotografías sobre su mesa, incitándola con los ojos a que las mirara. Su excitación era evidente.

Con el rostro inmutable, Shea tomó las fotos. El estómago le dio una sacudida, le subió la bilis, pero su autodominio le permitió controlarse. Las fotografías estaban numeradas, ocho en total. Las víctimas estaban con los ojos vendados, amordazadas, esposadas y todas ellas en diferentes etapas de su tormento. Don Wallace era un carnicero. Tocó con la yema del dedo la que tenía el número dos y experimentó un repentino e inesperado desgarro. Era un joven de no más de dieciocho años.

Rápidamente, antes de que afloraran las lágrimas, revisó el resto de las fotografías. La número siete era la de un hombre con una melena de color negro azabache, ¡el hombre que la acechaba en sus sueños! No cabía duda. No había error. Conocía cada ángulo y plano de su rostro —la boca bien perfilada, los negros y expresivos ojos, el cabello largo.

Al contemplarla brotó la angustia. Durante un momento sintió su dolor, una aguda agonía de cuerpo y mente que había agotado todos los pensamientos buenos y había dejado sólo sufrimiento, odio y hambre. Pasó suavemente la yema del dedo sobre el rostro atormentado, casi amorosamente, como una caricia. El dolor y el odio no hicieron más que acrecentarse. El hambre era devoradora. Las emociones eran tan fuertes, tan ajenas a su naturaleza, que tuvo la extraña sensación de que alguien o algo estaba compartiendo su mente. Desorientada por un momento, Shea dejó las fotos sobre la mesa.

—¿Fueron ustedes dos los que hace unos pocos años en Europa, provocaron las matanzas de «vampiros», no es así? Ustedes asesinaron a todas esas personas inocentes. —Shea lanzó la acusación con calma.

Don Wallace no lo negó.

—Y ahora te tenemos a ti.

—Si los vampiros son criaturas tan poderosas, ¿cómo se las han arreglado para matar a tantos? —Ella utilizó el sarcasmo deliberadamente para incitarle.

—Sus hombres son muy competitivos —dijo Wallace riendo con aspereza—. No se soportan entre ellos. Necesitan mujeres y no les gusta compartirlas. Se delatan mutuamente, ponen a otro en nuestras manos. No obstante, son fuertes. Por más que sufran, no hablan nunca. Lo que en cierto modo está bien, puesto que te pueden hipnotizar con su voz. Pero tú hablarás doctora. Tengo todo el tiempo del mundo para ti. ¿Sabías que cuando un vampiro sufre, suda sangre?

—Sin duda lo sabría si fuera una vampiresa. Jamás he sudado sangre. Vamos a ver si lo he entendido. Los vampiros no sólo acechan a los humanos, sino que también se acechan entre ellos. Los hombres se traicionan mutuamente y les en-

tregan a su contrincante a ustedes los carniceros humanos porque necesitan mujeres. Pensaba que les bastaba con morder a las mujeres y convertirlas en vampiresas. —Le estaba rebatiendo sarcásticamente todos los puntos—. Usted quiere que me crea que soy una de esas criaturas ficticias tan poderosas que sólo con mi voz puedo someter a este hombre fortachón. —Señaló deliberadamente a Jeff Smith, deslumbrándole con una suave sonrisa. Señores, soy médica. Salvo vidas todos los días. Duermo en una cama, no en un ataúd. No soy fuerte físicamente y en mi vida le he chupado la sangre a nadie. —Miró a Don Wallace—. Usted, sin embargo, admite haber torturado y mutilado hombres, incluso asesinado. Además, es evidente que le gusta hacerlo. No creo que ustedes sean policías, ni que pertenezcan a ningún cuerpo estatal. Creo que los monstruos son ustedes. —Dirigió de nuevo sus ojos esmeralda a Jeff Smith y con su tono bajo y seductor le dijo: «¿Cree usted realmente que peligrosa?».

Parecía como si se fuera a caer de bruces ante su atractiva mirada. Nunca había deseado tanto a una mujer. Parpadeó, se aclaró la garganta y le robó una lenta y calculadora mirada a Wallace. Smith nunca había observado antes esa fría y codiciosa mirada en el rostro de su compañero.

—No, no, por supuesto, usted no es un peligro ni para mí ni para nadie.

—Mierda, Jeff, agarrémosla y salgamos de aquí —dijo Wallace con tono imperativo, ante la necesidad de demostrarle a ella quién mandaba allí.

Sus ojos de color esmeralda se deslizaron sobre Smith y atraparon su fascinada mirada. Ella podía sentir su deseo y lo aumentaba, alimentaba sus fantasías aceptando sus atenciones. Cuando era muy pequeña aprendió que podía entrar en la mente de las personas, manipular sus pensamientos. Al principio, le aterraba utilizar ese tipo de poder, pero en el quirófano era una herramienta muy útil, como lo era ahora, que estaba en peligro.

—Don, ¿por qué no transforman a las mujeres humanas? Eso tendría sentido. ¿Por qué ha dejado de ayudarnos el vampiro? Nos marchamos precipitadamente y nunca me dijiste qué es lo que pasó —dijo Smith desconfiado.

—¿Está usted diciendo que uno de estos vampiros le ayudó en su campaña para matar a los otros y que así es cómo consiguió su éxito? —Preguntó Shea, con un tono despectivo de incredulidad.

—Era detestable, vengativo. Odiaba al niño, pero odiaba especialmente a éste. —Smith señaló la foto del hombre de la larga melena—. Quería que le torturáramos, quemáramos, quería sentirlo.

—Cállate —interrumpió Wallace. Terminemos ya. Ella vale cien mil dólares para la sociedad. Quieren estudiarla.

Shea se rió con delicadeza.

—Si realmente fuera uno de sus míticos vampiros, creo que valdría más que eso para su comité de «investigación». Creo que su compañero le está ocultando algo, señor Smith.

La verdad estaba escrita en la cara de Wallace. Cuando Smith se giró para mirarle, Shea aprovechó y saltó por la ventana; aterrizó en el suelo como una gata y corrió para salvar su vida. No le preocupaba ningún objeto personal, ningún recuerdo favorito. Lo único que lamentaba era haber perdido sus libros.

Cuando Jacques notó su miedo sintió la necesidad de protegerla. Ese deseo era tan fuerte como el de vengarse. Hubiera hecho lo que hubiera hecho, y era el primero en admitir que no podía recordarlo, estaba seguro de que no podía merecer tan horrible castigo. Una vez más el sueño se impuso, pero era la primera vez en meses que no había inundado el cuerpo de su víctima de dolor ni había poseído su mente durante unos segundos, para asegurarse de que ella sentía su oscura ira y juramento de venganza. Esta vez no la castigó. Sólo se sintió con el derecho de infundirle miedo en su mente, en su frágil y tembloroso cuerpo. Ella había mirado su foto con una mezcla de asombro y lamento. ¿Pensaría ella que él estaba muerto y que era su espíritu maldito el que la acechaba? ¿Qué pasaba por la cabeza de una mujer traidora?

El tiempo transcurría incansablemente. Se despertaba cuando se acercaba alguna criatura. Arañaba y clavaba sus uñas en la madera vieja. Al final, se pudrió la venda de los ojos y se le cayó. No tenía ni la menor idea de cuánto tiempo la había llevado. Daba igual. Todo estaba igualmente oscuro. Aislamiento, sólo había aislamiento. Su única compañera era esa mujer en su mente. La mujer que le había traicionado, que le había abandonado. A veces la llamaba y le ordenaba que acudiera a él. La amenazaba. Le suplicaba. Por extraña que fuera la situación, la necesitaba. Ya se había trastornado y lo aceptaba. Pero ese aislamiento total le enloquecía. Sin ese contacto, él no existía para el mundo, ni siquiera su voluntad para seguir adelante. Necesitaba vivir para vengarse. La necesitaba tanto como la despreciaba y le repugnaba. Por perversa que fuera su relación, necesitaba esos momentos de compañía.

Ahora, ella se encontraba físicamente más cerca de él, no estaba en la otra punta del mundo. Había estado tan lejos que apenas podía salvar la distancia. Pero en esos momentos se hallaba más próxima. Reavivó sus esfuerzos llamándola a todas horas, esforzándose para evitar que durmiera.

Cuando podía superar el dolor y el hambre y simplemente permanecer tranquilo, era como una sombra en su mente, ella era un enigma para él. Era inteligente, incluso brillante. Pensaba como una máquina, procesaba la información a una velocidad increíble. Parecía haber apartado toda emoción, quizás no era capaz de sentir emociones. Se dio cuenta de que estaba admirando su cerebro, sus patrones de pensamiento, el modo en que se concentraba en su trabajo. Estaba investigando una enfermedad, parecía obsesionada con hallar un remedio. Quizás esa fuera la razón por la que a menudo la veía en una habitación con poca luz, cubierta de sangre, con las manos metidas dentro de un cuerpo. Estaba realizando experimentos. Eso no excusaba, lo abominable que era, pero podía admirar su enfoque unidireccional. Era capaz de dominar su sueño y su apetito durante mucho tiempo. Él sentía su necesidad, pero ella se concentraba tanto en lo que estaba haciendo que parecía no reconocer la llamada de su cuerpo para atenderlo.

No parecía haber risa en su vida, ni tener ninguna relación cercana con nadie. Eso le resultaba extraño. Jacques no estaba seguro de cuándo había empezado a preocuparle eso, pero se dio cuenta de que le preocupaba. Ella no tenía a nadie. Estaba totalmente concentrada en lo que estaba haciendo. Por supuesto, él no hubiera permitido la presencia de otro hombre en su vida, habría intentado destruir a cualquiera que se hubiera acercado a ella. Se decía a sí mismo que eso era porque cualquier otro hombre que estuviera con ella debía ser para conspirar contra él y hacerle sufrir. A menudo lamentaba querer hablar con ella, pero tenía una mente interesante y lo era todo para él. Su salvadora, su torturadora. Sin su presencia, sin contactar con su mente, estaría completamente loco y era consciente de ello. Ella involuntariamente compartía su extraña vida con él, le ofrecía algo en que concentrarse, una compañía, por así decirlo. En cierto modo resultaba irónico. Ella pensaba que él estaba bajo tierra. Creía que estaba a salvo de su venganza. Pero era la que había creado al monstruo y le estaba sustentando, haciendo que su fuerza creciera cada vez que contactaba con ella mentalmente.

Volvió a conectar un mes más tarde, quizá hubiera pasado un año, no lo sabía, ni le importaba. A ella le latía el corazón con fuerza por el miedo. También el suyo. Quizá la extraordinaria intensidad de su emoción le despertó. El dolor era insoportable, el hambre le invadía, sin embargo, su corazón estaba frenéticamente acoplado al de ella y apenas podía respirar. Ella temía por su vida. Alguien la perseguía. Quizá los otros que la habían ayudado a traicionarle, ahora se habían vuelto contra ella. Intentó dominarse, esperó, bloqueó el dolor y el hambre como había aprendido a hacer con el paso de los años. Nadie le haría daño. Ella le pertenecía. Sólo él decidiría si vivía o moría, nadie más. Si pudiera «ver» a los enemigos a través de sus ojos, podría destruirles. Notaba que empezaba a regresar su poder, su rencor era tan intenso, la idea de que alguien pudiera arrebatársela era tan potente que él mismo se asombró.

La imagen estaba clara. Ella se encontraba en alguna casa, la ropa y los muebles estaban revueltos a su alrededor como si hubiera habido una lucha o alguien hubiera buscado entre sus pertenencias. Ella corría por las habitaciones, cogiendo algunas cosas a su paso. Vio algunos destellos de su cabello rojo, sedoso y vibrante. Quería acariciarle el cabello. Hundir sus dedos en su espesor. Pasárselo alrededor del cuello y estrangularla con él. Enterrar su cara con su cabellera. Entonces se fue la imagen, su fuerza disminuyó y cayó de nuevo impotente en su prisión, incapaz de alcanzarla, de ayudarla, de saber si estaba a salvo. Eso no hizo más que aumentar su agonía y hambre. Eso aumentaba la deuda que ella tenía con él.

Permaneció en silencio y bajó su ritmo cardíaco hasta que apenas podía notarse, lo suficiente para poder pensar, para recobrar sus fuerzas y realizar un último intento. Si conseguía sobrevivir, la traería hasta él. No iba a permitir más atentados contra su vida. Su vida o su muerte, dependían de él.

—*Ven a mí, ven aquí. A los Cárpatos. A las remotas y salvajes regiones a las que perteneces, donde está tu hogar, tu gente. Ven conmigo.* —Envió la llamada, llenó su mente de compulsión. Era muy fuerte. Era el mensaje más fuerte que había podido mandar. Ya estaba hecho. Era lo único que podía hacer sin arriesgar más su propia vida. Tan próximo estaba a su meta, que no quería correr ningún riesgo absurdo.

La habían vuelto a encontrar. Shea O'Halloran de nuevo huía para salvar su vida. Esta vez había tenido más cuidado, puesto que ya sabía que la perseguían. Tenía mucho dinero en metálico escondido en diferentes sitios, su caravana con tracción a las cuatro ruedas, estaba adaptada y podía vivir en ella si era necesario. Siempre tenía preparada una bolsa con las cosas esenciales, de modo que lo único que tenía que hacer era cogerla y salir corriendo. ¿Adónde iría esta vez? ¿Adónde podía dirigirse para perderles de vista? Conducía deprisa, huyendo de los que la diseccionarían como si fuera un insecto, de los que no la consideraban humana.

Sabía que no le quedaba mucho tiempo de vida. Estaba perdiendo su fuerza. La terrible enfermedad estaba ganando terreno y estaba tan cerca de la solución como al principio de la misma. Es muy probable que la hubiera heredado de su padre. Ese padre al que jamás conoció, del que nunca supo nada, que abandonó a su madre antes de que ella naciera. Había leído el diario de su madre muchas veces. El padre que le había robado el corazón a su madre, la vida, hasta llegar a convertirse en una mera sombra, dejar de ser una persona. El padre que no se preocupó en absoluto ni de su madre ni de ella.

Se dirigía hacia los Cárpatos, el lugar de nacimiento de su padre. La tierra del mito y de la superstición. La extraña enfermedad sanguínea que padecía podía haberse originado allí. De pronto, se sintió entusiasmada, se concentró por completo en los datos y dejó a un lado el miedo. Ese tenía que ser el origen. De allí procedían muchos mitos de vampiros. Podía recordar fácilmente todos los detalles de todas las historias que había leído u oído. Puede que al fin estuviera en el camino correcto. La prueba siempre había estado en el diario de su madre. Estaba enfadada con ella misma por no haberse dado cuenta antes. Había desarrollado semejante aversión a su padre o a cualquiera de su familia, que no se había detenido a considerar sus raíces para hallar las respuestas a lo que estaba buscando. El diario de su madre. Conocía cada una de las tragedias que guardaba.

Le he conocido esta noche. En el momento en que le vi supe que era él. Alto, atractivo, con una mirada seductora. Su voz es la cosa más bella que jamás he escuchado. Él siente lo mismo por mí. Sé que es así. No está bien, por supuesto —es un hombre casado— pero no hay salida para nosotros. No podemos estar separados. Rand, así se llama, un nombre extranjero, como él, como su acento. Su hogar está en los Cárpatos. ¿Cómo he podido vivir hasta ahora sin él?

Su esposa Noelle dio a luz a un niño hace dos meses. Sé que estaba muy decepcionado. Por alguna razón, para él es importante tener una niña. Está siempre conmigo, aunque con frecuencia estoy sola. Está en mi mente, me habla, me susurra cuánto me quiere. Tiene una extraña enfermedad de la sangre y no puede exponerse a la luz solar.

Tiene hábitos muy extraños. Cuando hacemos el amor, y nadie puede imaginar lo extraordinario que es, está en mi mente, en mi corazón y en mi cuerpo. Me dice que es porque yo soy vidente y él también, pero yo sé que hay algo más. Tiene algo que ver con su necesidad de beber mi sangre. He escrito lo que no puedo decir en voz alta. Suena terrible, pero es muy erótico sentir su boca, mi sangre en su cuerpo. Le adoro. Rara vez me deja huella, salvo que quiera marcarme como suya. Su lengua sana rápidamente las heridas. Lo he visto, es como un milagro. Él es un milagro.

Su esposa Noelle, sabe que existo. Me ha dicho que ella no permitirá que la abandone, que es peligrosa. Sé que es cierto porque me amenazó con matarme. Pasé mucho miedo. Sus ojos estaban enrojecidos y sus dientes brillaban como los de una bestia, pero Rand llegó antes de que pudiera herirme. Estaba furioso y muy protector. Sé que no me miente cuando me dice que me quiere; pude darme cuenta por el modo en que le habló a ella y le ordenó que se marchara. ¡Cuánto me odia!

¡Soy muy feliz! Estoy embarazada. Todavía no lo sabe. Hace dos noches que no le veo, pero estoy segura de que nunca me abandonará. Su esposa se debe estar quejando por su ausencia. Espero que el bebé sea niña. Sé que ansía tener una hija. Le daré lo que siempre ha deseado y Noelle pasará a formar parte de su pasado. Sé que debería sentirme culpable, pero no puedo porque es evidente para los dos que él me pertenece. ¿Dónde está? ¿Por qué no viene cuando le necesito tanto? ¿Por qué se ha marchado de mi mente?

Shea no para de llorar. Los médicos están sorprendidos con los resultados de los análisis de sangre. Necesita transfusiones a diario. Dios mío, cómo la odio, me mantiene atada a este mundo vacío. Sé que él ha muerto. El día que Noelle vino a verme, él volvió sólo y pasamos juntos unas horas maravillosas. Me dijo que iba a dejarla. Creo que lo intentó. Pero, luego sencillamente desapareció, salió de mi mente, de mi vida. Mis padres pensaron que me había abandonado porque estaba embarazada, que me utilizó, pero estoy segura de que está muerto. Siento su terrible agonía, su pesar. Vendría a mí si pudiera. Nunca supo lo de nuestra hija. Me hubiera ido con él, pero tenía que darle la vida a nuestra hija. Si su esposa le asesinó y estoy segura de que era muy capaz de hacerlo, él vivirá a través de mí y de nuestra hija.

La he llevado a Irlanda. Mis padres ya han muerto y he heredado sus propiedades. Se la hubiera dejado a su cuidado, pero ahora es demasiado tarde. Ya no puedo irme con él. No puedo dejarla cuando hay tanta gente que me hace preguntas sobre ella. Temo que quieran matarla. Ella es como él. El sol la quema con facilidad. Necesita sangre igual que él. Los médicos han dicho tantas cosas sobre ella y me miran de una forma tan extraña, que he tenido miedo. Sé que he de que marcharme con ella. No voy a permitir que nadie le haga daño, Rand. ¡Dios, ayúdame! No puedo sentir nada. Sin ti estoy muerta por dentro. ¿Dónde estás? ¿Te ha asesinado Noelle, como juró que lo haría? Sólo tu hija impide que me una a ti. Pronto, cariño, muy pronto estaré contigo.

Shea exhaló lentamente. Por supuesto, allí estaba en sus propias narices. «Necesita sangre como él.» Ella había heredado la enfermedad sanguínea de su padre. Su madre había escrito que Rand le chupaba la sangre cuando estaban haciendo el amor. ¿Cuántas personas habían sido perseguidas y se les había clavado una estaca porque nadie había encontrado la cura para su terrible enfermedad? Ella sabía lo que era padecer esa enfermedad, despreciarse y tener miedo a descubrir la verdad. Tenía que hallar la cura, aunque fuera demasiado tarde para ella, tenía que encontrar la solución.

Jacques durmió durante mucho tiempo, dispuesto a recobrar su fuerza. Se despertaba sólo para alimentarse brevemente, para asegurarse de que ella estaba viva y cerca. Contenía su euforia para no perder más sangre. Ahora necesitaba todas sus fuerzas. Ella estaba muy cerca, podía sentirla. Estaba sólo a unos pocos kilómetros. Dos veces «vio» su cabaña a través de los ojos de ella. La estaba arreglando, haciendo lo que hacen las mujeres para convertir una choza en un hogar. Más adelante, Jacques empezó a despertarse a intervalos regulares, probando su fuerza, atrayendo animales para que le proporcionaran la sangre que tanto necesitaba. La acechaba en sus sueños, la llamaba incesantemente, la mantenía despierta cuando su cuerpo necesitaba dormir desesperadamente. Ella ya era frágil, apenas había comido y estaba débil por no alimentarse. Trabajaba día y noche, su mente estaba llena de problemas y de soluciones. Él sólo se concentraba en ella y por eso estaba tan cansada, podía subyugarla fácilmente para que hiciera su voluntad.

Él tenía paciencia. Había aprendido a tenerla. Sabía que le estaba estrechando el círculo ahora tenía tiempo. No necesitaba correr. Podía permitirse recobrar fuerzas. La acechaba desde su oscura cueva, cada contacto de sus mentes hacía que la conexión fuera mucho más fuerte. No tenía muy claro qué es lo que iba a hacer cuando ella estuviera en sus manos. No la mataría enseguida, había pasado tanto tiempo en su mente, que a veces le parecía que eran una sola. Pero sin duda sufriría. Una vez más se puso a dormir para conservar la sangre en sus venas.

Ella se había dormido delante del ordenador, con la cabeza apoyada sobre un montón de papeles. Incluso durmiendo su mente estaba activa. Jacques conocía muchos detalles sobre ella. Tenía memoria fotográfica. Aprendía cosas de su mente que él había olvidado o quizás nunca había sabido. Solía pasar tiempo estudiando antes de someterla al acoso. Era una fuente de conocimiento, conocimiento del mundo exterior.

Siempre estaba sola. Incluso los flashes de recuerdos lejanos, eran de una niña alejada de las demás. Sentía que la conocía íntimamente, sin embargo, no sabía nada personal de ella. Su mente estaba llena de fórmulas y datos, de instrumentos y de química. Ella nunca se había fijado en su aspecto o en nada de lo que él podía esperar de una mujer. Sólo existía su trabajo. Todo lo demás se desvanecía rápidamente.

Jacques se concentró y envió otro mensaje. «Ven a mí ahora. Nada te detendrá. Despierta y ven a mí mientras descanso y espero.» Empleó cada gramo de su fuerza para instaurar la compulsión en su interior. La había forzado varias veces durante los dos últimos meses para que fuera hacia él, para que se sintiera atraída hacia el oscuro bosque que se hallaba cerca de su prisión. Cada vez había acudido tal como él le había ordenado, pero su urgencia por completar su trabajo era tal que acababa regresando. Esta vez estaba seguro de que tenía suficiente fuerza como para conseguirlo. Ella sintió su presencia en su interior, le reconoció, pero no sabía muy bien qué es lo que les unía. Pensaba que él era un sueño o más bien, una pesadilla.

Jacques se ríe ante ese pensamiento. Pero no había diversión en el brillo de sus blancos dientes, sólo la promesa de ferocidad, de un depredador que está esperando a su presa.

Shea se despertó sobresaltada, parpadeó para enfocar la mirada. Su trabajo estaba desparramado por todas partes, el ordenador encendido, los documentos que había estado estudiando un poco arrugados en la zona donde había apoyado la cabeza. De nuevo el sueño. ¿No terminaría nunca, no la dejaría en paz? Ahora ya estaba familiarizada con el hombre del sueño, su densa melena de pelo negro y el gesto de crueldad en su sensual boca. Durante los primeros años no había podido ver sus ojos en sus pesadillas, porque quizás estuvieran cubiertos, pero en los dos últimos años, él la había mirado con una oscura mirada amenazadora.

Shea se apartó el pelo de la frente y notó unas gotitas de sudor. Durante un momento experimentó la extraña desorientación que solía tener después de dormir, como si hubiera algo que detuviera su mente durante una décima de segundo, luego, lentamente, con rechazo, iba abandonándola.

Shea sabía que era acechada. Aunque el sueño no fuera real, lo cierto es que alguien la acosaba. Nunca podía descuidarse, ni olvidarlo. Jamás volvería a estar a salvo, no a menos que encontrara una cura para ella y para todos los demás que compartían su extraña enfermedad. La estaban acorralando como si fuera un animal sin emociones ni inteligencia. A los cazadores no les importaba que ella hablara seis idiomas con fluidez, que fuera una renombrada cirujana, que hubiera salvado innumerables vidas.

Las palabras de la hoja que tenía delante se hicieron borrosas, se mezclaban. ¿Cuánto tiempo hacía que no dormía realmente? Suspiró, se pasó la mano por su densa y sedosa cabellera pelirroja que le llegaba hasta la cintura y se la apartó de la cara. Se la echó hacia atrás descuidadamente y se la recogió, como solía hacer, con lo primero que encontró.

Empezó a revisar los síntomas de su extraña enfermedad, a clasificarse. Era pequeña y muy delicada, casi frágil. Parecía joven, una adolescente, envejecía a un ritmo mucho más lento que el resto de los humanos. Tenía unos enormes ojos verdes. Su voz era suave, aterciopelada y a menudo seductora. Cuando daba clases, la mayoría de los alumnos estaban tan embelesados con su voz que recordaban todo lo que había dicho. Sus sentidos eran muy superiores a los de los humanos, su oído y sentido del olfato estaban muy desarrollados. Veía los colores con mayor nitidez, percibía detalles que la mayoría de las personas pasaban por alto. Podía comunicarse con los animales, saltar más alto y correr más rápido que muchos atletas de elite. A una edad muy temprana aprendió a ocultar sus habilidades.

Se puso de pie y se estiró. Se estaba muriendo lentamente. Cada minuto que pasaba suponía un latido menos de su corazón en el tiempo del que disponía para hallar el remedio. En alguna parte, entre todas esas cajas y resmas de papel, tenía que estar la solución. Aunque cuando encontrara la respuesta fuera demasiado tarde para ella, podría evitar que los que padecían la misma enfermedad tuvieran que soportar el terrible aislamiento que ella había experimentado toda su vida.

Puede que envejeciera lentamente y que tuviera habilidades excepcionales, pero pagaba un alto precio por ello. El sol le quemaba la piel. Aunque podía ver con toda claridad en la oscuridad de la noche, a sus ojos les costaba mucho acostumbrarse a la luz solar. Su cuerpo rechazaba casi todos los alimentos, y lo peor de todo, necesitaba sangre todos los días.

Cualquier tipo de sangre. No había ningún grupo incompatible para ella. La sangre animal, apenas la ayudaba a sobrevivir. Lo que necesitaba desesperadamente era sangre humana y sólo cuando estaba a punto de desmayarse, la utilizaba sólo mediante una transfusión. Por desgracia, su curiosa enfermedad parecía exigir que las transfusiones fueran sólo vía oral.

Shea abrió la puerta, respiró el aire fresco de la noche, escuchó la brisa que susurraba el sonido del zorro, de las marmotas, de los conejos y de los ciervos. El lamento de un búho que acaba de perder a su presa y el chillido de un murciélago que le heló la sangre en las venas. Ella pertenecía a ese lugar. Por primera vez en toda su solitaria existencia, sentía algo parecido a la paz.

Shea paseaba por el porche. Sus ceñidos tejanos y las botas de montaña eran adecuados para el frío de las montañas, pero su delgada camiseta no era suficiente. Se puso una sudadera, cogió la mochila y se apresuró hacia la tierra que la estaba invitando. Ojalá hubiera sabido antes de ese lugar. Había malgastado mucho tiempo. Hacía tan sólo un mes había descubierto las propiedades curativas de la tierra del lugar. Ya conocía las propiedades curativas de su saliva. Shea había plantado verduras y plantas medicinales. Le encantaba trabajar la tierra. Un día se cortó accidentalmente y se hizo una herida bastante fea y profunda. La tierra parecía calmarle el dolor y la herida casi se había cerrado cuando terminó de trabajar.

Empezó a vagar sin rumbo por el camino, deseando que su madre hubiera podido estar en ese lugar de paz. Pobre Maggie, joven, irlandesa, de vacaciones por primera vez en su vida y conoce a un oscuro e inquietante extraño, que la utilizó y se deshizo de ella. Shea se llevó las manos a la cabeza, las lágrimas empezaron a brotar, no quería ocultarlas. Su madre había hecho una elección. Había elegido a un hombre que se había convertido en toda su vida haciendo que ella excluyera todo lo demás, incluso a su propia carne y sangre, a su hija. Shea no había valido la pena el esfuerzo de intentarlo y vivir. Sólo Rand lo merecía. Un hombre que la había abandonado sin pensarlo, sin aviso. Un hombre que le había transmitido a su hija una enfermedad tan horrible que tenía que ocultarse del resto del mundo. Maggie lo sabía, sin embargo, no se había preocupado en investigar o ni tan siquiera hacer preguntas sobre Rand para averiguar a lo que tendría que enfrentarse su hija.

Shea se detuvo para tomar un poco de tierra en sus manos y dejar que resbalara por sus dedos. ¿Habría estado Noelle, la mujer que su madre había identificado como su esposa, tan obsesionada con Rand como Maggie? Parecía que así había sido. Shea no tenía la menor intención de darse la más mínima oportunidad de repetir los errores de su madre. Jamás necesitaría a un hombre de tal modo que descuidaría a su hija y acabaría suicidándose. La muerte de su madre había sido una tragedia sin sentido y había abandonado a Shea a una vida fría, cruel y sin amor o guía. Maggie sabía que su hija necesitaba sangre; todo estaba escrito en su diario, cada maldita palabra. Shea apretó los puños hasta que los nudillos se quedaron blancos. Su madre sabía que la saliva de Rand tenía propiedades curativas. Lo sabía, pero había dejado que su hija lo descubriera por sí misma.

Shea se había curado innumerables veces cuando era pequeña, mientras su madre permanecía delante de una ventana con la mirada perdida, medio viva, nunca atendió sus llantos de dolor cuando se caía al aprender a andar, tuvo que aprenderlo todo sola. Descubrió su habilidad para curarse pequeñas heridas y morados con la lengua. Le llevó un tiempo darse cuenta de que eso era algo único. Maggie había sido un robot sin emociones, que había atendido las necesidades físicas básicas de su hija, pero ninguna de las emocionales. Maggie se suicidó el día en que Shea cumplió dieciocho años. Un tenue sonido de tristeza se escapó de la garganta de Shea. Ya era bastante terrible saber que necesitaba sangre para vivir, pero crecer sabiendo que su madre no podía quererla había sido desolador.

Hacía siete años, una locura había asolado Europa. Al principio parecía una broma. Durante siglos, la gente supersticiosa y sin cultura había hablado de la existencia de vampiros en la región de su padre.

Parecía probable que un trastorno de la sangre, que quizás se originara en esa región de los Cárpatos fuera lo que hubiera originado las leyendas de vampiros. Si la enfermedad era tan específica de la región, ¿no cabía la posibilidad de que los que habían sido perseguidos durante siglos padecieran la misma enfermedad que su padre y ella? Shea se entusiasmo ante la idea de estudiar a otros como ella.

Las cazas modernas de «vampiros» habían asolado Europa como si fueran una plaga. A los hombres se les asesinaba según el ritual vampiresco, clavándoles estacas en el corazón. Era abominable, repugnante, aterrador. Científicos respetables habían empezado a considerar la existencia de los vampiros. Se habían formado comités para estudiarlos y eliminarlos. Pruebas de estudios anteriores, a las que se añadieron las muestras de la sangre de una niña —la suya, Shea estaba segura de ello— habían planteado más preguntas. Shea estaba horrorizada, sin duda, los que habían cometido los crímenes en Europa intentarían encontrarla. Y, de hecho, ahora lo estaban intentando. Tenía que abandonar el país y su carrera allí para seguir su línea de investigación.

¿Cómo podía alguien en estos tiempos, con una educación mínima, creer en esa tontería de los vampiros? Se identificó con los que habían sido asesinados, segura de que compartía con ellos la misma enfermedad. Era médica, investigadora, sin embargo, hasta ahora les había fallado a todas esas víctimas, por temor a descubrir lo que ella consideraba su detestable pequeño secreto. Eso la enfureció. Tenía un don, era hasta brillante, debía haber descubierto los secretos de todo esto mucho tiempo antes. ¿Cómo habían podido morir tantas personas porque ella no había tenido el suficiente ímpetu para buscar más datos?

Ahora su sentido de culpabilidad y miedo alimentaban sus salvajes y agotadoras sesiones de estudio. Recopiló toda la información que pudo hallar sobre el área, la gente y las leyendas. Rumores, supuestas pruebas, antiguas traducciones y los últimos artículos en los periódicos. Rara vez comía, rara vez se acordaba de hacerse transfusiones, rara vez dormía, siempre en busca de otra pieza del rompecabezas que le diera más pistas para seguir avanzando. Siempre analizaba su sangre, su saliva, su sangre tras haber ingerido algún animal, tras las transfusiones humanas.

Shea había tenido que quemar el diario de su madre, jamás olvidaría ni una sola palabra, pero seguía sintiendo mucho haberlo perdido. Su cuenta bancaria, sin embargo, era generosa. Había heredado dinero de su madre y había ganado bastante dinero con su profesión. Incluso tenía una propiedad en Irlanda que alquilaba por una buena cantidad. Vivía con poco e invertía bien. Había sido bastante fácil transferir su dinero a Suiza y dejar algunas pistas falsas en el continente.

Desde el momento en que entró en la cadena montañosa de los Cárpatos se sintió diferente. Se sentía más viva. Más tranquila. El desasosiego y la sensación de urgencia aumentaron, pero era la primera vez en su vida que sentía que tenía un hogar. Las plantas, los árboles, la fauna y la propia tierra formaban parte de ella. Le encantaba respirar ese aire, andar por el agua, tocar el suelo.

Shea notó el olor de un conejo y su cuerpo se detuvo. Podía oír el latido de su corazón, sentir su miedo. El animal notaba el peligro, un depredador le acechaba. Un zorro, ella captó el sonido de su piel deslizándose bajo los arbustos. Era maravilloso oír, sentir las cosas, sin tener miedo de oír lo que los demás no podían. Los murciélagos revoloteaban y se lanzaban sobre los insectos, Shea elevó la mirada al cielo contemplando sus movimientos, deleitándose con el sencillo espectáculo. Empezó a caminar de nuevo, necesitaba ejercicio, tenía que descargar el peso de su responsabilidad durante un tiempo.

Había encontrado la sencilla cabaña en la que vivía y en los últimos meses la había convertido en un santuario. Las persianas impedían la entrada de la luz solar durante el día. Un generador proporcionaba la electricidad necesaria para el alumbrado y su ordenador. Un cuarto de baño y una cocina modernos eran la siguiente prioridad. Poco a poco había ido adquiriendo libros, provisiones y todo lo necesario para atender casos de emergencia. Aunque esperaba que nunca tuviera que utilizar allí sus habilidades —cuanta menos gente conociera su existencia mejor y más tiempo podría dedicar a su valiosa investigación— pero ante todo era médica.

Shea se adentró en el espeso bosque, tocó los árboles con respeto. Siempre llevaba una ración de sangre a mano, utilizaba su habilidad como *hacker* cuando era necesario para entrar en los bancos de sangre por internet y realizar la compra manteniendo su anonimato. No obstante, eso suponía viajar mensualmente, ir a tres pueblos y una noche de viaje en su caravana. Por último, se había debilitado tanto que el cansancio era su principal problema y los morados se negaban a desaparecer. El hambre la estaba deborando y el vacío suplicaba llenarse. Su vida estaba tocando a su fin.

Bostezó, tenía que regresar para descansar. Por lo general, nunca dormía de noche, aprovechaba la tarde para hacerlo, cuando el sol afectaba más a su cuerpo. Estaba a miles de kilómetros de su casa, en lo alto en la zona más remota de las montañas. Solía terminar en ese camino, atraída inexplicablemente a esa zona. Estaba inquieta y poseída por una tremenda sensación de urgencia. Tenía que estar en alguna parte, pero no tenía idea de dónde. Al analizar sus sensaciones, se dio cuenta de que la fuerza que la empujaba adelante era casi compulsiva.

Tenía intención de dar la vuelta y regresar a casa, pero sus pies seguían avanzando por el empinado camino. En esas montañas había lobos, a menudo les oía aullar por la noche. Sus voces eran tan alegres, su aullido era muy bello. Ella podía conectar con sus mentes animales a su antojo, pero jamás intentó algo semejante con una criatura tan salvaje e impredecible como el lobo. No obstante, sus aullidos nocturnos casi le hacían desear encontrarse con uno.

Siguió avanzando atraída hacia un destino desconocido. Nada parecía importar, salvo seguir adelante, siempre más arriba, hacia la zona más salvaje y aislada que había estado. Debía haber tenido miedo, pero cuanto más se alejaba de su vehículo, más importante parecía seguir adelante.

Levantó las manos distraídamente y se tocó las sienes y la frente. Tenía un curioso zumbido en la cabeza. Notaba una extraña sensación de hambre que le roía las entrañas. No era un hambre normal, era distinta. De nuevo volvió a tener la extraña sensación de estar compartiendo la mente con alguien y el hambre no era realmente suya. Parte del tiempo tenía la impresión de estar caminando en un mundo de sueños. Hileras de bruma envolvían los árboles, suspendidas cerca del suelo. La niebla empezaba a espesarse, la temperatura bajó algunos grados.

Shea se estremeció y se frotó los brazos. Sus pies tomaron un sendero, sin pisar ni un sólo tronco podrido. Siempre le sorprendía comprobar cómo podía desplazarse tan silenciosamente por ese bosque, evitando instintivamente las ramas caídas o las piedras sueltas. De pronto, en su mente surgieron unas preguntas. «¿Dónde estás? ¿Por qué te resistes a venir conmigo?» Esa voz era como el silbido venenoso de la furia. Se detuvo horrorizada y se apretó la cabeza con ambas manos. Era su pesadilla, la misma voz que siempre la llamaba, que retumbaba en su mente. Las pesadillas eran cada vez más frecuentes, la acechaban mientras dormía, la molestaban en las horas de vigilia, irrumpiendo en su estado de conciencia a toda hora. A veces pensaba que iba a enloquecer.

Se acercó a un río de caudal medio. Las piedras sobre el río, vibraban con destellos de color, eran planas y la invitaban a cruzar el agua cristalina. Toco el agua con los dedos y estaba helada. La sensación era relajante.

Algo la impulsaba a seguir adelante. Primero un pie, luego el otro. Era una locura alejarse tanto de su cabaña. Llevaba demasiadas horas sin dormir. Incluso a veces pensaba que andaba dormida, se sentía muy extraña. Se detuvo en un pequeño claro y miró el estrellado firmamento. No se había dado cuenta de que seguía caminando hasta que atravesó el claro y se halló de nuevo en la espesura del bosque. Una rama le enganchó el cabello, obligándola a detenerse. Notaba la cabeza pesada, la mente turbada. Tenía que estar en alguna parte, pero no sabía dónde. Escuchar no le servía de nada. Con su aguda capacidad de audición, habría oído si alguna criatura o persona estaba herida o en peligro. Respiró el aire de la noche. Probablemente se perdería y se encontraría al descubierto por la mañana y el sol la derretiría. Se lo merecía por su estupidez.

Aunque se reía de ella misma, el sentimiento era tan fuerte que siguió caminando, dejando que su cuerpo la llevara donde quisiera. Un sinuoso camino casi inexistente, con los arbustos muy altos, lleno de zarzamoras y árboles. Lo siguió fielmente, ahora ya intrigada, preguntándose qué era lo que podía apartarla de su investigación. El bosque se abrió a una alta pradera. Atravesó el campo abierto y su paso empezó a acelerarse como si tuviera un propósito. Al final de la pradera, unos pocos árboles apuntaban hacia las ruinas de un viejo edificio. No se trataba de una pequeña choza sino de una gran casa, ahora ennegrecida y en ruinas, con el bosque avanzando hacia ella para retomar lo que una vez fue suyo.

Caminó por los perímetros de la estructura, segura de que algo la había llevado hasta allí, pero todavía incapaz de identificarlo. Era un lugar de fuerza, podía notarlo, pero para qué o cómo utilizarla, no tenía ni idea. Caminaba impaciente, sin dejar de sentir la presión en la cabeza, como si estuviera a punto de realizar un gran descubrimiento. Se agachó y dejó que sus manos palparan el suelo al azar. Una vez, dos veces. Sus dedos notaron madera debajo de la tierra. La respiración se le cortó en la garganta y su pulso se disparó de la excitación. Había descubierto algo importante. Estaba segura. Sacó cuidadosamente la tierra y descubrió una gran puerta de 1,80 metros por 1,20, con una sólida asa de metal. Necesitó todas sus fuerzas para levantarla y tuvo que sentarse durante unos momentos para recobrar la respiración y tener el valor para mirar al hoyo. Unos escalones destartalados, semiderruidos por el tiempo, conducían a un gran sótano. Dudó por un instante y siguió, su mente y su cuerpo la arrastraban, a pesar de que quería ser más cautelosa.

Las paredes del sótano estaban hechas de tierra y de piedra. Nada, ni nadie había entrado en ese lugar durante años. Levantó la cabeza en señal de alerta, los ojos exploraron el lugar rápidamente, los sentidos aguzados, en busca del peligro. No había nada. Ese era el problema. Todo era silencio. Silencio inquietante. No había ninguna criatura nocturna ni insecto. Ni huellas de animales en el suelo. No pudo detectar el correteo de una rata, ni tan siquiera el brillo de una tela de araña.

Su mano empezó a palpar la pared sin su consentimiento. Nada. Quería salir de allí. Un sentido de conservación la impulsaba a dejar el lugar. Movió la cabeza, incapaz de marcharse a pesar de que el lugar la inquietaba. Durante un horrible momento, su imaginación se apoderó de ella y sintió que algo la miraba, yaciendo a la espera, algo oscuro y mortal. Fue tan real que casi echó a correr, pero cuando se giraba, dispuesta a huir mientras pudiera, sus dedos encontraron más madera bajo el muro de tierra.

La curiosidad le hizo examinar la superficie. Algo se había cubierto allí deliberadamente. El tiempo no había acumulado la tierra de ese modo. Incapaz de detenerse, cavó con sus manos en la tierra y la roca hasta que descubrió una larga tira de madera podrida. ¿Otra puerta? Tenía al menos 1,80 metros de altura quizás más. Ahora cavaba con más fuerza, lanzando los montones de tierra descuidadamente hacia atrás. De pronto, sus dedos tocaron algo espantoso.

Retrocedió, dando un salto mientras pequeños esqueletos secos caían al suelo. Eran ratas muertas. Cientos de cuerpos marchitos. Estupefacta, contempló la caja podrida que acababa de desenterrar. El resto de la suciedad que quedaba cayó sola y la caja se precipitó hacia delante, desprendiéndose parte de la tapa. Shea retrocedió hasta las escaleras, alarmada ante su descubrimiento. La presión en su cabeza aumentó hasta gritar de dolor, cayendo de rodillas antes de poder subir la empinada y derruida escalera que conducía a la neblinosa noche.

No podía ser un ataúd. ¿Quién iba a enterrar un cuerpo en una pared en posición vertical? Algo —una curiosidad mórbida, una compulsión que era más fuerte que ella— la obligó a regresar a la caja. De hecho, intentó evitar regresar, pero no pudo. Su mano tembló mientras se estiraba con vida propia para retirar la tapa.

2

Shea se quedó helada, durante un momento fue incapaz de respirar o incluso hasta de pensar. ¿Tenía delante la respuesta con toda su crueldad? ¿Era esto, tortura y mutilación, lo que le esperaba en el futuro? ¿Era ese el futuro de los que eran como ella? Cerró los ojos durante un momento en un intento de escapar a la realidad. La brutalidad de los humanos capaces de hacer eso. Brotaron lágrimas en sus ojos por el dolor y el sufrimiento que esa criatura había soportado antes de morir. Se sintió responsable. Se le habían concedido unos dones muy especiales, sin embargo, no había sido capaz de desvelar los secretos de la enfermedad que condenaba de ese modo a quienes la padecían.

Respiró profundamente y se obligó a mirar. Estaba vivo cuando sus atacantes sellaron el ataúd. Había arañado la madera hasta conseguir hacer un agujero en la misma. Sofocó un sollozo, sintiendo compasión por ese pobre hombre asesinado. En su cuerpo había miles de cortes. Una estaca de madera, grande como un puño atravesaba su cuerpo cerca del corazón. Quienquiera que lo hubiera hecho necesitaba lecciones de anatomía. Respiró consternada. ¡Cuánto debía haber sufrido!

Tenía las manos y los tobillos atados; vendas sucias y podridas atravesaban su cuerpo como si fuera una momia. Salió la doctora que llevaba dentro e intentó realizar un examen clínico más detallado. Era imposible determinar cuánto tiempo llevaba muerto. Por el estado del sótano y del ataúd, supuso que algunos años, pero el cuerpo no había empezado a descomponerse. Gestos de agonía todavía se marcaban en su rostro. Su piel era de color gris y se estiraba sobre sus huesos. Las señales de sufrimiento se plasmaban en su expresión, dura y sin compasión.

Le conocía, era el hombre que aparecía en sus sueños.

Aunque parecía imposible, no había duda, le había visto suficientes veces. También se trataba del hombre de la foto que le había enseñado Don Wallace. Aunque todo parecía fuera del ámbito de lo posible, se sentía vinculada a él, sentía que ella tenía que haberle salvado. Empezó a surgir un profundo pesar de su interior. Sentía como si una parte de ella yaciera muerta en el ataúd.

Tocó su sucia melena azabache con sus suaves dedos. Debía padecer la misma extraña enfermedad sanguínea que ella. ¿Cuántos más habrían sido capturados, torturados y asesinados por algo con lo que nacieron?

—Lo siento —susurró suavemente, sintiéndolo en lo más profundo— os he fallado a todos.

Un lento movimiento de aire fue su única advertencia. Los párpados se abrieron y de pronto se encontró con unos ojos que desprendían un venenoso odio. Un brote de fuerza hizo que se acabara de romper una de las corroídas cuerdas que le ataban y una mano se aferró a su cuello como si se tratara de un torno. Era muy fuerte, le cortó las vías respiratorias, por lo que no podía gritar. Todo parecía dar vueltas, el blanco y el negro se precipitaban sobre ella. Tuvo el tiempo suficiente para lamentar no haber podido hacer nada para ayudarle, para sentir el punzante dolor que le ocasionaron sus dientes al penetrar en su desnuda garganta.

—*Que sea rápido.* —Shea no luchó, sabía que era inútil. De cualquier modo debía algo a esta atormentada criatura y hacía mucho tiempo que ya había aceptado su muerte. Estaba aterrorizada, por supuesto, pero con una extraña calma. Si de algún modo podía proporcionarle algo de paz, quería hacerlo. El sentido de culpa por no haber podido descubrir una cura era lo que invadía su mente. Y también algo más, algo esencial, tan antiguo como el propio tiempo. La necesidad de salvarle. Saber que él había de vivir y que ella estaba dispuesta a ofrecer su vida por él.

Shea se despertó mareada y débil. Tenía dolor de cabeza y le hacía tanto daño la garganta que tenía miedo de moverse. Frunció el entrecejo incapaz de reconocer dónde se encontraba. Escuchó sus propios lamentos. Estaba estirada en el suelo, con un brazo atado a la espalda, tenía algo atado a la muñeca. Dio un tirón para colocar el brazo en su sitio, pero la cuerda se apretó más y corría el riesgo de romperse sus frágiles huesos. Su corazón se sobresaltó y con su mano libre se tocó la garganta, recordando. Tenía el cuello hinchado y amoratado. Había una herida, abierta y dolorosa. Tenía una sensación extraña en la boca, un ligero sabor a cobre en la capa de la lengua.

Se dio cuenta enseguida de que había perdido demasiada sangre. Tenía un corte en la cabeza que se agrandaba a medida que la presión aumentaba. Sabía que esa criatura era la responsable y que intentaba entrar en su mente. Se humedeció los labios cuidadosamente, se echó hacia atrás, acercándose al ataúd, para aliviar la presión del brazo. Sus dedos todavía rodeaban su pequeña muñeca como si fuera una esposa, un torno que amenazaba con aplastarle los huesos si hacía el menor movimiento. Se le escapó otro gemido antes de que pudiera evitarlo. Quería creer que se trataba de una pesadilla. Armándose de valor giró la cabeza lentamente para mirarle.

El movimiento fue muy doloroso, incluso le cortó la respiración. Sus ojos se clavaron en los suyos. Shea intentó luchar involuntariamente para liberarse. Sus ojos negros como la noche le quemaban. Un odio feroz, una rabia letal se concentraban en su desalmada presencia. La estrechaba con sus dedos, aplastándole la muñeca, atándola más a él, haciendo que lanzara un grito de dolor y de pánico de su amoratada garganta. Se dio un golpe en la cabeza.

—¡Basta! —Shea se hizo una herida en la frente al darse contra el canto del ataúd en sus forcejeos—. Si me hieres no podré ayudarte. —levantó la cabeza para encontrarse con esos ojos negros—. ¿Me entiendes? Yo soy lo único que tienes. —Sacó fuerzas para poder mantener esa oscura mirada de fuego y gélida a la vez. Tenía los ojos más aterradores que jamás había visto—. Me llamo Shea O'Halloran. Soy médica. —Lo repitió en varios idiomas, pero cedió al ver que esos ojos continuaban quemándola. No parecía haber misericordia en él.

Desalmado. Un animal, atrapado, herido, confundido. Un depredador más peligroso de lo que nadie hubiera podido imaginar confinado en un espacio imposible.

—Te ayudaré si me dejas —dijo ella con dulzura como si estuviera persuadiendo a un animal salvaje. Utilizó descaradamente el poder de su voz. Hipnótico, gentil, relajante—. Necesito instrumentos y un vehículo. ¿Me entiendes?

Ella se inclinó sobre él y con su mano libre acarició su mutilado pecho. Sangre fresca seguía brotando alrededor de la estaca y de sus muchos otros cortes como si éstos fueran recientes. Su muñeca tenía una fea herida abierta que parecía recién hecha, estaba segura de que antes no estaba allí.

—Dios mío debes estar sufriendo muchísimo. No te muevas. No puedo sacarte la estaca hasta que te lleve a mi cabaña. Te desangrarías hasta morir. —Curiosamente tenía mejor color.

La criatura la fue soltando lentamente, con reticencia, sin dejar de mirarla. Él estiró la mano hasta el suelo para arañar la tierra y ponérsela en las terribles heridas. ¡Por supuesto! La tierra. Ella le ayudó, cogiendo entre sus manos montones del rico remedio para colocárselo sobre sus heridas. Había muchísimas. Tras echar el primer montón, se quedó quieto para conservar su energía, su mirada volvió a atraparla como si quisiera marcarla. Nunca parpadeaba, sus oscuros ojos no se desviaron ni una sola vez.

Shea miró hacia la entrada del sótano con nerviosismo. Había pasado mucho tiempo desde que se había quedado inconsciente. El sol saldría pronto. Se inclinó sobre él y le acarició de nuevo su melena suavemente, en su acto se manifestaba una extraña ternura. Por alguna extraña razón se sentía atraída hacia esa pobre criatura y esa sensación era mucho más fuerte que su compasión natural, que su necesidad de ayudar como médica que era. Quería que viviera. Tenía que vivir. Tenía que hallar el modo de eliminar su sufrimiento.

—He de ir a buscar algunas cosas. Iré tan rápido como pueda, volveré, te lo prometo. —Se puso en pie, se giró y dio un paso.

Él se movió tan rápido que ni siquiera pudo verle, su mano volvió a agarrarla por el cuello, doblegándola hasta que cayó cruzada sobre él. Sus dientes crecieron ante su desnuda garganta, el dolor era insoportable. Se alimentó vorazmente, como un animal salvaje descontrolado. Ella luchaba contra el dolor, contra la futilidad de lo que le estaba haciendo. Estaba matando a la única persona que podía salvarle. Su mano alzándose a ciegas encontró su oscura melena. Sus dedos se enredaron en la sucia y densa cabellera, allí se quedaron cuando se desplomó casi sin vida sobre su pecho. Lo último que oyó antes de marcharse fue el latido de su corazón. Asombrosamente, su propio corazón intentaba seguir el ritmo regular y fuerte del de él.

Se hizo el silencio, luego resolló de manera entrecortada mientras su cuerpo luchaba por sobrevivir. La criatura miraba lúgubremente su flácido y esbelto cuerpo. Cuanto más fuerte y despierto estaba, más dolor tenía, más le consumía. Levantó la mano que le quedaba libre, se mordió la muñeca y le puso la herida sangrante sobre la boca de Shea por segunda vez. Estaba muy confundido respecto a lo que estaba pasando a su alrededor y el dolor era muy intenso. Había estado enterrado durante tanto tiempo que no podía recordar nada de su vida, salvo algunas imágenes borrosas en blanco y negro. Ahora le dolían los ojos debido al vívido brillo de los colores de la estancia. Tenía que huir del calidoscopio de tonalidades, el dolor aumentaba en cada instante y emociones desconocidas para él amenazaban con ahogarle. Shea se despertó lentamente, boca abajo sobre el suelo. Tenía la garganta dolorida y pulsátil, volvió a notar el mismo sabor dulce y a cobre en la capa de la lengua. Se encontraba mal y estaba mareada, instintivamente notó que el sol estaba en lo más alto. Sentía su cuerpo como si fuera de plomo. ¿Dónde estaba? Tenía frío y estaba desorientada. Se puso de rodillas, pero tuvo que bajar la cabeza para evitar desmayarse. Nunca había estado tan débil, tan indefensa. Era un sentimiento aterrador.

De pronto recobró la conciencia y se puso a gatear por el suelo de tierra. Con la espalda apoyada en la pared y el ancho de la habitación entre ellos, le miró con horror en el ataúd. Yacía como si estuviera muerto. No se percibía ningún latido ni respiración. Se llevó su temblorosa mano a la boca para ahogar un sollozo. No iba a acercarse de nuevo a él, vivo o muerto. Aunque tuvo ese pensamiento, inteligente todavía sentía la necesidad de ayudarle. Había algo en ella que no podía dejarle.

Quizás estaba equivocada respecto a lo de la enfermedad de la sangre. ¿Existirían realmente los vampiros? Utilizó sus dientes, sus incisivos eran afilados y debían tener algún agente coagulante, del mismo modo que su saliva debía tener alguna propiedad curativa. Se masajeó las sienes que no dejaban de palpitar. La necesidad de ayudarle era compulsiva, la superaba, era tan intensa que la obsesionaba. Alguien había dedicado su tiempo a torturar a ese hombre y había hallado placer en su sufrimiento. Le habían hecho sufrir todo lo que habían podido y luego le habían enterrado vivo. Sólo Dios sabía cuánto tiempo llevaba soportando esa terrible situación. Tenía que ayudarle a cualquier precio. Era inhumano pensar en dejarle en ese estado. Era algo que ella no podía ni tan siquiera imaginar.

Suspirando se incorporó, luego se inclinó hacia la pared hasta que el sótano dejó de dar vueltas. Vampiro o humano, no podía dejarle sufriendo de inanición y de una muerte lenta. Tenía un dolor terrible, era evidente que no entendía lo que estaba sucediendo. Estaba atrapado en un mundo de agonía y locura. «Es evidente que has perdido la cabeza, Shea», se dijo a sí misma en voz alta. Sabía que estaba experimentando algo más que compasión y la necesidad de curar. Algo increíblemente fuerte en ella tenía el compromiso de asegurar su supervivencia. De una extraña forma había convivido con ese hombre durante años. Había estado con ella a todas horas, compartiendo su mente, llamándola, suplicándole que fuera a liberarle. Le había dejado en ese lugar de sufrimiento y locura, porque pensaba que no era real. No iba a fallarle de nuevo.

El sol brillaba en el cielo. Si el padecía los mismos efectos letárgicos que ella, probablemente estaría profundamente dormido y no se despertaría hasta el atardecer. Tenía que marcharse ahora o arriesgarse a otro ataque si se despertaba. El sol iba a quemarle la piel. Encontró su bolsa y buscó sus gafas de sol.

Atravesar la pradera fue como un infierno. Incluso con gafas de sol, la luz hería sus ojos, que no dejaban de lagrimear y hacerle la visión borrosa. Al no poder ver bien el irregular terreno se cayó varias veces. El sol la estaba venciendo, implacable en su asalto. En la sombra del bosque, los árboles le proporcionaron cierto alivio. Pero al llegar a la cabaña no había una parte de su piel que no estuviera roja o con ampollas.

Una vez en casa se examinó el cuello hinchado y la garganta, los terribles morados y las heridas. Tenía un aspecto grotesco, parecía una langosta, abatida y apaleada. Se puso aloe vera sobre la piel, luego, recogió rápidamente herramientas, cuerdas e instrumental médico y los colocó en la caravana. Los cristales del vehículo eran oscuros, pero tendría que cubrirle para meterlo dentro. Así que regresó para recoger una manta.

Se mareó y cayó arrodillada. Estaba muy débil. Necesitaba urgentemente una transfusión. Si tenía que salvar a ese hombre, primero tenía que salvarse ella. Le había llevado un par de horas regresar a su cabaña y no quería malgastar más tiempo. No obstante, sabiendo que no tenía elección, programó una transfusión, utilizando una de las bolsas de sangre que tenía guardadas. Parecía una eternidad, cada minuto se convertía en una hora, que le proporcionaba demasiado tiempo para preocuparse, para hacerse preguntas.

¿Estaba el ataúd demasiado cerca de la entrada del sótano? ¿Por qué no se había dado cuenta? Si le había dejado en un sitio donde pudiera darle el sol, se estaría abrasando, mientras ella estaba atendiendo otras cosas de menor importancia. ¡Dios mío! ¿Por qué no .podía recordarlo? Le dolía la cabeza, tenía la garganta áspera y en general estaba aterrorizada. No quería volver a sentir su mano en su garganta. Tampoco quería pensar que había sido tan insensible como para dejarle donde pudiera darle el sol. Pensar en ello la ponía enferma.

Cuando hubo terminado con la transfusión, preparó rápidamente su cabaña para la operación, ordenó el instrumental para sacar la estaca y preparó suturas para cerrar la herida, al menos tenía sangre para darle. No se permitió pensar más en lo que tenía que hacer mientras conducía hacia las siniestras ruinas.

El sol estaba descendiendo por las montañas cuando estaba aparcando el vehículo delante de la entrada de la bodega y utilizando el cabrestante condujo el cable por la abertura. Respiró profundo, temerosa de lo que iba a encontrar y descendió por la destartalada escalera. Al momento sintió el impacto de esos ojos de fuego. Se le sobresaltó el corazón, pero se impuso cruzar hasta estar fuera de su alcance. La observaba con una mirada impertérrita de un depredador. Se había despertado solo y seguía atrapado. El miedo, el dolor y el hambre intolerables le desgarraban. Sus ojos negros se posaron sobre ella acusándola, llenos de rabia y con la oscura promesa de vengarse.

—Escúchame. Por favor intenta comprender. —Empleaba desesperadamente el lenguaje de las manos mientras hablaba—. He de colocarte en mi caravana. Te va a doler bastante, lo sé. Pero tú eres como yo, los anestésicos no te hacen efecto. —Empezaba a tartamudear, su mirada fija le ponía nerviosa—. Mira —dijo con desesperación— no he sido yo quien te ha hecho esto, estoy haciendo todo lo que puedo para ayudarte.

Sus ojos le ordenaron que se acercara más. Shea levantó la mano para apartarse el pelo y se dio cuenta de que le temblaba.

—Voy a atarte de modo que cuando enganche el cable a la... —No terminó la frase y se mordió el labio—. Deja de mirarme de ese modo. Ya es bastante duro.

Se acercó a él con cuidado. Necesitó todo su valor para hacerlo. Él podía sentir su miedo, oír el frenético latido de su corazón. Había terror en sus ojos, en su voz, sin embargo, fue a ayudarle. Él no la había obligado a hacerlo. El dolor le había debilitado. Optó por conservar su energía. Los dedos de Shea estaban fríos al tacto con su piel y sintió un alivio en su sucia cabellera.

—Confía en mí. Sé que te estoy pidiendo mucho, pero esto es lo único que se me ocurre que puedo hacer.

Sus ojos, negros y gélidos, no dejaban de mirarla. Lentamente, evitando alarmarle, Shea acolchó la zona alrededor de la estaca con toallas dobladas, con la esperanza de no matarle al moverlo. Le cubrió con una manta para protegerle del sol. Él sólo la observaba, aparentemente sin demasiado interés, sin embargo, ella sabía que se estaba conteniendo, que estaba preparado para atacar si era necesario. Una vez le hubo asegurado dentro del ataúd para reducir al mínimo el movimiento y el sangrado, él le agarró por la muñeca del modo en el que ella ya se había empezado a familiarizar.

Las fotografías que Don Wallace y Jeff Smith le habían enseñado dos años antes mostraban algunas de sus víctimas con vendas en los ojos y mordazas. No podía negar que esta criatura tenía el mismo aspecto que el hombre de sus sueños, como el de la fotografía, sin embargo, era evidente que no podía haber sobrevivido siete años enterrado en ese sótano. Había trozos de tela roída en el ataúd. ¿Una mordaza? ¿Una venda? Le dio un vuelco el estómago. Ni siquiera para protegerle los ojos podía vendárselos. No podía repetir nada de lo que le hubieran hecho sus asesinos. Su sucia cabellera era muy larga, estaba enredada y le caía sobre la cara. Ella sentía la fuerte necesidad de apartársela del rostro, de acariciarle con sus suaves dedos, de erradicar de golpe los últimos siete años con una caricia.

—Muy bien te desataré el brazo —le dijo tranquilizándole. Era difícil permanecer quieta, esperando su decisión, sus ojos estaban cautivos de su feroz mirada. Parecía una eternidad. Shea podía sentir su rabia bullendo bajo su piel. Cada segundo que pasaba le resultaba más difícil mantener el valor. No estaba segura de que estuviera cuerdo.

Con reticencia, dedo a dedo, él la soltó. Shea no volvió a cometer el error de tocarle el brazo. Con mucho cuidado enganchó el cable al asa de la parte superior del ataúd.

—Te he de poner esto en los ojos. Se está poniendo el sol, pero todavía hay suficiente luz para cegarte. Sólo te la pondré por encima, puedes quitártela cuando quieras.

En el momento en que se la puso, él se la sacó, sus dedos volvieron a agarrarla de la muñeca en señal de advertencia. Tenía una fuerza enorme, casi le aplasta los huesos, sin embargo, tuvo la sensación de que no pretendía lastimarla. Le marcó una clara frontera entre lo que era aceptable y lo que no lo era.

—Muy bien, déjame pensar. No quieres venda. —Se pasó la lengua por el labio inferior y luego por los dientes.

Sus oscuros ojos simplemente la observaban, siguiendo el movimiento de su lengua y regresaron a sus vivaces ojos verdes. Observando. Aprendiendo—. De acuerdo puedes utilizar mis gafas hasta que te introduzca en el vehículo. —Le colocó las gafas oscuras con mucho cuidado sobre la nariz. Le acarició brevemente el pelo—. Lo siento esto va a hacerte daño.

Shea se echó hacia atrás prudentemente. Era peor no verle los ojos. Dio otro paso. Él retorció la boca haciendo un gruñido silencioso dejando ver el brillo de sus dientes. Corrió durante una décima de segundo antes de que su brazo volviera a agarrarla con increíble velocidad. Sus uñas le hicieron un profundo arañazo en el brazo. Ella dio un grito agarrándose el brazo, pero siguió corriendo hasta llegar a la desgastada escalera.

La luz golpeó sus ojos, cegándola, produciéndole un dolor a lo largo de toda su cabeza. Shea entrecerró los ojos y se metió de golpe en la caravana para darle al torno. No quería verle vomitar. Ahora era ella la que le estaba torturando y eso no podía tolerarlo. Las lágrimas corrían por sus mejillas. Shea fingió que era una reacción a la luz solar. En el fondo sabía que él la había lastimado por miedo a que le abandonara.

El sonido del cable se interrumpió de golpe. Shea rodeó el vehículo, abrió la puerta trasera, bajó la rampa y pasó el cable por la cabina del conductor hasta la carrocería. El torno subió y cargó el ataúd suavemente en la caravana. Shea necesitaba las gafas de sol para conducir, pero no quería acercarse a él hasta que no fuera absolutamente necesario. En esos momentos debía padecer tanto que podría matarla antes de que ella pudiera convencerle de que no intentaba torturarle. No encontraba motivo para culparle.

El regreso a casa llevó más tiempo de lo normal, tenía los ojos hinchados, no dejaban de llorar y tenía la visión borrosa.

Conducía despacio, intentando evitar las piedras y los baches del tortuoso camino. En el estado en que estaba, incluso con un vehículo con tracción a las cuatro ruedas, era difícil circular. Shea despotricaba en voz baja mientras aparcaba la furgoneta casi en el porche de su cabaña.

—Por favor, te lo ruego, no me agarres y me devores viva —canturreaba suavemente a modo de letanía o de oración. Un mordisco más y quizás jamás podría volver a ayudar a alguien. Respirando profundo abrió la puerta trasera y empujó la plataforma rodante por la rampa. Sin mirarle, bajó el ataúd hasta colocarlo sobre la plataforma con ruedas y lo arrastró dentro de la cabaña.

Nunca emitió un sonido. Ni un gemido, ni un suspiro, ni una amenaza. Cuando al fin estuvo a salvo para sacarle las gafas estaba agonizando, podía verlo por la capa de sudor que cubría su cuerpo, las marcas blancas que tenía alrededor de la boca, la mancha carmín de su frente y el agudo dolor que reflejaban sus ojos.

Shea estaba exhausta, le dolían los brazos y estaba débil. Se vio obligada a descansar un momento apoyándose en la pared, luchando contra el mareo. Sus negros ojos seguían fijos en ella, mirándola. Odiaba su silencio, sabía instintivamente que quienes le habían torturado no habían recibido la satisfacción de oír sus gritos. Eso la hacía sentirse como uno de ellos. El traqueteo tenía que haberle resultado muy doloroso.

Actuó deprisa y le colocó en la camilla al lado de la mesa de operaciones. «Muy bien voy a sacarte de esta caja.» Necesitaba el sonido de su voz aunque él no pudiera entenderla. Lo había intentado en varios idiomas y todavía no le había respondido. Parecía tener inteligencia, sus ojos reflejaban conocimiento. Él no acababa de confiar en ella, pero es posible que se diera cuenta de que su intención era ayudarle.

Tomó su cuchillo más afilado y se inclinó para cortarle las gruesas cuerdas. Al momento, volvió a atraparle la muñeca, impidiéndole el movimiento. El corazón le dio otro vuelco. Él no acababa de entender. Ella cerró los ojos, preparándose para el dolor de sentir sus dientes de nuevo en su carne. Pero no pasó nada, le miró esperando encontrarse con sus resplandecientes ojos.

Él le estaba examinando el profundo corte que le había hecho en el brazo, sus ojos se contrajeron un poco, tenía los párpados medio cerrados. Le giró el brazo en un sentido y luego en el otro, como si estuviera fascinado por la larga hilera de sangre que caía desde la muñeca hasta el codo. Shea, impaciente estiró el brazo para escapar. Pero él la agarró con más fuerza y ni la miró a la cara. Se llevó el brazo lentamente a la boca y a ella casi le da un infarto. Notaba su cálido aliento sobre su piel. La tocó con dulzura, casi con reverencia, una larga caricia húmeda alivió el dolor de su herida. Su lengua era como un terciopelo basto, lamió su herida con cuidado. La sensación le transmitió una inesperada ola de calor que recorrió todo su cuerpo.

Intuitivamente supo que quería reparar el daño que le había hecho. Ella le miró, casi incapaz de creerse que estaba intentando curar su absurda herida, cuando él tenía el cuerpo tan mutilado. El gesto fue tan conmovedor que le hizo saltar las lágrimas. Ella le acarició su enmarañada cabellera con sus tiernos dedos.

—Hemos de darnos prisa, salvaje mío. Estás sangrando de nuevo.

La soltó con reticencia y Shea le cortó las cuerdas.

—No me importa que me grites si sientes la necesidad de hacerlo —le dijo innecesariamente. Le costó una eternidad sacarle las esposas. Aunque tenía un cortapernos, ella no era muy fuerte. Cuando por fin le liberó la muñeca, le sonrió triunfante—. Enseguida te liberaré del todo. —Levantó las pesadas cadenas que dejaron al descubierto carne quemada por la parte superior e inferior de sus piernas y por el pecho.

Shea suspiró furiosa al comprobar que podían existir seres tan depravados.

—Estoy segura de que los que te hicieron esto son los que se enteraron de mi existencia y de mi investigación. Puede que padezcamos la misma enfermedad sanguínea. —Por fin consiguió sacarle uno de los grilletes del tobillo—. Sabes, es muy raro. Hace unos años algunos fanáticos se unieron y llegaron a la conclusión de que las personas como nosotros éramos vampiros. Pero supongo que eso ya lo sabes —añadió a modo de disculpa.

El último grillete también cedió y dejó el cortapernos.

—Tus dientes parecen más desarrollados que los míos. —Se pasó la lengua por sus dientes, para asegurarse de que no eran como los de él y empezó a arrancar los trozos de madera podrida del ataúd—. Veo que no puedes entender nada de lo que digo, aunque he de admitir que me alegro. No puedo imaginarme mordiendo a alguien. ¡Uf! Ya es bastante desagradable necesitar sangre para sobrevivir. Te cortaré la ropa y te la sacaré.

Su ropa estaba podrida de todos modos. Nunca había visto un cuerpo tan torturado antes.

—¡Malditos cabrones!

Shea tragó saliva al ver la magnitud de las lesiones.

—¿Cómo pudieron hacerte esto? ¿Y cómo has podido sobrevivir? —Se secó el sudor de la frente con el antebrazo antes de volver a inclinarse sobre él—. He de colocarte sobre esta mesa. Sé que estoy siendo un poco brusca, pero no tengo otra manera de hacerlo.

Él hizo lo imposible. Cuando Shea levantó el peso de sus amplios hombros, intentando colocarlos sobre la mesa, en un momento de valor y de fuerza se levantó sólo para colocarse sobre la misma. La sangre brotaba de su frente y caía por su cara.

Por un momento, Shea no pudo continuar. Todo su cuerpo temblaba y bajó la cabeza para ocultar sus lágrimas. No podía verle sufrir.

—¿Va a terminar esto alguna vez para ti? —Tardó unos minutos en recobrar el control antes de volver a levantar la cabeza para soportar el impacto de su mirada—. Voy a dormirte. Es el único modo en que puedo hacerlo. Si la anestesia no funciona, te daré con algo en la cabeza. —Lo dijo en serio. Ella no iba a torturarle como habían hecho los otros.

Él le tocó la mejilla con la yema del dedo, para sacarle una lágrima. La miró durante un largo momento antes de llevársela provocativamente a la boca. Ella observaba ese acto curiosamente íntimo, preguntándose por qué razón su corazón se estaba ablandando de un modo que jamás había experimentado antes.

Shea se lavó a fondo y se puso los guantes estériles y la mascarilla. Cuando se la hubo puesto, él le advirtió que se la sacara mostrándole silenciosamente los colmillos y agarrándola de nuevo por la muñeca para que no se moviera. Sucedió lo mismo cuando intentó con la aguja. Sus ojos negros la miraban. Ella le miró moviendo la cabeza.

—Por favor no me hagas hacer esto, no de este modo. No soy una carnicera. No lo haré así. —Intentó fingir dureza, en lugar de parecer suplicante—. No lo haré. —Se miraron mutuamente, atrapados en un extraño combate mental. Sus ojos negros la quemaban, le exigían obediencia; su rabia, siempre bullendo, empezaba a aflorar. Shea se tocó el labio inferior con la lengua, luego los dientes, rozándolos nerviosamente. Se notó la satisfacción en la gélida negrura de sus ojos y se recostó de nuevo seguro de haber ganado.

—¡Maldito seas, por ser tan testarudo! —Limpió la zona alrededor de la estaca, le colocó los clamp* para detener la hemorragia, siempre deseando una buena enfermera de quirófano y tener un gran mazo—. ¡Malditos sean por haberte hecho esto! —Apretó los dientes y tiró con todas sus fuerzas. Él sólo realizó un ligero movimiento en sus músculos, contrayéndolos, flexionándolos, pero sabía que estaba sufriendo. La estaca no se movió—. ¡Mierda! Ya te dije que no podía hacerlo mientras estuvieras despierto. No tengo bastante fuerza.

Él mismo agarró la estaca y se la sacó. La sangre salió a borbotones, salpicándola y se quedó en silencio, intentando desesperadamente realizar compresión sobre todas las zonas de sangrado. No le miraba, toda su concentración estaba puesta en su trabajo. Shea era una cirujana meticulosa. Trabajaba metódicamente, curando las lesiones a un ritmo rápido y estable, aislándose de todo lo que la rodeaba. Todo su ser estaba centrado en la operación, Shea le obligaba mentalmente a concentrarse con ella para evitar su muerte.

Jacques sabía que ella no era consciente de lo unidos que estaban ya. Estaba tan absorta en lo que estaba haciendo que parecía no percatarse de lo conectada que estaba con él mentalmente para mantenerlo a salvo. ¿Podía estar él tan equivocado respecto a ella? El dolor era extremo, pero con su mente tan fuertemente unida a la suya, conseguía que reunir los restos de su dispersada cordura.

Dos veces tuvo que poner más luz para realizar el trabajo delicado, suturando durante horas. Tuvo que dar montones de puntos internos y externos y cuando terminó con el pecho, todavía no era el final. Todos sus otros cortes también requerían desinfección y sutura. La herida más leve requirió al menos un punto, las más grandes cuarenta y dos. Siguió con su trabajo hasta bien entrada la noche. Tenía los dedos casi dormidos y le dolían los ojos. Estoicamente, le fue cortando la carne muerta y se vio en la necesidad de utilizar la tierra y su propia saliva, aunque iba totalmente en contra de todo lo que había aprendido en la facultad.

Exhausta, sin saber apenas lo que estaba haciendo, se sacó la mascarilla y revisó su trabajo. Necesitaba sangre. Sus ojos estaban casi exhorbitados de dolor.

—Necesitas una transfusión —le dijo cansada. Le indicó el aparato transfusor con la cabeza. Shea se encogió de hombros demasiado cansada para luchar contra él—. Muy bien, nada de agujas. Te la pondré en un vaso y te la puedes beber.

Su mirada permanecía fija en su rostro mientras ella le conducía en la camilla hacia la cama, con la ayuda de él, consiguió ponerle en una cama confortable, blanda y limpia. Ella tropezó un par de veces, estaba tan agotada que iba medio dormida a buscar la sangre.

—Por favor coopera, salvaje mío. La necesitas y yo estoy demasiado cansada para luchar contra ti. —Le dejó el vaso en la mesilla de noche a unos centímetros de sus dedos.

Como una autómata se limpió, esterilizó los instrumentos lavó la camilla y las mesas, puso en bolsas los restos del ataúd, los harapos y las toallas empapadas de sangre para enterrarlo cuando tuviera oportunidad. Cuando hubo terminado, sólo quedaban dos horas para el amanecer.

Las persianas estaban bien cerradas para evitar que entrara la luz. Cerró la puerta y sacó dos pistolas del armario. Se las puso cerca de la única silla cómoda que tenía, tomó una manta y se puso una almohada sobre el asiento preparándose para defender a su paciente con su vida. Necesitaba dormir, pero nadie iba a lastimar de nuevo a ese hombre.

En la ducha dejó que el agua caliente cayera sobre su cuerpo, limpiando la sangre, el sudor y la suciedad. Se quedó dormida de pie. Minutos después una extraña sensación en su mente, como el roce de las alas de una mariposa, la despertó. Se enrolló la larga melena en una toalla, se puso la bata de color verde menta y salió para ver cómo estaba su paciente. Desconectó el generador y se fue a la cama. El vaso de sangre todavía estaba en la mesilla de noche, lleno. Shea suspiró. Con mucha suavidad le tocó el pelo y le dijo: «Por favor haz lo que te pido y bébete la sangre. No puedo irme a dormir hasta que lo hagas, estoy muy cansada. Sólo por esta vez, por favor escúchame».

Las yemas de sus dedos recorrieron los delicados huesos de su rostro como para memorizar su forma, tocaron la satinada suavidad de sus labios. Su palma se abrió en la garganta, los dedos se enrollaron en su cuello y la atrajo hacia sí lentamente.

—¡No!

Esa única palabra era más un lamento que una protesta. Aumentó la presión casi con ternura hasta que había atraído su pequeño cuerpo a la cama junto a él. Su pulgar descubrió que el pulso del cuello tenía un ritmo frenético. Ella sabía que tenía que luchar, pero le daba igual, yacía indefensa entre sus brazos. Notó su boca deslizándose sobre su desnuda piel, un movimiento caricia, un señuelo. Su lengua la lamió con dulzura. Ella cerró los ojos para protegerse de las ondas que inundaban su cerebro. Allí estaba él. En su mente. Sintiendo sus emociones, compartiendo sus pensamientos. Notó calor de nuevo y su boca se desplazó en dirección a su yugular. La mordisqueaba y pellizcaba con los dientes y su lengua la acariciaba. La sensación era curiosamente erótica. El agudo dolor dio paso a una acogedora somnolencia. Shea se relajó, se rindió. Él podía hacer con ella lo que quisiera, decidir sobre su vida o su muerte. Simplemente estaba demasiado cansada para preocuparse.

Él levantó la cabeza a regañadientes, pasándole la lengua cuidadosamente por el cuello para cerrarle la herida. Se deleitaba con su sabor —caliente, exótico, promesa de una gran pasión. Había algo terrible en él, era consciente de ello. Tenía una parte bloqueada, de modo que no tenía pasado. Los fragmentos de su memoria parecían esquirlas de cristal que atravesaban su cráneo, intentaba no dejarlas entrar. Ella era su mundo. De algún modo sabía que suponía su único camino hacia la cordura, su única salida de la oscura prisión del sufrimiento y la locura.

¿Por qué no había acudido ella antes cuando la llamó por primera vez? Él había sido muy consciente de su presencia en el mundo. Había controlado su propia voluntad y a ella le había ordenado obediencia, pero había esperado. Jacques tenía la intención de castigarla por hacerle pasar por la locura y el sufrimiento. En aquellos momentos, nada de eso tenía ya sentido. Ella también había sufrido mucho por él. ¿Habría alguna razón por la que se hubiera resistido a su llamada? Quizás los traidores o los asesinos que la habían estado persiguiendo. Cualquiera que fuera la razón, ella ya había sufrido mucho en sus manos. No tenía sentido que le hubiera abandonado deliberadamente y prolongado su agonía. Podía ver su compasión. Vio su voluntad de dar su vida por la suya. Cuando conectó con su mente, sólo halló luz y bondad. No tenía nada que ver con la mujer cruel y traidora que él creía que era.

Jacques estaba débil, era vulnerable en su estado actual, incapaz de proteger a ninguno de los dos. Shea era pequeña y frágil. Él había estado tan solo. Sin luz ni color. Había pasado solo toda una eternidad y jamás regresaría a ese horrendo y oscuro mundo. Se hizo un corte en el pecho, la acunó en sus brazos llevándole la cabeza hacia él y le ordenó que bebiera. Unirla a él era tan natural como respirar. No podía soportar que estuviera alejada de su vista. Shea le pertenecía y en esos momentos ella necesitaba la sangre tanto como él. Se había producido el intercambio de sangre su vínculo mental era fuerte. Cuando su cuerpo sanara completaría el ritual y ella quedaría irremediablemente ligada a él para la eternidad. Era un instinto tan antiguo como el propio tiempo. Sabía lo que tenía que hacer y que debía hacerlo.

Pequeña como era, Shea se sentía bien en sus brazos, como una parte de sus entrañas. Nada de aquello tenía sentido, pero en su limitado mundo, eso carecía de importancia. Cuando ella se alimentó, con su suave y sensual boca pegada a su desgarrada carne, él levantó el vaso y se lo bebió descuidadamente. Cuando notó que se había dormido en la ducha, la había despertado, temeroso de la separación. Ahora dormiría a su lado donde debía estar, donde él podría tener la oportunidad de protegerla si los asesinos les encontraban. Puede que no hubiera recobrado todas sus fuerzas, pero el monstruo que llevaba dentro era fuerte y letal. Nadie iba a hacerle daño.

Los pocos recuerdos que le quedaban, siempre presentes en su mente, eran el olor de los dos humanos y del traidor que le había condenado a su infierno en vida. Podría reconocer el olor y las voces de sus verdugos. ¡Demonios! ¡Cuánto le habían hecho sufrir, cuánto habían disfrutado con su padecimiento! Riéndose, burlándose, torturándole hasta enloquecerle. Y todavía quedaba enajenación. Sabía que estaba luchando por recobrar su cordura.

Jamás olvidaría el hambre mientras le sangraban hasta dejarlo seco. El hambre le había hecho agujeros, había reptado por sus entrañas, le había devorado por dentro. Para sobrevivir había dormido, detenido su corazón y pulmones para poder retener la poca sangre que le quedaba. Sólo se despertaba cuando había comida cerca. Siempre sólo, incapaz de moverse, agonizando. Había aprendido a odiar. Había conocido la ira. Había aprendido que existía un lugar donde no había nada, sólo un inhóspito y horrendo vacío y el ardiente deseo de venganza.

¿Habían intentado esos mismos animales cazar a Shea? El mero pensamiento de que pudiera caer en sus manos le enfermaba. La estrechó con fuerza contra él para asegurarse de su presencia. ¿La estaban persiguiendo? ¿Estaban sobre su pista? Si había castigado injustamente no haberle ayudado antes, jamás se lo perdonaría. Había querido matarla, casi lo había conseguido. Pero algo en su interior se lo había impedido. Luego, ella había dejado de luchar, ofreciéndole su sangre, su propia vida. Pensaba que era duro como el acero, imposible de conmover, sin embargo, con su ofrecimiento algo cedió en él. El modo en que sus dedos habían acariciado su melena le había hecho latir el corazón.

Maldijo su debilidad, de cuerpo y de mente. Necesitaba más sangre, sangre humana caliente. Eso aceleraría su curación. Había algo de suma importancia que se le escapaba. Iba y venía, dejando sufrimiento y fragmentos tras de sí. Si pudiera atraparlo durante un momento podría recordarlo, pero nunca permanecía el tiempo suficiente y eso sólo le enloquecía más. Haber perdido la memoria era lo más frustrante.

Shea dio un pequeño gemido, el sonido le atravesó como si fuera un cuchillo. Estaba temblando, incluso con su gruesa bata. Enseguida la miró a la cara. Estaba sufriendo. Lo notó en su mente. Instintivamente le puso la mano en el estómago, con los dedos abiertos. Algo le pasaba. De nuevo parecía que la cabeza le iba a estallar intentando captar los recuerdos. Debía saberlo. Era importante para ella.

Shea se retorció y se quedó en posición fetal con las manos en el estómago. Tenía los ojos muy abiertos en expresión de terror. Estaba muy fría, parecía que jamás podría recobrar su temperatura. Sólo podía retorcerse de un lado a otro en medio de sus temblores, soportando una ola de dolor tras otra en su pequeño cuerpo. El calor la consumía por dentro, quemaba sus órganos internos, le comprimía el corazón, los pulmones. Se cayó de la cama y aterrizó en el duro suelo, intentando proteger a su paciente de cualquier virus que ella pudiera haber contraído. La toalla se desenrolló y el pelo quedó suelto desparramándose como si fuera sangre oscura que manaba de su cabeza. Una fina capa de sudor cubrió su cuerpo, en la frente había una ligera franja de color escarlata.

Jacques intentó moverse, llegar hasta ella, pero su cuerpo no le respondía, yacía pesado e inútil. Su brazo no podía alcanzarla. El más mínimo movimiento le producía dolor por todo el cuerpo, pero durante tanto tiempo su mundo había sido el sufrimiento, que ya no conocía otro. Había sido su única realidad en la oscura eternidad de los malditos. El dolor no hacía más que aumentar su voluntad de hierro. Viviría toda una eternidad y encontraría a quienes le habían arrebatado su pasado. Conseguiría la misma voluntad férrea para ayudar a Shea.

El delicado cuerpo de Shea se retorcía, se contraía y luego volvía a contorsionarse. Se puso de rodillas para gatear hasta su botiquín. No podía pensar, era un movimiento automático, instintivo. No tenía ni idea de dónde estaba, ni de lo que le estaba sucediendo, sólo que el fuego la consumía y que tenía que detenerlo.

Él luchaba, enfurecido contra su incapacidad de moverse, para ayudarla. Por fin, se recostó y entró en su mente como había hecho ya tantas otras veces en un intento de salvarse.

—*Ven conmigo, ven a mi lado.*

El susurro del sonido, el hilo de cordura, estaba en su mente. Shea sabía que él no le había hablado en voz alta. Tenía alucinaciones. Gimió, se enroscó sobre sí adoptando de nuevo la posición fetal, reduciéndose al máximo. No se acercaría a él. Si lo que tenía era contagioso, él no resistiría semejante fiebre.

¿Qué pasaría si ella no sobrevivía? ¿Qué pasaría si después de haberle llevado hasta allí y se quedaba sin nadie para cuidarle, le dejaría morir lentamente de hambre? Tenía que decirle que había sangre en la nevera portátil. Era demasiado tarde. Otra ola de fuego la abatió, atacándola por dentro, llegando a todos los órganos. Sólo podía encoger las rodillas como un animal herido de muerte a la espera de perecer.

—*Has de venir a mí. Puedo aliviarte el dolor.* —Las palabras penetraron en su mente en su siguiente momento de lucidez. Su voz era tan tierna, tan distinta a su aspecto. No le importaba si se estaba volviendo loca, si se lo estaba imaginando todo; tenía una cualidad tranquilizante sobre su mente, como el tacto suave de sus fríos dedos sobre su cuerpo.

Shea estaba a punto de vomitar. Algo en ella, un ridículo vestigio de dignidad, hizo que pudiera arrastrarse al baño. Él podía oírla intentando detener los interminables espasmos de su estómago. Su agonía era peor para él que para ella misma, aumentaba su rabia por su impotencia hasta consumirse en ella. Sus uñas crecieron hasta convertirse en garras letales que hicieron agujeros en las sábanas. Fuera soplaba el viento, silbaba por las ventanas y movía los árboles. Un tenue gruñido que aumentaba de tono se produjo en su garganta, en su mente. Ella intentaba protegerle. Un hombre de su raza, tenía el deber de cuidar de los suyos, sin embargo, ella estaba padeciendo un infierno y rechazaba su ayuda por temor a contagiarle su enfermedad. Él sabía que ella era sólo suya, que el fuego que le quemaba las entrañas era algo importante. Tenía que acercarse a él, no sabía por qué, pero su instinto, todas las células de su cuerpo exigían que ella obedeciera.

—*Has de venir a mí. No puedo ir hacia ti. No corro peligro, pequeña pelirroja. Insisto en que me obedezcas.* —Era una petición tajante, su voz era suave pero implacable. De un mundo muy antiguo, con mucho acento. Al mismo tiempo esa voz le acariciaba la piel, la relajaba, prometiéndole ayuda.

En el baño, Shea se salpicó la cara con agua fría y se enjuagó la boca. Gozó de uno o dos minutos de calma antes de que la atacara una nueva ola de dolor. Él estaba frustrado ante su incapacidad para ayudarla, pero estaba dispuesto a llegar hasta ella si no respondía. A Shea le sorprendía de que él necesitara ayudarla. Era una emoción que impregnaba el aire. Ella quería hacer lo que él le pedía pero le aterraba la idea de infectarle. Por el modo en que su cuerpo se convulsionaba y retorcía de dolor, estaba segura de que podría matarle. Sin embargo, también necesitaba el consuelo de otro ser.

—*No puedo ir hacia ti. Has de venir tú.* —Su voz tenía un tono bajo, aterciopelado, imposible de desoír.

Shea se separó de la pared y regresó a trompicones a la habitación, estaba blanca como la leche, tenía ojeras. Los morados y heridas de su cuello eran claramente visibles. Tenía un aspecto tan frágil, que temía que se rompiera si se volvía a caer. Le alargó el brazo, la expresión de sus oscuros ojos era una mezcla entre mandato y súplica.

—Probablemente, me has contagiado la rabia —murmuró con rebeldía, pero el fuego ya le consumía el bazo, los riñones y se esparcía desde los tejidos a los músculos, huesos y sangre.

—*¡Ven ahora! No puedo soportar más tu sufrimiento.* —Utilizó deliberadamente su tono seductor, de modo que ella sintió la imperiosa necesidad de hacer lo que él le pedía. Parecía como si su voz resonara en su mente, impulsándola a seguir adelante hasta llegar a la cama, donde cayó doblada como un balón, enterrando la cara en la almohada, esperando la muerte.

La mano de Jacques apartó gentilmente, casi con ternura, su densa melena de la cara y le puso el dedo en el cuello. Hizo un esfuerzo para buscar información en el interior de su mente. En alguna parte estaba la clave, el modo de poner fin a su sufrimiento, pero, al igual que su pasado, ésta se le escapaba. Él le estaba fallando cuando ella había hecho tanto para salvarle. Quería rugir a los cielos, cortarle el cuello a alguien. Ellos le habían hecho esto.

Dos humanos y un traidor. Se habían llevado su pasado, destrozado su mente y encarcelado en el infierno. Pero lo peor de todo es que le habían arrebatado su capacidad de proteger a su pareja. Habían creado un monstruo de una crueldad que jamás hubieran podido imaginar.

Le tocó la garganta hinchada, examinó sus heridas. Shea estaba a su lado, absorta en su propio mundo de sufrimiento. Estaba muy mal. A él le dolía la cabeza, era como si le fuera a estallar. Se maldijo a sí mismo y le pasó un brazo por la cintura ofreciéndole el único alivio que podía darle. Estaba a punto de amanecer y sin darse cuenta hizo lo que necesitaba hacer: dar la orden para que los dos pudieran dormir.

3

El silencio que reinaba en la cabaña se rompió con el sonido de las criaturas nocturnas que se dedicaban cantos mutuamente. Estaba atardeciendo y la tierra volvía a ser suya. El aire volvió a llenar sus pulmones, su pecho se elevaba y bajaba, el corazón empezó a latir. La agonía siempre le superaba, le cortaba la respiración, le paralizaba su mente. Yacía quieto, a la espera de que su mente aceptara las atrocidades que le habían hecho a su cuerpo. Apareció el hambre, una fuerte y aguda sensación de vacío que no se saciaba nunca. La rabia volvió a brotar, consumiéndole, incitándole a matar para llenar ese terrible vacío.

En medio de ese caldero de intensas y violentas emociones, de pronto surgió algo tranquilo y amable. Un atisbo de recuerdo. Valor. Belleza. Una mujer. No una mujer cualquiera, sino la suya, su compañera. Con su melena pelirroja y su fuego. Caminaba como un ángel por donde otros hombres temían pasar, incluso los de su especie.

Se enrolló un mechón de su sedoso pelo en un puño, temeroso de despertarla, de que volviera a padecer. Shea. ¿Por qué nunca había utilizado ella el nombre de él? Algo indeciso le dio la orden de despertarse y observó cómo entraba el aire en su cuerpo, escuchaba el flujo de su sangre a su paso por el corazón. Sus pestañas se movieron. Ella se cobijó inconscientemente entre sus brazos. Él conectó con su mente con cautela e hizo inventario. Al despertar, en cuestión de momentos, su mente ya había asimilado todo lo que le había sucedido la noche anterior y estaba revisando toda una lista de enfermedades y síntomas. El cuerpo le dolía. Tenía hambre, estaba débil, sentía miedo por su recuperación, por su cordura, por lo que él podría ser. Se sentía culpable por haberse dormido en lugar de haber estado vigilándole. De repente, volvió su necesidad urgente de seguir con su investigación, de completar su trabajo. Sentía compasión por él, terror de que no sanara y de que quizás ella no había hecho más que aumentar su sufrimiento. Miedo a que les encontraran antes de que él estuviera lo bastante fuerte como para seguir su camino.

Jacques levantó las cejas.

—*Nuestro camino es el mismo.*

Ella se sentó animadamente y se echó hacia atrás su enredada cabellera.

—Me podías haber dicho que hablabas inglés. ¿Cómo lo haces? ¿Cómo puedes hablar conmigo telepáticamente en lugar de hacerlo en voz alta?

Él simplemente la miró con curiosidad con ojos de no entender nada.

Shea le miró con cautela.

—¿No estarás pensando en morderme de nuevo verdad? He de decirte que no hay parte de mi cuerpo que no me duela. —Le regaló una amplia sonrisa—. Sólo por curiosidad, ¿tienes al día tus vacunas contra la rabia? —Sus ojos le estaban produciendo algo en sus entrañas, provocándole una oleada de calor donde no debía haberla.

Él le miró los labios. La forma de su boca le fascinaba, tanto como el bello resplandor de su alma. Levantó la mano para ponérsela en la mejilla, el pulgar acariciaba su delicada mandíbula, la yema se desplazó hasta la barbilla para encontrarse con la satinada perfección de su labio inferior.

A Shea le dio un vuelco el corazón y el calor se fue más abajo, transformándose en otro tipo de dolor. Él bajó su mano por su cogote. Despacio e inexorablemente llevó su cabeza hacia la suya. Shea cerró los ojos, deseosa, pero a la vez temerosa de que él tomara su sangre.

—Odio tener que alimentarte cada día —murmuró rebelándose.

Entonces su boca rozó la de ella. Shea sintió un sensual estremecimiento que le recorrió todo el cuerpo. Sus dientes mordisquearon su labio inferior, jugueteando, tentando, hechizando.

Dardos de fuego recorrían su torrente sanguíneo. Los músculos de su estómago se contrajeron.

—*Abre la boca, pequeña pelirroja testaruda.* —Sus dientes tiraron de su boca, su lengua se introdujo acariciándola. Shea jadeó, debido al tierno y burlón mensaje y al efecto de sentir sus labios en los suyos. Él se aprovechó inmediatamente y selló su boca contra la de ella, mientras su lengua exploraba cada rincón de su aterciopelada cavidad.

El fuego la abrasaba, se propagaba como si fuera una tormenta. Saltaban chispas y Shea supo lo que era la química, el sentimiento, puro y duro. No existía nada más que su boca reclamando la de su hombre, transportándola a otro mundo del que desconocía su existencia. El suelo cambió de lugar y Shea se agarró a sus hombros para evitar flotar hasta las nubes. Él estaba acabando con cualquier residuo de resistencia, exigiendo su respuesta, acogiendo su reacción, su voraz apetito y su deseo. También estaba en su mente, una posesión al rojo vivo. Ella era suya, sólo suya, siempre suya. Presuntuosa satisfacción masculina.

Shea le dio un empujón en sus amplios hombros y cayó al suelo, secándose la boca con el dorso de la mano. Se miraron mutuamente, hasta que le entró risa. Primitivo, macho, provocador. Su rostro no reflejaba nada, ni un parpadeo en sus gélidos ojos, pero ella sabía que él también se reía.

Al cabo de un momento se dio cuenta de que su bata se había abierto ofreciéndole una generosa visión de su cuerpo desnudo. Con gran dignidad, Shea se la volvió a abrochar.

—Creo que tenemos que aclarar algo. —Se sentó en el suelo, luchando desesperadamente por recobrar su ritmo respiratorio y apagar el fuego que corría por sus venas, Shea temía que no la tomara en serio—. Soy tu médica, tú eres mi paciente. Esto... —Movió una mano como para buscar las palabras adecuadas—. Este tipo de conducta no es ética. Otra cosa más. Aquí mando yo. Eres tú quien ha de obedecer mis órdenes, no a la inversa. Nunca jamás, bajo ninguna circunstancia vuelvas a hacer esto. —Involuntariamente se tocó el labio inferior con los dedos—. Nada de esto habría pasado si no me hubiera infectado con no sé qué variedad de rabia. —Le dijo mirándole.

Él sencillamente la observaba con esa mirada fija y desconcertada. Shea inhaló, arrugó la nariz, desesperada por cambiar de tema a otro más seguro. Se suponía que estaba medio muerto. Debía estar muerto. Nadie sería capaz de besar de ese modo tras la agonía que había pasado. Ella nunca jamás había respondido a nadie del modo en que había reaccionado con él. Jamás. Estaba sorprendida del efecto que él tenía sobre ella.

Hubo un destello repentino en sus ojos, que reflejaba una mezcla de sorpresa y de diversión.

—*Jamás debes responder así con ningún otro hombre. No me gustaría.*

—¡Deja de leer mi mente! —Sus mejillas se sonrojaron y le miró—. Esta es una conversación totalmente impropia de una doctora con su paciente.

—*Quizás sea cierto, pero no entre nosotros.*

Ella apretó los dientes, mientras sus verdes ojos ardían de pasión.

—¡Cállate! —le dijo con rudeza, un tanto desesperada. Tenía que hallar el modo de recobrar el control y él no la estaba ayudando mucho. Respiró lento y profundo para recobrar su dignidad—. Necesitas un baño y tu pelo un buen lavado. —Shea se levantó y acarició suavemente su espesa melena azabache, sin darse cuenta de que ese gesto era curiosamente íntimo—. Tú eras el número siete. Me pregunto si alguno de los otros también estará vivo. Dios mío, espero que no. No tengo modo de encontrarles.

Cuando ella se giraba, él la agarró por la muñeca.

—*¿Qué es el número siete?*

Shea dio un pequeño suspiro.

—Esos hombres, los que me persiguen, tenían fotografías de algunas de las víctimas que habían asesinado hacía unos siete años. Se hallaron ocho cuerpos, aunque probablemente haya muchas más víctimas de lo que nadie pueda imaginar. La gente se refiere a ellos como los cazadores de «vampiros» porque sus víctimas eran asesinadas clavándoles una estaca de madera en el corazón. La foto número siete era la tuya. Eras tú.

Sus ojos la miraron preguntándole más. El hambre empezaba a hacer su aparición, se convertía en un dolor agudo y dispersante. Él estaba tan metido en su mente que ella no podía saber quién de los dos necesitaba sangre desesperadamente.

—¿Sabes cómo te llamas?

Parecía como si estuviera confundido.

—*Sabes, eres mi alma gemela.*

Ella abrió los ojos con expresión de sorpresa.

—¿Tu alma gemela? Tú, ¿tú crees que nos conocemos? Yo no te había visto en mi vida.

Sus ojos negros se entrecerraron. Su mente invadió la de ella en un acto de confusión y consternación. Parecía estar seguro de que le estaba mintiendo.

Shea se pasó la mano por el pelo, el gesto entreabrió ligeramente su bata y levantó sus pechos.

—He soñado contigo. A veces he pensado en ti...incluso quizás he sentido tu presencia. Pero jamás te había visto físicamente hasta hace un par de noches. —¿Hacía tan sólo cuarenta y ocho horas? Parecía una eternidad—. Algo me atrajo al bosque, a ese sótano, no sabía que estabas allí.

Todavía más confundido.

—*¿No lo sabías? Estaba sondeando su mente.* —Ella notaba su presencia en su mente y le resultaba extraño. Él estaba más familiarizado, aunque ella reconocía su contacto. Era raro, emocionante, pero temible que hubiera alguien capaz de alcanzar un conocimiento tan íntimo de su persona. Shea se decía a sí misma que le permitía examinarla sólo porque le veía muy agitado. Sentía la necesidad propia de su profesión de tranquilizarle, de eliminar todo sufrimiento de su cuerpo y de su mente. Esa necesidad nada tenía que ver con el modo en que él conseguía que se sintiera.

Todo lo que la rodeaba, ahora parecía tan diferente. Los colores eran más vívidos, más profundos. A Shea le molestaba su propia aceptación de tantos acontecimientos extraños, la facilidad con la que él entraba y salía de su mente. Sus dedos de pronto la estrecharon como una cinta alrededor de su cintura.

—*Soy Jacques. Soy tu compañero. No cabe duda de que puedo compartir tu mente. Es mi derecho, como lo es el tuyo compartir la mía. Más que un derecho, es una necesidad para ambos.*

No tenía ni idea de lo que le estaba diciendo, de modo que no le hizo caso y por otra parte, le preocupaba saber tan poco de él. De pronto, volvió a sentir la necesidad de tocar su melena.

—¿Puedes hablar en voz alta?

Sus ojos respondieron, impacientes y frustrados ante su imposibilidad.

Ella le tocó la frente, calmándole, relajándole.

—No te preocupes. Has sufrido mucho. Date un tiempo. Te estás curando increíblemente rápido. ¿Sabes quién te hizo esto?

—*Dos humanos y un traidor.* —La rabia volvió a aflorar y por un momento surgieron llamas rojas de la profundidad de sus ojos negros.

A Shea casi se le para el corazón y se echó hacia atrás para poner distancia entre ellos. Él se movió más rápido, casi no vio su brazo y sus dedos ya estaban de nuevo en su cintura, impidiéndole escapar. Era imposible soltarse —sentía su fuerza bruta— sin embargo, no le hacía daño.

En un acto de autocontrol, aplacó sus demonios enojado por haberla alarmado. Le acarició suavemente la parte interior de su muñeca con el pulgar, revelándole el ritmo frenético de su pulso. Muy, muy suavemente la fue atrayendo hasta que estuvo a su lado.

—*No sé mucho de mi pasado, pero he sabido de ti casi desde el principio de mi agonía. Te he esperado. Te he llamado. Te he odiado por permitir que siguiera mi padecimiento.*

Ella tomó su cara entre sus manos, ansiosa de pronto por que él la creyera.

—No lo sabía. Te lo juro. No lo sabía. Jamás te hubiera dejado allí. —Se le hizo un doloroso nudo en la garganta por no haber podido poner fin antes a su suplicio. ¿Qué era lo que le atraía a él como si fuera un imán, que la cautivaba y hacía que ella quisiera aliviarle su dolor? Su necesidad era tan grande, tan intensa, que apenas podía soportar verle yaciendo tan vulnerable y destrozado.

—*Sé que me dices la verdad; no puedes mentirme. Tuviste mucho valor al rescatarme. Pero como tu pareja sólo puedo prohibirte que vuelvas a arriesgarte de ese modo.*

Parecía totalmente satisfecho, como si ella fuera a hacerle caso, sólo porque él así lo deseara. Cada momento en que estaba despierto se volvía más tirano, más posesivo. Ella le miró con sus ojos verdes que ardían peligrosamente.

—Puedes dejar de darme órdenes, Sr. Jacques o quienquiera que seas. Nadie me dice lo que tengo que hacer.

Sus ojos negros se deslizaron con calma sobre ella. De modo que ella no había formado parte de su vida con anterioridad. Esta información le sorprendió. ¿De dónde había sacado el valor para salvarle del modo en que lo hizo? ¿Cómo había regresado a él después de que casi le seccionara la garganta? Sus manos estrecharon su cintura y tiraron de ella hasta que se relajó contra su cuerpo.

—*Eres mi alma gemela.*

Sus palabras surgían de algún lugar muy profundo de su corazón. No tenía idea de por qué necesitaba decírselo. Sólo sabía que tenía que hacerlo, parecía como si todo su ser se viera impulsado a pronunciar esas palabras desde su alma.

—*Te reclamo como mi compañera. Te pertenezco. Te ofrezco mi vida. Te doy mi protección, mi lealtad, mi corazón, mi alma y mi cuerpo. A mi vez tomo lo mismo de ti. Tu vida, felicidad y bienestar serán para mí lo más valioso y los antepondré a mi propia vida. Eres mi mujer y estás ligada a mí por toda la eternidad, siempre a mi cuidado.*

Shea oyó sus palabras que resonaron en su mente, notó una oleada de calor, de sangre. Sintió miedo, terror.

—¿Qué has hecho? —Susurró ella con los ojos abiertos como lunas llenas—. ¿Qué nos has hecho?

—*Tú sabes la respuesta.*

Ella movió la cabeza con firmeza.

—No, no lo sé. Pero soy diferente, puedo sentirlo. Esas palabras nos han hecho algo.

Podía sentirlo, aunque no describirlo. Podía sentir como si un millón de pequeñas hebras unieran sus almas, como si entretejieran sus corazones y sus mentes. Con él ya no se sentía una entidad aislada, sino un ser completo. Siempre había sentido una cruda soledad en su interior, ahora había desaparecido.

Le soltó la muñeca con desgana y le pasó los dedos por su larga mejilla. Volvió a conectar mentalmente con ella y descubrió verdadero miedo y confusión.

—Estoy en la misma oscuridad que tú. Lo único que sé es que pusiste fin a mi sufrimiento, que respondiste a mi llamada, que reconozco a mi otra mitad, que eres la luz de mi oscuridad.

Ella se apartó de él, asegurándose estar fuera de su alcance.

—Soy tu médica Jacques, nada más. Curo a la gente. —Dijo eso más para ella misma que para él. Shea no tenía ni idea de lo que él estaba hablando. Le preocupaba que a Jacques su mente le estuviera jugando malas pasadas, creando fantasías. Intelectualmente, sabía que nadie podía atar a otra persona con palabras, sin embargo, ella sentía como si unos hilos les unieran.

Había demasiadas cosas que no entendía. Jacques estaba medio loco, su mente destrozada, sus recuerdos eran pequeños fragmentos inconexos, pero quizás él estuviera más equilibrado que ella. Ese pensamiento la asustaba.

Shea tenía mucha hambre, su necesidad de sangre era imperiosa. Jamás había experimentado semejante necesidad. Llegó a la conclusión de que estaba sintiendo el hambre de Jacques, que de algún modo compartía su malestar. Enseguida vertió casi un litro de sangre en una jarra y se lo puso en la mesilla de noche.

—Lo siento debía haberme dado cuenta de que tenías hambre. Si me dejaras que te inyectara fluidos intravenosos, te ayudaría. —En el momento en que le dejó la jarra, se marchó a su ordenador.

Él no hizo caso del comentario.

—*¿Por qué no te alimentas tú?* —Le hizo esa pregunta extrañado, por curiosidad. Sus ojos negros estaban pensativos mientras la estudiaba.

Shea le observaba desde su puesto de seguridad al otro extremo de la estancia. El mero peso de su mirada rompía su concentración, le cortaba la respiración. Se sentía demasiado posesiva con su paciente. No tenía derecho a involucrar su vida con la suya de ese modo. Le asustaba reaccionar de un modo tan poco corriente con él. Siempre se había sentido distante, remota, desapegada de la gente y de las cosas que la rodeaban. Su mente analítica simplemente computerizaba datos. Pero ahora, sólo podía pensar en él, en su dolor, en su sufrimiento, en el modo en que la miraba, con los ojos entreabiertos, en lo sexy que era. Shea se sobresaltó. ¿De dónde había surgido ese pensamiento?

Consciente de que no quería que él leyera su mente en ese preciso momento, Jacques actuó como un caballero e hizo ver que no se dio cuenta. Era agradable saber que ella le encontraba sexy. Con un cierto aire de orgullo se volvió a recostar con los ojos cerrados, sus largas pestañas destacaban sobre su pálida piel.

A pesar de que tenía los ojos cerrados, Shea tenía la sensación de que observaba cada uno de sus movimientos.

—Descansa mientras me ducho y me cambio de ropa. —Se llevó las manos a la cabeza en un fútil intento de arreglarse su enmarañada melena.

Él siguió con los ojos cerrados, respiraba relajadamente.

—*Puedo sentir tu apetito, tu necesidad de sangre es casi como la mía. ¿Por qué intentas ocultármelo?* —Exhaló mientras tuvo una percepción interior—. *¿Es que te escondes de tus propias necesidades? Eso es...¿no te das cuenta de que es tu hambre, tu necesidad o necesidades?*

La dulzura de su tono invadió su cuerpo de un inesperado calor. Furiosa de que pudiera tener razón, se metió en el cuarto de baño, se sacó la ropa y dejó que el agua caliente cayera sobre su cabeza.

Su risa era suave y provocadora.

—*¿Crees que puedes huir de mí, mi pequeña pelirroja? Vivo en ti del mismo modo que tú vives en mí.*

Shea suspiró, se giró y buscó desesperadamente una toalla. Tardó un momento en darse cuenta de que él todavía estaba en la habitación. La conexión entre ambos era cada vez más fuerte. Ahora la deseaba, le gustaba, sin embargo, le molestaba que pudiera parecerle tan normal y natural semejante intimidad con alguien, cuando no era así.

De pronto se dio cuenta de que ya parecía tener indicios de las funciones corporales normales. Como de costumbre, su intelecto se impuso para analizar la situación. Su cerebro empezó a procesar información fríamente, analizando los distintos cambios que había observado, conectándolos con su reciente enfermedad y con el fuego que había sentido en sus órganos. Era una locura, pero sabía que algo había cambiado en ella físicamente. Algo había cambiado su código genético.

Shea pasó un tiempo arreglándose el pelo, zarandeando sus tejanos, ajustándose su ceñida camiseta de algodón, dejando que su mente asimilara la nueva información. Le daba miedo, pero a su vez le fascinaba. Desearía haberlo observado en otra persona en lugar de en ella misma. Clínicamente era difícil de aceptar, cuando era su propio cuerpo el que estaba estudiando.

—¡Un cuerpo tan bello!

Casi se le cae el cepillo.

—¡Para ya! —El suave y aterciopelado tono de su voz le provocaba una ola de calor por todo el cuerpo. Era injusto y pecaminoso tener esa voz.

—Nunca pensé que me hablarías como lo haría mi mujer. He esperado mucho tiempo para oír ese comentario. —Ahora el tono era más bien burlón.

Shea se quedó muy quieta. Su rostro se reflejaba en el espejo, visiblemente pálido. No había dicho nada en voz alta, sin embargo, él la había oído. Se mordisqueó el labio inferior. El cambio no se había producido sólo en su cuerpo. Podía hablar con él mentalmente. Le chocaba pensar que tal cosa pudiera ser normal. Si no lo pensaba o analizaba, casi podía aceptarlo. Se puso a temblar. Extendió los brazos al frente y observó con desagrado cómo temblaban. Era médica y nada podía hacerle perder la calma. Más que eso, sabía lo que valía, confiaba plenamente en sí misma.

Levantó la barbilla. Entró en la habitación evitando mirarle, abrió la puerta de la nevera y sacó un zumo de manzana. El estómago le dio un vuelco. La idea de tragar un líquido le daba náuseas. Algo había cambiado dentro de ella de un modo espectacular, tal como sospechaba. Necesitaba sacar más muestras de sangre, para descubrir qué era lo que le estaba pasando. No obstante, era la primera vez que no le apetecía estudiar los datos.

—¿*Qué estás haciendo?* —Le preguntó intrigado.

—En realidad, no estoy muy segura. Pensaba que iba a beber zumo, pero... —Se calló, no sabía qué decir. Shea siempre tenía las cosas muy claras y ahora se había quedado sin palabras—. Vertió el zumo en el vaso y lo contempló sin saber qué hacer.

—*Te pondrás enferma. No lo toques.*

—¿Por qué iba a hacerme daño un simple zumo de manzana? —preguntó ella, con curiosidad. ¿Sabía él lo que le había pasado?

—*Necesitas sangre. No estás lo bastante fuerte. He explorado tu cuerpo. Aunque todavía no puedo ayudarte, puedo ver que necesitas la nutrición adecuada. Tu cuerpo no puede cumplir con todo lo que le exiges.*

—No quiero discutir lo que debo o no debo hacer. —Le molestó su tono de preocupación, casi tierno. Su voz tenía la facultad de hacerle hacer lo que él le pedía, incluido beber sangre. Podía sentirlo. Podía escuchar su corazón, cómo corría su sangre por sus venas. Durante un segundo permitió que el eco de su voz retumbara en su mente, saciar el hambre que la devoraba. Se mordió con fuerza el labio inferior. Tenía que poner distancia entre ambos. Su personalidad era demasiado absorbente. Algo en su interior, un aspecto primitivo que no sabía que existía, le atraía hacia él. La química era tan fuerte, que le dolía hasta mirarle. Shea abrió la cerradura de la puerta de entrada y empezó a abrirla.

—¡*Detente!* —La orden era suave, pero amenazadora, ella captó su desesperación. La puerta pareció escapársele de la mano por alguna fuerza desconocida y se cerró de golpe. Conmocionada, soltó el vaso que llevaba en la mano. Se hizo añicos en el suelo. El zumo de manzana hizo una mancha dorada, el dibujo que formó era muy extraño, casi como las mandíbulas de un lobo.

Jacques hizo un esfuerzo por calmarse. Era un infierno verse tan impotente, estar atrapado en un cuerpo inútil. Inhaló profundo, soltó el aire lentamente, liberando el terror que su precipitada acción le había producido.

—*Lo siento Shea. No inspeccionaste para comprobar si había peligro cerca. Nos están buscando. No lo olvides nunca. Has de estar junto a mí para que pueda serte útil si te amenazan. No pretendía asustarte.*

Ella le miró, sus ojos verdes estaban desconcertados.

—No sé lo que quieres decir con explorar para ver si hay peligro. —Dijo ella con un tono ausente, como si estuviera pensando en otra cosa.

—*Ven aquí conmigo.* —Susurró su voz sobre su piel. Le alargó la mano, sus ojos eran elocuentes, hambrientos. Él quería algo que ella no se atrevía a pensar.

—¡Ni muerta! —Él era tan sensual, tan sexy, que le cortó la respiración. Shea se apoyó en la pared para no caerse.

—*No pido mucho. Ven aquí. Sólo estoy a unos pasos de ti.*

Se sentía como envuelta en terciopelo negro y el calor inundaba su mente.

Ella le miraba detenidamente.

—¿Sabes lo que me pasa verdad? Me has hecho algo. Sé que lo has hecho. Lo siento. Dime qué me has hecho. —Su rostro estaba pálido y sus enormes ojos le acusaban.

—*Somos uno, estamos unidos.*

Estaba aturdida. Jacques sentía su confusión; él era como una sombra en su mente. Pero estaba tan confundido como ella. Verdaderamente, no había entendido lo que le quiso decir con inspeccionar, acto que estaba tan arraigado a él como su respiración. Ella no tenía ni la menor idea de lo que significaba estar unidos, aunque para él estaba muy claro. De todos modos no estaba seguro de poder explicárselo adecuadamente. ¿Por qué no sabía ella esas cosas? Era él quien había padecido las lesiones. Su mente estaba maltrecha, sus recuerdos esparcidos por los cuatro vientos.

Ella se frotó la frente con la mano temblorosa.

—¿Has sido tú quien ha cerrado la puerta, verdad? La sacaste de mis manos y la cerraste de golpe desde la cama. Lo hiciste mentalmente, ¿no es así? —ella podía hacer muchas cosas, tenía facultades especiales, pero este desconocido tenía unos poderes tremendos con los que los suyos apenas podían compararse. ¿Qué era él? ¿De qué más era capaz? La atracción entre ambos era muy intensa, ¿había dejado que algo fuera de ella le dictara sus acciones? No tenía clara la respuesta.

Jacques intentó tranquilizarla. No sabía qué era lo que le preocupaba tanto, —para él era normal mover objetos con la mente— pero lo que necesitaba era calmar su angustia. Le envió seguridad, calor, consuelo.

—*Lo siento Shea, sólo pensaba en protegerte. Es muy duro para mí pensar que nos están buscando mientras yo estoy tan indefenso y no podemos abandonar este lugar debido a mi estado. Te he vinculado a mí y te pongo en peligro.*

Intentó por todos los medios compensar el trastorno que le había causado su insensatez. Ella se merecía mucho más que un compañero medio loco. No parecía darse cuenta de lo que realmente necesitaban para sobrevivir.

—*No te imaginas a qué tipo de monstruos nos enfrentamos. Es importante que siempre inspecciones cuando estés despierta, antes de abandonar el lugar donde vives.* —Intentó ser amable mientras le transmitía la información. A él le resultaba fácil leer sus temores.

—No sé lo que quieres decir.

Verla tan confundida le despertó una necesidad de protegerla tan imperiosa que trastocó su pequeño mundo. Quería estrecharla entre sus brazos y protegerla en su alma durante toda la eternidad. Su aspecto era tremendamente frágil y sus preguntas eran tan fáciles de leer en su mente como en su rostro transparente. Sus oscuros ojos se abrieron de repente en un acto de comprensión súbita.

—*¿No conoces nada de las costumbres de nuestro pueblo, no es así?*

—¿Qué pueblo? Yo soy americana, de descendencia irlandesa. He venido aquí para investigar una extraña enfermedad sanguínea, que según parece compartimos. Eso es todo. —Sin darse cuenta se estaba mordiendo de nuevo el labio inferior, los nudillos estaban blancos de la presión que hacia al apretar los puños, su cuerpo tenso, a la espera de una respuesta.

Él maldijo su incapacidad para recordar algunas cosas básicas que estaba seguro que eran importantes para ambos. Si ella estaba en las mismas tinieblas que él, tenían un grave problema. Era frustrante tener tantas lagunas.

—*Tú perteneces a esta tierra. Estoy totalmente seguro de que eres mía y de que nos pertenecemos.*

Shea sacudió la cabeza.

—Mi madre era irlandesa. Mi padre era de esta región, pero no le he visto jamás. Llegué aquí por primera vez hace un par de meses. Te juro que no he estado nunca antes en este país.

—*No tenemos un trastorno, no es una enfermedad. Nuestra gente ha sido así desde los albores del tiempo.* —No sabía de dónde procedía esa información. Simplemente, la sabía.

—Pero eso es imposible. La gente no necesita beber sangre para vivir. Jacques, soy médica. Investigo continuamente. Lo sé. Esto es algo muy raro. —Podía notar como el aire de sus pulmones se negaba a salir.

—*¿Puedes aceptar que he estado enterrado vivo durante una eternidad, pero no que existe nuestra raza?*

Shea se agachó para recoger los trozos de cristal que había en el suelo, necesitaba hacer algo banal mientras intentaba controlarse. ¿Qué es lo que le estaba diciendo realmente? ¿Qué no tenía una enfermedad de la sangre sino que pertenecía a otra raza o...especie?

—No sabemos cuánto tiempo estuviste allí —dijo ella incómoda, mientras secaba el zumo con una bayeta.

—*¿Cuánto tiempo hace que te enseñaron mi foto?*

Shea tiró el vaso roto a la basura.

—Hace un par de años —admitió con desgana—. Los asesinatos de vampiros tuvieron lugar hacer siete años. Pero habría sido totalmente imposible que hubieras sobrevivido tanto tiempo. Eso significaría que habrías estado enterrado con una estaca clavada durante siete años. Es imposible Jacques. —Se giró hacia él y le miró con sus enormes ojos—. ¿Verdad?

—*No, si bloqueo mi corazón y mis pulmones, de ese modo, mi sangre no se pierde* —le explicó eligiendo cuidadosamente sus palabras, temeroso de asustarla.

Pero tuvo justo el efecto contrario.

—¿Puedes hacer eso? ¿De verdad puedes hacerlo? —Ahora estaba excitada—. Puedes controlar tu ritmo cardíaco, bajarlo o subirlo a voluntad? ¡Dios mío, Jacques eso es increíble! Hay monjes que hacen esas cosas, pero no en el grado que tú dices.

—*Puedo detener mi corazón si lo necesito. Tú también puedes hacerlo.*

—No, yo no. —Ella rechazó la idea haciendo un gesto con la mano por considerarla absurda—. Pero, ¿realmente lo hiciste? ¿Detuviste tu corazón? ¿Así es cómo sobreviviste enterrado vivo? Señor, eso debe haberte hecho perder la razón. No sé si puedo llegar a creérmelo. ¿Cómo comías? Tenías las dos manos esposadas. —Pensamientos y preguntas se precipitaban uno tras otro en su excitación.

—*Rara vez me despertaba, sólo cuando notaba que había sangre cerca. Llamaba a las criaturas. Debes saber que tú también puedes hacerlo.* —Estaba contento de por fin poder darle información—. *Me las arreglé para poder hacer un agujero en la madera para que pudieran entrar.*

Shea podía llamar a los animales, lo había hecho desde que era pequeña. Esa facultad que ambos compartían explicaba la presencia de los esqueletos de rata que ella había visto enterrados en la pared junto a él.

—¿Quieres decirme que hay otros que también pueden hacer estas cosas? —Se apresuró al ordenador y conectó el generador para poder trabajar—. ¿Qué más recuerdas?

Estaba entusiasmada, él quería darle más información, pero por más que intentaba obtener más y más, su cabeza simplemente retumbaba y los recuerdos le eludían. Shea sintió su desesperación, le miró y vio las gotitas de sudor en su frente.

Inmediatamente, sus ojos se encendieron y curvó suavemente los labios.

—Lo siento Jacques. Fue una insensatez por mi parte presionarte de ese modo. No intentes pensar ahora. Al final recobrarás la memoria. Tengo mucho material para trabajar. Descansa.

Agradecido por su compasión, Jacques dejó que los fragmentos de su memoria se escaparan durante un tiempo y le dejaran descansar. Observó con interés cómo Shea se sacaba una muestra de sangre del brazo y colocaba varias gotas en distintas piezas de cristal cuadradas. Estaba tan entusiasmada, tan exultante que se olvidó de su devorador apetito. Los hechos, las hipótesis y el bombardeo de datos consumían su mente. De pronto, ella se había alejado de él quedándose totalmente absorta en su trabajo. Jacques la observaba, alargó el brazo para tomar la jarra de sangre que le había dejado encima de la mesita y bebió para saciar su terrible hambre.

Después de una hora de observarla vio que Shea seguía totalmente enfocada en lo que quiera que estuviera haciendo, concentrándose totalmente en su tarea. Disfrutaba mirándola, la encontraba fascinante, cada movimiento de su cabeza, el contorno de sus largas pestañas. Solía llevarse el pelo hacia atrás cuando algo la sorprendía y se mordisqueaba el labio inferior cuando algo le preocupaba. Sus dedos volaban por el teclado y su mirada no se apartaba del monitor. Solía consultar notas y varios libros frunciendo ligeramente el ceño. A él le gustaba ese fruncido y su costumbre de morderse el labio.

Cada vez que se daba cuenta de que tenía hambre, parecía ser capaz de olvidarse de ella, de apartarla. Del mismo modo que le había apartado temporalmente a él, le había expulsado de sus pensamientos. Eso le molestaba un poco, pero también le hacía sentirse orgulloso de ella. Todo lo que hacía lo hacía con pasión. Sin embargo, Shea no se daba cuenta del peligro que corría al estar tan absorta en su trabajo y olvidarse de lo que sucedía a su alrededor. Jacques pensó en recordarle los riesgos, pero optó por permanecer alerta para inspeccionar los alrededores, entrando y saliendo del sueño mortal.

Jacques se despertó cuatro horas más tarde, luego maldijo el dolor que le recorría el cuerpo. Sentía hambre, debilidad, mareo. Sus ojos negros buscaron a Shea. Estaba ojeando una libreta de notas con un lápiz entre los dientes. Su piel era muy pálida casi translúcida. Las intensas emociones que flotaban en el ambiente eran suyas, sin embargo, no parecía darse cuenta de ellas. Su mente se resistía a fusionarse con la de él, podía notar que sintonizaba, que vibraba de necesidad, pero era disciplinada, fuerte y muy decidida. Volvió a controlar sus pensamientos y a centrarse en su trabajo.

Él notó una extraña sensación de ternura en la región del corazón. El odio y la furia sin límites, la necesidad de venganza, de revancha, habían sido la fuerza motriz para seguir viviendo. No se creía capaz de sentir ternura, sin embargo, lo había conseguido gracias a ella. Él era ante todo un depredador. Shea era la luz de su oscuridad, irradiaba belleza como si brillara a través de su piel desde su alma. Ella le había transmitido emociones más dulces.

Shea necesitaba un descanso, pero lo que más necesitaba era alimentarse. No obstante, para ser sincero, él necesitaba tocarla, necesitaba su atención. Deliberadamente, lanzó un gemido mental y cerró los ojos. Al instante, notó que ella se alertaba, notó su preocupación. Un ruido de papeles indicaba que había apartado sus notas. Jacques, se relajó en señal de triunfo, concentrándose en el dolor que inundaba a su abatido cuerpo.

Shea echó un vistazo a la habitación sin percatarse de lo silenciosa que estaba, de lo eficiente que era su cuerpo, moviéndose con gracia y velocidad. Le puso su mano fría sobre la frente para relajarle. Le peinó el mugriento pelo, su tacto era tan suave que le dolía el corazón. Se inclinó sobre él para examinarle las heridas como profesional. Los antibióticos no le hacían ningún efecto como tampoco se lo hacían a ella. Quizás más tierra ayudaría a cicatrizar.

—Siento no poderte aliviar el dolor, Jacques. Lo haría si pudiera. —Su voz estaba cargada de preocupación, de lamento—. Te pondré tierra fresca y te lavaré el pelo. Ya sé que no es mucho, pero puede ser relajante y aliviarte. —Sus dedos se sintieron atraídos de nuevo hacia su melena, luego siguieron la curva de su mejilla con una pequeña caricia.

Sus dos manos se alzaron y la agarraron con una sorprendente fuerza, sus negros ojos se apoderaron de los de Shea y ésta sintió que caía en esas misteriosas y oscuras profundidades.

—*No te has alimentado.*

Ella podría perderse en la eternidad en su mirada. Podía oír el sonido de su corazón sintonizando con el de Jacques. Era extraño y normal a la vez observar que sus corazones querían latir al unísono.

—No bebo sangre humana, me hago una transfusión si estoy desesperada, pero no soy capaz de bebérmela —le explicó en voz baja. Ella podía sentirle en su mente en esos momentos, sentir su tacto era tranquilizante y suave. Pero también podía notar mucha autoridad. Su voluntad era tan fuerte que nada podía resistírsele cuando insistía en algo. Quería que él la comprendiera.

—Soy humana Jacques. Beber sangre es una aberración para mí.

—*Intentar vivir sin alimentarse es peligroso. Has de beber.*

Aunque Jacques intentó que fuera una orden simple, la pronunció con suavidad. No sabía de dónde procedía la información, sólo que era cierta. Él tenía claro que ella quería su comprensión en cuanto al ridículo régimen al que se estaba sometiendo, pero para él no tenía sentido y no podía permitir semejante tontería. Tenía que hallar el modo en que se diera cuenta de lo que se estaba haciendo.

Ella le retiró el pelo hacia atrás, el tacto de sus dedos despertaba curiosas reacciones en su maltrecho cuerpo. Inconsciente de lo que le estaba haciendo, Shea le sonrió mirándole a los ojos.

—Hace mucho tiempo que acepté mi muerte si no podía encontrar una cura. Ahora, ¿quieres que te lave el pelo?

Le puso las manos en sus finos hombros y la atrajo hacia sí.

—*Sabes una cosa, mi pequeña pelirroja, como compañero de tu vida tengo el deber de velar por tu salud. Mi propósito en la vida es protegerte, cuidar de tus necesidades. Eres débil e incapaz de realizar las habilidades esenciales para tu supervivencia. Esto no puede seguir así. Has de tomarte la sangre que me estás dando.*

Había algo mágico en su voz. Podría estar escuchándole eternamente.

—Queda muy poca. Pronto tendré que ir al banco de sangre. —Había utilizado casi todas las dosis para sustituir la tremenda cantidad de sangre que había perdido—. Jacques, de verdad, no te preocupes por mí. Siempre hago esto.

—*Mírame, pequeña Shea.* —Su voz bajó una octava. Grave, persuasiva y seductora. Sus ojos negros captaban la atención de los verdes ojos de Shea. Una oleada de calor inundó su mente; sus brazos la rodearon, la estrecharon. Ella caía cada vez más profundo en los abismos de su ardor.

—*Aceptarás mi sangre, puesto que se supone que has de hacerlo.* —Le dio la orden con suavidad y firmeza, uniendo ambas mentes. La fuerza de su voluntad, forjada con siglos de práctica y curtida con los fuegos del infierno, conquistó la de ella. Sin dudarlo le llevó la cabeza hacia su pecho, abrazándola con ternura.

Parecía tan ligera, tan pequeña y frágil. Le encantaba el perfil de su garganta, la perfección satinada de su piel, su boca. Con una de sus uñas, Jacques se hizo un pequeño corte en sus potentes músculos y le puso la boca sobre el mismo, de pronto, sintió un inesperado calor en su interior. Sus vísceras se encogieron y afloró un dulce pero agudo deseo. El contacto de su boca sobre su cuerpo era muy erótico. Sus mentes se fusionaron mientras él la tenía en sus brazos. Era un grado de intimidad desconocido para él. En medio del sufrimiento y de la oscuridad, del odio y la rabia, ella había traído la luz, la compasión y el valor. Donde sólo había una profunda desesperación y vacío, ella le había proporcionado la fuerza y el poder, el inicio de la esperanza. Donde sólo había sufrimiento sin fin, un infierno eterno, ella estaba aportando belleza y un placer intenso que casi no podía comprender.

Jacques no quería que finalizara su unión, pero necesitaba cada gota de su sangre para intentar sanar su destrozado cuerpo y recomponer su mente trastocada. No dejó que ella tomara demasiada, pues también empezaba a tener hambre. Necesitaba sangre fresca, caliente y rica, directa de su presa. Sin ningunas ganas la detuvo y sintió una deliciosa sensación sobre la piel mientras ella le acariciaba con su lengua para cerrarle la herida.

Por un momento dejó caer su cabeza sobre la de Shea, saboreando la proximidad de su cuerpo, su olor, la belleza de su espíritu. Ya no podía soportar estar sólo, separado de ella ni por un momento. Siete años de oscuridad, de total aislamiento, de creer que ella había permitido o incluso alargado deliberadamente su sufrimiento. Saber que eso no era cierto, que en realidad, su valor le había salvado, le había devuelto la esperanza, la oportunidad de vivir. Jacques no podría superar su pérdida. No podía dejar que ella se apartara de su vista, de su mente. Estaba tan desestructurado que sólo ella podía ayudarle a mantener su cordura.

La fue soltando lentamente, observándola con detenimiento, atentamente, con sus ojos negros rebosando de deseo. Sus largas pestañas se movieron y se fue pasando su aletargamiento, dando paso al brillo de sus impecables y misteriosas esmeraldas. Su fría belleza se encendió.

—¿Qué me has hecho esta vez Jacques? Tú no puedes cuidar de mí. Lo digo en serio. No tienes ni idea de lo grave que estás. No puedes asumir la pérdida de sangre. —Su tenue sonrisa siempre estaba en su mente—.

—*Eres mi compañera, siempre te cuidaré. No puedo hacer otra cosa que darte lo que necesitas.*

Ella movió la cabeza lentamente.

—¿Qué voy a hacer contigo? Necesitas cada gota de sangre que pueda conseguir. Estoy acostumbrada a arreglármelas con pequeñas dosis.

—*Con arreglárnoslas, no basta.* —Le dijo con un gruñido y destellos en los ojos.

Shea miró hacia arriba.

—Al menos tiene la decencia de parecer culpable. No tenías por qué ser tan petulante y sumamente molesto. —Sus dedos se enredaron de nuevo en su enmarañado pelo y se los apartó de la frente—. Me pregunto dónde estará tu familia Jacques.

La confusión se reflejó en sus ojos, de pronto le inundó un oscuro vacío de dolor intenso. Ella le tomó la mano, tambaleándose, aunque fuera sólo durante una décima de segundo, por el impacto de su agonía que percibió gracias a su comunicación telepática.

—Para, Jacques. No intentes forzar tu memoria. Volverá cuando te hayas curado. Relájate. Te limpiaré las heridas y te lavaré el pelo. Eso te tranquilizará.

Sus dedos tenían un relajante efecto sobre su piel, refrescaban su mente en llamas. Su cuerpo respondió, los músculos se relajaron, liberando parte del dolor que le aquejaba. Su tacto le proporcionaba un poco de luz, la esperanza de que ese dolor terminaría algún día. Cerró los ojos y se entregó a sus cuidados. Oírla moviéndose suavemente por la cabaña era reconfortante. Su aroma natural y el ligero perfume de hierbas y flores que emanaba de su piel y cabello parecían rodearle como si fueran unos acogedores brazos que le estuvieran estrechando.

Shea le tocaba con cuidado mientras examinaba sus heridas. Su esponja pasaba rozando sus cicatrices, dejando una estela de cosquillas. El agua templada sobre su pelo mientras ella abrazaba su cabeza era muy agradable, casi sensual. Cuando sus dedos le masajeaban el cráneo con el champú de hierbas, se concentró en esa sensación, durante unos minutos pudo olvidar su mundo de sufrimiento.

—Tienes un pelo muy bonito. —Le dijo ella suavemente, sacándole la espuma con más agua tibia. Le dolía el brazo del esfuerzo de sostenerle la cabeza sobre la palangana de plástico, pero se daba cuenta de que le estaba relajando. Sacó la jofaina, puso una toalla sobre la almohada y le ayudó a colocarse en su posición original.

Mientras le secaba el pelo, sus manos le acariciaban la cabeza, le gustaba tocarle.

—Estás muy cansado. Vuelve a dormir.

—*Más sangre.*

El tono ronco y amodorrado de su voz en su mente la calentó y excitó sus partes más íntimas.

Sin dudarlo, Shea vertió otra dosis de sangre en un vaso y se puso a recoger las cosas y a fregar el suelo. Al pasar al lado de la cama, sacó una mano, la agarró por la cintura y la llevó junto a él.

—¿Qué? —Shea se quedó sentada al borde de la cama, con una leve sonrisa en su rostro y sus ojos llenos de ternura, aunque inconsciente de ello.

Él le puso la mano en el brazo y la subió para masajearle su dolorido hombro.

—*Gracias, mi pequeña pelirroja. Has hecho que me volviera a sentir vivo.*

—Estás vivo, Jacques —le aseguró, arreglándole otra vez el pelo. —Poco respetuoso, pero vivo sin lugar a dudas. No sé de ninguna doctora a la que la llamen «pequeña pelirroja».

Su risa silenciosa permaneció en su mente mucho después de caer en el estado del sueño de los mortales. En algún plano estaba consciente de su proximidad, mientras ella mezclaba tierra, hierbas y saliva para curar sus heridas y eso le tranquilizaba, alejaba su rabia, su dolor y el terror a su vacío y aislado mundo.

4

Shea abrió la puerta a la noche e inhaló profundo. La cantidad de información que tenía la desbordaba. Las criaturas nocturnas merodeaban por el bosque y ella sabía el lugar exacto donde se encontraba cada animal, desde una manada de lobos a varios kilómetros de distancia hasta los tres ratoncillos que rondaban por los arbustos que tenía cerca. Podía oír el sonido de las cascadas de agua y el ruido que hacía al chocar contra las rocas. El viento tocaba música a través de los árboles, de los matorrales y de las hojas del suelo. Las estrellas brillaban encima de su cabeza como millones de joyas irradiando sus haces de colores.

Embelesada, Shea salió de la cabaña y dejó la puerta abierta para que saliera todo el olor de sangre, sudor y sufrimiento que invadía la casa y entrara aire fresco y limpio. Podía escuchar el sonido de la savia que fluía por los árboles como si fuera sangre. Cada planta tenía un aroma especial, un color vivo. Era como si hubiera vuelto a nacer en un mundo nuevo. Levantó la cabeza hacia las estrellas, tomando aire profundamente, relajándose por primera vez en cuarenta y ocho horas.

Un búho cruzó el cielo en silencio, cada aleteo era increíblemente largo, cada pluma era ahora iridiscente para ella. Esa maravilla la arrastró al interior del bosque. Gotitas de agua esparcidas como diamantes decoraban las rocas cubiertas de musgo. El propio musgo parecía una hilera de esmeraldas esparcidas a lo largo del arroyo y trepando por los troncos de los árboles. Jamás había visto algo tan bello en su vida.

Su mente siempre estaba procesando datos. Todo era como un inmenso rompecabezas, pero todas las piezas empezaban a encajar. Había nacido siendo una mujer que comía comida y caminaba a la luz del sol. Sin embargo, tanto ella como otros, presentaban claras diferencias en su sensibilidad, metabolismo y necesidades nutricionales. Era imposible creer que las leyendas de vampiros fueran ciertas. Pero, ¿podía existir una raza distinta de personas con dones increíbles que necesitaran beber sangre para sobrevivir? ¿Podían vivir mucho tiempo, sobrevivir lo indecible, ser capaces de controlar su corazón y pulmones? Sus cuerpos deberían procesarlo todo de un modo distinto. Sus órganos tendrían que ser diferentes. Todo debería ser diferente.

Shea se apartó el pelo hacia atrás. Se pasó la lengua por el labio inferior y se lo mordisqueó con nerviosismo. Era algo digno de un cuento de hadas o de una película de terror. Un hombre no podía sobrevivir gravemente herido enterrado durante siete años. De ningún modo. No podía ser. Pero ella le había encontrado. No era una mentira. Ella misma le había descubierto. ¿Cómo podía alguien seguir cuerdo después de haber estado enterrado vivo siete años, de estar agonizando en cada momento? Su mente apartó esa pregunta. No quería obsesionarse con ella.

¿Y qué le estaba pasando a su cuerpo? Ella era diferente. Hacía siete años habían comenzado muchos cambios, con un dolor súbito que llegó hasta dejarla inconsciente. Episodio para el cual jamás halló una explicación. Luego, habían comenzado las pesadillas tan persistentes, sin tregua, sin dejarle un momento de paz. Jacques. Siempre Jacques. La foto que le habían enseñado hacía dos años esos carniceros. El séptimo. Jacques. Algo la atraía, la llamaba con insistencia hacia ese horrible lugar de tortura y crueldad. Hacia Jacques. Tenían que estar conectados, de algún modo. La idea parecía imposible. No obstante, ¿no era ya extraña su propia existencia? Ella necesitaba transfusiones y eso no era un problema psicosomático, lo había intentado todo para superarlo. Quizás hubiera otra explicación, alguna que su mente y sus prejuicios humanos no podían comprender, ni tan siquiera con los hechos ante sus narices.

—¡*Shea*! —La llamada fue fuerte, envuelta en miedo y confusión, una sensación de opresión, de oscuridad y de dolor.

—*Estoy aquí Jacques.* —Le contestó con tanta facilidad que ella misma se sorprendió. Para tranquilizarle intentó llenar su mente de todas las cosas bellas que veía.

—*Vuelve, te necesito.*

Ella sonrió ante la exigencia de su tono de voz; pero su corazón se sobresaltó al percibir la cruda verdad que ésta le transmitía. Él nunca intentaba ocultarle nada, ni siquiera su temor básico de que ella le abandonara y tener que enfrentarse de nuevo solo a la oscuridad.

—¡*Niño mimado*! —Le dijo ella mentalmente con ternura—. *No tienes por qué adoptar esa actitud de señor feudal. Enseguida estoy contigo.* —No había ninguna explicación razonable para la dicha que la inundaba cuando Jacques irrumpía posesivamente en su cabeza. También prefirió no pensar demasiado en ello.

—*Ven aquí ahora mismo.* —Parecía algo más relajado, y su miedo al aislamiento más atenuado—. *No quiero despertarme solo.*

—*Necesito descansar de vez en cuando ¿Cómo se supone que he de saber cuándo te vas a despertar?*

Shea estaba bromeando. Él sintió un calor en la zona del vientre. No recordaba haber sentido algo semejante anteriormente. No había vida antes que ella. Sólo monstruosidad. Su mundo había sido un tormento y un infierno. Sin darse cuenta esbozó una sonrisa.

—*Por supuesto que has de saber cuándo me voy a despertar, es tu deber.*

—*Me imaginaba que ibas a decir eso.* Shea se rió en voz alta mientras corría por el escarpado terreno de regreso a casa, manifestando su habilidad para hacerlo con una fuerza como jamás había sentido. Durante un momento le pareció como si le hubieran quitado un peso de los hombros y experimentó una tremenda felicidad.

Jacques se dio cuenta de que no podía apartar sus ojos de ella. Era tan bella, con sus cabellos rojos enredados, pidiendo que los dedos de un hombre se introdujeran entre ellos para estirarlos. A Shea le brillaban los ojos cuando entró en la habitación.

—¿Te encuentras mejor? —Como de costumbre examinó sus heridas para comprobar su progreso.

Él levantó la mano para acariciar la seda de su hermoso pelo.

—Mucho mejor. —Era una mentira descarada y ella le riñó por eso.

—¿De verdad? Estoy empezando a pensar que necesitas un monitor como los que ponemos a los recién nacidos. Quiero que estés quieto. Estoy segura de que has estado moviéndote.

—*Tengo pesadillas.* —Sus negros ojos jamás abandonaban su cara, marcando con fuego su corazón. Nadie tenía derecho a tener unos ojos como los suyos. Ojos sedientos. Ojos de fuego y que prometían una gran pasión.

—Tendremos que hacer algo al respecto —dijo Shea sonriendo. Esperaba que sus propios ojos no estuvieran revelando sus confusos y poco familiares sentimientos hacia él. Pronto los superaría; pero sencillamente era el hombre más atractivo que había conocido nunca.

Nadie la había necesitado como él. Ni su propia madre. Jacques tenía un modo de mirarla como si su vida y el aire que respiraba, dependieran sólo de ella. Su razón le decía que cualquier persona podría hacerle sentir eso, pero se dejó envolver por su sed y su fuego. Por esta vez, perseguida y sola, casi al límite de sus fuerzas y haciendo frente a muchas cosas extrañas, se permitiría disfrutar de esta experiencia única.

Sus ojos negros ardientes de pasión eran tremendamente seductores.

—*Necesito un sueño para deshacerme de mis pesadillas.*

Ella se apartó de él, con la palma de la mano hacia fuera para alejarle.

—Guárdate tus ideas para ti —le advirtió—. —Tienes una mirada hechicera, a la que ninguna mujer puede resistirse—.

—*Eso no es cierto Shea* —negó él, con la boca cediendo a la tentación—. *Sólo una mujer. Tú.*

Ella se rió.

—Me alegro de que no puedas moverte. El sol va a salir y he de cerrar las persianas. Vuelve a dormir. Estaré aquí cuando te despiertes. —Shea dio unas palmaditas sobre la única silla cómoda que tenía.

—*Te estirarás junto a mí donde tienes que estar* —le dijo él. Shea cerró cuidadosamente las persianas y las ventanas. Siempre tenía mucho cuidado en cerrar bien la cabaña. Durante el día ella era muy vulnerable. Notaba cómo su cuerpo bajaba su ritmo, se volvía más pesado y estaba más cansada.

—*Quiero que te acuestes junto a mí.* —Su voz era una pecaminosa caricia, seductora e insistente.

—Creo que te las arreglas bien solo —respondió ella, negándose a mirar sus negros e hipnotizadores ojos. Apagó el ordenador y el generador y cerró la puerta.

—*Tengo pesadillas, mi pequeña pelirroja. El único modo de ahuyentarlas es tenerte a mi lado.* —Parecía muy sincero, inocente y esperanzado.

Shea le sonrió mientras le servía otra dosis más de sangre. Estaba empezando a pensar que el propio diablo se había presentado en su casa. Jacques era la tentación personificada.

—Hace un par de noches te saqué una estaca y ahora tienes una importante herida en esta zona. Si me muevo durmiendo, podría hacerte daño sin darme cuenta y empezarías a sangrar de nuevo. ¿No quieres que pase eso verdad?

Tomó el vaso de su mano y sus dedos se posaron justamente en el mismo lugar donde habían estado hacía un momento los de ella. Le gustaba hacer este tipo de cosas, cosas íntimas que a ella le producían la sensación de tener mariposas en el estómago.

—*No en mi corazón, Shea. No me hirieron en el corazón, como debían haber hecho. Está aquí en mi cuerpo, ¿puedes oírlo? Tu corazón late al mismo ritmo que el mío.*

—¿Eras un donjuán antes de que te enterraran? —le preguntó ella girando la cabeza y lanzándole una sonrisa pícara por encima de su hombro. Shea revisó su pistola para asegurarse de que estaba limpia y cargada. —Te has de beber esto, Jacques, no basta con que lo sostengas en la mano. Luego vuelve a dormir. Cuanto más descanses más rápido te curarás.

—*Insistes en ser mi médica cuando lo que más necesito es que mi compañera venga y se acueste a mi lado.* De nuevo su voz era tentadora.

—Bebe, Jacques. —Intentó hacerse la dura, pero le resultaba imposible cuando él parecía necesitar tanto su compañía.

—*Estoy desesperado.*

Ella no pudo hacer más que mover la cabeza.

—¡Eres tremendo!

Hizo un intento de levantar el vaso para llevárselo a la boca, pero le tembló el brazo.

—*No puedo levantarlo sin tu ayuda Shea estoy demasiado débil.*

—¿Se supone que he de creerte? —Se rió en voz alta, pero acudió a su lado—. Tuviste fuerza para levantarme del suelo con una mano cuando te encontré. No te hagas el niño desvalido, Jacques, porque no cuela.

Pero, coló. Necesitaba sentir su contacto, sentir sus dedos sobre su pelo y ella le acarició su densa melena inconscientemente. Sus dedos se deslizaban como si ella disfrutara tanto de esa sensación como él. Jacques le sacó la pistola de la mano y tiró de ella, tan sediento de sentir su calor como del alimento que ella le proporcionaba. Su olor —a bosque, flores y al propio aire de la noche— le transportaba. La rodeó con su brazo y la retuvo junto a él. Ella se relajó y cerró los ojos.

Shea durmió de manera superficial, su cuerpo era torpe a la luz del día. Jacques yacía junto a ella, inerte, con su pesado brazo pasado posesivamente por su cintura. Varias veces ella intentó levantarse durante las horas vespertinas, pero le fue imposible. Hubo un momento en que oyó un ruido fuera de la cabaña y su corazón latió alarmado, pero fue incapaz de conseguir suficiente energía como para hacer algo más que agarrar con fuerza la pistola que tenía debajo de la almohada. Sabía que era responsable de su seguridad, sin embargo, era incapaz de abrir los ojos ni de levantarse a echar un vistazo para asegurarse de que no hubiera nadie cerca.

Hacía ya mucho rato que se había puesto el sol tras las montañas antes de que Shea pudiera levantarse. El hambre apretaba, dolía, pero el mero hecho de pensar en la comida le daba náuseas. Hizo un esfuerzo para sentarse, se sentía mucho más débil que nunca. Se pasó la mano por su densa melena pelirroja.

Jacques le rodeó el brazo, fue bajando su mano desde el hombro a la muñeca. Era pequeña y delicada, pero tenía mucha fuerza interior. Le sorprendía lo valiente y fuerte que era y sobre todo su compasión. La encontraba interesante, incluso misteriosa. El mundo tal como él lo conocía había empezado siete años antes: dolor, aislamiento y oscuridad. Había nacido un monstruo dentro de él que había eclipsado su alma. Al principio no sentía ninguna emoción, tan sólo una voluntad que no moriría jamás, una gélida determinación, una promesa de venganza por su alma perdida. Los encontraría —al traidor, a los asesinos humanos— y los destruiría. Pero al haber encontrado a su compañera, a pesar de la distancia que les separaba, había empezado a sentir. Ardía en una oscura furia que no cesaría jamás hasta hallar un modo de vengarse por haberle arrebatado su alma. Todas sus emociones eran oscuras y lúgubres, hasta que Shea le cambió. Desde el momento en que conectó con su mente, había permanecido en ese refugio, en esa parte de ella, se había convertido en una sombra tan silenciosa que ella no siempre era consciente de su presencia. No podía soportar estar alejado de Shea.

El puño de Jacques se enredó en su espeso y sensual pelo. Ella despertaba sensaciones en él para las que no tenía nombre. Nunca más podría soportar estar solo en lugares cerrados. Jamás permitiría que ella corriera ningún riesgo. Maldecía en silencio su debilitado cuerpo, se llevó a la cara el sedoso pelo de Shea para oler su fragancia.

—¡Estoy tan cansada! —le confesó ella, balanceándose ligeramente al sentarse al borde la cama. Le resultaba raro tener con quien hablar, despertarse y no estar sola. Lo normal es que Shea se sintiera incómoda en esa situación —jamás había compartido la vida con nadie— sin embargo, con Jacques había una extraña familiaridad, como si le hubiera conocido toda la vida.

En su vida siempre había reinado el aislamiento, siempre se mantenía a distancia. Jacques no respetaba esa barrera, entraba y salía de su mente como si le perteneciera. Su contacto era posesivo, incluso íntimo. Shea se asombraba de sus propios sentimientos y de su extraña afinidad. Estaba entusiasmada con su raro descubrimiento científico, que quizás encerraba la respuesta a una terrible enfermedad que marcaba a los que la padecían como *nosferatu*, impuros. Los muertos vivientes, su raza estaba condenada a una vida de ocultación y desprecio, siempre con temor a ser descubiertos. Era importante descubrir si eran razas distintas o si algún extraño código genético era el causante de su necesidad de alimentarse de sangre.

Shea estudiaba la demacrada pero atractiva cara de Jacques. Parecía joven, pero sin edad. Se le veía atormentado, como si hubiera sufrido mucho, sin embargo, era como una roca. Ahora podía ver su poder, era como una segunda piel. Mordiéndose el labio, se apartó de él con ojos pensativos. Estaba recuperando su fuerza y poder. Su cuerpo sanaba lentamente, pero sus inusuales facultades parecían regresar con mayor rapidez. Se le pasó por la cabeza que podía temer a esa criatura que yacía inerte en su cama. Era evidente que podía ser extremadamente peligroso, capaz de una violencia extrema. Sobre todo con su mente en aquel estado y con su rabia tan profunda.

Jacques suspiró.

—*No me gusta que me tengas miedo, Shea.*

—Si no siguieras leyendo mis pensamientos, Jacques —le dijo con tacto, temerosa de que se enfadara— entonces, no tendrías que enterarte de las cosas que me preocupan. Puedes ser muy violento. Puedo verlo.

Ella se levantó de repente, en un gesto rápido de haber recobrado su energía y dejó que su sedoso pelo se deslizara a través de sus dedos. Jacques, con los ojos medio cerrados observaba los pensamientos transparentes que pasaban por su expresivo rostro. Shea era incapaz de subterfugios. Era como un libro abierto.

—Todavía no he reflexionado sobre lo que ha pasado. Salí en tu búsqueda y te rescaté. Te he hecho sufrir mucho. —Sus grandes ojos verdes se fijaron en el rostro de Jacques. Al momento, se formaron unos oscuros nubarrones en su mirada al notar su tono de burla retumbando en su mente—. ¡Algún idiota ha intentado clavarte una estaca en el corazón y ni siquiera acertó!

—*Por lo cual estoy muy agradecido. Y todavía más de que tú me rescataras. No me gustaba estar prisionero y con semejante sufrimiento.*

—Creo que me alegro de haberte rescatado, pero lo cierto es que he visto que te recuperas más rápido de lo esperado. Ahora eres todavía más peligroso, ¿no es así?

—*Jamás para ti* —negó él.

Ella levantó una ceja.

—¿Es estrictamente cierto? Yo también he estado dentro de tu mente ¿recuerdas? —Ella había conectado con su mente y captado la extrema violencia y furia ciega que todavía bullía en su interior. A veces te puedo leer tan bien como tú me lees a mí—. La mitad del tiempo no tienes ni idea de lo que estás haciendo. No recuerdas quién eres.

—*Quizás no, Shea, pero sé que eres mi alma gemela. Nunca podría hacerte daño.* —Su rostro parecía granito, sus ojos oscuros y gélidos. Ella tenía razón, él era peligroso. Él también lo sabía en el fondo de su alma. No podía confiar en su mente. La presencia de Shea le tranquilizaba, pero su mente era un laberinto de oscuras y letales sendas. No estaba seguro de ser capaz de distinguir la realidad de la pesadilla si el frágil equilibrio de su mundo se rompía. Sus oscuros ojos brillaban como la obsidiana y desvió su mirada de ella avergonzado. Tenía que dejarla en libertad, pero no podía. Ella suponía su cordura, su única salida de la infernal pesadilla en la que vivía.

—*He jurado que te protegería. Lo único que te puedo prometer es que ese juramento está en mi corazón.*

Shea se apartó de la cama, cerró los ojos y le cayeron unas lágrimas. Él se encontraba en un laberinto traicionero, caminaba por un estrecho sendero entre la cordura y un mundo que ella ni siquiera quería intentar comprender.

—Yo te protegeré Jacques. Tienes mi palabra de honor, no te abandonaré. Cuidaré de ti hasta que estés bien.

—¿*Y luego?* —Su oscura mirada se deslizó lentamente sobre ella. ¿*Intentarás dejarme, Shea? Me has salvado y ¿ahora piensas dejarme?* —Su tono de voz desvelaba cierto sarcasmo que despertó en ella algo que no sabía que existía. Algo que superaba el miedo: el terror.

Ella movió la barbilla con cierta agresividad.

—¿Qué significa eso? Por supuesto, que no te abandonaré. Estaré contigo y te ayudaré a superar todo esto. Encontraremos a tu familia.

Era demasiado tarde. Aunque intentara poner distancia entre ambos, no podía romper su vínculo. La sangre de él corría también por sus venas, su mente conocía el acceso de entrada a la suya. Sus almas se llamaban mutuamente. Sus corazones latían al mismo ritmo y era sólo cuestión de tiempo que él poseyera también su cuerpo. Huir no les salvaría a ninguno de los dos. Jacques lo sabía con la certeza que sabía otras pocas cosas. Pero transmitirle a ella ese conocimiento no haría más que asustarla. El corazón de Jacques padeció un singular sobresalto. Su Shea temía a la muerte mucho menos que su compromiso personal. Realmente no tenía ni idea de que ya estaban unidos. Ella le necesitaría, necesitaría tenerle cerca, su conexión mental, que estuviera dentro de su cuerpo.

—*Puedo notar tu necesidad de realizar las funciones humanas que te gustan. Ve a bañarte. No tengo prisa para que examines mis heridas.*

Shea parpadeó antes de girarse para desaparecer en la otra habitación. Intentaba hacer que ella se sintiera cómoda, pero sólo consiguió estremecerla. Su voz tenía un tono que ella notó que empezaba a ser cada vez más evidente y poco tranquilizador. Era un tono de posesión, de autoridad total. Tenía la sensación de que poco a poco Jacques se iba apoderando de su vida. Estaba en sus pensamientos, en su cabeza, en todas partes y ella lo estaba permitiendo.

Jacques yacía en silencio mirando al techo. A Shea le preocupaba el modo en que ella respondía con él. A él le intrigaba el cerebro de Shea, el modo en que planteaba todos los problemas desde una perspectiva científica o intelectual, en lugar de emocional. Notó que se le dibujaba una sonrisa en sus labios. Él la conocía muy a fondo, pasaba más tiempo en su mente que fuera de ella. No perdía ninguna oportunidad.

Ella había intentado tranquilizarle hablándole de su familia. Pero él no tenía más familia que Shea. Tampoco quería, ni necesitaba otra. Pero ella todavía no había aceptado ese rol. Una parte insistía en seguir viéndole como un paciente. En primer lugar era médica y en segundo investigadora. Él estaba en su mente. Sabía muy bien que ella jamás se había planteado la idea de un compromiso a largo plazo. Tampoco esperaba vivir mucho tiempo, menos aún compartir su vida con alguien. Esa idea era totalmente ajena a su naturaleza, no cabía en su mente.

Él escuchaba el sonido del agua de la ducha, consciente de que caía sobre su piel. Empezó a encontrarse mal, a sentir un dolor incesante. Le sorprendió ver que su cuerpo regresaba a la vida, que podía sentir signos de sexualidad. Tenía una vaga sensación que no había notado en siglos, mucho menos con su cuerpo tan destrozado y su mente tan fragmentada. Shea le había devuelto a la vida. Era más que eso, más que una mera existencia, no podía esperar a ver su sonrisa, a ver su pelo enredado de tal modo que siempre reclamaba su atención. Le gustaba contemplar todos sus gestos, cada movimiento y giro de su cabeza. Le gustaba cómo funcionaba su cerebro, enfocado y absorto, el modo en que su mente se llenaba de humor y de compasión.

Jacques maldijo de nuevo la debilidad que le invadía. Necesitaba sangre fresca. Aquietó su cuerpo y su mente, haciendo acopio de todas sus reservas de fuerza. Levantó una mano, concentrado en la puerta de la cabaña. La cabeza le retumbaba. Sentía el fuego por sus heridas. Maldiciendo de nuevo, volvió a caer sobre la almohada. Podía utilizar sus poderes físicos, pero cuando invocaba a su mente para que realizara la tarea más simple, no respondía.

Olió su primera y fresca fragancia, el aroma de flores que se desprendía de su pelo. Ella había entrado en la habitación con tanto sigilo que no había oído el sonido de sus pies desnudos sobre el suelo, aunque su mente jamás se separaba del todo de la de ella y sabía el momento exacto en que había tomado la toalla y se había acercado a él.

—¿Qué pasa Jacques? ¿Has intentado moverte o romper algo? —Había ansiedad en su voz, pero su tono era fríamente profesional mientras examinaba sus heridas.

Estaba envuelta en una gran toalla de algodón de color melocotón pálido. Al inclinarse sobre él, le cayó una gota de agua desde el hombro hasta el pecho que desapareció en la toalla. Jacques observó la gotita de agua y de pronto tuvo mucha sed. Las pestañas de Shea eran descaradamente largas, su exuberante boca hizo una pequeña mueca mientras revisaba los puntos de las heridas. Era increíblemente bella, tanto que le cortaba la respiración.

—¿Jacques? ¿Qué pasa? —Le dijo con un tono tan suave que parecía una caricia.

—*Sin recuerdos, ni facultades. La tarea más sencilla es imposible.* —Su pulgar acariciaba suavemente el interior de la muñeca de Shea.

—Te curarás, Jacques. No seas impaciente. Si necesitas algo, no tienes más que pedírmelo. —El contacto de los dedos de Jacques le producía un cosquilleo en el estómago. Le sorprendía ser tan susceptible a sus encantos. Ella no era así.

Aunque la sensualidad de Jacques permanecía oculta, algo en su interior se estaba ablandando y sentía gozo. A pesar de todo sólo quería sonreír. El dolor dejó de importarle, sus fragmentados recuerdos y su cuerpo impotente no eran más que inconvenientes que acabaría superando. Shea era lo único que importaba.

—*Ábreme la puerta para que pueda respirar el aire de la noche* —le dijo intentando no devorarla con sus ojos. Era muy consciente de que ella se estaba empezando a dar cuenta de que nadie —mucho menos ella con su amable y compasiva naturaleza— podía oponerse a su voluntad, voluntad forjada en las hogueras del infierno.

Ella hizo lo que le pidió.

—No habrás intentado levantarte ¿verdad? No puedes, Jacques. Te harías mucho daño. Y si sigues creando tejido queloide, acabarás pareciendo Frankenstein.

Él había cerrado los ojos para inhalar el aire fresco de la noche.

—*A los carpatianos no se nos quedan cicatrices.* —Eso salió de no sabe dónde. Estaba eufórico por haber recordado algo. Estaba contento de acordarse de quién era Frankenstein.

Shea levantó las cejas.

—¿De veras? Entonces, ¿qué es esa delgada línea alrededor de tu garganta? Casi no se puede ver, pero allí está.

De pronto se le abrieron los ojos con una expresión de rabia despiadada. Shea se apartó de él rápidamente con el corazón en un puño. Pudo ver llamas rojas ardiendo en el fondo de sus ojos. Parecía un demonio, un depredador invencible. La impresión fue tan fuerte que ella se llevó la mano a la garganta para cubrir las pruebas de las salvajes heridas que allí tenía.

Jacques no era consciente de Shea, de la habitación y de su debilitado cuerpo. El sentimiento de lucha era fuerte en él. Se tocó la blanca y ligera cicatriz que circundaba su yugular. La sensación de peligro fue tan fuerte, que sintió como afloraba la bestia que había en él. Los colmillos explotaron de su boca y sus uñas empezaron a crecer. Sus músculos se retorcieron y contrajeron, su poder y enorme fuerza se unieron a su voluntad. Un lento y letal silbido se escapó de sus dientes. Entonces el dolor de su cuerpo derivado de los músculos que esperaban liberarse, le hicieron consciente de que su cuerpo yacía indefenso en la cama. Recordó levemente el rostro ansioso de una mujer, con los ojos inundados de lágrimas. Él debía conocerla. Apretó los puños y agradeció el dolor que le ocasionó ese fragmento de su memoria.

Shea vio cómo levantaba las manos y se agarraba la cabeza para intentar calmar su dolor. Al momento ella estaba a su lado, sus relajantes dedos acariciaron el pelo que le caía sobre la frente.

—Jacques, deja de atormentarte. Al final lo recordarás todo.

Shea cruzó la habitación y se dirigió al armario para cambiarse de ropa.

—Insistes en pensar que tu cuerpo puede olvidar instantáneamente el trauma que ha padecido. Necesita descansar para recuperarse, descanso y cuidados. Tu mente, necesita lo mismo.

—*No puedo hacer las cosas que debería. No recuerdo nada, sin embargo siento que hay cosas que son importantes para los dos y que he de saber.*

Ella sonrió ante su frustración. Jacques era un hombre que no estaba acostumbrado a estar enfermo o herido.

—Te referiste a ti como carpatiano. Sabes que eres de esta zona montañosa. Lo has recordado.

Ella se fue a la otra habitación. Él podía oír cómo se vestía, el susurro de sus panties de seda y de los tejanos de algodón resbalando sobre sus piernas. Su cuerpo se retorció, ardía y ese calor no hacía más que empeorar su malestar.

—¿Jacques? —Su voz era tan suave, que podía sentirla sobre su piel y terminaciones nerviosas como si fuera la yema de sus dedos.

—Por favor no te desanimes. Técnicamente, deberías estar muerto. Has superado todas las previsiones. —Ella volvió a entrar en la habitación secándose el pelo con la toalla.

—Tú pensabas que yo era una de los tuyos. Una carpatiana. ¿Quiénes son ellos? ¿Puedes recordarlo?

—*Soy carpatiano. Somos inmortales. Podemos...* —Se detuvo, la información se alejaba.

Shea se apoyó en la pared observándole con asombro y fascinación. De pronto se le secó la boca, el corazón le dio un vuelco en el pecho.

—¿Qué estás diciendo Jacques? ¿Vives eternamente? —¿Qué *era* él? ¿Y por qué estaba empezando a creerle? Había estado enterrado vivo durante siete años. Sobrevivió con sangre de ratas. Ella había visto el rojo resplandor de sus ojos en más de una ocasión. Sentido su fuerza imposible, incluso herido como estaba.

Sus manos puestas en la toalla temblaban de tal modo que se las puso en la espalda.

—*Vampiro.*

—La palabra llegó *motu proprio* a su mente.

—No es cierto —negó ella en un susurro—. Es imposible. Yo no soy nada semejante. No te creo.

—*Shea.* Su voz era tranquila, mientras ella se ponía más nerviosa. Él tenía que recuperar todos sus recuerdos. Los necesitaba todos, no sólo esos trozos dispersos que tanto le frustraban.

—Jacques puede que tú seas un vampiro. Estoy muy confundida. Casi me lo creo todo. Pero yo no soy así. —Ella hablaba más para sí que para él. Recordó todas las horribles leyendas de vampiros que había escuchado alguna vez. Se llevó la mano al cuello recordando el vicioso modo en que había tomado su sangre al principio. Casi la mata.

—No lo hiciste porque necesitabas que te ayudara —le dijo ella de pronto. No se le ocurrió que se había acostumbrado tanto a que él leyera su mente que simplemente aceptó que supiera de lo que ella estaba hablando. ¿La controlaba siempre? ¿No podían hacer eso los vampiros?

Jacques la observaba detenidamente, sin mover el cuerpo, con sus gélidos ojos impertérritos. Podía saborear su miedo en su boca, sentía cómo le golpeaba en su mente. Incluso cuando tenía miedo, ella procesaba la información a una velocidad increíble. El modo en que dejaba a un lado las emociones para concentrarse en lo intelectual era una protección. Él le había proporcionado una pequeña muestra de la oscuridad y violencia que había en él. Era algo tan natural para él como respirar. Tarde o temprano ella tendría que enfrentarse a quién era él realmente.

Shea se sentía atrapada en la trampa de sus despiadados y vacíos ojos negros, como si fuera una conejilla hipnotizada. Aunque estaba petrificada, su cuerpo quería avanzar hacia él, como si de una extraña compulsión se tratase.

—Respóndeme, Jacques. Sabes todo lo que estoy pensando. Respóndeme.

—*Tras siete años de sufrimiento y hambre, mi pequeña pelirroja, después del tormento y el sufrimiento, pensé en tomar tu sangre.*

—Mi vida —corrigió ella con valor y necesitando encajar todas las piezas del rompecabezas.

Él miraba incesantemente con sus ojos de depredador. Shea se crujió los dedos en un acto de súbita agitación. Parecía un extraño, un ser invencible sin emociones, únicamente un asesino implacable. Ella se aclaró la garganta—. Me necesitabas.

—*No tenía otro pensamiento del que alimentarme. Mi cuerpo reconoció el tuyo antes que mi mente.*

—No te entiendo.

—*Una vez supe que eras mi compañera, mi primer pensamiento fue castigarte por dejarme en aquel tormento, luego vincularte a mí para la eternidad.* —No había disculpa, sólo era cuestión de esperar.

Shea sentía el peligro, pero no se desmoronó.

—¿Cómo me vinculaste a ti?

—*Por nuestro intercambio de sangre.*

El corazón de Shea latía dolorosamente.

—¿Qué significa eso exactamente?

—*El vínculo de sangre es muy poderoso. Yo estoy en tu mente al igual que tú estás en la mía. No podemos mentirnos. Siento tus emociones y conozco tus pensamientos como tú conoces los míos.*

Shea movió la cabeza negando.

—Eso puede ser cierto para ti, pero no para mí. A veces siento tu dolor, pero nunca sé qué piensas.

—*Eso es porque has elegido no fusionarte conmigo. A menudo tu mente busca el contacto y la seguridad de la mía, pero no quieres permitirlo, entonces yo me uno a ti para evitar tu malestar.*

Shea no podía negar la verdad que encerraban sus palabras. Muchas veces notaba que su mente sintonizaba automáticamente con la suya, que iba en su búsqueda. Molesta por la indeseada y poco familiar necesidad, siempre se imponía una estricta autodisciplina. Era un acto inconsciente, algo que hacía como medida de protección. Jacques, a los minutos de notar su necesidad, siempre acudía a ella para entablar el contacto.

Shea respiró profundo y dejó salir el aire lentamente.

—Pareces saber más que yo sobre lo que está sucediendo. Cuéntame más.

—*Las almas gemelas están unidas para toda la eternidad. Una no puede vivir sin la otra. Nos compensamos. Tú eres la luz de mi oscuridad. Hemos de compartirnos con frecuencia.*

Shea palideció, sus piernas se debilitaron y se cayó sentada en el suelo. Toda la vida había condenado a su madre por vivir una vida en la sombra. Si Jacques, le estaba diciendo la verdad y algo le hacía temer que así era, ¿era eso lo que le había pasado a su madre? ¿La había sentenciado Jacques al mismo destino fatal?

Apoyó la mano en la pared, utilizándola como soporte, se levantó.

—Me niego a aceptar esto. No soy tu compañera. No me he comprometido con nadie ni pienso hacerlo. —Empezó a desplazarse por la pared en dirección a la puerta.

—*¡No, Shea!* No era una súplica sino un mandato imperioso, sus rasgos duros eran una máscara implacable.

—No dejaré que me hagas esto. No me importa que seas un vampiro. Puedes matarme si quieres Jacques, porque no tienes otra opción.

—*No entiendes lo que es el poder, Shea, ni sus usos o malos usos.*

Su voz era una suave amenaza que le provocaba un escalofrío por la columna.

—*No me desafíes.*

Shea levantó la barbilla.

—La vida de mi madre se malogró, mi infancia fue un infierno. Si mi padre era como tú, la vinculó a él del mismo modo y luego la abandonó... —Ella se calló y respiró profundo para recobrar el control—. Soy fuerte, Jacques. Nadie va a poseerme, controlarme o abusar de mí. No me suicidaré por que un hombre me abandone. Ni tampoco dejaré solo mi hijo o hija, mientras yo me retraigo y me convierto en una concha vacía.

Jacques podía sentir lo que había sufrido de pequeña. Sus recuerdos eran crudos y desagradables. Había estado muy sola y necesitada de apoyo y guía. Al igual que cualquier niña se culpabilizaba de su aislamiento. En el fondo pensaba que no era digna de ser querida, que era demasiado diferente. La niña se había desconectado de sus emociones —no eran seguras— y había entrenado a su mente a tomar el control cuando estaba asustada o se sentía amenazada de alguna forma.

Ella caminó hacia atrás en dirección a la puerta, sus ojos todavía estaban clavados en los de él. Jacques hizo un esfuerzo para apagar su furia, su promesa de venganza, pero a ella no le podía ocultar su torbellino de emociones. Ahora estaba demasiado cerca y consciente de él. Jacques simplemente se apartó de ella en silencio. Giró su cara hacia otro lado. Shea también se giró empezó a llorar por su madre, a llorar por ella. Nunca lloraba, jamás. Había aprendido hacía mucho tiempo que las lágrimas no servían de nada. ¿Por qué había sido tan estúpida como para creer que podía afrontar cosas que ni tan siquiera entendía?

Corría rápido, su cuerpo estilizado y aerodinámico producía un ligero sonido al pasar al lado de los troncos podridos y de las rocas cubiertas de musgo. Tardó algún tiempo en darse cuenta de que iba descalza y en ningún momento había pisado una rama o una piedra. Parecía rozar el suelo en lugar de pisarlo. Sus pulmones estaban bien, no necesitaban una dosis extra de oxígeno. Sólo tenía hambre, un hambre intensa y devoradora que se acrecentaba en cada paso.

Shea bajó el ritmo y siguió con un paso largo regular, levantó la cabeza para mirar las estrellas todo era de una belleza extraordinaria. El viento transportaba aromas, historias. El zorro se revolvía en su zorrera, había dos ciervos cerca y un conejo entre los arbustos. Se paró de golpe cerca de un riachuelo. Necesitaba un plan. Correr como un animal salvaje era ridículo. Puso las manos sobre un tronco de árbol, sus dedos notaban todas sus formas, notaba cómo fluía la savia como si fuera sangre, sentía la vida del árbol. Percibía todos los insectos que lo poblaban, que habían hecho su casa de él.

Se sentó en la tierra con un tremendo sentido de culpa. Le había dejado solo, sin protección. No le había dado de comer. Puso la frente entre sus manos. Todo era una locura. Nada cuadraba. El hambre la acechaba como un monstruo insidioso y podía oír la llamada de los latidos de los corazones de los animales del bosque.

Vampiro. ¿Existía semejante criatura? ¿Era ella una vampiresa? Jacques tomó su sangre con tanta facilidad, como si lo hubiera hecho siempre. Ella sabía lo que había en su interior, podía ser terriblemente frío y sin piedad, arder en una venenosa furia. Nunca lo había mostrado en su cara o en el modo en que le hablaba a ella, pero estaba allí, bajo la superficie. Shea cogió una piedra y la lanzó al río.

Jacques. ¿Qué iba a hacer con él? Su cuerpo se retorció de malestar, su mente estaba inquieta. Sentía una inminente necesidad de acudir a su lado, de asegurarle que todo iba bien. Su mente intentaba comprender, creer en lo imposible. Él era una criatura muy distinta a un ser humano. Ella no era como él, pero probablemente su padre sí lo fuera.

—¿En qué piensas Shea? —se dijo a sí misma. ¿Un vampiro? ¿Crees que este hombre es un vampiro de verdad? Te estás volviendo loca.

Un estremecimiento recorrió su fino cuerpo. Jacques le había dicho que el intercambio de sangre les había unido. ¿Había conseguido él de algún modo transformarla en una de su raza? Su lengua recorrió la cavidad de su boca y exploró sus dientes. Parecían iguales, pequeños y rectos. El hambre acuciaba, se volvía feroz y voraz.

Oyó el latido del corazón de un conejito. Su corazón saltó de gozo. Una alegría feroz y depredadora la invadió y se giró hacia su presa. Sus colmillos explotaron contra su lengua, transformándose en afilados incisivos, sedientos y a la espera.

5

Jacques supo el momento preciso en que Shea descubrió la verdad. El corazón de Shea latía frenéticamente, su grito silenciado de negación retumbó en la mente de Jacques. Ella creía que se había convertido en una vampiresa. Porque creía que él era un vampiro. ¿Qué más podía deducir con tan poca información? Sus pensamientos eran de desesperación, incluso autodestructivos. Él yacía muy quieto recobrando fuerzas por si las necesitaba para detener cualquier decisión absurda que se le pasara por la mente a Shea. Sencillamente esperaba, controlaba sus pensamientos y los signos reveladores de su cuerpo.

Estar solo era una agonía, no lo hubiera soportado de no haber contactado con Shea. Empezó a sudar y su piel quedó cubierta por una fina capa de sudor. Su instinto era obligarla a regresar a su lado y cada día recuperaba más sus fuerzas. Pero otra parte de él quería que ella regresara por voluntad propia.

¿Qué le había dicho ella? Su madre era irlandesa, ella no creía que fuera como él. ¿Qué pasaría si no lo fuera? ¿Qué pasaría si él la había convertido en una de los suyos sin darse cuenta? Jacques jamás se había planteado esa posibilidad. Su vínculo era muy fuerte. Había atravesado las barreras humanas. Jacques daba por hecho que la conocía desde el principio de su existencia, mucho antes de que el traidor le hubiera entregado a los dos humanos carniceros, conducido a la locura y a la pérdida de su memoria. Su agonía y sufrimiento también los había padecido ella. Él la había sentido en su interior. En eso no se equivocaba. Estaba seguro de que la conocía desde siempre, de que era su alma gemela. Cuando ella no acudió en su ayuda, cada momento de vigilia lo pasaba reuniendo fuerzas para doblegar la voluntad de Shea y atraerla a su infierno eterno. ¿Qué pasaría si ella era humana? El primer día había sido cruel y despiadado, le había exigido doblegarse ante él, que cayera bajo su dominio.

Jacques recurrió a sus fragmentados recuerdos. *Tres intercambios de sangre. Facultad psíquica.* Un humano con facultades psíquicas podía convertirse bajo ciertas condiciones si se realizaban tres intercambios de sangre. Cerró los ojos por el sentido de culpa y el remordimiento que asolaba su mente. Si ella era humana eso explicaría sus extraños hábitos alimenticios, sus costumbres humanas. Nunca tomaba las precauciones necesarias, nunca inspeccionaba antes de salir de casa. *No sabía cómo hacerlo.* Ella le había dicho que no podía detener su corazón y sus pulmones. Nunca había dormido el rejuvenecedor sueño de los carpatianos.

Se maldijo a sí mismo con elocuencia. La noche en que ella se había encontrado tan mal, se había producido la transformación. No había otra explicación. Ella creía que había contraído una variedad muy virulenta de gripe. Se despreciaba a sí mismo por su incapacidad de recordar información importante. Sólo recordaba fragmentos y ella estaba padeciendo las consecuencias de su ignorancia.

Sus vínculos con Shea eran tan fuertes que jamás se le hubiera pasado por la cabeza que no fuera carpatiana. Pensó que su valor para aventurarse a rescatarle de su prisión era propio de una carpatiana. Era prácticamente imposible creer que una humana hubiera sido tan compasiva y valiente como para regresar a su tumba después del trato que él le dio. Ella se quedó aterrorizada, sin embargo regresó.

Llegó un aroma con la brisa de la noche. Había caza bastante cerca. No era humana, pero el alimento vivo y fresco ayudaría. Si podía alimentarse lo suficiente, podría realizar un intercambio sin riesgo e intentar mantener a Shea con vida. Ella se negaba a comer o quizás no es que se negara, quizás es que no podía comer. Se concentró, inhaló profundamente e hizo una llamada mental. *Más cerca, más, en el porche*, el primero entró en la cabaña. El primero, era un gamo hembra, generalmente un animal tímido y esquivo, entró en la habitación hasta acercarse a la cama, sus oscuros y líquidos ojos se fijaron en ella. Luego entró otro gamo y hasta un tercero, todos esperaban su mandato.

Apareció el hambre. Se alargaron los colmillos, agarró a la hembra con su enorme fuerza y encontró la arteria que recorría su cuello. Salió su bestia interior, se apoderó de ella y se alegró por ello. La sangre caliente, pulsando de vida, hinchó sus células resecas. Bebió con avaricia, con una sed insaciable, su mutilado cuerpo ansiaba el oscuro líquido de la vida.

Shea levantó la vista hacia las estrellas, notó las lágrimas en sus mejillas. Su garganta estaba seca y le ardía, tenía el pecho comprimido. Si su padre había sido como Jacques y había contaminado su sangre, Jacques había completado lo que su padre había iniciado. Ella no había mezclado sus muestras de sangre con las de Jacques porque estaba muy cansada. Pero su sangre era idéntica.

Intentó controlar su temblor. Tenía que pensar, era su única salvación. Su mente podía superar cualquier problema. Respiró profundo, tranquilizándose como siempre había hecho ante una situación peligrosa. Al momento pensó en Jacques solo en casa e indefenso. No podía abandonarle. Jamás le dejaría mientras estuviera tan indefenso. Le arreglaría las cosas para que pudiera sobrevivir solo. Ella ya no bebería o comería otra cosa que no fuera agua. No podía arriesgarse hasta estar segura de a qué se estaba enfrentando.

Anduvo un rato río abajo, alejándose de la cabaña. Se sentía muy sola, esta vez su mente insistía en que tenía que regresar junto a él. Necesitaba su calor, la seguridad que le proporcionaba su contacto. Shea apartó ese pensamiento. Era evidente que Jacques no mentía. Había estado sola toda su vida. Nunca había necesitado a nadie, mucho menos una criatura cuya mente estaba trastornada y que tenía una naturaleza asesina. Sin embargo, tenía que estar segura de que no sufriera, de que no le pasara nada mientras ella no estaba.

Se metió deliberadamente en el agua y anduvo por el río, la gélida agua le provocó un impacto y le adormeció el cuerpo pero no la mente. Impuso su voluntad, fuerte y disciplinada por todos los años de aislamiento de su infancia, para evitar contactar con él. El agua estaba tan fría que ya no se notaba los pies, no obstante, le ayudó a aclarar sus ideas.

Jacques, soltó al tercer ciervo e inhaló profundo. Shea tenía una voluntad de hierro. Sabía que ella haría todo lo posible para oponerse a su vínculo. Su infancia fue un infierno, pero sobrevivió y se había convertido en una mujer fuerte, brillante y valiente. Anhelaba tranquilizarla, ayudarla a que se sosegara, pero también sabía que a ella no le gustaría su intrusión. Tenía razones para temerle. Él recordaba muy pocas cosas: traición, sufrimiento, rabia. Había sido muy torpe en manejar su conversión, en llevar todo este asunto.

El ciervo se revolvió y tropezó, tambaleándose, caminó como pudo hacia la puerta para dirigirse al bosque. Jacques les había dejado escurridos, había bebido hasta la última gota posible del preciado líquido de la vida, Shea lo habría visto como un monstruo. Su cuerpo se sintonizó con el de Shea, ansiaba su aroma, su visión, su tacto. Quizás fuera un monstruo. En realidad, sólo sabía que necesitaba a Shea.

Shea vagó sin rumbo hasta que no pudo pensar en otra cosa que en Jacques. El vacío que notaba dentro era como un enorme agujero negro. Su piel se estremecía de necesidad, su mente era un caos, buscándole, siempre buscándole hasta que se cansó de luchar contra sí misma.

¿Y si le hubiera pasado algo? Una vez más ese pensamiento llegó inesperadamente, sin desearlo y su sensación de soledad aumentó, amenazando con convertirse en algo horrible. El remordimiento la desbordaba, la envolvía, alejándola de toda lógica y razón, dejando al desnudo emociones primitivas. Ya no podía funcionar bien y lo sabía. Tanto si su orgullo se lo permitía como si no. No tenía otra opción que regresar. No sólo era humillante, sino aterrador. Jacques había ganado más poder sobre ella en ese breve período de tiempo de lo que jamás hubiera podido imaginar. De momento, no tenía más remedio que aceptarlo.

Caminaba despacio, sin ganas, con miedo, sin embargo cada paso que daba de regreso a la cabaña, hacia Jacques, aligeraba la pesadez que sentía en el corazón. Al borde del claro, antes de llegar a la cabaña, había tres grandes ciervos bajo las ramas de un árbol. Se detuvo un momento para contemplarlos, todos muy conscientes de lo que había sucedido. Shea llegó al porche, dudó y entró en la cabaña.

Jacques yacía sin moverse en la cama, sus ojos negros estaban muy abiertos, clavados en su rostro como de costumbre. Shea sintió como si cayera dentro de su oscuridad sin fondo.

Le alargó una mano. Ella no quería acercarse, lo hizo porque tenía que hacerlo. Una parte de su cerebro analizaba cómo podía ser que le sucediera eso, pero acudió sin luchar contra su fuerte coacción.

Sus dedos inesperadamente cálidos se cerraron alrededor de los de Shea que estaban fríos, su mano envolvió la de ella. La atrajo delicadamente hasta que no tuvo más remedio que sentarse y luego echarse a su lado. Sus ojos negros jamás se apartaron de los de ella.

—*Tienes frío, mi pequeña pelirroja.* —Su voz recorría su piel e hipnotizaba su mente, dispersó el caos y lo substituyó por una relajante calma—. *Deja que te caliente.*

Le puso la mano en la cara y siguió delicadamente el perfil de sus huesos, acariciándola hasta la garganta. Shea parpadeó confundida, sin estar segura de si estaba despierta o durmiendo. Se movió un tanto inquieta. De nuevo su mente intentaba resolver las cosas, pero no podía apartarse de sus hipnotizadores ojos. Una parte de ella no quería hacerlo. Quería quedarse atrapada para la eternidad, protegida por él, perteneciéndole.

Jacques, desoyendo el grito de dolor de su propio cuerpo se colocó de modo que su gran cuerpo cobijaba el pequeño cuerpo de Shea. Su mano seguía acariciando la suave y delicada línea de su cuello, se desplazó por el escote hasta llegar a su camiseta de algodón.

—*Siente cómo laten al unísono nuestros corazones.* — Su mano apartó la prenda hasta que sus pechos brillaron a la luz plateada de la luna.

Jacques oyó mentalmente su protesta, su suave voz murmuraba para hechizarla más. En el fondo de sus ojos había deseo, fuego, necesidad. Atrapó el verde esmeralda de sus ojos en la intensidad de su ardiente mirada. Un corte con una de sus garras y la camiseta de algodón voló al suelo. Su mano halló una cálida suavidad y sin apartar la mirada, bajó lentamente su cabeza.

A Shea se le cortó la respiración en la garganta cuando la exquisita boca de Jacques se detuvo a escasamente un centímetro de la suya. Ella ardía por él. Ardía. Sus largas pestañas bajaron en el momento en que su boca se sellaba con la suya. Casi gritó al notar el torrente de calor húmedo que recorrió su cuerpo al sentir su contacto. La boca de Jacques exploró cada zona de la de Shea, acariciándola, exigiéndole, con suavidad y dominancia, acariciando sus incisivos, era posesión masculina pura y dura.

Jacques abandonó su boca para besarla por el cuello, el hombro y siguió descendiendo hasta encontrarse con sus pechos endurecidos. Shea le acarició el cabello, sus manos se hundieron en su exuberante melena mientras la lengua de Jacques le recorría el cuello. Shea se contrajo, esperando con expectación. Él la mordisqueó suavemente, ella se estremecía de placer mientras la boca de Jacques extraía la frescura de la boca de Shea para apagar su fuego.

—*Te deseo, Shea. Te necesito.*

Y era cierto. El cuerpo de Jacques no parecía entender que reclamarla en aquel estado era imposible. Sentía un dolor que era superior al resto. Le ardía la piel y la tenía insoportablemente sensible. A regañadientes soltó su pecho y regresó de nuevo a encontrarse con su lengua pasando por su cuello.

—*Shea.* —Murmuró su nombre y hundió a fondo sus dientes.

Ella emitió un grito ahogado al notar la punzada de dolor y la oleada de intenso placer que invadió su cuerpo. Su cuerpo se arqueó hacia arriba y sus brazos abrazaron la cabeza de Jacques.

Tenerla entre sus brazos de ese modo era un éxtasis, alimentarse de la dulzura, explorar la suavidad de sus manos. El placer que sentía Jacques era tal que su malogrado cuerpo se inflamó, todos sus músculos se pusieron rígidos y tensos. Ella tenía un sabor picante y aromático, totalmente adictivo. Tenía que fusionarse con ella mientras se alimentaba. Todos sus instintos naturales, de hombre y de bestia, exigían urgentemente su unión al estilo de su raza, para toda la eternidad. Sus pechos eran suaves, perfectos, le conducían a la locura. ¿Por qué tenía que ser tan frágil y pequeña su caja torácica y su cintura tan estrecha? No quería, pero tenía que hacerlo. Así que levantó su cabeza y su lengua lamió la pequeña herida para cerrarla.

Shea tenía los ojos cerrados, su cuerpo era sedoso y flexible.

—Necesítame, mi amor. —La besó con dulzura—. *Bésame, besa mi pecho. Hazme sentir que tu necesidad es tan grande como la mía.*

Era pura magia negra, un susurro erótico al que simplemente no podía resistirse. La lengua de Shea saboreó la piel de Jacques, se deslizó hasta su garganta y los grandes músculos de su pecho. Jacques sabía que estaba jugando con fuego, su cuerpo no podía resistir mucho más. Le puso la mano en el cogote y le estrechó la cabeza contra su pecho.

—*Estás sedienta, mi amor.*

El instinto de conservación intercedió y el cuerpo de Shea se puso tenso.

La voz de Jacques era la encarnación de la pureza.

—*Tomarás lo que te ofrezco libremente. Es mi derecho y no me lo puedes negar.* —El contacto de la lengua de Shea hizo que un intenso fuego inflamara la sangre de Jacques. Cuando los dientes de ella atravesaron su piel, él gritó de éxtasis. Se entregó al placer sensual, su mano acarició su cabello, animándola a que siguiera alimentándose. Necesitaba su proximidad, su intimidad erótica. Si en ese momento no podía poseerla del todo, al menos con ello aseguraba su vínculo.

La tenía entre sus brazos cobijándola al antiguo estilo dominante propio de su raza, sin embargo, sus manos estaban llenas de ternura mientras la acariciaban. Lentamente su mano se fue deslizando sobre el sedoso pelo de Shea, hasta llegar a su delicado rostro. Luego colocó su mano entre su boca y su pecho.

—*Basta Shea. Cierra la herida con tu lengua.*

Todo su cuerpo se estremeció cuando ella cumplió su mandato. La deseaba, la necesitaba, ansiaba su unión. Durante un momento sintió que esa necesidad le atormentaba más que sus heridas.

Tomó su cabello con ambas manos y llevó su cabeza contra la suya, cuando en realidad su cuerpo le pedía que la llevara hacia abajo y la indujera a proporcionarle otro tipo de alivio. Jacques sintió que volvía al infierno. Su boca se mezcló con la de ella y probó su propia sangre. Un rugido salvaje e indómito ascendió hasta su cabeza y estuvo a punto de hacerle perder su rígido control. Instintivamente su mente buscó la de Shea.

—*¡Shea!*

La llamada de socorro fue aguda, al borde de la desesperación. Shea se despertó y se encontró en la cama enredada en el cuerpo de Jacques, rozándose cuerpo contra cuerpo, sus brazos rodeándola como si fueran tenazas, su boca besándola con una maestría que todo su cuerpo ardía por él. Era agresivo, dominante, la postura en que se encontraba ella era de sumisión. Cuando le miró, sus ojos expresaban desesperación, deseo voraz, ternura y reflejaban también a la bestia que llevaba dentro, un animal salvaje que tomaba lo que le pertenecía. Reconoció esas llamas rojas ardiendo, revelando la violencia que había en su interior. Cuando ella se puso tensa e intentó forcejear, lanzó un gruñido de advertencia desde lo más profundo de su garganta.

Shea se quedó muy quieta y alejó el miedo de su mente, para centrarla en la lógica. La había llamado por necesidad. En el momento en que se dio cuenta de ello, se relajó y le abrazó relajadamente. Él la necesitaba y ella no podía hacer otra cosa que ayudarle. Sus manos estaban por todas partes, eran burdas, a veces hasta le hacían daño, su boca la mordía a veces con demasiada fuerza.

—*Jacques*.

Buscó deliberadamente el calor de la mente de Jacques. Ella ya estaba tranquila y calmada aceptando su naturaleza salvaje.

—*Vuelve conmigo*.

La agarró con la fuerza de un náufrago que se agarra a un tronco para salvar su vida y fusionó su mente con la de Shea. Respiraba con fuerza, tenía mucho dolor. Ella podía sentir el oscuro deseo que le gobernaba, la exigencia de reclamar lo que era suyo. Jacques se esforzó para controlar su monstruo interior. Shea besó su cuello y su mentón con delicadeza.

—*Está bien. Vuelve a mí*.

Enterró su rostro en el cuello de Shea, abrazándola con más fuerza. Estaba agotado por el dolor, temeroso de haberla alejado todavía más de él. Shea le acarició el cabello, le murmuró tonterías relajantes, que aquietaron su corazón. Shea le puso la palma de la mano en la cara, había contacto físico y sus mentes estaban totalmente fusionadas en una sola.

—*Lo siento*. —Jacques colocó su barbilla sobre su cabeza, por temor a ver el reproche reflejado en los ojos de Shea.

—¡Calla, no te muevas! No debía haberte dejado solo.

—Tú no has provocado esto. —Los brazos de Jacques la apretaron con más fuerza por un momento—. Shea no pienses en eso. Tú no tienes la culpa de mi locura. Mi cuerpo necesita el tuyo. La unión entre almas gemelas no es exactamente igual que entre los seres humanos. Casi te hago daño, Shea. Lo siento.

—Tú eres quien tiene dolor, Jacques —le dijo ella suavemente. Se daba cuenta de que estaba utilizando su vínculo mental como algo natural. Suspiró y le besó la barbilla.

Se abrazaban mutuamente como un par de chiquillos tras un terrible susto, consolándose el uno al otro. Al cabo de un rato, Shea se dio cuenta de que su piel estaba desnuda contra la de él y que sus pechos estaban empotrados en su costado.

—¿Supongo que no vas a decirme qué le ha pasado a mi camiseta? —Shea se recostó inmóvil, perezosa y feliz. Estar tan cerca de él debía haberla preocupado, pero ahora le parecía normal. Luego vio que la camiseta estaba hecha jirones esparcida por el suelo al lado de la cama.

—Ya veo que tenías un poco de prisa —señaló haciendo un esfuerzo para levantarse y vestirse.

Cuando Shea le apartó para levantarse, Jacques se negó a soltarla. Por el contrario, alcanzó lentamente el edredón y se lo puso por encima, sonriéndole mentalmente.

—Háblame de tu infancia. —Lanzó esas palabras al silencio y pudo sentir su impacto, su sufrimiento su inmediata introspección—. Quiero que seas tú misma quien me hable de ello. Puedo mirar en tus recuerdos, pero no es lo mismo que si tú confías en mí en algo tan personal. —Él ya había visto su niñez, el modo terrible en que se había criado sola. Jacques quería que lo compartiera con él, que le ofreciera el preciado regalo de su confianza.

Shea podía escuchar el fuerte y regular latido de su corazón, que llevaba un ritmo relajante. Le parecía justo compartir su pesadilla cuando ella también había ahondado en las oscuras profundidades de su alma.

—Me di cuenta de que a mi madre le pasaba algo a una edad muy temprana. A veces se quedaba absorta en sí misma durante varias semanas seguidas, sin preocuparse jamás de si yo dormía, comía o me había hecho daño. No tenía amigos. Casi nunca salía de casa. Rara vez daba muestras de afecto o de interés.

Jacques le pasó la mano por el pelo acariciándolo y bajó hasta llegar a la nuca dándole un agradable masaje. La aflicción de su voz era mayor de lo que él podía soportar.

—Tenía seis años cuando descubrí que era diferente, que necesitaba sangre. Mi madre hacía varios días seguidos que se había olvidado de mí. Estaba estirada en la cama mirando el techo. Cada mañana me iba a su habitación le daba un beso y me despedía de ella antes de ir a la escuela. Nunca parecía darse cuenta de ello. A medida que pasaban los días, me iba debilitando tanto que no podía caminar. Se acercó a mí y observé cómo se hacía un corte y dejaba caer la sangre en un vaso. Me dijo que tenía que bebérmela, que tenía que beber sangre con frecuencia. Tras su muerte, sólo me hacía transfusiones, pero...

Se quedó en silencio durante tanto rato que Jacques irrumpió en su mente, sintió el desprecio que tenía por su infancia, sus miedos y su aislamiento. La estrechó más entre sus brazos atrayéndola contra su poderoso cuerpo, con el afán de cobijarla en todo momento. Él sabía lo que significaba estar solo. Totalmente solo. No quería que ella se volviera a sentir nunca de ese modo.

Shea notó el suave contacto de la boca de Jacques en su frente, en la sien y en el pelo. Su ternura la consoló cuando estaba temblando en su interior.

—Mi madre no era como yo. Nadie era como yo. Nunca se lo pude decir a nadie, ni preguntarle a nadie. Me llevó a Irlanda para ocultarme porque cuando nací, mi sangre era tan rara que despertó el interés de la medicina y de la ciencia. Me tenían que hacer transfusiones a diario, pero aún así me debilitaba. Cuando era muy pequeña, dos hombres vinieron a casa y le hicieron muchas preguntas sobre mí. Pude oír sus voces y tuve miedo. Me escondí debajo de la cama, por temor a que me obligara verlos. No lo hizo. La asustaron tanto como a mí. Cuando se marcharon recogió nuestras cosas y nos marchamos.

—*¿Estás segura de que tu madre nunca probó la sangre?*

Jacques, sondeo con delicadeza temiendo que quizás se negara a seguir compartiendo recuerdos que evidentemente eran dolorosos. Él no tenía ningún modo de paliar su sufrimiento, salvo por la fuerza de su abrazo y la proximidad de su cuerpo.

—Nunca. Era como una bella sombra que hacía tiempo que había abandonado el mundo. Sólo pensaba en Rand, mi padre.

Ese nombre activó en Jacques un doloroso fragmento de su memoria. Fue tan intenso, que lo dejó escapar antes de poder atraparlo.

—*¿No le conociste?* —El mero nombre del hombre que ella llamaba su padre le provocaba unos pinchazos en la cabeza como si le estuvieran clavando puntas de vidrio.

—No, estaba casado con una mujer que se llamaba Noelle.

Jacques se conmocionó, fue como un reconocimiento instantáneo, una tristeza inconsolable, una mujer que una vez fue bella, decapitada, con una estaca clavada en el corazón. El recuerdo fue tan vívido e intenso que tragó saliva y alejó la información de su mente. Pero la había reconocido. *Noelle.*

Shea levantó la cabeza y sus ojos verdes fueron en busca de los de Jacques.

—La conoces. —Ella compartió el recuerdo en su memoria, vio los mismos fragmentos de imágenes. La breve visión de la brutalidad de esa muerte, la mareó. La mujer había sido asesinada según el ritual de sacrifico para los «vampiros». Decapitación y estaca.

—*Está muerta.* —Dijo Jacques con certeza y pena—. *Era mi hermana.*

Shea se quedó pálida.

—¿Tuvo algún hijo?

—*Un varón.*

—¡Dios mío! —Shea se soltó de sus brazos como si ardieran y se apartó de él, cubriéndose los pechos con las manos y con los ojos enfurecidos—. Esto cada vez va a peor. Probablemente mi padre fuera el marido de tu hermana. —Se alejó de la cama horrorizada.

—*Eso no lo sabes, el mundo es muy grande.*

¿Cuántos Rands hay que sean de los Cárpatos y que sean de tu raza? Alguien casado con una mujer que se llamaba Noelle y que dio a luz a un varón. Todo estaba en el diario de mi madre.

—*Los cazadores de vampiros le clavaron una estaca en el corazón. Hace años. Años antes de que me encontraran a mí. Ya no recuerdo más. Quizás no quiera hacerlo.*

Shea buscó otra camiseta y se la puso.

—Lo siento por ella. Lo siento por mi madre. Todo esto es terrible. —Shea hizo un gesto con la mano como de abarcar algo—. Probablemente tengamos algún parentesco.

—*Las almas gemelas nacen la una para la otra, Shea. Sólo hay una para cada uno. Lo que tus padres o mi hermana optaran hacer con sus vidas nada tiene que ver con nosotros.*

—Por supuesto que sí. No sabemos quién eres realmente. No sabemos prácticamente nada de ti. Lo que estoy haciendo aquí contigo va en contra de los principios de mi profesión. Ni siquiera sabemos si estás casado.

—*Sólo tenemos una compañera, Shea. Sé que todo esto es nuevo para ti y que te asusta, pero mientras yo yazca aquí frustrado deberás tener paciencia. Estamos recuperando la información de un modo fragmentado. No puedo recordar los detalles que sé que son importantes para nosotros. Te pido que tengas paciencia mientras resuelvo estas cosas.* —Cambió de posición con un gesto que indicaba malestar.

Ese movimiento ayudó a Shea a centrarse de nuevo, la tranquilizó como no hubiera podido hacerlo ninguna otra cosa.

—No te estás cuidando, Jacques. No te puedes mover. —Se inclinó sobre él y le puso su mano fría sobre su piel. El agujero que tenía bajo la zona del corazón estaba empezando a cerrarse. La melena de Shea cayó sobre sus hombros y acarició el abdomen de Jacques encendiendo de nuevo el fuego. El calor de la respiración de Shea sobre él mientras le examinaba la herida era como una llama que correteaba por su piel.

Jacques cerró los ojos mientras todos los músculos de su cuerpo respondían contrayéndose. Su reacción respecto a ella era la señal inequívoca de que su cuerpo estaba mejorando. Hundió su mano en su cabellera.

—*Sé que quieres abandonarme cuando esté recuperado, Shea.* —Sus enormes ojos se posaron en el rostro de Jacques, le observaban mientras él se ponía su sedoso pelo en la boca.

—*Me tienes miedo. Puedo ver el miedo en tus ojos.*

Ella se humedeció el labio inferior con la lengua. Parecía pensativa. Jacques se dio cuenta de que su mente estaba utilizando su habilidad para barrer sus emociones, como hacía siempre que se sentía amenazada. Su razón se antepuso, valorando la situación entre ellos.

—No sé qué es lo que eres, Jacques, ni de lo que serás capaz cuando estés bien del todo. No sé nada de tu pasado, ni de tu futuro. Soy una investigadora médica y una vez te hayas recuperado, es muy probable que no tengamos nada en común.

Su oscura mirada no dejaba el rostro de Shea. Dura, vigilante, hasta su cuerpo parecía estar totalmente inmóvil.

—*Me tienes miedo.* —Quería que ella se enfrentara a la verdadera razón, en lugar de tratar de eludirla—. *No hay razón para que me tengas miedo.*

Ella inclinó la cabeza hacia un lado, su roja melena cayó en todas direcciones.

—¿Crees que no debo temerte? Jacques, tú pones en peligro todo lo que he conocido hasta ahora de la vida. Me has cambiado. Si yo era sólo medio carpatiana o lo que quiera que sea —vampiresa, quizás, ahora ya ni lo sé— tú has hecho algo para atraerme por completo a tu mundo. Ahora soy diferente. No puedo comer, no tengo funciones vitales humanas y mi sentido de la audición se ha incrementado muchísimo. De hecho, todas mis facultades. Todo. Me has arrebatado la vida que conocía y la has reemplazado por algo que ninguno de los dos conocemos realmente. —Ella movió la cabeza y luego cedió a su deseo de enredar sus dedos en su oscura melena—. No seré como mi madre Jacques, que vivió sólo para un hombre. Cuando él la abandonó, esperó hasta que pensó que ya no la necesitaba y se suicidó. Eso no es amor, es obsesión. Ningún hijo mío padecerá jamás las consecuencias de una obsesión enfermiza como las que yo tuve que sufrir a causa de Rand.

Al respirar su aroma el fuego volvió a prender en él, suplicándole con urgencia que se introdujera en ella, para realmente ser un solo ser.

—*Te necesito, Shea. ¿Es realmente tan imposible pensar que puedas quererme? Siento que me aceptas por completo. Sé que esa aceptación está en ti. Rand y tu madre no tienen nada que ver con nosotros. Tú viste mis tinieblas, la bestia que luchaba por controlarse, sin embargo, te has quedado conmigo. Puede que mi cautiverio destruyera todo lo que yo era en un principio y ahora no sé quién soy. Pero sí que te necesito. ¿De verdad vas a dejarme?*

Ella sintió su desesperación.

—No empieces por creer que eres un monstruo, el modo en que me tocas a veces, con tanta ternura, no es propio de un monstruo. —Su cuerpo estaba inquieto, sentía una necesidad en todo él, una necesidad que jamás había sentido antes—. Hace un momento me deseabas ardientemente, Jacques, sin embargo, te has detenido. No eres ningún monstruo.

—*Quizás haya sido por mis heridas, no por mi autocontrol.* —Ella le había dicho que dejara de considerarse un monstruo.

—Estás cansado Jacques. Duerme un poco.

Él tomó su mano, con el pulgar rodeando la cara interna de su muñeca.

—*No soy un vampiro. No me he transformado.*

—No te entiendo.

Él cerró los ojos y sonrió mentalmente. Ella había vuelto a utilizar su tono profesional y científico.

—*Antes estabas preocupada porque me hubiera transformado. Cuando estabas en el bosque, tenías miedo de que fuera un vampiro. Ahora mismo piensas que nuestra gente son vampiros. Somos carpatianos, no muertos vivientes. Salvo que nos transformemos.*

—¿Quieres salir de mi cabeza? Espera a que te invite.

—*Si tuviera que esperar una invitación tuya mi peque-*
ña pelirroja, tendría que esperar siglos.

La sonrisa de su mente era demasiado sexy como para
tranquilizarla.

—*Simplemente, lo que intentaba es tranquilizar tus te-*
mores. —Ahora parecía inocente.

Ella sonrió.

—¿Llevo escrito «inocente» en la frente?

—*¿Se ha quejado alguien alguna vez de cómo tratas a*
los pacientes?

Shea levantó las cejas.

—Soy cirujana. No necesito modales especiales para tratar a los pacientes. Y de todos modos, nunca he tenido un paciente como tú. Deja de llamarme, «pelirroja», «mi pequeña
pelirroja» y todas las otras cosas que me llamas. Doctora O'-
Halloran es lo apropiado.

Por primera vez la sensual boca de Jacques se suavizó y
dibujó una sonrisa. El efecto que tuvo sobre ella fue devasta-
dor. No era justo que un hombre fuera tan atractivo. Debería
estar alejado de toda compañía femenina.

—*Guapo y atractivo. Debo estar consiguiendo algo.* Su
tono era perezoso, guasón y un poco ronco.

Shea se rió un poco. No podía enfadarse con él cuando estaba de ese humor.

—Eres guapo y sexy, pero que no se te suba a la cabeza.
También eres arrogante, dominante y demasiado inflexible
para mi gusto. —Ella le apretujó sin reparo.

Jacques le tomó la mano y la atrajo hacia la cama, para
que ella pudiera colocar su mano en su cálida boca.

—*Estoy hecho exactamente a tu gusto.*

Ella apartó la mano de golpe como si él la hubiera quemado y se la frotó por la pierna. La sensación no desapare-

ció, ni tampoco la de tener cientos de mariposas en el estómago.

—¿Cómo sabes que no eres un vampiro? —Tenía que distraerle, tenían que distraerse ambos—. Quizás te has olvidado. Porque eres perfectamente capaz de actuar como uno de ellos.

Esta vez se rió alarmando a ambos. Hizo un sonido ronco, grave y extraño a sus oídos, como si hubiera olvidado cómo era. Sus ojos negros miraron el rostro de Shea casi asustado.

—No está mal, salvaje. Primero un gruñido, luego una risa. Vamos progresando. Sus ojos le miraron, reafirmándole.

En medio del sufrimiento surgió la dicha. Shea había creado un mundo donde su alma podía ver la luz.

—*Los vampiros no sienten nada salvo la excitación momentánea que aporta una muerte. Son amorales, criaturas despiadadas.*

Ella levantó la barbilla y frunció el entrecejo haciendo un gesto de interrogación.

—¿Una muerte?

—*Siempre matan a su presa cuando se están alimentando. No la ponen en trance. Les sienta mejor si experimentan el terror de su víctima. No discriminan entre hombre, mujer o niño. El vampiro ha elegido vender su alma a cambio de una emoción pasajera.*

—¿Tú matas? —Shea se retorció los dedos y contuvo la respiración. ¿Por qué le había preguntado eso? Ya conocía la respuesta, había visto la bestia que había en él en más de una ocasión.

—*Con bastante facilidad, sólo cuando es necesario, pero jamás a mi presa humana.* —Él respondió sin más, sin pensarlo realmente. Era instintivo, su naturaleza depredadora.

—«Personas», Jacques, somos «personas».

—*Tú eres carpatiana.*

—Ni siquiera sé lo que es un carpatiano. ¿Lo sabes tú? ¿Lo sabes realmente? Quizás tengas algún trastorno raro en la sangre y esa sea la causa de tus poderes extraordinarios.

—Shea realmente ya no creía que hubiera ninguna esperanza de que así fuera. Estaba segura de que conocía la verdad: que él pertenecía a otra raza de humanos.

El agotamiento le estaba ganando la batalla a Jacques. El sueño mortal no era rejuvenecedor, pero hasta que Shea no se acostumbrara a su nueva vida, no la dejaría desprotegida. Cerró los ojos.

—*Tengo unos ochocientos años. Nací antes que Leonardo da Vinci.* —Las palabras entraron cansinamente en la cabeza de Shea.

Se apartó de la cama hasta tropezar con la pared. ¿Casi ochocientos años? —Shea se puso la mano en la cabeza. ¿Qué vendría después? ¿Se convertiría en un murciélago? ¿En un lobo? Todo era posible.

—*Prefiero el lobo, puestos a elegir.* —La sonrisa que se desprendía de su voz era distinta, acariciaba la mente de Shea. La comisura de la boca de Jacques se relajó y apareció esa muesca sensual y sexy que le resultaba irresistible.

—*¡Por supuesto!* —le dijo ella mentalmente, enviándole unos sentimientos inexplicables que brotaban de su mente y de su corazón.

Había muchas cosas que no sabía de Jacques. ¿Cuánto poder tenía? Si realmente existían los vampiros, ¿procedían de los Cárpatos, como insinuaba Jacques? ¿Implicaba eso que en Jacques existía una naturaleza oculta de asesino frío y despiadado? Siete años enterrado vivo podían influir mucho en que afloraran hostilidades latentes. Tampoco podía desechar la idea de que estuviera completamente loco. Percibía su locura, su lucha por encontrar sus recuerdos, por encontrar la verdad y reprimir la violencia que llevaba dentro. Ella suspiró, le tocó el cabello con un dedo y su corazón se fundía al verle, lo veía vulnerable, como un niño. ¿Qué tenía él que le rompía el corazón cada vez que se enfrentaba al hecho de que se recuperaría y que ella tendría que seguir su camino?

—*Tengo mucho poder.*

Shea, sorprendida le miró. Jacques no se había movido, tenía los ojos cerrados.

—Estoy segura de ello. —¿Era necesaria esa reafirmación?

—*No voy a dejar que me abandones.*

Ella esbozó una sonrisa.

—Estaba pensando en lo vulnerable e indefenso que pareces cuando estás durmiendo. Ahora creo que eres un niño mimado.

—*Soy más poderoso que un vampiro, mi pequeña pelirroja. Los cazo y los destruyo. No tendré ningún problema para mantenerte a mi lado.*

—Entonces tendré que hacerte la vida imposible para que desees deshacerte de mí. —Le puso la última dosis de sangre que le quedaba—. Puedo hacerlo, ¿sabes? Mis pacientes siempre se alegran el día en que me ven por última vez.

—*Puede que esté loco Shea. He pensado mucho en ello. Sé que tengo naturaleza de depredador.* —Parecía muy serio y estaba pendiente de cada una de sus preocupaciones—. *Pero si realmente estoy loco, entonces no puedo vivir sin ti. Te necesitaré en todo momento a mi lado para garantizar la seguridad de toda la humanidad.*

Shea empezó a reírse, pero cuando se dio cuenta de su tono serio dejó de hacerlo. No estaba bromeando, era totalmente sincero. Jacques no sabía si estaba cuerdo o no.

—A veces, salvaje mío, me partes el corazón —le dijo con dulzura.

—*Quieres abandonarme Shea. Siento tu necesidad de poner distancia entre nosotros.*

—He pasado más tiempo contigo que con nadie en toda mi vida. Te he contado muchas cosas de mí, te he hablado, me he reído y... —Dudó un poco y se sonrojó. Jacques abrió los ojos y giró la cabeza para mirarla.

—Más cosas —dijo ella con decisión—. No es que piense dejarte. Simplemente necesito tener mi espacio de vez en cuando ¿No te pasa a ti lo mismo?

Al momento se fusionó con ella y Shea notó un gran vacío. Un agujero negro que no podía tapar de ningún modo. Su corazón latía con fuerza, casi aterrado. El mundo era gris y negro, oscuro y feo. No había consuelo, esperanza, sólo un terrible vacío y desesperación total.

Se le cortó la respiración. Acarició con suavidad el pelo de Jacques y fue deslizando sus dedos por su mentón.

—Verdaderamente no te *gusta* estar solo.

—*Creo que la palabra* gusta *no es suficientemente fuerte* —respondió tajante—. *No puedo respirar a menos que estés cerca de mí.*

—No sabía que para ti era tan terrible. Siento no haberme dado cuenta antes, Jacques. No era mi intención. Tengo la costumbre de planificar las cosas con mucho tiempo de antelación. Lo que estás captando en mi mente es algo totalmente distinto. Nuestra situación se está volviendo desesperada. Tengo que ir al pueblo para comprar algunas cosas. He de conseguir sangre y ropa para ti. —Levantó la mano, pero fusionada como estaba con él, al momento notó su rechazo—. No tenemos elección, Jacques. Tengo que marcharme inmediatamente para llegar al pueblo a primera hora de la mañana.

—*No es seguro. No dejaré que hagas eso. Es demasiado arriesgado.* —Ella no hizo caso de su protesta.

—Es el único modo de que pueda estar aquí al anochecer. No me gusta dejarte solo durante las horas diurnas, pero necesitamos sangre, Jacques. No te estás curando tan rápido como pensabas porque no tienes suficiente sangre. Y por mucho que no quiera pensarlo, sé que me estás alimentando con tu sangre. Antes estaba muy débil, pero ahora estoy fuerte. Me has dado tu sangre ¿no es así?

—*No puedes ir.*

Ella comprendió su terrible pánico, el vacío que sentiría si ella le dejaba solo. El oscuro y horrendo vacío que le engullía cuando ella no estaba. Su corazón sufría por él. Su cautiverio durante todos esos años, sin memoria, sufriendo, oscuridad y hambre, eso debía haberle dejado importantes traumas mentales.

—*No puedo estar sin ti.* Su mano fue a buscar la de ella, sus dedos se entrelazaron. Para él era sencillo. Ella era su equilibrio, su cordura o lo poco que quedaba de ella. Era la luz de su oscuridad. No podía dejarle. Se puso los dedos de Shea en la boca.

Sintió una descarga de sensualidad que le llegó hasta la punta de los pies.

Su mente estaba abierta a la de Shea, era la intimidad suprema, por eso ella podía sentir todas sus emociones, leer todos sus pensamientos si lo deseaba. Sus oscuros deseos irrumpían con turbulencia junto a la clara resolución de mantenerla a su lado. La soledad amenazaba como si fuera un tenebroso e interminable agujero negro. Estaba muy solo, tenía mucho dolor, sentía vacío, hambre. Siempre esa terrible hambre que le consumía. Ella tenía lágrimas en su rostro. Le abrazó la cabeza y la acunó con ternura.

—Ya no volverás a estar solo —le dijo susurrándole—. Estoy aquí contigo, Jacques. No te voy a dejar solo.

—*Todavía tienes la idea de dejarme. No puedes ocultarme tus intenciones, Shea. Te lo he dicho muchas veces. Eres mi compañera. No puede existir el engaño entre nosotros.*

Shea puso su cabeza sobre la de Jacques. Las oscuras emociones que estaban surgiendo en su interior empezaban a ser alarmantes para ambos. Violencia mezclada con terror.

—Nunca he intentado engañarte. Lo sabes. No te miento y no estoy jugando contigo. Necesitamos la sangre. No mejorarás sin ella. No hay otra solución.

—*No puedes dejarme Shea.* —Esta vez su tono era autoritario. Perdió el tono de indulgencia que solía mantener cuando hablaba con ella. De pronto tenía mucho poder, era arrogante y autoritario.

Shea suspiró acariciándole los poderosos huesos de su rostro.

—No te pongas demasiado dominante conmigo, salvaje mío. Tenemos que centrarnos en nuestro problema. Necesitamos sangre y no tengo ropa para ti. ¿Se te ocurre algo mejor?

—*Espera a que esté más fuerte y pueda ir contigo para protegerte.*

—Ella movió la cabeza.

—Sigues confundido. Yo soy tu doctora y se supone que he de protegerte.

—*Tú eres mi alma gemela. Sólo hay una compañera destinada para mí. Tú eres mía. Sólo tú.*

Ella levantó la cabeza y le miró con sus ojos verdes.

—¿Has vivido alguna vez con una mujer? Debes haber tenido relaciones sexuales.

—*Los carpatianos no viven con ninguna otra mujer que no sea su compañera. El sexo no es más que compartir el* cuerpo, un placer que se desvanece con el resto de las emociones al cabo de doscientos años si no hemos encontrado a nuestra compañera.

—No lo entiendo. ¿Sin la compañera los carpatianos no pueden sentir nada?

—Nada, Shea. Ni afecto, ni remordimiento, ni el bien ni el mal. Mucho menos el deseo. Después de doscientos años los varones carpatianos no pueden sentir.

El color se le subió a las mejillas.

—Tú me deseas. Puede que no tenga experiencia, pero soy médica.

Los dedos de Jacques se entrelazaron con los de Shea, su respiración calentaba sus nudillos.

—Te deseo con cada célula de mi cuerpo, con mi mente y con mi corazón. Tu alma es mi otra mitad. Cuando estás conmigo, puedo sentir gozo, deseo, ira e incluso reírme. Eres mi compañera. He esperado casi ochocientos años para encontrarte. No podía ver los colores hasta que llegaste a mi vida. —Sus negros ojos agotados por el sufrimiento, estaban clavados en los de Shea—. No puedo perderte. No puedo volver a estar solo. Los mortales y los inmortales correrían peligro si eso sucediera.

Ella no quería hablar de ese tema. Murmuró su nombre con suavidad y casi sin darse cuenta le dio un beso en la sien.

—Sin ti no puedo vivir, mi pequeña pelirroja. Hay tinieblas en mi interior. La bestia que llevo dentro es poderosa. En todo momento me esfuerzo por no perder el control. Mi compañera es mi ancla. Sólo tú puedes salvarme, evitar que pierda por completo la cabeza.

Shea le apartó el pelo de la cara con sus delicados dedos.

—¿Cómo lo sabes? Has reconocido que no puedes recordar muchas cosas.

—*Te he abierto mi mente. Sabes que es cierto. Tú eres mi puntal y yo no puedo hacer otra cosa que velar por tu felicidad.*

Shea sólo podía sonreír.

—No te imaginas lo arrogante que suena eso. Tú no eres responsable de mi felicidad. Yo soy responsable de mi propia felicidad. Y en este momento, tanto si tu orgullo de macho puede afrontarlo como si no, yo soy la responsable de tu salud y tu seguridad. No podemos esperar a que estés mejor. He de marcharme ahora. Cada día que pasa le estamos dando a Don Wallace la oportunidad de que nos encuentre. Cuando puedas viajar nos iremos de este lugar. —Le acarició su densa melena—. He de irme, Jacques. No te estoy abandonando, sólo voy a comprar suministros.

Se apartó de ella por un momento y como de costumbre era imposible leer su expresión. De pronto, parpadeó.

—*Iré contigo.*

Shea se sentó con desgana, odiaba tener que imponerse, pero debía frustrar su resolución.

—Entonces vamos a probar si puedes salir al porche. Déjame hacer a mí casi todo el trabajo.

—*Crees que no puedo hacer esto.*

—Creo que tu voluntad es fuerte, Jacques, pero tu cuerpo débil. Quizás esté equivocada, espero que así sea. —Se quedó en silencio mientras preparaba las cosas. Sabía que no podía conseguirlo, no sin un terrible dolor. La camilla era estrecha e incómoda. Shea la acolchó con una manta. Cuando le ayudaba a pasar de la cama a la camilla, se quedó empapado en sudor, pero no se quejó. Con el corazón en un puño, le sacó al exterior, al fresco aire de la noche. Por supuesto que aguantaría el traqueteo en silencio. Había aguantado la tortura y horas de cirugía sin anestesia ni calmantes. Él se había propuesto hacer eso y lo haría sin quejarse.

Jacques apartó el sufrimiento, miró las estrellas respiró la noche. Su mundo, el espacio abierto, el sonido de las aves, el agudo gorjeo de los murciélagos, la llamada de los insectos. Cerró los ojos, era mejor para absorber los olores, las historias. Su cuerpo resistía el esfuerzo físico, retorciéndose de dolor, como si le estuvieran clavando un puñal en el pecho.

—Jacques, por favor, no seas tozudo. Yo también siento tu sufrimiento.

—*No es necesario Shea. No te fusiones conmigo ahora. No te deseo esto.*

—Por favor, deja que te lleve dentro otra vez y te ponga en la cama. Este pequeño movimiento te está lastimando. No te llevaré al pueblo te pongas como te pongas. Si fuera yo la que estuviera herida, tú no lo harías.

Una ligera sonrisa se dibujó en sus labios.

—*Si fuera a la inversa, no sería necesario ir al pueblo. Llamaría a todos los humanos que estuvieran cerca para que vinieran a alimentarte.* —Su tono era sutilmente amenazador, pero ella captó el eco de su pensamiento de censura—. *Ningún humano estaría a salvo de él si Shea estuviera herida.*

Shea le tocó en la frente con suavidad.

—Estoy a salvo, Jacques y de momento mando yo.

Él hizo el equivalente mental de una burla.

—*Conozco este lugar.* —Ahora estaba inspeccionando los alrededores con un brillo peculiar en sus ojos—. *Conozco este lugar, aquí pasó algo hace mucho tiempo que debería recordar.* —Su mano fue *motu proprio* a la garganta, recorriendo la delgada, casi inexistente cicatriz alrededor de su yugular—. *Sólo una herida mortal grave puede dejar cicatriz.* —Murmuró en voz alta al exhalar, como si hablara para sí.

Shea se quedó muy callada y quieta, como para facilitar que volviera cualquier recuerdo a la memoria de Jacques.

—*Estuve aquí hace tiempo. Quizás haga un cuarto de siglo.* —Le dolía la cabeza, pero su recuerdo brillaba, se solidificó en lugar de escaparse. Sus negros ojos inspeccionaron nerviosamente el claro—. *Allí hubo una lucha. Un vampiro, alto y fuerte debido a una matanza reciente. Nunca me había enfrentado antes a uno de ellos. No estaba preparado para su poder, su ferocidad. Quizás no podía creer que alguien de mi raza, aún transformado, pudiera hacer tanto daño.* —Frunció el entrecejo para concentrarse, intentando captar los fragmentos y retenerlos—. *Estaba vigilando a alguien, a alguien importante, alguien que no podía caer en las garras del vampiro. Hay muy pocos...*

El último pensamiento pareció desvanecerse. Shea conectó su mente con la de él y pudo sentir su confusión, su frustración ante su incapacidad de captar y recordar la información. Shea le puso la mano en la frente para tranquilizarle. Su tacto transmitía ternura, pero sus verdes ojos ansiedad.

Muy familiares. No eran verdes, sino azules.

—*Una mujer. Hay muy pocas mujeres carpatianas. Hemos de protegerlas muy bien. Estaba protegiendo a una mujer y ella era especial. Nuestra esperanza para el futuro.*

A Shea casi se le para el corazón. Jacques había luchado para defender a otra mujer y casi pierde la vida, según indicaba la cicatriz.

—*¿Qué mujer?* —Shea no se dio cuenta de que había utilizado el método carpatiano de comunicación entre almas gemelas.

A pesar del dolor de su cuerpo y de los martilleos de su cabeza, afloraba la felicidad y el buen humor. A su pequeña doctora pelirroja no le gustaba la idea de que hubiera habido otra mujer en su vida.

—*Tenía los ojos azules y estaban llenos de lágrimas, como tú en estos momentos.* —Él tocó una de sus deslumbrantes gotitas con el dedo y se la puso en la boca para saborearla. Su cuerpo siempre con un hambre voraz, absorbió esa perla como si estuviera absorbiendo su propia esencia.

—*Quién era o quién es ella, Jacques?* —Un hombre como él, tan atractivo, sensual e intenso era evidente que tenía que tener una mujer en alguna parte. Shea se mordió el labio inferior con tanta fuerza que brotaron dos gotitas de sangre.

Jacques intentó ceñirse a esos fragmentos de recuerdos que entraban y salían de su mente. Sabía que esa información era muy importante para ambos.

—*Ella pertenecía a otro. Él es...* —El dolor se apoderó de su cabeza como si se la estuvieran aplastando en un torno.

Shea entrelazó sus dedos con los de él.

—Vamos, Jacques, no necesitamos saberlo. —Le dijo sacándole el pelo de la frente—. Ya volverá el recuerdo. Mira cuánto has recordado ya. — Le sorprendió ver el alivio que sintió al saber que esa mujer importante pertenecía a otro.

—*Siempre y cuando no sea una fantasía.* —Dijo él medio en broma y medio censurándose. Le puso la mano en la nuca y la llevó contra su cara para besar sus suaves y temblorosos labios. Su lengua absorbió todas las gotitas de sangre de su labio inferior.

—Te he dicho que salieras de mi cabeza. —Shea le devolvió el beso, con cuidado para que no realizara ningún movimiento—. Vamos a entrar y a procurar que estés cómodo. El sufrimiento de Jacques le resultaba más insoportable a ella que a él mismo.

—*Un minuto más. Escucha el canto de la noche. Los lobos se llaman entre ellos en un canto de alegría. ¿Los oyes?*

Por supuesto. ¿Cómo no iba a oírlos? A cierta distancia la manada levantaba sus hocicos hacia el cielo y se comunicaba su felicidad. No podían contenerla dentro de sus cuerpos y les fluía desde el corazón hasta llegar a sus gargantas y entregarla a la noche. Era muy hermoso, muy puro, era una parte esencial de su mundo. Las notas, cada una diferente y única para cada animal, flotaban por el bosque hasta elevarse hasta el cielo. Ella pertenecía a esa tierra. Pertenecía a la manada de lobos, a las montañas y a la noche. Giró la cabeza hacia Jacques y descubrió que estaba intentando aferrarse a sus recuerdos a medida que estos iban regresando fragmentados, como burlándose y frustrándole, a la vez que parecían trocitos de cristal que se clavaban en su cerebro.

—*He de recordarle. Es alguien importante. Recuerdo la lucha.* —Se volvió a poner la mano en el cuello—. *El vampiro me cortó la garganta. La mujer me salvó la vida. Fingía que estaba histérica, pero me curaba la herida con tierra y saliva mientras lloraba sobre mí. El vampiro se la llevó ¿Por qué no puedo recordarle?*

—¡Déjalo ya! —Le ordenó Shea mientras le arreglaba la melena apartándosela de la frente—. Te voy a llevar dentro ahora mismo.

—*Shea.* —Pronunciar su nombre era como un mágico talismán, un bálsamo para su mente torturada.

—*Estoy aquí Jacques.* —Al momento se fusionó con él mentalmente y le estrechó contra su cuerpo—. *Ya llegará a su debido tiempo, te lo prometo.*

La mano de Jacques se dirigió al cuello de Shea, sus salvajes e irregulares heridas y morados se negaban a curarse. Sin la sangre apropiada y el sueño rejuvenecedor de su raza, no se curarían.

—*Mira lo que te he hecho. Y no puedo cuidarte, como debería, como es mi deber. No te sirvo de mucho.*

Shea le dio un tironcito del pelo, como un pequeño castigo.

—No sé, Jacques, pero para dar órdenes eres único. —Llevó la camilla adentro y aprovechó para cambiarle las sábanas antes de meterlo en la cama—. Sabes que he de marcharme —le dijo en voz baja.

Jacques yacía muy quieto, dejándose llevar hasta el límite del dolor, agradecido por la confortable cama y su agradable contacto. Le encantaba sentir sus dedos acariciando su pelo, su frente, llevándose su dolor.

—*No puedo permitir que te vayas sin protección.* —Su resolución empezaba a debilitarse. Ella se daba cuenta de que no le gustaba la idea, pero sabía que era necesario.

—Yo también te dejaré desprotegido. Pero podemos hacerlo. En realidad ninguno de los dos estará solo. ¿Acaso importa la distancia? Nuestro vínculo es fuerte, ¿es que no podemos utilizarlo tan sólo a unos kilómetros de distancia? Al fin y al cabo, ¿no me llamaste cuando yo estaba a miles de kilómetros?

Su oscura mirada reflejaba dolor, pero ya se iba resignando al viaje.

—*Tienes razón, podemos estar juntos a voluntad, pero eso consume mi energía y con la distancia me costará más.*

—Eso es porque siempre te he dejado hacer a ti solo el trabajo. —Shea revisó que la pistola y el rifle estuvieran cargados y le dejó dos cajas de municiones al alcance de la mano—. Cada vez soy más buena leyendo la mente. Mi madre era vidente y yo he heredado su don. Quién sabe, quizás sea cierto.

—*En cada intercambio de sangre nuestro vínculo se ha hecho más fuerte y se va fortaleciendo a medida que estamos juntos.*

—Entonces, ¿si nos separamos puede que deje de desear estar junto a ti? —dijo ella bromeando—. De haber sabido que era tan sencillo, me habría estado en el porche la mayor parte del tiempo.

Él le acarició su sedoso pelo.

—*Dejaré que hagas esto, pero no...* —interrumpió de golpe el pensamiento.

Aunque Shea pudo captar el eco de su sentido de posesión primitivo. Ella levantó las cejas. A veces le recordaba más a un animal salvaje que a un hombre.

—Deja ya de darme permiso para hacer algo. Eso ofende mi sentido de independencia.

Ella volvió a sonreír, burlándose gentilmente de él y Jacques se sintió invadido por su luz. Parecía emanar de sus vivaces ojos verdes y alejarle del voraz vacío. Ella tenía toda la razón y en ese momento de lucidez, no podía hacer otra cosa que aceptarlo. Aun así, ¿cómo podría resistir estar sin ella ese tiempo? ¿Cómo podría sobrevivir, si cada minuto, cada segundo era eterno para él? Jacques cerró los ojos y una fina capa de sudor cubrió su piel con el mero pensamiento de tener que volver a soportar la oscuridad, la agonía, el aislamiento.

—¡No, Jacques! Me has dicho que podías paralizar tu corazón y tus pulmones. Cuando lo haces ¿puedes sentir o pensar? ¿Soñar? ¿*Tienes pesadillas?*

—*No, pero no me atrevo a dormir de ese modo. Cuando estamos separados o tú duermes el sueño de los mortales, yo he de permanecer alerta.*

—No me pasará nada. Ponte a dormir y desconéctate durante un tiempo. He de marcharme e intentar llegar lo más lejos posible esta noche.

—*No permitas que te pase nada Shea. No puedes comprender lo importante que es que vuelvas sana y salva. No puedo estar sin ti. Me has devuelto la vida. Sé que mi mente no está bien. No puedes abandonarme cuando más te necesito. No podría volver a recobrarme de mi locura.*

—No tengo ninguna intención de dejarte, Jacques —le aseguró ella.

—*No olvides que esta vez te has de fusionar conmigo.* — En su voz podía sentirse el miedo.

—Me pondré en contacto contigo a menudo, Jacques. Y tú también has de decirme si estás bien. ¿De acuerdo? Deja ya de comportarte de un modo machista.

6

Despuntaba el alba cuando Shea ya estaba llegando a su destino tras conducir toda la noche por el escarpado terreno. Necesitaba repostar, hierbas, suturas, suministros varios y, sobre todo, sangre. Buena sangre. Durante el día siempre tenía que luchar contra el cansancio, pero ahora era algo más que simple fatiga, estaba exhausta. Tenía pánico de que la pudieran encontrar en su caravana en una condición tan débil. Sabía que si eso sucedía le resultaría casi imposible defenderse. Pero lo que más temía es que alguien atacara a Jacques mientras ella estaba fuera.

Shea aparcó en la gasolinera del pueblo y salió del vehículo. Casi al instante se sintió incómoda, aunque no sabía la razón. A una hora tan temprana las calles estaban casi desérticas. Se apoyó contra el vehículo y miró detenidamente a su alrededor. No vio a nadie, pero sentía que la miraban, que algo o alguien la observaba. Era una sensación muy fuerte. Mientras llenaba el depósito, el tanque de reserva y dos bidones para el generador, levantó altivamente la barbilla como queriendo pasar por alto su imaginación exagerada.

La sensación de sentirse observada se intensificó tanto que se le puso la carne de gallina. Sin previo aviso algo intentó irrumpir en su mente. No era Jacques. No era su familiar contacto. El miedo se apoderó de ella, pero intentó mantener la serenidad, se puso su máscara profesional, su propósito unidireccional de terminar lo que había ido a hacer lo antes posible. Fuera lo que fuera lo había apartado, no podía penetrar en ella.

Shea condujo hasta la calle casi desértica y aparcó cerca de una pequeña clínica. Esta vez al salir del coche, inspeccionó para ver si veía algo, intentando utilizar todos los sentidos: la vista, el olfato, el oído y el instinto. Había algo o alguien que la había seguido y estaba cerca. Podía sentirlo, aunque no verlo.

—¿*Jacques?* —Ella conectó con su mente con delicadeza, temerosa de pronto de estar sintiendo algo que le estuviera pasando a él.

—*Estoy esperando a que regreses.* —Podía sentir su cansancio. La luz solar le afectaba más a él que a ella. No soportaba estar lejos de él.

—*Volveré pronto.* Respiró profundo de nuevo y volvió a mirar a su alrededor, decidida a descubrir lo que hacía que se sintiera incómoda. Había un hombre parado a la sombra de un árbol. Era alto, oscuro y no se movía, como un cazador. Sintió el impacto de su mirada cuando sus ojos se cruzaron por casualidad.

Le dio un vuelco el corazón. ¿Quién era? ¿La habría encontrado Wallace tan pronto? Se dio la vuelta y se alejó, en primer lugar tenía que terminar sus recados. Sacó su ordenador portátil y tecleó la orden para acceder al banco de sangre. Si tenía que trasladar a Jacques necesitaría sangre desesperadamente.

Al momento siguiente, se encontró mal. El almacén que había al otro lado de la calle abrió sus puertas. El propietario, un hombre pequeño y jorobado salió a la calle con el delantal puesto y la escoba en la mano. Saludó abiertamente a la figura inmóvil que había bajo el árbol.

—Byron. Buenos días. ¿Es un poco pronto, verdad? —Ella reconoció el dialecto de la zona.

El hombre alto y de pelo oscuro respondió en el mismo idioma, su voz era grave y hermosa. Salió de la sombra y era joven y atractivo. Sonrió amistosamente al tendero mientras se acercaba a él. Era evidente que se conocían, su relación era amistosa. El hombre moreno no era un extraño en la zona. Ni tampoco mostró el menor interés en Shea. Ella le observaba mientras Byron inclinaba la cabeza respetuosamente hacia el anciano hombrecillo, escuchándole con interés y rodeándole los hombros con su brazo.

Suspiró aliviada. El sentimiento de ser observada se desvaneció y no estaba segura de si había sido real o se lo había imaginado. Observó por un momento a los dos hombres que caminaban hacia la sombra, hasta convertirse en una figura borrosa que se confundía con los árboles. Ella podía oír sus risas. El joven bajó todavía más la cabeza para oír todo lo que le decía el tendero. Shea se apresuró a la tienda donde estaba el ayudante del tendero y compró otra manta y una almohada, hielo y algo de ropa para Jacques.

La pequeña clínica tenía preparados los suministros médicos, un administrativo muy amable le preguntó sobre su clínica móvil y la trataba como un preciado cliente. Con cierto sentido de culpa se apresuró para finalizar sus recados. Tenía que regresar a su caravana y encontrar una zona oscura para dormir hasta que fuera seguro regresar con Jacques. Salió a la calle. La luz solar le atravesó los ojos como si le clavaran miles de agujas. Tropezó y enseguida sintió una mano fuerte que la sujetaba por el brazo evitando su caída. Le dio las gracias casi murmurando y buscó en su bolsillo las gafas de sol para cubrirse sus ojos empañados de lágrimas.

—¿Qué estás haciendo aquí sola y sin protección? —El tono de voz grave, el dialecto y el acento inquietante se parecían a los de Jacques.

A Shea se le cortó la respiración y luchó por soltarse. El hombre alto y de pelo oscuro la empujó a la sombra, poniéndola de espaldas a la pared, su corpulencia pudo inmovilizarla con facilidad.

—¿Quién eres? —preguntó él—. Eres pequeña y muy blanca para ser uno de los nuestros. —Le levantó la barbilla con la mano de modo que pudo verle los ojos a pesar de las gafas de sol que llevaban ambos—. Tu olor me resulta familiar, pero no sé por qué. ¿Cómo es que no sabía que existías? —Por un momento su boca se curvó de satisfacción—. Eres libre. Eso es bueno.

—No le conozco señor y me está asustando mucho. Tengo mucha prisa, haga el favor de soltarme. —Shea utilizó su tono más distante y frío y habló en inglés deliberadamente. El hombre era extraordinariamente fuerte y la aterrorizaba.

—Soy Byron. —Solamente le dijo su nombre, como si eso bastara—. Soy un hombre de tu raza y tú una mujer sola. El sol está cada vez más alto y no te has buscado un lugar para refugiarte. Tengo que ayudarte, te ofrezco mi protección. —Cambió rápidamente a un inglés con fuerte acento extranjero.

Su voz parecía entrar directamente en su interior. Parecía un caballero, era muy amable, sin embargo, todavía no la había soltado, ni se había movido un milímetro para evitar que se escapara. Inhaló y tragó su perfume. De pronto, cambio toda su actitud. Su cuerpo se puso rígido y sus dedos se clavaron en el brazo de Shea. Enseñó sus blancos colmillos de depredador en señal de advertencia.

—¿Por qué no me has contestado cuando te he hablado? —Sus palabras eran graves y amenazadoras. El amistoso extraño era aterrador.

—¡Suéltame! —Ella mantuvo su tono de voz, su mente trabajaba a máxima velocidad en busca de una huida. Él parecía tener todos los ases, pero...

—Dime quién eres —le exigió él.

—¡Suéltame ahora mismo! —Dijo ella con el tono todavía más bajo, entonando una suave e hipnótica melodía—. Tú vas a soltarme.

El extraño movió la cabeza, sus ojos se contrajeron al reconocer un indicio de coacción en su voz. Inhaló por segunda vez y volvió a beber su fragancia. Al momento, su rostro se quedó inexpresivo.

—Reconozco ese olor, Jacques. Ha estado muerto durante estos siete años, sin embargo, su sangre corre por tus venas. —Su voz se arrastraba como una amenaza letal.

Por un momento, se quedó helada de miedo. ¿Sería el traidor del que le había hablado Jacques? Shea ladeó la cabeza para apartar sus dedos de su barbilla.

—No tengo la menor idea de lo que me estás hablando. ¡Déjame ya!

Byron exhaló emitiendo un lento y venenoso sonido.

—Si quieres vivir otra noche tendrás que decirme lo que has hecho con él.

—Me estás haciendo daño. —Se estaba acercando más e inclinando hacia su cuello, Shea se curvó hacia atrás como si fuera un arco al tratar de evitarle. Notó su respiración caliente en su cuello y emitió un grito ahogado al notar cómo sus afilados dientes atravesaban su piel. Llorando casi en silencio se movió hacia el lado y su corazón latió con fuerza, desesperado.

Entonces, él buscó en su escote y se dio cuenta de los morados que tenía en el cuello. Pudo notar su asombro y confusión. Aprovechó esa distracción momentánea y utilizando todas sus fuerzas levantó la rodilla y gritó a pleno pulmón. Byron estaba tan perplejo, que a Shea casi le entró risa. Estaba totalmente seguro de que ella no quería llamar la atención. Su silbido, una promesa de venganza letal, fue lo último que oyó antes de que se esfumara.

Y literalmente, se esfumó. Nunca le vio moverse. Al momento se presentó allí acosándola contra la pared y acto seguido se había marchado. Una tenue neblina se mezclaba con las capas de niebla que cubrían el suelo que llegaban hasta la altura de la rodilla.

Dos auxiliares sanitarios acudieron corriendo al oír sus gritos. Shea, con la mano sobre la herida palpitante de su cuello para disimularla, dejó que la tranquilizaran, le aseguraron que el animal que había visto merodeando por las sombras, era casi sin lugar a dudas un perro vagabundo, en lugar de un lobo. Se marcharon moviendo la cabeza y riéndose de lo tontas que podían ser las mujeres.

Shea cargó los suministros en su vehículo, tomándose el tiempo que consideró prudencial. Si el sol podía afectarla, sólo sería tan letal como su asaltante, si éste era como Jacques. Jamás habría podido imaginar que tendría que vérselas con un vampiro. Don Wallace había sido su pesadilla, pero sospechaba que éste sería mucho peor. Envolvió con cuidado los paquetes de sangre y los colocó en el centro de su gran nevera, rodeados de bloques de hielo. Tenía que hallar el modo de llevarle la sangre a Jacques sin dejar pistas para el vampiro.

Esperó, ganó tiempo antes de partir. El sol estaba cada vez más alto y ya le tocaba en la piel a través de la fina prenda de algodón que llevaba puesta. También llevaba un sombrero de ala ancha y las gafas de sol para protegerse. No obstante, sentía que estaría más a salvo entre la gente siempre que pudiera, hasta que su debilidad la abandonara no tenía otra opción que intentar descansar en su autocaravana preparada para protegerla del sol, aparcada bajo la sombra de los árboles.

Sintió algo en su mente, un sendero familiar que reconoció al instante con alivio. Shea conectó con Jacques. Estaba débil, la poca energía que le quedaba se la había llevado el amanecer. Shea estaba furiosa consigo misma por no haber intentado tranquilizarle antes. Debía haber caído en la cuenta de que él sentiría su miedo incluso en la lejanía.

—¿Estás bien?

—Sí, Jacques. Lo siento no inspeccioné. —Se esforzó por conservar la calma y ocultarle su temor. Lo último que quería era que intentara rescatarla y sabía que lo haría. Se mataría a sí mismo intentando llegar a su lado.

—Estás al sol. Siento tu incomodidad. —Era una reprimenda del tipo de las que ya empezaba a estar acostumbrada. La arrogancia de su mandato se hacía cada vez más evidente en su voz a medida que su salud mejoraba.

Tras las gafas oscuras, los ojos de Shea eran como dos torrentes. Inhaló profundo, soltó el aire lentamente y se lanzó a contarle lo sucedido.

—Había alguien de tu raza. Al menos eso creo.

Su reacción fue explosiva. Furia ciega, miedo por ella y unos celos casi incontrolables. Jacques se esforzó por permanecer en silencio y escucharla. Sabía que sus emociones volcánicas la asustaban. También le asustaban a él. No estaba acostumbrado a las emociones y a veces le superaban.

—Reconoció tu olor, incluso te llamó por tu nombre.

Quería saber dónde estabas. Por favor, ten cuidado Jacques. Me temo que te he dejado totalmente indefenso. Creo que te busca.

—¿*Te ha tocado? ¿Ha bebido tu sangre?* La pregunta era inquisitiva, podía sentir la furia de Jacques golpeándole cabeza.

Se tocó la herida supurante del cuello.

—*Lo habrías sabido* —respondió ella con dulzura.

Parte de su furia incontrolada se esfumó.

—¿*Dónde estás ahora?*

—*Ahora estoy a salvo, pero vendrá a por mí esta tarde, estoy segura. No quiero conducirle hasta ti.*

—*Regresarás a mí esta noche. Vendrás aquí directamente. Él no puede tocarte, no puede intercambiar sangre contigo.*

—*No me pasará nada. Eres tú quien ha de tener cuidado, Jacques.* —Le dijo ella para darle confianza—. *Temo por ti, tengo miedo de conducirle a ti o de que te encuentre mientras yo estoy fuera.*

—*No entiendes el peligro que corres. Has de venir conmigo.*

Shea no acababa de comprender, pero sí podía sentir su convicción, su miedo por ella, y tembló al recordar la fuerza del agarre del extraño y su silbido de promesa letal.

—*No te preocupes, iré ahora mismo. Duerme, Jacques. Esto te está agotando.*

—*Shea.* —Hubo un momento de silencio, de anhelo—. *Vuelve a mí. Si no crees en nada de lo que te he dicho, cree al menos que te necesito.*

—*Te lo prometo.* Shea apoyó la frente en el volante. Estaba muy cansada y tenía los ojos hinchados. Los cristales oscuros de la cabina servían para evitar que se le hicieran ampollas en la piel, pero no aguantaría mucho más. Sentía el cuerpo pesado y torpe, casi no le respondía. Ya no podía permitirse esperar más, sólo tenía la esperanza de que el vampiro ya estuviera en su guarida y no pudiera ver adónde se dirigía.

Se dirigió hacia las montañas. Al principio, para ganar tiempo, tomó la carretera, conduciendo todo lo deprisa que podía por el tortuoso camino. Cuando la luz solar resultaba insoportable, siguió su propia ruta, por un camino de ciervos, siempre subiendo, buscando el espesor del bosque. El grueso dosel de árboles amortiguaba algo el implacable efecto del sol que atravesaba su cráneo. Cuando notó su cuerpo demasiado pesado, se detuvo en una zona especialmente frondosa y se metió en la parte de atrás de su caravana. Tuvo la energía suficiente para cerrar la puerta y ponerse la pistola al alcance de la mano antes de que su cuerpo se convirtiera en plomo. Se estiró y se quedó como paralizada, su corazón latía deprisa. Aterrado por su propia debilidad.

Necesitaba a Jacques, necesitaba entrar en contacto con ese centro de poder increíble que había en él. Necesitaba contactar con su férrea voluntad. Shea invocó su imagen y su ritmo cardíaco se hizo más lento. Si pudiera abrazarle, sentir sus brazos alrededor de su cuerpo. Entonces, como por arte de magia, pudo sentir sus brazos, toda su fuerza envolviéndola para protegerla, pudo oír los latidos de su corazón, fuertes y regulares, sintonizando con los suyos. Shea le apartó el pelo de la cara, tenía los ojos cerrados, pero su mente le transmitía todos los detalles de sus sensuales facciones. Dormían separados el poco reparador sueño de los mortales, pero estaban juntos, siempre conscientes del peligro que les acechaba, siempre conscientes de la plúmbea parálisis de sus cuerpos. Shea experimentó por primera vez el poder de mantener una fusión mental, de no estar nunca sola, la fuerza de la unión de dos seres.

El largo día pasó lentamente, el sol se desplazaba por el firmamento, brillando, calentando y luego retirándose hacia las montañas con la misma lentitud, hundiéndose con elegancia y colorido en el mar.

Se encontraba a tan sólo a unos pocos kilómetros de la cueva que se hallaba bastante profunda en la tierra. El estrecho pasaje que conducía al laberinto de cámaras subterráneas y piscinas de agua caliente era sinuoso y en algunos sitios casi insalvable. En la cueva más pequeña, bajo el rico suelo, un corazón empezó a latir. La tierra empezó a salir a borbotones como si fuera un geiser y Byron surgió de las profundidades de la misma. Tuvo un breve momento de desorientación y su cuerpo brilló, se disolvió y se convirtió en una neblina que atravesaba un corredor para salir al exterior. Inmediatamente, la neblina se transformó en un gran pájaro, cuyas potentes alas elevaron a la aerodinámica criatura. Sobrevoló en círculo la extensa zona boscosa, por encima del tupido follaje y luego se lanzó como si de una flecha se tratara.

Jacques, sólo en la cabaña, sintió el trastorno incluso en los confines de sus cuatro paredes. Sintió el poder vibrando en el aire y supo que algo peligroso le estaba acechando. Mantenía su mente perfectamente sintonizada como un humano, consciente por si el contrario inspeccionaba, de ese modo pensarían que era un humano el que se encontraba en la cabaña. Sintió la oscura sombra alada pasando sobre él y la abrupta intrusión de otro ser en su mente, luego la criatura se alejó.

—¿*Jacques?* —El tono de Shea era melodioso y preocupado.

—*Está cerca.*

Ella pudo leer su mente sin dificultad. Jacques quería que ella estuviera con él, cerca, para poder protegerla, para que otro hombre no se atreviera a reclamarla como había hecho él. Temía que si ella regresaba pudiera caer en la trampa del vampiro, pero por otra parte no podía soportar la separación, ni dejarla desprotegida. Su mente empezaba a desmoronarse, a dispersarse, la necesitaba demasiado.

Shea se levantó de la cama y se puso al volante.

—*Pronto estaré contigo.* —Ella sintió la sonrisa de Jacques en lo más profundo de su corazón. Jacques empezaba a recordar lo que era el humor.

—*En realidad te gusta que haga lo que quiero y que tome mis propias decisiones, ¿no es así?* —le dijo ella bromeando, con la intención de conservar su mente lo más estable posible hasta estar junto a él y servirle de puntal.

—*Puedes estar segura que no, mi pequeña pelirroja. La obediencia instantánea es lo ideal.*

—*Como usted mande.* —Shea se puso a reír a pesar de su miedo. Era absurdo estar tan alegre cuando se estaban enfrentando a semejante peligro y a un traslado inminente y complicado. ¿Adónde podían ir con tan poco tiempo de antelación? Cuando llegara a la cabaña, ya habrían perdido tres o cuatro valiosas horas.

Jacques se estiraba despacio y con precaución. Su cuerpo protestaba sin clemencia. El dolor había sido su mundo durante tanto tiempo que dejaba que le invadiera. Podía vivir eternamente sufriendo, pero no podía vivir sin ella. Se intentó sentarse y la habitación se tambaleó y empezó a dar vueltas antes de volver a su sitio. Casi al momento pudo sentir una sangre caliente y pegajosa que brotaba de sus costillas y de su abdomen. Maldijo en voz baja y con elocuencia en el lenguaje de su pueblo. Conocía bien el dolor, aunque había olvidado la agonía desgarradora. Daba igual. Nada importaba, salvo proteger a su compañera.

Shea conducía como una poseída, encontrando rutas por donde no pasaba nadie, franqueando troncos podridos y barrancos pedregosos. Unas veces se divertía, otras no tanto. Era interesante conducir de noche. Ya no necesitaba luces. Podía ver con la misma claridad que de día. La luz de la luna bañaba los árboles y arbustos de plata. Era hermoso, podía ver todos los colores del espectro resaltados y con detalle.

A lo lejos un enorme búho volaba en círculo sobre una laberíntica casa construida en los acantilados y se acercó a ella con cautela. El ave aterrizó sobre el pilón de piedra de la puerta de entrada, plegó las alas y adoptó una forma humana, la manada de lobos empezó a aullar en señal de advertencia. Casi al momento salió un hombre de la casa. Perezosamente se deslizó desde la veranda envuelta de niebla para dirigirse a la verja. Era alto y tenía el pelo oscuro. Una fuerza especial emanaba de cada una de sus células. Se movía con la agilidad de un tigre y la elegancia de un príncipe. Sus ojos eran negros como la noche y guardaban miles de secretos. Aunque su bello y sensual rostro no reflejaba ninguna expresión, su conducta transmitía peligro y amenaza.

—Byron, hacía mucho tiempo que no nos visitabas. No nos has avisado de tu llegada. —No había censura en su suave, musical y aterciopelada voz, no obstante, era evidente que existía.

Byron se aclaró la garganta, estaba agitado y sus ojos no se atrevían a encontrarse con la penetrante mirada del otro.

—Lo siento, Mihail, te pido disculpas por mis malos modales, pero las noticias que traigo son inquietantes. He venido lo antes posible y todavía no he podido hallar las palabras apropiadas para contarte lo que tengo que decirte.

Mihail Dubrinsky hizo un elegante gesto con la mano. Era uno de los más ancianos, de los más poderosos y hacía mucho que había aprendido a tener paciencia.

—Esta mañana me había retrasado en regresar a la tierra. No había comido, de modo que fui al pueblo y atraje a uno de los aldeanos. Cuando entré en la zona, noté la presencia de uno de los nuestros, una mujer. No tenía nuestro aspecto; era pequeña, muy delgada, pelirroja y con ojos verdes. Estaba débil, hacía tiempo que no se alimentaba. Utilicé nuestro método de comunicación mental para hablar con ella, pero no me respondió.

—¿Estás seguro de que es de los nuestros? No parece posible. Tenemos muy pocas mujeres y ninguna andaría sola por ahí desprotegida, al amanecer, sin nadie que velara por ella y sin saberlo nosotros.

—Es carpatiana, Mihail y nadie la ha reclamado.

—¿Y no te quedaste con ella ni la protegiste para traérmela aquí?

Su voz había bajado otra octava, era muy suave pero amenazadora.

—Todavía hay más. Tenía morados y varias heridas en el cuello con muy mal aspecto. También tenía morados en los brazos. Esa mujer ha sido maltratada, Mihail.

Una llama roja se encendió en las profundidades de sus negros ojos.

—Dime lo que tanto temes decirme. —La aterciopelada y oscura voz jamás variaba su tono o aumentaba su volumen.

Byron guardó silencio por un momento y luego fue directo al grano con una mirada profunda.

—La sangre de Jacques corre por sus venas. Reconocería su olor en cualquier lugar.

—Mihail no pestañeó, permaneció totalmente inmóvil.

—Jacques ha muerto.

Sus negros ojos pasaron de largo a Byron y entonces Mihail levantó la cabeza y bebió la noche. Envió una poderosa llamada de la forma habitual y se encontró con el vacío, con la nada.

—Está muerto Byron —repitió suavemente, dejando claro que el tema había concluido.

Byron permaneció de pie como un militar.

—No me equivoco. —Mihail le estudió durante un tiempo—. ¿Estás insinuando que Jacques maltrató a esa mujer? ¿Que quizás la convirtiera en una humana? Las preguntas iban acompañadas de un grave tono de amenaza. Al momento el poder de Mihail se desbordó para impregnar el aire y les envolvió a ambos.

—Es carpatiana, no vampiresa y visitó el banco de sangre del pueblo. No sé cuál es su conexión con Jacques, pero tiene alguna. —Byron fue implacable.

—De cualquier modo, Byron, lo único que podemos hacer es encontrar a esa misteriosa mujer y protegerla hasta que encuentre su verdadera pareja. Se lo diré a Raven, voy contigo. No quiero que ella oiga hablar de Jacques. —Esas palabras fueron pronunciadas en el tono más dulce, aunque también más amenazador, eran un edicto.

Tras esas palabras se ocultaba una oscura promesa. Si Mihail encontraba alguna vez a Jacques vivo, incapaz de responder a la llamada o sin voluntad para hacerlo, habría una muerte rápida y segura para él. Y si la mujer tenía algo que ver con ello...Byron suspiró y miró al cielo mientras Mihail se disolvía en la niebla. Volutas de nubes empezaban a moverse entre las estrellas y la tierra se movía incesantemente, intuyendo un peligro invisible.

Mihail emergió de la niebla todavía cambiado de forma,

su poderoso cuerpo había emprendido el vuelo mientras se estaba transformando. Byron no había llegado a igualar la velocidad de Mihail y tenía que cambiar de forma en la columna de piedra antes de alzar el vuelo. El ave más grande se deslizó silenciosamente hacia la tierra, sus garras con las uñas afiladas como navajas se extendieron como si se prepararan para matar. En el último momento alzó de nuevo el vuelo, batiendo sus alas con fuerza.

—*¿Qué edad tenía la mujer?*

—*Era joven. Unos veinte años o quizás más mayor. Era imposible adivinarlo. Conocía nuestro idioma, estoy seguro, pero hablaba inglés, sin acento. Las abreviaciones y la forma de hablar eran americanas, pero se le notaba un ligero deje irlandés. Deliberadamente llamó la atención hacia nosotros. Nadie de nuestra raza lo haría. Como ella lo sabía, me vi obligado a soltarla. Podía permanecer a la luz del día más que ninguno de nosotros. Sé que no es una vampiresa o no sería como es.*

Los dos búhos planeaban por el oscuro cielo llevando consigo la brisa. Un suave silbido anunciaba la creciente fuerza del viento. Debajo de ellos los árboles se doblaban acercándose al suelo. Las criaturas del bosque corrían nerviosas a sus escondrijos. Las nubes se movieron encapotando el cielo y tapando las estrellas.

A Shea se le empezaban a cansar los brazos de conducir por el tortuoso terreno. Agarraba el volante con tal fuerza que tenía los dedos dormidos. Ya pensaba que se había perdido cuando su vehículo dio una fuerte sacudida y se encontró atravesando un riachuelo poco profundo, al momento reconoció el camino casi inexistente que conducía a la antigua casa. Suspirando de alivio, tomó esa dirección. El sendero lleno de arbustos estaba plagado de baches y de piedras, pero ya lo conocía y le gustaba conducir por él.

Intentó conectar con Jacques en dos ocasiones, pero no respondía a su llamada. Ella trataba de convencerse de que no estaba en peligro. Estaba segura de que si el tal llamado Byron le hubiera encontrado, ella se habría enterado, pero no podía evitar pensar que pasaba algo malo. Dio un fuerte suspiro de alivio cuando por fin vislumbró la cabaña. Tardó unos segundos en aflojar los dedos del volante y estirar los contraídos músculos de sus piernas. Cuando bajó de la cabina del conductor, tropezó, no tenía buen equilibrio.

El viento empezaba a levantar hojas y ramitas formando pequeños remolinos. Las ramas de los árboles se mecían y danzaban sobre su cabeza. Hileras de nubes negras y grises cruzaban por delante de las deslumbrantes estrellas, desapareciendo una a una. Las nubes empezaron a agruparse, eran muy densas y oscuras. Shea, miró hacia arriba temblando, segura de que la tormenta no presagiaba un grave peligro.

El hambre la devoraba, siempre presente e insaciable. Cada día era más intensa y su debilidad iba en aumento si no tomaba sangre urgentemente. En ese momento, nada era más importante que poner a Jacques a salvo. Se dirigió hacia el porche desentumeciendo un poco los hombros. La cabaña estaba a oscuras, Jacques no podía abrir las persianas o encender la luz. Abrió la puerta y entró ansiosa por verle.

Jacques estaba de pie, apoyado contra la pared. Sólo llevaba puestos unos tejanos de algodón suave. Tenía un aspecto gris, adusto, en su hermoso rostro se marcaban unas profundas líneas que denotaban su esfuerzo, de la herida del corazón manaba un reguero de sangre. Iba descalzo, su espesa melena estaba enredada. Una fina capa de sudor recubría su cuerpo. En la frente tenía una mancha carmín y su cuerpo estaba salpicado de perlas escarlata.

—¡Dios mío! —A Shea casi se le para el corazón. Notó el miedo en su propia boca que se le había secado de repente—. Jacques, ¿qué has hecho? ¿En qué estabas pensando?

Casi saltó la distancia que les separaba sin ser consciente de la rapidez de sus movimientos. Las lágrimas que se había tragado le quemaban en la garganta. Lo que Jacques se hacía a sí mismo le afectaba a ella físicamente.

—¿Por qué lo haces? —Las suaves y tiernas manos de Shea examinaban la profunda herida—. ¿Por qué no me has esperado? —Mientras le agarraba, se le pasó por la cabeza el pensamiento más absurdo. «¿De dónde habría sacado los tejanos?», aunque eso no tenía importancia en aquellos momentos.

—*Él vendrá esta noche y he de protegerte.*

—En este estado no podrás. Por si no te has dado cuenta tienes un soberbio agujero en tu cuerpo. Estos puntos están soportando demasiada presión. Tienes que echarte.

—*Está en camino.*

—No me importa Jacques. Podemos irnos de aquí y viajar toda la noche si es preciso. Tenemos armas. Quizás no podamos matarle, pero sí retrasarle. —A decir verdad, Shea no estaba muy segura de ser capaz de dispararle a nadie. Era médica, cirujana, sanadora. El mero pensamiento de arrebatarle la vida a alguien le repugnaba. Lo único que quería era hacerle las curas a Jacques y salir lo antes posible. Evitar el peligro parecía más fácil que enfrentarse al mismo.

Él leyó su mente y su rechazó.

—*No te preocupes Shea. Yo soy muy capaz de matarle.* —Se balanceó sobre ella y casi se caen los dos al suelo.

—No estoy muy segura de que eso sean buenas noticias —dijo ella entre dientes. De algún modo se las arreglaron para llegar a la cama—. Si pudieras verte ahora no estoy tan segura de que fueras capaz de matar ni a una mosca.

Jacques estiró su gran corpachón en la cama, sin quejarse ni un momento. Su mente estaba totalmente cerrada, no quería compartir su agonía con ella. Pero no importaba, Shea, podía verlo claramente en sus ojos negros.

—Siento haberte dejado solo.

Llevó hacia atrás su densa melena, dejando que sus dedos se enredaran en las oscuras mechas. Con el corazón en un puño empezó a recoger las cosas. El traslado iba a hacerle daño otra vez y de nuevo ella sería la causante de su sufrimiento.

—*No eres tú quien me tortura, mi pequeña pelirroja.*

—Ya sé que piensas eso Jacques —respondió ella con cansancio y recogiéndose el pelo hacia atrás con una pinza para que su roja melena no le molestara en la cara—. Te hice daño cuando te traje aquí, te hice daño cuando te operé sin calmantes y te voy a hacer daño ahora. —Llevó su bandeja de instrumental médico cerca de la cama—. Otra vez estás perdiendo demasiada sangre. Vamos a detener la hemorragia y luego te daré sangre. —Se mordió el labio inferior con fuerza mientras obturaba la salida del oscuro líquido rojo y examinaba la herida abierta.

En el exterior el viento chocaba contra las ventanas, bramaba a través de las ramas de los árboles que golpeaban las ventanas. El sonido era molesto y la fuerza del viento que se colaba dentro levantaba el pelo de la cola de caballo que se había hecho. De pronto, oyó un suave susurro, sintió como el toque de la muerte en su piel. Jacques le agarró el brazo, deteniéndole la mano cuando empezaba a reparar el daño.

—*Está aquí.*

—Es el viento. —No podía creerlo, pero no podían hacer nada hasta que le hubiera cerrado la herida.

El viento se convirtió en un inquietante grito. Se oyó un

trueno mientras un relámpago atravesaba el cielo. La pesada puerta de la entrada se partió. Shea se giró, con la aguja e hilo en sus ensangrentadas manos. Jacques se desangraba y agonizaba, pálido y gris con el cuerpo cubierto de gotas de sudor intentó sentarse.

Dos hombres ocuparon el sitio de la puerta. Ella reconoció a Byron, pero fue el hombre que tenía delante el que captó su aterrorizada mirada. Era el individuo más poderoso que había visto jamás. Sus ojos brillaban con un rojo salvaje. En él había algo que le resultaba vagamente familiar, pero Shea estaba demasiado aterrada como para intentar identificarle. Se le escapó un grito de alarma. Dio otra vuelta y tomó la pistola.

La extraordinaria rapidez de Mihail era como una sombra. Fácilmente le arrebató el arma de sus manos y la lanzó a un lado, sus ojos estaban puestos sobre Jacques. Un lento y letal silbido se le escapó de la garganta.

Jacques se enfrentó sin temor a su feroz mirada, con sus ojos llenos de una oscura furia combinada con un odio desafiante y la resolución de matar. Intentó abalanzarse sobre su pesado oponente, pero éste retrocedió, agarró a Shea por la garganta y la proyectó con tal fuerza contra la pared que se le cortó la respiración. Nunca había sentido tanta fuerza con una sola mano. La sostenía por el cuello levantada sobre su cabeza y literalmente le estaba arrebatando la vida con sus dedos.

El aire de dentro de la cabaña se volvió denso, pesado y cargado de violencia. Cuando Byron lanzó un rugido de advertencia, una silla, al parecer por sí sola, se elevó por el aire, planeó y cruzó la habitación como si quisiera estrellarse contra la parte posterior de la cabeza de Mihail. En la última décima de segundo el poderoso contrincante apartó a un lado la cabeza, evitando la silla, que fue a dar contra la pared haciéndose añicos muy cerca del rostro de Shea.

Mihail se giró para mirar a Jacques colocando a Shea delante de él y hundiendo sus dedos en su cuello.

—¿Qué le has hecho? —le exigió, con su tono de voz grave y amenazador. La sacudía como si fuera una muñeca de trapo. Su tono bajó una octava. Era grave, insidioso y envolvía a Shea—. *¿Qué le has hecho?* —La voz resonaba en su cabeza, pero no era la misma vía que utilizaba Jacques.

Sacando fuerzas de flaqueza luchó contra él para que la soltara y recobrar la respiración, también luchaba para impedirle acceso a su mente. Otra silla voló en dirección a Mihail por la izquierda. Con un ligero gesto de la mano la detuvo en el aire. La mantuvo así durante unos segundos y luego la dejó caer al suelo. Mientras tanto esos terribles dedos nunca se movieron de su garganta, ni por un momento aflojaron su presión. La estaba aplastando con suma facilidad, la estrangulaba con una sola mano.

Shea jadeaba, intentando respirar. La habitación daba vueltas, se quedó a oscuras y veía puntitos blancos procedentes de todas direcciones. Jacques sintió que ella estaba perdiendo la conciencia y salió la bestia que había en su interior, su mente era una asesina frenética. Se propulsó desde la cama, como una ráfaga de furia letal, ante la necesidad de defender a Shea, matar a su agresor era lo más importante. Mihail se vio obligado a dar un salto hacia un lado y soltar a Shea, que se cayó al suelo incapaz de moverse, intentando respirar desesperadamente.

—¡Jacques! —La voz de Mihail era grave y persuasiva—. ¡Soy tu hermano! ¿No me reconoces? —Hizo varios intentos de conectar con su fragmentada mente y halló sólo una feroz necesidad de matar. Miró impotente a Byron preguntándole con los ojos.

Byron movió la cabeza.

—*¿Puedes controlarle?*

—*No hay vía de acceso, ni fragmento que pueda captar.* —Mihail tuvo que saltar al otro lado de la habitación para evitar el siguiente ataque de Jacques, dos lámparas se proyectaron hacia su cabeza a la velocidad de una bala. Reapareció en un rincón alejado con los dedos entrelazados en su melena para apartárselos de la cara.

Jacques se arrastró por el suelo para estar con Shea, consiguió sentarse contra la pared en un intento de protegerla con su cuerpo. Shea olió a sangre fresca y se dio cuenta de que la sangre de Jacques le había manchado el brazo y el costado. Miró a su alrededor mareada y confusa, antes de darse cuenta de lo que estaba sucediendo.

—*¡Jacques!* —En cuestión de segundos estaba junto a él, presionando con fuerza la herida, olvidándose de todo salvo de su necesidad de salvarle.

—Tenéis tres opciones —dijo a los intrusos por encima de su hombro—. Matarnos a los dos y acabar con todo esto, dejarnos en paz o ayudarme a salvarle. —Sólo obtuvo silencio por respuesta—. ¡Mierda! ¡Elegid ya! —Su voz era ronca debida al estrangulamiento, pero era sin duda la de una profesional.

Mihail saltó a ayudarla. Jacques lo percibió como un ataque, tiró a Shea hacia atrás y rugiendo como un animal salvaje, se puso delante para protegerla.

—¡Atrás! —Gritó Shea a Mihail. Se fusionó por completo con Jacques. Su corazón latía tan fuerte que tenía miedo de que estallara. Sólo había una nube de violencia, una furia asesina que le impedía conectar con él.

Mihail se disolvió al instante, volviendo a aparecer más lejos.

—*Jacques deja que te ayude.* —Le suplicó Shea dulcemente, intentando conectar con su mente para tranquilizarle.

Le gruñó enseñándole los colmillos, una clara advertencia para que se pusiera detrás de él.

—Se ha transformado, Mihail —murmuró Byron—. Es
peligroso hasta para la mujer. No podemos arriesgarnos a perderla.

Shea pasaba de ellos, le susurraba tonterías tranquilizadoras mentalmente intentando por todos los medios devolverle a la realidad. De nuevo sus manos se pusieron sobre su
herida.

—*No van a hacerme daño salvaje. Se alejarán de nosotros. Por favor deja que te ayude o no tendré quien me prote-
ja de ellos, me quedaré sola.* —Se negaba a abandonarlo con
su herida o con su locura. Los extraños podían matarles, pero
jamás permitiría que sus heridas o su locura la vencieran. Temía por él y le temía a él, pero jamás le abandonaría.

—¿Qué necesitas? —le preguntó Mihail suavemente.

—Mi bandeja de instrumental médico —respondió sin
mirarle, sin tan siquiera girar la cabeza. Toda su energía se
concentraba en calmar a Jacques.

—Tu cirugía es ancestral. Llamaré a nuestro sanador. —
Inmediatamente envió un mandato imperial.

—Para entonces estará muerto. ¡Maldita sea!, salid de
aquí si no vais a ayudarme —dijo Shea furiosa—. No puedo
luchar contra vosotros y no voy a dejarle morir porque no os
gusten mis métodos.

Con precaución para no despertar de nuevo la ira de Jacques, Mihail le alcanzó la bandeja arrastrándola por el suelo.
La deslizó hasta unos pocos centímetros de la mano de Shea.

Jacques no apartó en ningún momento su mirada de los
dos hombres, mirándoles con odio y con la oscura promesa de
vengarse. Cuando Shea se movió, él reflejaba sus movimien-

tos como si supiera de antemano lo que iba a hacer, de modo que su fenomenal cuerpo se movía para protegerla de los otros aunque la aplastara contra la pared.

—Necesito tierra fresca —la voz de Shea era todavía ronca, pero autoritaria. Todos sus movimientos eran lentos y cautelosos para no alarmar a Jacques.

Byron se encogió de hombros y la obedeció con desgana, mirando a Mihail que se encontraba al otro lado de la habitación. Era evidente que consideraba que Jacques era un peligro para todos ellos.

Shea tosió varias veces, tenía la garganta inflamada bajo las huellas que le habían dejado los dedos de Mihail. Lentamente se arrodilló al lado de Jacques, manteniendo sus manos firmes y una concentración total, utilizó unas pequeñas grapas y le dio unos puntos para reparar meticulosamente la herida que se había vuelto a abrir. Era un trabajo lento y tedioso y tenía que luchar para mantener su conexión mental con él mientras le suturaba, a la vez que intentaba mantener un contacto constante y tranquilo para retenerle junto a ella y asegurarse de que no sangrara. Jacques era una caldera de emociones violentas al rojo vivo. Sus ojos duros y vigilantes jamás se despegaron de los dos hombres. Una vez levantó la mano, le apartó a Shea su sedoso pelo y le acarició el morado que le había hecho en la sien al tirarla contra la pared para protegerla. Cuando se le cayó la mano, Shea temió que con ella se hubiera desvanecido su último vínculo.

Envolvió la herida con tierra y saliva y le incorporó lentamente.

—Necesitas sangre, Jacques —le dijo con ternura e invitándole. Tenía que sobrevivir, tenía que vivir. Cada célula del cuerpo de Shea lo pedía a gritos.

No apartó su desalmada mirada de Mihail y de Byron.

Ella jamás había visto un odio tan intenso en la mirada de nadie. Ni la miraba a ella ni reconocía sus esfuerzos. Ni por un momento hizo una mueca de dolor.

—Mi sangre es antigua y poderosa —dijo Mihail—. Le daré la mía. —Se deslizó hacia él con una increíble delicadeza, sin hacer movimientos bruscos que pudieran alarmarle.

Shea sintió el salvaje triunfo de Jacques, notó que estaba recopilando fuerzas. Antes de que Mihail estuviera a una distancia suficiente, ella se interpuso entre ambos.

—¡No! Te matará, intenta...

El agarre de Jacques era terrible, la puso a su lado con el puño en su cabeza. Su furia era tangible. Sus ojos no se apartaban de Mihail, inclinó su cabeza y hundió sus dientes en el cuello de Shea.

—¡No! —Byron intentó abalanzarse, pero Mihail le detuvo levantando la mano, su oscura mirada se encontró con la de Jacques.

Desprendía un calor intenso, era como una marca de fuego. Shea comprendió que Jacques estaba furioso por su interferencia, esa provocación había sido para hacer que los otros intervinieran y así atraerlos a su radio de acción. Ella yacía totalmente inmóvil aceptando su violenta naturaleza. Estaba tan cerca de la locura total que un movimiento en falso le enviaría al instante al abismo. De todos modos ella estaba cansada y no había parte de su cuerpo que no le doliera. Cerró los párpados y se dejó vencer por un pesado letargo. No le costaría nada entregar su vida a cambio de la de Jacques. Él no iba a tomar nada, que ella no estuviera dispuesta a dar.

—La estás matando, Jacques —le dijo Mihail en voz baja—. ¿Es eso lo que quieres? —Allí estaba de pie sin moverse, observando, pensativo.

—¡Detenle! —Dijo Byron entre dientes—. Está tomando demasiada sangre. Le está haciendo daño deliberadamente.

Los fríos ojos de Mihail se clavaron en los de Byron una sola vez, pero eso bastó para dar a entender su orden, basta ya de advertencias. Byron movió la cabeza, pero permaneció callado.

—No la matará —dijo Mihail con el mismo tono de voz—. Está esperando a que uno de nosotros intentemos detenerle. Pretende matarnos a los dos. Piensa atraernos hacia él. No se arriesgará a apartarse de ella y nosotros no seremos tan idiotas como para acercarnos a él. No le hará daño. Sal de aquí. Busca algo para reparar la puerta. Yo te seguiré.

Byron salió aunque no muy convencido y esperó en el porche a que Mihail se reuniera con él.

—Te estás jugando la vida de la chica, Mihail. No es una vampiresa y es evidente que está abusando de ella. No podrá afrontar esa pérdida de sangre. Jacques era mi amigo, pero lo que hay en esa cabaña ya no es uno de los nuestros. No nos reconoce. No puedes controlarle. Nadie puede.

—Ella puede. No se ha transformado. Está herido, enfermo—dijo Mihail suavemente con su aterciopelada voz, totalmente convencido.

Byron se marchó furioso.

—Debía haberme llevado a la mujer.

—No te equivoques Byron, por débil que esté, Jacques sigue teniendo mucha fuerza. Antes de desaparecer pasó muchos años estudiando. En sus últimos tiempos cazaba. Ahora con su mente tan deteriorada es más una bestia que un hombre, es un depredador, pero con la inteligencia y la astucia de un humano. Tú no estabas prestando atención allí dentro. Sea quien sea esa mujer, está luchando por salvarle la vida pagando un alto precio por ello. Creo que ella ya ha elegido.

—El ritual todavía no se ha completado, no se ha acostado con él. Lo sabríamos —dijo Byron cabezonamente y empezó a andar de un lado a otro—. Somos muchos los que no tenemos mujer y tú permites este riesgo.

—Sólo hay un alma gemela para cada uno de nosotros y es evidente que ella es la suya.

—Eso no lo sabemos. Si no fuera tu hermano... —Empezó a decir Byron.

—Un pequeño gruñido puso fin a sus comentarios.

—No veo razón por la que hayas de cuestionar mi juicio en este asunto, Byron. He tenido más de un hermano y jamás he dejado que la fraternidad se interpusiera para diferenciar lo justo de lo injusto.

—Fue Gregori quien cazó a tu otro hermano —señaló Byron.

Mihail volvió lentamente la cabeza y sus ojos negros captaron el latigazo del rayo que surcó el cielo.

—Cumpliendo mis órdenes.

7

Jacques se sentó en el suelo, consciente de la pared que tenía detrás, ella yacía totalmente inmóvil en sus brazos. Las emociones tenebrosas y violentas volvieron a sacudirle, su cuerpo vibraba con la necesidad de matar a sus enemigos. Un momento de cordura acarició su mente y captó su atención. Ambos intrusos se habían comportado como si le conocieran—. *Alguien que conocía y en quien confiaba.* —Un gruñido silencioso puso al descubierto sus colmillos—. *Los traidores a veces van en manadas.* —Pensaban que él era débil, pero era más rápido que todos a excepción de los ancianos. Había trabajado mucho el arte de la lucha y sus poderes mentales. Ellos no torturarían ni matarían a su mujer—. *Shea.* —Su nombre era dulce, como una brisa fresca que inundaba su mente—. *Shea.* —Se encendió una vela, una luz que le guiaría a través de los distintos niveles de su oscura furia. En ese momento volvió a sentir a Shea pequeña y frágil yaciendo entre sus brazos. Su piel era suave, su pelo caía sobre su pecho desnudo, como hilos de seda. Le puso su barbilla en la parte superior de su cabeza y la masajeó suavemente, con ternura. Tardó unos segundos en darse cuenta de que su cuerpo estaba inerte, frío, casi sin vida, trabajando para producir sangre.

De pronto, surgió un llanto de angustia. Le llevó la cabeza hacia atrás y vio los morados y la carne abierta de su cuello.

—*¡Shea no me abandones!* —La súplica surgió de su corazón. ¿Había sido él quien le había hecho eso? Las huellas no eran las suyas, pero ¿la carne desgarrada? ¿Le había hecho él eso?

Una ola de malestar retumbó por la mismísima tierra, el suelo temblaba, rodaba.

—*No me dejes Shea.* —Jacques se abrió las venas con los dientes y dejó que manara el fluido de la vida para depositarlo en la boca de Shea—. *Venga, mi pequeña pelirroja, inténtalo.* —Su fuerza vital corrió hasta su garganta. Le acarició su hinchado cuello obligándola a tragar—. *No puedes dejarme en esta oscuridad.* —No recordaba haberla atacado, sin embargo, con su corazón acongojado, sabía que había sido él, que estaba loco.

En el exterior el viento soplaba a través de las montañas y no cesaban los truenos. Las oscuras nubes estallaron y llovía a cántaros. Un gran lobo negro de ojos pálidos y ardientes salió corriendo de entre los árboles. Al acercarse al porche, su poderoso cuerpo se contorsionó, se estiró y adoptó la forma de un hombre musculoso y grande, con anchos hombros, pelo negro y largo y ojos plateados penetrantes como cuchillos. Se adentró en el porche protegiéndose de la densa lluvia y miró a los dos hombres que tenía frente a él. La tensión entre Byron y Mihail era tangible. Mihail, como de costumbre, era inescrutable. Byron parecía un nubarrón a punto de estallar. El recién llegado levantó las cejas y se acercó a Byron.

—La última vez que alguien hizo enfadar seriamente a Mihail, no quedó en muy buen estado. No me gustaría tener que sustituir órganos vitales de tu cuerpo, así que será mejor que te vayas a dar un paseo y te calmes un poco. —Su voz era agradable y tenía una cadencia musical, era convincente, incluso relajante, pero claramente autoritaria. Su voz era tan hipnótica, tan seductora, que ni los de su raza podían resistirse.

Gregori, El Oscuro. Antiguo y poderoso, instrumento de justicia. Despidió a Byron, simplemente girándole la espalda y dirigiéndose a Mihail.

—Cuando me enviaste el mensaje, dijiste que se trataba de Jacques, sin embargo, no puedo detectarle. He intentado comunicarme con él, pero sólo encuentro vacío. —Es Jacques, pero no es el mismo. No se ha transformado, pero le han herido gravemente. No nos reconoce y es extremadamente peligroso. No puedo controlarle sin hacerle más daño.

—¿Ha luchado contra ti? —La voz siempre era suave, incluso agradable.

—Por supuesto y volverá a hacerlo. Se parece más a un animal salvaje que a un hombre y no se puede contactar con él. Nos matará si consigue reunir fuerzas.

Gregori respiró el aire salvaje de la noche.

—¿Quién es la mujer?

—Es carpatiana, pero no conoce nuestras costumbres ni responde en modo alguno a nuestros medios de comunicación habituales. Parece conocer la práctica de la medicina humana.

—¿Es doctora en medicina?

—Quizás. Él la protege, pero la maltrata, como si fuera incapaz de separar el bien del mal. Creo que está atrapado en un mundo de locura.

Los plateados ojos de Gregori parpadearon, había una crueldad latente en sus oscuras y sensuales facciones, la marca evidente de un depredador peligroso.

—¿No sabes qué le ha pasado?

Mihail movió la cabeza lentamente.

—No tengo ni la menor idea, no tengo ninguna explicación. No le pregunté a la mujer, la ataqué y la hubiera matado pensando que era ella su agresora. —Confesó Mihail sin cambiar el tono, admitiéndolo simple y llanamente—. Estaba en muy mala forma, su agonía era evidente, sudaba sangre y ella estaba de pie sobre él, hurgando en su herida. Había tanta sangre que pensé que era una vampiresa perturbada que le estaba torturando, intentando sacarle las vísceras.

Se hizo un breve silencio, sólo el viento y la lluvia se atrevían a interrumpirlo. Gregori simplemente esperó, tan inmóvil como las montañas.

Mihail se encogió de hombros.

—Quizás no hubo pensamiento, sólo reacción. No pude contactar con su mente. El sufrimiento que reflejaba su rostro era mayor del que yo podía soportar.

—La tormenta no está en ti —afirmó Gregori—. Jacques se ha hecho mucho más poderoso de lo que imaginaba. Hay una oscuridad en él como jamás había visto antes. No es un vampiro, pero es verdaderamente peligroso. Entremos y veamos si puedo reparar el mal.

—Ve con cuidado Gregori —le advirtió Mihail.

Sus plateados ojos lanzaron destellos que se reflejaron en la cortina de agua que estaba cayendo.

—Soy famoso por mis métodos extremadamente prudentes ¿verdad? —Gregori se deslizó a través de la puerta rota; Mihail movió la cabeza tras oír la escandalosa mentira, le siguió a un paso de distancia.

Jacques levantó la cabeza de golpe y su oscura furia se manifestó de nuevo en sus ojos al verlos. Un largo y lento silbido de advertencia se escapó desde lo más profundo de su garganta. Gregori se detuvo, levantó las manos separándolas de sus costados y realizando el ancestral gesto del pacificador. Mihail se apoyó contra la jamba de la puerta, totalmente inmóvil, parecía formar parte de la pared. Sabía que había cometido un gravísimo error al haber atacado a la mujer.

—Soy Gregori, Jacques. —La voz de Gregori era pura fuerza, a la vez que relajante y suave—. El sanador de nuestra gente.

Shea yacía sobre Jacques con la cabeza apoyada en su hombro y los ojos cerrados. Los dedos de Jacques acariciaban las oscuras manchas que tenía en su cuello hinchado, cuando de pronto dirigió una mirada letal a Mihail.

—¡Dejadnos solos! —La voz de Shea era casi un susurro, ronca y áspera. No abrió los ojos ni intentó moverse.

—Puedo ayudarle —insistió Gregori, utilizando el mismo tono persuasivo. Era evidente que la mujer era la clave para llegar a Jacques. Se veía en el modo en que la sostenía, en la postura protectora de su cuerpo, en el movimiento posesivo e incluso tierno de sus ojos, en su rostro. Sus manos no dejaban de acariciarla, de tocar su cabello, su piel.

Al captar el mandato en la hermosa voz de Gregori, Shea levantó las pestañas y estudió su rostro. Era extraordinariamente hermoso, una mezcla de elegancia y de bestialidad indómita. Parecía más peligroso que los otros dos hombres. Hizo un esfuerzo por tragar saliva, pero le dolía.

—Pareces el asesino del hacha.

—*Ésta tiene cerebro.* —La sutil sorna de Mihail resonó en la cabeza de Gregori—. *Ve más allá de tu atractivo rostro.*

—*Eres muy gracioso, anciano.* —Gregori le recordó deliberadamente el cuarto de siglo de diferencia que había entre ellos—. *Jacques se está preparando para atacar. Escucha cómo se reanima el viento fuera.* —Guardó silencio por un momento, buscando todos los medios conocidos para llegar hasta él—. *No puedo hallar ni un sólo fragmento para conectar y ella es muy resistente a la coacción mental. Puedo utilizar-*

la, pero él sabrá lo que estoy haciendo. Se enfrentará a mí por temor a que quiera arrebatársela. Ella está demasiado débil para sobrevivir a esa lucha.

—¿Puedes inmovilizarle, ponerle a dormir?

—No en su actual estado de agitación. Es más bestia que humano y más peligroso de lo que te imaginas. —Gregori se arqueó ligeramente hacia Shea manteniendo su conversación con ella en voz alta—. Soy el sanador de nuestro pueblo. Puedo ayudar a Jacques, pero necesitaré información.

La mano de Jacques se deslizó desde el cuello de Shea hasta sus hombros, para sujetarla por el brazo.

—No le escuches. Hablan entre ellos sin que nosotros los sepamos. No se puede confiar en ninguno. —Sus palabras fueron pronunciadas con un silbido grave y autoritario. Su breve lapso de cordura empezaba a desvanecerse ante la proximidad de otros hombres a Shea.

—Si es el sanador de tu gente, podrá curarte con mayor rapidez de lo que yo podría hacerlo jamás. Al menos escuchémosle. —Shea mantenía su tono de voz tan relajante y animoso como podía. Estaba cansada y quería marcharse, pero no abandonaría a Jacques.

—Hablas con Jacques al estilo de nuestra gente —dijo Gregori— como una verdadera compañera. —Sus ojos se fijaron en los fuertes dedos que rodeaban el brazo de Shea—. No debes dormirte, eres su cordura. No podemos ayudarle sin ti.

Shea sacó la lengua y se la pasó por el labio inferior y se lo mordió un poco nerviosa.

—Dime algo sobre Jacques —le retó ella—. Demuéstrame que le conocías, que erais amigos.

—Es el hermano de Mihail que desapareció hace siete años. Le buscamos, pero le dimos por muerto. Mihail, Byron y yo hemos intercambiado sangre con él. Eso refuerza nuestra comunicación telepática. Deberíamos haberle encontrado. Pero ninguno lo conseguimos, todos estábamos seguros de que había muerto.

Shea respiró profundo por los dos. Esos hombres eran poderosos y peligrosos. Aunque el sanador parecía el príncipe de las tinieblas, parecía sincero. Pero sus palabras estaban avivando las brasas de la furia asesina de Jacques. Ella intentó calmarle como pudo.

—Le encontré enterrado en el sótano de una casa medio en ruinas a unos diez kilómetros de aquí.

Jacques la agarraba con tal fuerza que empezaba a lastimarla.

—*No les digas nada.*

—*Jacques.* —Ella pronunció su nombre melodiosamente—. *Me estás haciendo daño.*

Gregori asintió.

—Vivía allí intermitentemente antes de desaparecer. Esta es la casa de Mihail. Hace años Jacques custodió a la esposa de Mihail en este lugar, se enfrentó a un traidor para salvarla. Casi murió aquí. —Vio un indicio de esperanza en los ojos de Shea. Gregori sabía que el control que ella tenía sobre Jacques pendía de un hilo. Tenía que llegar hasta ella, ponerla de su parte. Ella reconoció la verdad en algo de lo que le había dicho—. Tras aquel incidente, abandonamos esta zona durante algún tiempo. Hace unos ocho años Jacques regresó a su casa cerca de aquí. Ese año y el siguiente fueron muy peligrosos. Tanto humanos como carpatianos fueron asesinados del mismo modo. Mihail, Jacques, Aidan y yo estábamos buscando a los asesinos. Jacques tenía que reunirse con nosotros al cabo de tres días a varios cientos de kilómetros al sur de aquí. Al no hacerlo y no responder a nuestras llamadas, fuimos a su casa. Estaba totalmente destruida. No pudimos detectar su fuerza vital, tampoco respondió a nuestras llamadas.

El silbido letal de Jacques indicaba que era un mentiroso. Llamas rojas prendieron en las profundidades de sus ojos.

—*Les llamé una y otra vez, Shea. No creas a este traidor.* —Aumentó la presión de su agarre hasta que parecía que le iba a romper los huesos.

—*Quizás pueda aprender de él, a lo mejor nos dice algo que pueda ayudarnos.* —Shea se balanceó cansinamente y se vio obligada a apoyarse en el pecho de Jacques—. *Me duele el brazo.* —Estaba exhausta. Si pudiera dormir...Todo le parecía borroso, las voces parecían muy lejanas.

La mirada plateada de Gregori se encontró con la oscura de Mihail.

—*La mujer está débil, quizás necesite una ayuda más inmediata que Jacques. Si la perdemos a ella, le perdemos a él. No me cabe la menor duda de que ella es la única razón por la que él sigue vivo. Es su único vínculo con la cordura.*

—Ahora cuéntame más —Gregori instó a Shea mientras Mihail asentía con la cabeza. Eran conscientes de la fuerza que ejercía Jacques sobre el brazo de Shea. Gregori necesitaba mantenerla consciente y dispuesta a ayudarles—. ¿Qué me dices de sus heridas?

—Fue torturado, quemado y le habían clavado una estaca de madera del tamaño de un puño en el corazón esa es la peor de sus heridas. Recuerda dos humanos y a otro de su raza al que hace referencia como el traidor. —Su voz era muy débil.

A Mihail se le escapó un sonido grave, un gruñido ominoso que a Shea le produjo un escalofrío en la columna.

—*Un vampiro* —silbó Mihail a Gregori—. *Fue un vampiro quien le entregó a los humanos para que lo torturaran y asesinaran.*

—*No cabe duda alguna.* —Gregori no se inmutó. Ni siquiera miró a Mihail, estaba totalmente enfocado en la mujer. Tenía que conseguir que no se desmayara y estaba a punto de hacerlo. Era su determinación de salvar a Jacques la que evitaba que sucumbiera a la pérdida de sangre, la fatiga y el dolor.

—Estaba encadenado y esposado por las muñecas y los tobillos. Enterrado de pie en un ataúd empotrado en la pared del sótano. —Intentaba por todos los medios hablar con claridad, pero le dolía mucho la garganta y estaba exhausta—. Tenía más de cien cortes profundos en el cuerpo y otros tantos más superficiales. Vivió prisionero de la tierra, en una terrible agonía en sus horas de vigilia durante siete años. Eso ha afectado a su mente. Jacques recuerda muy poco de su pasado. Sólo fragmentos. La mayor parte de sus recuerdos son de sufrimiento y locura. —Shea cerró los ojos. Sólo quería que se marcharan y la dejaran dormir. Su corazón trabajaba con esfuerzo, el sudor cubría su cuerpo y sus miembros eran pesados como el plomo. Le resultaba casi imposible mantener los ojos abiertos—. El que le traicionó era alguien de su plena confianza.

—¡Jacques! —El tono de Gregori bajó todavía más hasta el punto de parecer un susurro —grave, persuasivo, hermoso—. Tu mujer necesita ayuda. Os ofrezco mis servicios como sanador a los dos. Te doy mi palabra de que en ningún momento la lastimaré.

—*Déjale Jacques.*

—*¡No! Es una trampa.*

Shea se movió e intentó sentarse incorporada pero estaba demasiado débil.

—*Míranos, salvaje. Podrían matarnos cuando quisieran. Estoy tan cansada que no puedo aguantar más.*

Jacques, volvió a pensarlo. Sabía que él no estaba bien, pero no confiaba en ninguno de los dos. Cedió sólo porque sentía que la salud de Shea era todavía más precaria que la suya.

—*No te alejes de mí.*

Shea levantó la mano, que tembló débilmente. Se apartó con dificultad su enredada melena de la cara.

—Dice que puede ayudarte.

—Tendremos que llevarte a la cama, Jacques. —La voz de Gregori disipó la tensión que se respiraba en la sala y la substituyó por aire fresco y fragante—. Mihail necesitaré hierbas. Ya sabes cuáles. Dile a Byron que me traiga mucha tierra fresca de la cámara de vapor de las cuevas.

Gregori se deslizó acercándose a la pareja, su elegancia no podía ocultar la fuerza de sus músculos y el poder que emanaba de su cuerpo. Se le veía muy seguro, relajado, sin temor alguno.

El suave gruñido que surgía de la garganta de Jacques aumentó de tono, sus dedos la apretaron más posesivamente, aplastando los huesos y tendones del brazo de Shea. Gregory se detuvo inmediatamente.

—Lo siento mujer, sé que estás débil, pero tendrás que moverte al otro lado de Jacques o no me dejará que os ayude —dijo Gregori con serenidad—. *Mihail lo que necesitamos es la influencia relajante de Raven. Tú das tanta confianza como un tigre de Bengala.*

—*¡Oh, y tú pareces un inocente conejito!* —refunfuñó Mihail.

—Podías haber traído a Raven de buen principio —le censuró Gregori en voz alta—.

—La has expuesto a todos los peligros en los que no debería haber estado envuelta. —Eso fue una clara reprimen-

194

da—. Podías haberla llevado donde realmente pudiera hacer algo.

De pronto, en la entrada sin puerta se adentró una mujer pequeña, de pelo largo y negro, recogido con un complicado trenzado, sus enormes ojos azules se dirigieron a Mihail. Cuando Byron entró detrás de ella, ésta le sonrió amistosamente y se puso de puntillas para darle un beso en la barbilla.

Mihail se puso tenso e inmediatamente le pasó el brazo por la cintura posesivamente.

—Las mujeres carpatianas no hacen eso —dijo regañándola.

Ella le levantó la barbilla dando muestras de que no la había intimidado lo más mínimo.

—Esto es porque los hombres carpatianos tienen una mentalidad muy territorial, se dan golpes en el pecho, saltan de árbol en árbol y hacen ese tipo de cosas. —Ella se giró para ver a la pareja que yacía en el suelo y se pudo oír que se le cortaba la respiración.

—¡Jacques! —Susurró su nombre, su voz era llorosa y había lágrimas en sus azules ojos—. ¿Eres tú de verdad? —Esquivando el brazo estirado de Mihail, corrió hacia él.

—¡*Déjala!* —dijo Gregori suavemente—. *Mírale.*

Los ojos de Jacques se clavaron en los de la mujer, las llamas empezaron a apagarse mientras se acercaba.

—Jacques, soy Raven. ¿No me recuerdas? Tu hermano Mihail es mi compañero. —Raven se arrodilló al lado de la pareja—. ¡Gracias a Dios que estás vivo! ¡No puedo creer la suerte que has tenido! ¿Quién te ha hecho esto? ¿Quién te secuestró?

Shea notó que volvía a la conciencia. Percibió el choque de Jacques, su curiosidad. Había reconocido esos ojos azules llenos de lágrimas. Shea captó un flash, un fragmento de su memoria, la mujer se inclinaba sobre él, le taponaba el cuello con las manos, colocando tierra y saliva sobre una herida que no dejaba de sangrar. Shea contuvo la respiración, esperando. El llanto silencioso de desesperación de Jacques retumbó en su cabeza. Shea hizo todo lo posible por moverse, le tomó las manos, apoyándole en silencio mientras miraba a la mujer que estaba junto a ellos.

—*No me habías dicho que era tan hermosa* —le reprendió Shea deliberadamente.

En medio del dolor y la agonía de Jacques, de su furia posesiva y locura maníaca, algo pareció fundir su gélida resolución de matar. El impulso de sonreír a esa voz femenina surgió de no sabe dónde. Algo que quería liberarse dentro de él fue retrocediendo, al igual que su tensión.

—*¿Es ella?* —Preguntó Jacques inocentemente—.

Los ojos verdes de Shea acariciaron su rostro y el alivio se extendió todavía más en su interior. La bestia estaba temporalmente bajo control.

—¿Es tu pareja, Jacques? —Preguntó Raven con dulzura.

Shea miró a esa mujer que había formado parte de la vida de Jacques.

—Soy Shea O'Halloran. —Su voz era ronca e irregular—. Jacques no ha podido usar su voz desde que le encontré.

Raven tocó delicadamente el cuello amoratado de Shea.

—Será mejor que alguien me cuente qué ha sucedido aquí. —Sus ojos azules examinaron detenidamente las oscuras manchas.

—Ayúdala a meterse en la cama —interrumpió Gregori distrayendo a Raven de su examen.

—*Me debes una viejo amigo* —dijo Gregori mentalmente a Mihail.

Raven sonrió con mucha dulzura a Jacques.

—¿Puedo ayudarla? Shea está muy débil. —Sin esperar a su permiso, le pasó el brazo por la cintura para ayudarla a levantarse.

Al momento Shea sintió de nuevo que una ola de malestar invadía a Jacques. Los demás sintieron que el suelo se movía y rodaba. Las llamas de sus ojos volvieron a inflamarse y se escapó de nuevo un silbido.

Raven miró a Mihail por encima del hombro. Éste se encogió de hombros sin saber qué hacer.

—*Yo no voy a hacerlo pequeña, Jacques está inestable. No le gusta que le alejen de su mujer.*

—*Me parece que las pataletas temperamentales son habituales en tu familia.* —Raven se encargó de Shea mientras Gregori levantaba a Jacques. Con su tremenda fuerza, el sanador llevó a Jacques en sus brazos como si fuera un niño y le acostó en la cama.

Jacques apenas le miró. Sus ojos no se apartaban de Shea. Raven se aseguró de que ella estuviera siempre a su lado.

—Estírate junto a él, Shea —le indicó Gregori. Se echó hacia atrás para que Raven pudiera ayudar a Shea a meterse en la cama. Estaba demasiado débil y no sobreviviría a otro ataque. Todos debían ir con mucho cuidado para no provocar de nuevo a Jacques.

Raven encendió la vela que Mihail había creado y quemó unas hierbas. Mihail, Byron y Raven, los tres juntos entonaron en voz baja un cántico ancestral en el lenguaje de su raza. Gregori puso sus manos sobre Jacques, cerró los ojos y se proyectó fuera de su propio cuerpo para introducirse en el de Jacques. Las heridas físicas habían empezado a curarse, salvo la que Shea acababa de suturar. Gregori examinó su trabajo y encontró que era impecable. Era una verdadera sanadora, humana o no. Pocos podían igualar su pericia médica. Gregori empezó el doloroso proyecto de sanar a Jacques desde dentro hacia afuera.

Jacques notaba la incómoda presencia de un ser ajeno en su cuerpo, en su mente, de una nueva sensación de quemazón dentro de él. Esa presencia era algo familiar. El cántico, el aroma, las hierbas, la vela centelleante también le parecían familiares. Pero no podía atrapar los recuerdos y conservarlos. Tan pronto como aparecían, se transformaban en un evasivo torbellino, se cristalizaban y se disolvían.

Automáticamente, en su frustración y desesperanza, contactaba con Shea, la única vía de acceso que conocía su mente y a la que podía aferrarse. Ella estaba medio ida, flotando, pero no dejaba de observar a Gregori, intentando seguir cada uno de sus movimientos a pesar de su debilidad física. Como de costumbre, la información se amasaba y computaba en su cerebro a una velocidad que sorprendía a Jacques. Se concentro en ella y se dio cuenta de que estaba terriblemente débil, su volumen de sangre era insuficiente. Jacques, alarmado se movió durante el estado de trance al que el ritual de sanación le había inducido y agarró el antebrazo del sanador con la fuerza de un torno.

Gregori se retiró al momento de las heridas del cuerpo de Jacques. Un silencio sepulcral reinó en la sala, hasta el aire se detuvo y se hizo más denso. Las velas se apagaron, dejando la estancia en una oscuridad total, aunque para el grupo esa oscuridad no existía. Gregori tenía gotitas de sudor en la frente, el único indicativo de lo difícil que era el proceso de sanación.

Sus ojos plateados se pusieron sobre la mano que le estaba agarrando y luego saltaron a la demacrada cara de Jacques. La muerte se reflejaba en sus pálidos ojos. Jacques se enfrentó a la gélida mirada. Su mente se esforzaba por sintonizarse, por hallar una vía de acceso. Al no poder, intentó utilizar su voz. Las palabras se formaron en su cerebro, pero se perdieron antes de que sus cuerdas vocales pudieran encontrarlas. La furia negra volvió a aparecer ante su impotencia, pero la dejó a un lado. Shea necesitaba sangre, necesitaba ayuda. Ya le había causado bastante sufrimiento. «Sangre». Esa palabra fue más un gruñido de otra cosa, pero el sanador le oyó.

Gregori le miró inmutable y silencioso durante un largo momento. Sus movimientos eran lentos, con la mano que le quedaba libre se puncionó con calma la muñeca justo por encima de los amenazadores dedos de Jacques. Su mirada plateada no se apartó de la de Jacques. La sangre de Gregori era poderosa y antigua como la de Mihail. Aceleraría el proceso de curación como ninguna otra. El rico fluido goteaba en la boca de Jacques mientras el sanador se la ofrecía silenciosamente al maltrecho carpatiano, que tantas ganas tenía de luchar.

El hambre apareció tan rápido en Jacques que fue como una compulsión. Se atrajo la muñeca que le brindaban a la boca y se alimentó con voracidad, por fin había encontrado la sangre caliente y rica que tanto necesitaba para sobrevivir, curarse y fortalecerse, para poder pasársela a Shea. El líquido alimento entraba en su famélico cuerpo y se esparcía a todas las células atrofiadas. Los músculos y tejidos empezaron a adoptar su forma y textura natural al recobrar la fuerza. El poder surgió dentro de él, fue en aumentó hasta que se sintió renacer, realmente vivo. Los colores volvieron a ser vivos y brillantes, hasta que los sonidos de la noche le atrajeron y reclamaron como una criatura de la noche.

—*Criatura de la noche.*

—¡Basta! —La voz de Gregori era como un susurro de belleza, de pureza, tan persuasiva que habría sido casi imposible desobedecerla.

Jacques cerró la herida de la muñeca de Gregori e inmediatamente se dirigió a Shea. La atrajo al círculo de sus brazos, abrazando su cuerpo ligero y casi etéreo contra él. Se concentró, bloqueó su dolor y fusionó su mente con la de Shea.

—*Te has de alimentar.*

Pudo sentir el malestar que recorría el cuerpo de Shea. Ella le apartó la cara.

—*No puedo Jacques, no con ellos aquí. Estoy muy cansada, déjame dormir.*

—*Tienes que hacerlo, mi pequeña pelirroja.* —Le dijo reforzando la orden—. *Aliméntate.*

Débil como estaba, todavía tenía fuerzas para resistirse, se llevó la mano a la cabeza donde sentía como martillazos.

—*No me obligues a hacer esto delante de ellos.*

El pequeño temblor de su voz animó el alma de Jacques. Sus palabras implicaban una intimidad entre ellos y un sentido de mutua pertenencia. Había perdido la cabeza, una loca oscuridad se había apoderado de él, pero ella había estado allí, a su lado, luchando por él, creyendo en él. Le debía más que su vida, le debía su cordura.

—*Sólo estamos tú y yo mi amor. Aliméntate ahora. Has de hacerlo para sobrevivir, así viviremos los dos.*

No había modo de oponerse a él. La voluntad de Jacques era férrea, su voz hipnótica, su mente estaba unida a la de ella y reforzó el mandato. Shea estaba débil, cansada y dolorida. Cedió a la coacción, acariciándole primero el cuello y luego la nuez de la garganta, sus labios de satén se deslizaron hasta su pecho.

Jacques se inclinó sobre ella para proporcionarle toda la intimidad posible respecto al resto de los presentes. Su cuerpo se contrajo ardientemente, de forma inesperada, cuando su lengua se arremolinó sobre su arteria. Los dedos de Jacques se enredaron en el cabello de Shea y miró hacia arriba, furioso contra los intrusos que observaban su intimidad.

Gregori estaba en un rincón alejado de la habitación apoyado contra la pared, tenía la cabeza inclinada sobre la muñeca de Mihail para recuperar la sangre que había perdido. Raven estaba arrodillada recogiendo los trozos de cristal que había en el suelo al haberse caído la lámpara de aceite y empapando la oleosa sustancia con una toalla. Byron estaba en la puerta. Sus ojos se fijaron en la pareja y se posaron en la curva de la cadera de Shea y en su abundante melena pelirroja.

La mirada de Byron era de envidia e impotencia y Jacques ocultó deliberadamente el rostro de Shea de su vista, consciente de que ella todavía sentía aversión a la necesaria y natural función de tomar sangre. La lengua de Shea acarició el pulso firme de su cuello y su corazón dio un brinco como respuesta. Su cuerpo se movió inquieto, necesitaba levantarse. Su suave caricia aterciopelada era húmeda y erótica. Su sangre se alteró.

Shea tenía demasiada pasión como para simplemente ceder a esa coacción. Era Jacques y su cuerpo le deseaba. Sus inhibiciones naturales desaparecieron. Sus pequeños dientes apenas le arañaron la piel, pero eso bastó para provocar que dardos de fuego recorrieran el torrente sanguíneo de Jacques. Él tuvo que devolverle el mordisco con un gruñido mientras el intenso calor le atravesaba la piel y se lo transmitía ella, su propia fuerza vital, su propia alma. Shea le pasó la mano por la nuca, otro gesto íntimo de unión. Ella no se limitó a beber, devoró. Su boca se movía seductoramente, al igual que su cuerpo, incitándole deliberadamente. Jacques la deseaba con un ardor como jamás había conocido antes. Bajó la cabeza para acariciarle la sien con sus labios.

—*Bueno, Gregori.* —La voz de Mihail era como un hilo de sonido en la mente del sanador—. *Dime qué has descubierto.*

—*La mujer habría podido sanarle las heridas. Es una doctora excelente. Es un milagro que pudiera mantenerse vivo hasta que ella le encontró. Su mente está destrozada, Mihail. Hay mucha oscuridad y violencia. Ha vinculado la mujer a él y el vínculo es muy fuerte.* —La respuesta de Gregori era seria.

—*¿Por qué he de oír lo inevitable?* —Mihail, un poco débil tras donar sangre, se sentó para descansar.

Gregori alcanzó una silla y se sentó frente a él.

—*Creo que ha transformado a la mujer, puede que de forma accidental o a propósito. Ella es carpatiana, pero humana. Está muy débil, como si sus órganos internos hubieran sufrido recientemente algún trauma.*

—*¿Cómo lo sabes? No la has tocado.* —Señaló Mihail.

—*Jacques nunca abandona del todo su mente. Ella es su ancla. Es extraordinariamente peligroso, Mihail. La rabia le devora. Una buena parte de él es puro instinto animal. Tiene naturaleza de depredador, ya lo sabes. Lo que le han hecho le ha afectado para siempre. Eso no puedo cambiarlo.*

Mihail se frotó la frente, inconscientemente intentó conectar con la mente de Raven. Al momento, allí estaba ella, envolviéndole de amor y de consuelo. Su compañera podía alejar toda la tristeza con tan sólo una mirada de sus ojos azules, con una conexión mental.

Mihail entrelazó mentalmente sus dedos con los de Raven, aunque se dirigió a Gregori.

—*¿Crees que se transformará?*

Gregori respondió con un equivalente mental de un encogimiento de hombros.

—*Creo que es peligroso de todos modos. Sólo la mujer puede controlarle. Ella es la respuesta a todo esto. Si estoy en lo cierto y ella no sabe nada de nuestras costumbres, será muy difícil. Ella se ha propuesto que él sobreviva, pero creo que ha aceptado que su propia muerte es inevitable. No tiene muy claro por qué ha llegado hasta aquí.*

Mihail miró cómo su hermano acariciaba con suavidad incluso con ternura el cabello de Shea. Ese gesto le llegó al corazón.

Gregori suspiró.

—*Es evidente cómo se siente, pero no siempre sabe lo que hace. Es muy capaz de hacerle daño si algo despierta a la bestia que lleva dentro.*

Mihail se pasó el pulpejo de la mano por la frente. El Jacques que conocía y amaba era otro. Su sonrisa aparecía con facilidad y su compasión siempre compensaba su naturaleza depredadora. Jacques era muy inteligente y muy fácil de querer. Mucho después de que hubiera perdido su capacidad para sentir emociones, había conservado el recuerdo de las mismas. Con frecuencia había ayudado a otros hombres a recordar su propia risa. ¿Quién le había hecho eso? ¿Se vería obligado a sentenciar a otro hermano a muerte?...Mihail no podía volver a hacerlo. Era momento de dimitir, había llegado la hora de transferir a otro el peso de su responsabilidad sobre su raza moribunda.

Mihail notó que Raven le rodeaba el cuello con los brazos.

—Jacques es fuerte, mi amor. Encontrará el camino para volver a nosotros.

Mihail le tomó la palma de la mano y se la besó con dulzura.

—*Gregori piensa que Jacques transformó a Shea O'Halloran sin que ella lo supiera o sin su consentimiento.* —Sus

203

ojos negros, llenos de culpa y ternura se encontraron con los azules de Raven—. *Cree que la mujer no tiene ni la menor idea de nuestras costumbres.*

—*Jacques hará...*

—*No mi pequeña, Jacques apenas recuerda nada. Odio, rabia, venganza, la mujer es su única obsesión. Ni siquiera estamos seguros de si es capaz de cuidar de ella.*

—*Mírale con ella.* —Le dijo Raven. Lo repitió en voz alta—. Mírale con ella.

Jacques quería que se marcharan los intrusos. Tantos hombres tan cerca de Shea le ponían nervioso. No confiaba en ninguno de ellos, con la sola excepción de la mujer de ojos azules. Jacques apenas se atrevía a mirar al que decía ser su hermano, al que había atacado y casi matado a Shea. Curiosamente, le dolía mirar a ese hombre. La cabeza de Jacques parecía desintegrarse cada vez que se cruzaban sus miradas. Recuerdos, fragmentos, pedazos de nada.

—*Basta* —le susurró a Shea, sus palabras fueron un mandato suave. Le lamió la herida para cerrarla, era puro erotismo.

Shea salió del trance lentamente con un sabor dulzón y a cobre en la boca. El hambre devoradora había desaparecido, pero su cuerpo estaba ardiente, suave y flexible, desbordante de deseo. De pronto se dio cuenta de la presencia del resto en la habitación y se acurrucó contra Jacques para protegerse. Si se marcharan todos podría dormir y luego reflexionaría sobre lo ocurrido. Ella podía codificar todos los datos acumulados y determinar quiénes eran aquellas personas.

El miedo se apoderó de ella, se le secó la boca y el corazón le empezó a latir con fuerza. Sintió las manos de Jacques sujetándola de nuevo como si fueran dos grapas. Salía de un trance hipnótico, que él había inducido. Sus ojos verdes se abrieron lentamente para dirigirse al rostro de Jacques y realizar un lento y aterrador examen. ¿Por qué no estaba ella radiante de felicidad al haber encontrado a la familia de Jacques? ¿Por qué no se alegró con la llegada del sanador?

Allí pasaba algo raro. Sólo deseaba salir de aquella situación y dejar a Jacques con su familia. Ahora había mucha gente para cuidar de él. No cabía duda de que el sanador era mucho más hábil que ella. Shea estaba temblando y le incomodaba que todas aquellas personas la vieran en aquel estado. Ella siempre se controlaba a la perfección. Sólo necesitaba poner algo de distancia para recobrarla.

—¡No! —La voz de Jacques era ahora mucho más fuerte y amenazadora—. *No puedes abandonarme.*

Ella sabía que él era capaz de manifestar mucho más poder del que podía llegar a concebir. Él la estaba manipulando, la había estado manipulando en todo momento. Por primera vez dejó que los hechos se ordenaran en su mente. Vampiro. Jacques era un vampiro. Todos los que estaban allí lo eran. Se puso la mano en el cuello. Probablemente, ahora ella también lo fuera.

—¡Dejadme! —Ahora Shea luchaba con fuerza, atónita al comprobar cómo había aumentado la fuerza física de Jacques tras haber bebido la sangre de Gregori.

Jacques gruñó, su furia negra y su miedo a perderla volvieron a manifestarse, el miedo a que ella ahora no pudiera sobrevivir sin él, el miedo a regresar a esa terrible soledad en la oscuridad. La sometió con facilidad, pero el sonido del latido de su corazón le alarmó y le devolvió a unos momentos de cordura.

En ese torbellino de emociones violentas reapareció la voz del sanador.

—Ella no entiende nuestras costumbres, Jacques. Has de ser paciente, guiarla, como tu hermano guió a Raven.

Shea luchó contra la persuasiva voz, urdidora de maleficios.

—Quiero marcharme. No podéis retenerme aquí. *Jacques, por favor no me hagas esto. No me obligues a quedarme cuando sabes que es imposible para mí. Tú me conoces, por fuera y por dentro.*

—*Basta ya, Shea* —le suplicó Jacques, consciente de que sólo un fino hilo le mantenía conectado con su intelecto y su razón—. *No ha cambiado nada.*

—*Todo ha cambiado. Estas personas son tu familia.* —Intentó respirar lento y profundo, para serenarse—. *Jacques, yo era tu médica, nada más. No pertenezco a este lugar. No sé vivir de este modo.*

—*Eres mi compañera.* —Esas palabras penetraron con fuerza en su cabeza—. *Estás cansada mi amor, cansada y asustada. No te faltan razones para ello. Lo sé. Sé que te he asustado, pero tú me perteneces.* —Hizo todo lo posible para conseguir que su voz fuera un suave susurro que denotara sentido común, pero era difícil con la bestia rugiendo en su interior y los pedazos de su memoria confundiéndole todavía más.

Ella yacía boca arriba observando sus fuertes, duras e inflexibles facciones, la advertencia de sus furiosos ojos.

—*Ni siquiera sé qué significa ser tu compañera, Jacques. Sabes que quiero lo mejor para ti, quiero verte sano y cuerdo de nuevo, pero no puedo estar con toda esta gente. Necesito tiempo para entender todo lo que está pasando aquí. Lo que soy ahora. En estos momentos me cuesta hasta respirar, cómo voy a pensar en todo esto.*

Ella estaba diciendo la verdad. Unida como estaba con él, Jacques pudo sentir un patrón familiar en su cerebro, su intelecto se anteponía para protegerla de cualquier emoción intensa. Pero estaba demasiado cansada y débil para conseguirlo. Él intentó de nuevo calmarla con sus palabras.

—*Eres mi compañera. Eso significa que nos pertenecemos mutuamente, que nunca estaremos separados.*-Ella movió la cabeza categóricamente.

—De ningún modo.

Sus enormes ojos se dirigieron al resto de los presentes. Tenían un aspecto siniestro, eran seres demasiado poderosos.

—Quiero irme de aquí. —Su petición se encontraba entre una exigencia y una súplica de ayuda. Instintivamente miró a Mihail. Todavía tenía la marca de sus huellas en su cuello hinchado. Le había salvado la vida a su hermano. Le debía una.

Raven estrechó sus dedos contra los de Mihail, sintiendo su tensión, su indecisión. Era evidente que la mujer estaba pidiendo ayuda y Mihail no podía negarle su protección. Pero Jacques ya les estaba advirtiendo con un gruñido grave. Notó que Shea miraba a los otros para pedir ayuda y eso desencadenó sus instintos depredadores. Al momento volvió a ser peligroso, la violencia comenzó a aflorar, se puso agresivo con Shea exigiéndole sumisión.

Byron estuvo a punto de saltar, pero cuando Jacques le enseñó sus resplandecientes colmillos se quedó inmóvil. Miró a Mihail.

—Ya te dije que ella no le había elegido. Apártala de él. Hemos de protegerla. —La esperanza brillaba en sus ojos.

—Jacques —la voz de Gregori era como el terciopelo negro, como una caricia, con un tono tan persuasivo que era imposible desoír—. La mujer está exhausta. Necesita descansar, necesita un sueño reparador. Los dos debéis ir a la tierra.

A Shea casi se le para el corazón. Empujó con fuerza a Jacques por su inamovible pecho y se le presentó la imagen de la tierra abriéndose y aceptándoles. Enterrados vivos. Un grito de alarma salió de su garganta. Saltó de la cama en un intento de huir.

Jacques agarró sus frágiles muñecas y la sujetó en la cama.

—*No te resistas, Shea, no podrás vencerme.* —Jacques se esforzaba por mantener el control. Shea temblaba, su mente estaba invadida por el terror a él, a lo que era y a lo que representaba. La pérdida de la libertad, el horror de ser una vampiresa que se alimenta de víctimas humanas como describían las viejas novelas de terror, el pánico a necesitar a un hombre para sobrevivir como le sucedió a su madre.

—¡Arrebátasela! —le pidió Byron.

Jacques giró la cabeza, sus ojos resplandecían como el hielo negro. Su voz estaba ronca, debido al largo tiempo de silencio. Había realizado un esfuerzo supremo para no perder el control por el bien de Shea. Ella había estado junto a él para ayudarle, él haría lo mismo por ella.

—Nadie que intente apartarla de mí seguirá vivo.

No cabía duda de que lo decía en serio. Shea cayó conmocionada, incapaz de asimilar que había hablado en voz alta por primera vez. Se entablaría una sangrienta guerra en ese lugar y alguien moriría.

—*Por favor, Jacques, déjame marchar. Yo no puedo vivir así.* —Había lágrimas en los ojos de Shea y lágrimas en el corazón de Jacques.

Jacques intentó conectar con su mente para calmarla, pero ella estaba demasiado aterrada y petrificada para pensar.

—Envíala a dormir. Está débil y agotada. Has de cuidar de su salud. —La voz de Gregori siempre era igual, pura como el sonido del agua cristalina corriendo sobre las rocas.

—¡No! —Gregori la asustaba todavía más. Ella siempre

se controlaba. Siempre. Nadie había jamás tomado decisiones por ella, ni siquiera su madre. Sólo necesitaba estar sola y tener tiempo para pensar. Shea luchaba desesperadamente contra el agarre de Jacques—. ¡Suéltame!

La pureza de la voz de Gregori empezaba a hallar fragmentos en la cabeza de Jacques y a unirlos. Shea estaba muy asustada, se la veía muy frágil e indefensa yaciendo debajo de Jacques que seguía agarrándola por las muñecas.

—*No pasa nada mi amor.* —Jacques se inclinó sobre ella y le besó la sien—. *Dormirás y te curarás. Te aseguro que no te pasará nada. Puedes confiar en mí.* —La orden fue firme y rotunda. Escuchó el eco de su llanto angustiado en su mente que se desvanecía mientras sucumbía a su mandato.

8

La tormenta avanzaba lentamente, cubriendo la tierra con una peculiar y lúgubre lluvia. Durante todo el día frustró cualquier intento de salir el sol y ocultó la cadena montañosa con mantos de lluvia plateada y un sudario de espesa niebla. En una choza abandonada, tres hombres se apiñaban junto al fuego e intentaban guarecerse del agua que filtraba a través de las grietas del techo.

Don Wallace bebía café ardiendo y miraba intranquilo por la ventana observando la penumbra.

—Un tiempo poco habitual para esta época del año. —Sus ojos se encontraron con los del hombre más mayor y compartieron una larga mirada de complicidad.

Eugene Slovensky encorvó los hombros de frío y miró a su sobrino con reproche.

—El tiempo está así cuando la tierra está intranquila. ¿Cómo pudiste dejar escapar a esa mujer, Donnie?

—Tú la tuviste en tus brazos cuando sólo era un bebé —respondió él—. La dejaste escapar entonces. Ni siquiera pudiste seguirle el rastro a su madre entre Irlanda y América. Fui yo quien lo hizo, casi veinte años después. No me trates como si fuera el único que ha metido la pata.

El hombre más mayor le miró.

—No me hables en ese tono. Las cosas eran distintas años atrás. No teníamos las ventajas de la tecnología moderna que tenemos ahora. A Maggie O'Halloran la ayudaron a escapar con su pequeño retoño demoníaco. —Suspiró y miró de nuevo la lluvia y la niebla a través de la ventana—. ¿Tienes la menor idea del riesgo que corremos adentrándonos en su territorio?

—Te recuerdo que fui yo el quien siguió la pista y mató a esos vampiros hace unos años, mientras tú estabas a salvo en Alemania. —Respondió Don irritado.

—No supisteis discriminar entre quiénes eran vampiros, Don —dijo Eugene con tono mordaz—. Te divertiste cuando te apeteció.

—Yo era el que corría todo el riesgo. Tenía derecho a pasármelo bien. —Respondió Don de nuevo de manera cortante.

—Esta vez hemos de concentrarnos en la razón por la que hemos venido aquí. Este es un trabajo muy peligroso.

Los ojos de Don se abrieron y endurecieron.

—Estaba contigo cuando encontramos el cuerpo del tío James, ¿recuerdas? Feliz decimoquinto cumpleaños, Donnie. En lugar de un vampiro real al que clavarle una estaca me encuentro el cuerpo del tío enterrado en un montón de escombros. Sé lo peligroso que es.

—No olvides nunca esa visión, muchacho, nunca —le advirtió Eugene—. Han pasado veinticinco años y todavía no hemos encontrado a sus asesinos.

—Al menos les hacemos pagar por ello —respondió Don.

Los ojos de Eugene se inflamaron.

—No lo suficiente. Nunca será bastante. Hemos de exterminarlos a todos. Borrarlos de la faz de la tierra.

Jeff Smith se movió agitado y miró a Don Wallace. El anciano estaba loco. Si de verdad existían los vampiros, Jeff quería aprovecharse de la oportunidad de ser inmortal. Habían matado a catorce supuestos vampiros y Jeff estaba casi seguro de que sólo un par de ellos lo eran. Ningún ser humano hubiera podido resistir el tipo de castigo que Wallace impartía tan alegremente, ni haber sobrevivido tanto tiempo. La mayoría de las víctimas sin duda eran humanas, aunque enemigos de Wallace. Don realmente había disfrutado con esas sesiones.

Jeff también estaba seguro de que Shea O'Halloran no era una vampiresa. La había investigado a conciencia. Había asistido a una escuela diurna normal, comía delante de los otros niños. Era una cirujana de renombre y muy respetada en su profesión. Una niña prodigio, todos sus profesores hablaban verdaderas maravillas de ella. Jeff no podía sacársela de la mente. Su voz, sus ojos, sus movimientos flexibles y seductores. El anciano estaba obsesionado con encontrarla y Don siempre hacía lo que decía su tío. El tío de Don, el viejo Eugene Slovensky era quien movía las cuerdas y la cantidad de dinero que se manejaba era considerable. Si hallaban a la mujer, él no iba a permitir que la mataran. La quería únicamente para él.

¿Por qué pensáis que se encuentra en esta zona? —preguntó Slovensky.

—Siempre utiliza dinero en efectivo, por lo que no podemos seguir la pista del dinero electrónico, pero a menudo deja el rastro de su firma. —Dijo Don dibujando una sonrisa diabólica—. Ella tiene que ayudar a la gente en estos pueblos aislados. En realidad tiene gracia, se cree muy inteligente, pero siempre comete el mismo error.

Eugene Slovensky asintió con la cabeza.

—Los grandes cerebros nunca tienen sentido común. —Se aclaró la garganta nerviosamente—. Le he enviado un mensaje al Buitre.

Don Wallace se sobresaltó y se tiró el café caliente por la muñeca.

—¿Estás loco tío Eugene? Él nos amenazó con matarnos si no abandonábamos las montañas la última vez que nos vio. El Buitre es un verdadero vampiro y no se puede decir que le gustemos demasiado.

—Tú mataste a la mujer —respondió Eugene— te advertí que no lo hicieras. Pero tenías que divertirte.

Furioso, Don lanzó la taza por los aires.

Estamos persiguiendo a una mujer. La hemos seguido durante dos años y ahora que estamos cerca, llamas a ese asesino. Tenía que haberle clavado una estaca cuando tuve la oportunidad. Es un maldito vampiro como el resto.

Slovensky sonrió y movió la cabeza negando sus palabras.

—No es como el resto. Él odia, Donnie, muchacho. Odia con una intensidad como nunca había visto antes y eso siempre puede sernos útil. Ahora quiere a una mujer, la del pelo negro y largo. La quiere a ella y a quienes la rodean muertos. Cuenta con su confianza y nos los entregará. Puede ser delezable, un delator, pero es muy poderoso.

—Todas sus mujeres tienen el pelo negro y largo. ¿Cómo voy a saber cuál es? —preguntó Don—. ¿Recuerdas el jovencito? ¿El que tenía unos dieciocho años? Odiaba a ese muchacho. Quería que sufriera. —Sonrió con satisfacción—. Lo sé. Pero al que más odiaba era al último que atrapamos, al de los ojos negros. Me ordenó que le torturáramos, que le quemáramos. Quería que su sufrimiento fuera eterno y me aseguré de que así fuera. El Buitre es el mal, tío Eugene.

Slovensky asintió.

—Utilízalo. Hazle creer que le respetas, que es él quien manda, quien da las órdenes. Prométele también a la pelirroja. Dile que las tendrá a las dos si nos entrega a los asesinos de James, de mi pobre hermano James.

—Pensé que nos habías dicho que teníamos que estudiarla, que no era tan fuerte como los otros y que nos sería más fácil controlarla. De todos modos, ella no es morena. —Don se levantó y caminó al otro lado de la habitación para ocultar su expresión a los demás. Hacía mucho tiempo que no había tenido una mujer completamente bajo su control. Su cuerpo ardía y se endurecía al recordar la vez que estuvo en el sótano con la última. Le había durado tres deliciosas semanas y en todo momento ella sabía que él acabaría matándola. Intentó complacerle por todos los medios, lo hizo todo para agradarle.

Quería tener a Shea O'Halloran en sus manos durante mucho, mucho tiempo. Le enseñaría a respetarle. El gélido desprecio de sus verdes ojos se tornaría en una agradable súplica. Intentaba controlarse, maldecía a los otros que compartían los reducidos confines de la cabaña porque le impedían satisfacer sus fantasías. Don giró la cabeza y vio que Smith le estaba mirando. Se volvió a poner la máscara y sonrió amigablemente. Smith era débil, siempre quejándose. Le miraba cuando hacía su trabajo, pero rara vez tenía agallas para hacer él mismo algo diferente. Don había resuelto que uno de esos días le demostraría a Smith lo débil que era. Su larga asociación había tocado a su fin.

Slovensky se puso una manta sobre los hombros. A sus sesenta años notaba que la humedad de la lluvia le calaba hasta los mismos huesos. Detestaba esas montañas y también todos los recuerdos que le traían a la mente. Veinticinco años antes había llevado allí a su hermano menor, James, a una caza de vampiros junto a otros miembros de una sociedad secreta dedicada a exterminar a esas detestables criaturas. Habían atrapado a un vampiro, pero éste había matado a James.

Shea O'Halloran era la clave de todo. Iba a utilizarla para descubrir a los asesinos de su hermano y vengarse de ellos como merecían. Donnie le clavaría una estaca en el corazón al Buitre, libraría al mundo de un detestable gusano, la sociedad podría estudiar a la mujer y obtener la prueba que necesitaban para ser por fin reconocidos como científicos.

¿Cuánto tiempo vamos a estar aquí metidos? —preguntó Smith,

Wallace y Slovensky volvieron a intercambiar una larga mirada de complicidad. Wallace se encogió de hombros, sacó un paquete de cigarrillos y cogió uno.

—Ya deberías saber que nunca se debe salir al exterior cuando la tierra está tan agitada. Eso quiere decir que esta noche están fuera.

—¿Cada vez que llueva estaremos encerrados? Mierda, Don, lo mínimo que podíamos haber hecho era conseguir un alojamiento decente.

—Deja de quejarte —dijo tajante Slovensky—. Lo último que queremos es delatar nuestra presencia. Controlan a la gente del lugar, los vinculan a ellos de alguna manera para que les sean leales.

Jeff, se apartó de ellos y miró la tierra que estaba oscureciendo. Slovensky era un verdadero chiflado. Había conocido a Wallace en la universidad. Don era todo lo que él no era. Un fanfarrón, seguro de sí mismo, guapo y duro. Wallace acorraló a uno de los acosadores de Jeff, le sostuvo y animó a Jeff a que le golpeara hasta matarlo. La sensación de poder fue increíble y a partir de entonces los dos se hicieron inseparables. Don era sádico y violento. Le gustaba ver películas de pornografía sádica que concluían con la muerte de uno de los participantes, compartió esa experiencia con Jeff y al final se obsesionó con la idea de hacerlas él mismo. Jeff filmaba todas las aberraciones privadas de Don, cada una de las cuales era una obra maestra de la tortura. Al principio utilizaba prostitutas, pero en dos ocasiones consiguieron atraer a dos estudiantes a su almacén. Después, Don siempre estaba muy suave durante varias semanas, incluso uno o dos meses, según hubiera sido la última sesión. Jeff sabía que la necesidad de matar era la que guiaba a Don y a cualquiera que estuviera a su lado más le valía pasar totalmente desapercibido.

Cuando el anciano salió a hacer sus necesidades, Jeff se acercó a Don.

—¿Te imaginas cómo sería nuestro poder si obligáramos a uno de ellos a que nos hiciera de los suyos? —Le dijo al oído para asegurarse de que Slovensky no podía oír lo que consideraría un aberrante sacrilegio—. Seríamos inmortales Don. Podríamos tener todo lo que siempre hemos deseado. Cualquier mujer. Podríamos hacer cualquier cosa que quisiéramos.

Wallace guardó silencio unos minutos.

—Hemos de averiguar más cosas sobre ellos. La mayor parte de lo que sé procede del viejo y de sus amigos y probablemente sea todo mentira.

—¿Estás seguro?

—Supersticiones absurdas. Toda la gente de por aquí es supersticiosa. Creen que estos vampiros pueden controlar sus mentes e incluso cambiar de forma. Si tuvieran todos esos poderes, ¿por qué no los usaron cuando nos estábamos divirtiendo con ellos?

Jeff se encogió de hombros decepcionado.

—Quizás tengas razón. Pero les cuesta tanto morir...
—Respondió sin acabar la frase.

—El odio les mantiene vivos. —Don se rió pensando en lo que quería hacer—. Son casi tan divertidos como las mujeres. —Miró con gesto de preocupación—. Pero está el Buitre.

El sol se apagó por completo, la tormenta y la hora tardía ocultaron por completo su tenue luz. El cielo se oscurecía y las nubes eran más borrascosas. El viento arreció y hacía que la lluvia golpeara con fuerza el suelo rompiendo las hojas y la vegetación. Las ramas de los árboles en su balanceo trajeron un leve lamento.

El viento sopló en dirección norte, aulló a través de un cañón, atravesó con fuerza el oscuro bosque y ascendió a las empinadas montañas para encontrar una casa oscura y silenciosa. En su interior, lejos de la cortina de lluvia plateada y del monstruoso viento, dos cuerpos yacían inertes, entrelazados en la cama. Shea estaba acurrucada, pequeña y delicada, su larga melena pelirroja estaba esparcida por la almohada como si fuera sangre. Jacques, con un cuerpo mucho más potente estaba inclinado sobre ella en actitud protectora. Su brazo la asía con fuerza por la cintura. Su corazón empezó latir con fuerza y con un ritmo regular en el silencio de la noche. Tomó aire en sus pulmones para hincharlos y devolverlos a su función habitual.

Jacques esperaba sentir esa agonía que ya le era tan familiar y que durante esos siete años se había desencadenado en cada despertar. Le invadía con el primer ciclo de vida, calentaba su sangre, cada célula y nervio de su cuerpo. Esta vez no fue así. Estaba dolorido, pero se sentía fuerte y vivo de nuevo. La sangre del sanador había sido increíble y su curación interna más allá de lo que Jacques hubiera podido imaginar. «Gregori. El Oscuro.» Esas palabras surgieron de ninguna parte, uno de esos evasivos fragmentos que nunca parecía poder retener. Jacques lo intentó, deseaba más información, sabía que era importante, pero de nuevo el dolor estalló en su cabeza.

Daba igual. Tranquilamente dejó que el fragmento se alejara y poco a poco fue liberando a Shea. Antes de darle la orden de despertarse, inspeccionó los alrededores para localizar algún posible peligro. Para un hombre carpatiano era imprescindible encontrar a su compañera. Si no conseguía unir del todo a Shea a él, todos los hombres del lugar estarían al acecho, esperando que su química sintonizara con la de ella. Todo el conocimiento que iba recopilando, sentía que era cierto y real, que no era una imaginación.

Un gruñido silencioso levantó su labio y reveló sus blancos dientes. Jacques se estiró realizando deliberadamente un lento y lánguido movimiento diseñado para poner a tono sus músculos y sintonizar con su fuerza. Su cuerpo todavía estaba un poco perezoso, pero lo sentía vivo. Al moverse notó la suavidad del cuerpo de Shea rozando el suyo más áspero, su cuerpo respondió, un dulce dolor que no había sentido en siglos, ahora siempre estaba presente. Se puso a su lado y miró su inmóvil y pálido rostro.

Su cuerpo se fue endureciendo casi agresivamente. Su mano se dirigió a los botones de su blusa, sus dedos acariciaron su carne fresca y sedosa. Le dio un brinco el corazón y se le entrecortó la respiración en la garganta. ¡Qué exquisito tormento! Jamás hubiera podido imaginar que algo fuera tan suave. Mientras le sacaba la blusa por los hombros, se inclinó sobre ella y le dijo al oído: «Despierta, mi pequeña pelirroja. Despiértate deseándome». La besó en los ojos, en la boca, saboreando su primer aliento, su mano se ciñó sobre su pecho para notar cómo latía su corazón.

La sangre de Shea se encendió seguida de una sinfonía de sensaciones que transmitían calor y deseo y un dolor urgente que le recorría el cuerpo. La boca de Jacques era mágica, reverente, una lenta seducción, mientras sus manos seguían el contorno de su cuerpo. Notó su despertar y que su mente se abría a la suya. Sus emociones eran confusas —anhelo, necesidad, una reacia preocupación por él, un miedo extremo a lo que era ahora y un profundo pesar. Le pasó la mano por la cara repasando cada una de sus deliciosas facciones que eran suyas para toda la eternidad. Su rostro estaba húmedo. Jacques inclinó la cabeza y siguió el curso de sus lágrimas hasta su delgado cuello. Su piel estaba templada tras derretir el hielo, era una combinación irresistible. Le pasó la lengua por el pulso del cuello y el deseo le atacó con tal fuerza que todo su cuerpo se retorció de dolor. Shea emitió un sonido, un suave quejido entre la desesperación y el consentimiento. Su cuerpo se arqueaba para acoplarse con el de Jacques, la presión y el hambre ahogaban todo sentido común.

—Conmigo estás a salvo Shea. —Jacques utilizó su voz, una mezcla de fuego y terciopelo. Estaba dispuesto a emplear todas las armas de su arsenal de siglos de experiencia para unirla definitivamente a él.

—Te necesito. —Su cuerpo se movía inquieto y con violencia, su boca fue al encuentro del hoyo de su garganta mientras su mano recorría su estrecha caja torácica, sus dedos se abrieron posesivamente sobre su vientre plano.

—Sé que tienes miedo. Puedo sentirlo. Permítete sentir lo que yo estoy sintiendo. No hay duda de que no hay otro amor en mi vida. Sé que eres mi otra mitad. Entrégate a mis cuidados. —Su hermosa voz gruesa sonó suavemente, un poco ronca a medida que el fuego se avivaba. Las llamas subían, el hambre aumentaba y la bestia que había en su interior luchaba por liberarse. El oscuro propósito empezó a brotar, mientras los instintos carpatianos luchaban a favor del hombre.

El esfuerzo por controlar sus instintos salvajes, el afán de dominar y la inminente necesidad de un desenfrenado y ardiente apareamiento, su marca de posesión, estaban acabando con él. Encontró su boca con cierta desesperación, se adentró más en su mente, sin esperar a la aceptación completa, temeroso de que ésta no llegara nunca. Su mente era una mezcla de llanto y pena, de humo, fuego y un ardiente deseo.

—*Jacques*. —Su nombre fue un susurro en su mente. Ella le puso las manos sobre las suyas para detenerle en su intento de bajarle los tejanos.

Él la besó más profundo, posesivo, erótico, compartiendo deliberadamente su necesidad urgente, los ardientes deseos de su propia mente.

—*Me has devuelto a la vida Shea. Dame mi alma. Te necesito, sólo a ti. Haz que vuelva a ser completo.* —Ella bajó la guardia para que él pudiera salvar la curva de sus caderas, recorriera sus piernas bajando los tejanos y dejara al descubierto la belleza de su cuerpo para que sus manos lo exploraran.

Escuchó la rápida respiración de Jacques, sintió el brinco de su corazón, la necesidad que asolaba su cuerpo y su mente al rojo vivo dispuesta a devorarlo todo con sus llamas. La intensidad de su emoción era desbordante para ella, tanto que la asustaba. Cerró los ojos y le pasó los brazos alrededor del cuello, sabiendo que no hallaría la fuerza para negarse a semejante necesidad. Podría habérselo negado a cualquiera, pero no a él.

Jacques inhaló profundo, respirando su aroma mientras recorría su cuerpo lentamente, dedicándole tiempo, acallando a la bestia que se moría por poseerla. Ya le había hecho demasiado daño y arrebatado partes de su vida que jamás podría devolverle. Quería que su primera vez fuera inolvidable, hacerlo lo mejor posible.

—No llores mi amor —le susurró suavemente en el cuello, con su boca descansando sobre la garganta y su lengua lamiéndola con frenesí. Su cuerpo se contrajo, el dolor y el hambre aparecieron de nuevo hasta que golpearon a ambos. Sus dientes arañaron el cuello de Shea, un dulce tormento para los dos. Luego le acarició los pechos maravillándose de lo suave y perfecta que era. Los huesos de Shea parecían pequeños bajo sus manos, no obstante sus músculos eran firmes y su piel satén.

Jacques temblaba en un desesperado intento de refrenar su naturaleza salvaje, una fina capa de sudor bañaba su cuerpo. Las sensaciones y las texturas se combinaban con los colores y el calor. Tras siglos sin emociones, sin sentimientos, tras siete años de maldición y sufrimiento, Jacques jamás olvidaría este momento. Su aspecto, su olor, su tacto, su rechazo, su pena, el incontrolable y ardiente deseo de ella en su mente quedarían grabados para siempre en el alma de Jacques.

Shea notó el cambio en él, en el modo en que acariciaba sus muslos, la convicción absoluta de su mente. Sentía su feroz apetito sexual, el ardor de su cuerpo, su necesidad urgente. Jacques la cubría con su cuerpo, la aprisionaba, sus rodillas le abrían hábilmente las piernas. Su cuerpo se convulsionaba cuando estrechaba el contacto con ella, era duro e insistente. El corazón de Shea se rebeló de pronto, pero su boca estaba en sus pechos succionando sus pensamientos racionales. Con cada succión caliente que ejercía su boca, ella se inundaba de un calor húmedo que invitaba a profundizar, hasta que al final él sólo halló una inocente resistencia.

Su boca se apartó sin ganas de los pechos y se dirigió al cuello donde la lengua trabajaba afanosamente.

—Eres mi compañera. —Sus dientes mordisqueaban su suave y tierna carne. Un calor líquido le inundó.

—Te reclamo como mi compañera. Te pertenezco. Te ofrezco mi vida. —Sus manos fueron a buscar sus pequeñas caderas que quedaron cubiertas por las mismas. Su cuerpo se hallaba en un incesante, salvaje y doloroso trance de ardiente deseo.

—Te ofrezco mi protección, mi lealtad, mi corazón, mi alma y mi propio cuerpo. A mi vez yo tomo lo mismo de ti. Tu vida, felicidad y bienestar estarán por encima de mi propia vida.

—Para, Jacques. —Susurró Shea desesperadamente, sintiendo que cada palabra, cada respiración les unía de tal modo que ya no podía distinguir dónde acababa él y dónde empezaba ella.

—Eres mi compañera ligada a mí para toda la eternidad y estarás siempre a mi cargo. —Sus dientes se hincaron profundo, su cuerpo se introdujo en el de ella. Un dolor candente explotó en ambos, dejando que las llamas ardieran alto.

El grito de Shea quedó ahogado en su garganta. Ella envolvió su cabeza con sus brazos y le abrazó atrayéndolo hacía sí. Fusionados en cuerpo, mente y alma, la vida de ella fluía dentro de él, su cuerpo se apoderó totalmente del de Shea. Él se movió y se produjo la respuesta de Shea hacia él. Ella estaba caliente y tensa, la fricción amenazaba con sumirle en la frenética y desinhibida cópula propia de los varones carpatianos. No sin esfuerzo pudo controlarse, se detuvo a saborear el dulce y picante sabor de su sangre, el aterciopelado fuego que envolvía su cuerpo.

Se movió con suavidad, ternura y le hizo una larga caricia pensada para convencerla y para calmarle a él. Los muslos de Shea atraparon a Jacques rodeándole y el avanzó enterrándose en las profundidades de su cuerpo y succionando con su boca la esencia de su vida. El mundo se redujo, retrocedió hasta que ella era su respiración, su corazón, la sangre que corría por sus venas. Ya no había oscuridad, ni sombras, sólo el cuerpo de Shea con su calor, sus tonalidades y sus llamas.

Los pequeños gemidos de Shea quedaron sofocados por el cuerpo de Jacques, pero él los oía en su mente. Su cuerpo la deseaba cada vez más, cada vez estaba más duro, iba más rápido y más profundo. El no dejaba de cabalgar sobre ella hasta llegar a las estrellas, al universo, hasta alcanzar la unión de sus almas. La sangre de Shea saciaba su hambre insaciable, nada sabía mejor, ni era más erótico ni perfecto, por lo que él cedió entregándose a la lujuria, la codicia y a las olas de placer casi insoportable.

El cuerpo de Shea se aferró al de Jacques, se estremeció y convulsionó y hasta la propia tierra pareció tambalearse y vibrar. La lava fundida se precipitó en él como si fuera un volcán y con un grito soltó su simiente dentro de ella y su cuerpo ardió en llamas.

Jacques se dio cuenta de que la sangre corría entre los pechos de Shea. En el éxtasis del momento, se había olvidado de cerrarle la diminuta herida. Su lengua la acarició dulcemente, siguiendo el sendero de la sangre y su cuerpo volvió a reaccionar endureciéndose y deseándola como nunca. El voraz apetito de ella estaba en la mente de Jacques, su deseo le envolvía en una necesidad ancestral.

—Sí amor mío —le susurró contra la garganta—. Necesítame como yo te necesito a ti. Deja que te dé todo lo que soy. Toma de mí lo que sólo yo puedo darte.

La boca de Shea se desplazó hasta su cuello, su garganta, y su cuerpo enloqueció, se inflamó y endureció para llenarla por completo. El corazón le dio un vuelco cuando los labios de Shea acariciaron su pecho. Su lengua se movía alrededor de sus pezones y se trasladó a la zona del corazón combinando mordisqueos y lamidas. Jacques se retiró, esperando sin aliento, esperó unos segundos hasta que su cuerpo volvió a pedirle a gritos que se enterrara de nuevo en ella, para poseerla una y otra vez.

—Sólo una vez Shea, dime que me necesitas —le susurró.

Ella levantó la cabeza, los ojos verdes de Shea se desplazaron por el sensual rostro de Jacques hasta fundirse con sus ojos negros. Le regaló una lenta, sensual y maliciosa sonrisa. Luego dejó caer su cabeza sobre su pecho, acarició sus fuertes músculos con su lengua. Sus dientes le arañaron una, dos veces, engañándole hasta hundirse profundo.

La voz de Jacques estaba ronca en su propia mente, en la oscuridad de la estancia. La sensación sobrepasó todos los límites. Su cuerpo se zambulló salvajemente en el de Shea, mientras ella bebía de él. El le sostenía la cabeza con la mano y la presionaba contra su pecho mientras la poseía una y otra vez. Nunca podría saciarse. Los colores se arremolinaban y danzaban, la tierra tembló y él aullaba cada vez más alto. Poseyéndola en su cuerpo, mente y alma. En ese momento perfecto, ella le pertenecía, su vida había conectado totalmente con la suya para la eternidad. Dos mitades de una misma unidad, que nunca volverían a separarse. El orgasmo de Jacques fue tremendo y ella le siguió en cada paso. Ambos entraron en erupción proyectándose hasta el cielo y flotaron juntos hasta regresar a la tierra, Jacques consiguió que se anclaran a salvo.

Shea le cerró la herida con la lengua y yacieron agotados, con los cuerpos entrelazados, tan cerca el uno del otro que sus mentes y miembros todavía vibraban por los efectos retardados. Pequeñas descargas provocaban temblores de placer en ambos.

Shea estaba muy quieta, todavía incapaz de asimilar la maravilla de lo que había sucedido. Sabía que era para siempre. Sabía que de algún modo había completado el ritual que los había unido para siempre. Notaba como si su cuerpo no le perteneciera, como si él se lo hubiera adueñado por un momento y se hubiera olvidado de devolverle alguna parte esencial del mismo. Por fuera parecía tranquila, pero el pánico empezó a brotar, miedo, terror puro. Siempre había estado sola, no conocía otro modo de vida.

Jacques le acarició el pelo que le llegaba hasta los glúteos.

—Jamás he experimentado nada igual —le dijo él intentando hallar las palabras justas para calmar sus temores.

A Shea le costó tragar y escuchó el frenético latido de su corazón.

—¿Cómo ibas a saberlo, tonto? —le respondió ella bromeando, intentando desesperadamente parecer normal—. Ni siquiera puedes recordar tu pasado. La pulsación de su propia sangre era como un rugido en sus oídos. Nada volvería a ser lo mismo. Se sentía débil. Quizás Jacques había tomado más sangre que ella de él. Le afectaba a la mente, pensaba despacio. A menos que fuera el miedo lo que paralizara su capacidad para pensar. Nunca le había sucedido eso antes. Su intelecto siempre había dominado las situaciones. Pero ahora sus emociones habían terminado con todo su sentido común y se sentía perdida.

Se apartó de él con mucha cautela, sentía esa separación como si fuera una pérdida terrible. Le quería junto a ella en todo momento. Necesitaba que estuviera a su lado. Puede que realmente le quisiera. Se le bloqueó la garganta y notó como si se estuviera asfixiando. Ella había permitido que sucediera eso, que él tomara el control. Era una estúpida sombra suya como su madre lo había sido de su padre. No se suponía que el amor fuera a formar parte de su mundo cuidadosamente controlado. Tampoco lo necesitaba.

—Shea. —Él pronunció su nombre con suavidad, dulzura e incluso ternura, como si se lo dijera a un animal salvaje acorralado en un rincón.

Ella se sentó de golpe, para tomar aire, tenía los ojos muy abiertos y su corazón latía con fuerza. Dio un salto para levantarse y su larga cabellera se movió alrededor de su cuerpo como si fuera una capa. Corrió descalza al cuarto de baño.

Jacques tomó unos tejanos, se los abrochó de cualquier manera y fue tras ella. Sus ojos no perdían nunca de vista a su delgada y frágil figura. Daba la impresión que cualquier cosa podía romperla. Ella realizaba gestos y movimientos humanos. Se lavó los dientes, se dio una ducha, miró por la ventana. Jacques no ejerció demasiada presión con su mente para que no se sintiera incómoda. Su miedo no retrocedió con estas actividades humanas. Todo lo contrario el pánico aumentaba hasta llegar a proporciones desmedidas. Jacques apoyó la cadera en la pared, sus ojos negros la vigilaban, esperando lo inevitable.

—No puedo hacerlo, Jacques. —Su tono era bajo, apenas pudo oírla. Se vistió con manos temblorosas, se puso unos tejanos, una camiseta de algodón y botas de montar. Lo hizo sin mirarle.

Jacques esperaba en silencio, sintiendo su intenso miedo y su confusión, con ganas de consolarla, pero controlándose instintivamente de hacerlo. Shea era una mujer fuerte, tuvo el valor suficiente como para regresar a salvar a un demonio, a un loco que la había atacado salvajemente. Sin embargo, el solo pensamiento de amarle, de necesitarle le aterraba.

—He de marcharme de aquí e ir a Irlanda. Allí tengo una casa. —Se recogió su copiosa melena en una cola informal. Su mirada iba desde la ventana a su ordenador y a la puerta. A todas partes menos a él—. Ahora estás a salvo con tu familia y amigos. Ya no me necesitas.

Entonces él se movió, al estilo de su raza. Silencioso, invisible, demasiado rápido para los ojos humanos. De pronto estaba detrás de ella, con su cuerpo pegado a Shea, con las palmas de las manos apoyadas en la pared a ambos lados de su cabeza, acorralándola. Jacques se acercó más para que su olor a macho invadiera sus pulmones y él se convirtiera en el aire que respiraba.

—Siempre te necesitaré, Shea. Eres mi corazón, mi alma y mi cordura. Hace muchos años que no he estado en Irlanda. Es un país muy bonito.

Notó cómo ella respiraba profundamente, luchando por conseguir aire, luchando contra un sentimiento de asfixia y de presión. En su mente negaba las palabras de Jacques. Buscada desesperadamente un modo de disuadirle. No sólo temblaba por fuera, sino también en sus entrañas. Jacques podía oler su miedo.

Shea se puso las manos en el estómago, apretándoselo para mitigar esa sensación.

—Escucha, Jacques. Esto... —Hizo un movimiento inestable con la mano, se giró y se apoyó contra la pared, para poder sostenerse. Era un error enfrentarse a él. Su fuerte y musculoso cuerpo, sus facciones sensuales todavía con muestras de dolor, la intensidad de sus ojos negros. El hambre, el deseo, la necesidad. Ella levantó la barbilla para mirarle, su pena era tan profunda que él sentía la necesidad de estrecharla entre sus brazos, pero ella tenía que sentir que podía controlarse.

Jacques aquietó su naturaleza de depredador, pero no se movió y la mantenía aprisionada contra la pared.

Shea se aclaró la garganta y lo intentó de nuevo.

—No puedo trabajar. Tengo obligaciones. En estos momentos no puedo mantener una relación. Y tú buscas algo intenso, apasionado, para siempre, un vínculo eterno. Simplemente yo no soy así. No tengo todo eso para dárselo a nadie. —Se retorció los dedos agitada, él notó que su corazón se enfurecía. La sonrisa profunda desde su alma ante sus absurdas palabras nunca halló su caminó hasta su rostro.

Shea era de naturaleza apasionada y le necesitaba tanto como él a ella. Ella lo sabía y le aterraba la idea. Ante todo era eso lo que le hacía querer huir de él. Había aprendido a ser una persona solitaria, no tenía ni idea de cómo compartir su vida. Ella jamás sería ni podría ser como su madre.

—¿Me estás escuchando Jacques?

Se acercó más a su esbelto cuerpo. Sus brazos la atrajeron hacía él, casi aplastándola.

—Por supuesto, que te estoy escuchando. Oigo que tienes miedo. Lo siento. —Su cálida respiración le acarició el cuello. El modo en que la tenía entre sus brazos era totalmente protector, gentil y tierno—. Yo también tengo miedo. No tengo pasado Shea. Sólo un infierno que creó a este loco. Esas personas que dices que son mi familia, no significan nada para mí. No confío en ellas. Cualquiera podría ser quien me traicionó. —Colocó su cabeza sobre la de ella, un relajante gesto de unión—. No siempre puedo distinguir la realidad de la locura. Sólo estás tú, mi amor, para ayudarme a mantener la cordura. Si eliges dejarme. Temo por mí y por cualquiera que ose acercárseme.

Shea con lágrimas en los ojos le tomó de la muñeca con dedos temblorosos, el más mínimo contacto implicaba una profunda conexión entre ellos.

—¡Hacemos tan buena pareja, Jacques! Al menos uno de los dos debería estar cuerdo ¿no te parece?

Él se llevó la mano de Shea a la boca.

—Recorriste miles de kilómetros para venir a buscarme. Viniste a por mí.

Ella le sonrió.

—Con algunos años de retraso.

Su corazón sintió cierto alivio. Sabía que no había escapatoria posible para ninguno. Puede que él no acabara de entenderlo, pero sabía que se habían unido irrevocablemente para la eternidad.

—¿No dicen que es mejor tarde que nunca? —Le dijo acariciándole la muñeca con su pulgar y encontrando su pulso.

Ahora ella estaba más tranquila, aceptaba más su unión. Colocó su cabeza en el nicho de su esternón.

—¡Me siento tan mal por no haber hecho caso antes a mis sueños. Si hubiera...

Él le tapó la boca con la mano para interrumpir sus palabras.

—Me has ayudado a recobrar la cordura. Viniste a buscarme. Eso es lo único que importa. Ahora hemos de descubrir cómo hemos de vivir juntos.

Ella le puso su mano en su cuello y la presionó sobre la textura satinada de su piel.

—Esos hombres me persiguen Jacques. Sin mí tendrás más oportunidades de escapar. Tú ya lo sabes.

De nuevo apareció la bestia y brotaron los colmillos ante la expectación. Ella jamás podría imaginar cuán fuerte era su deseo de reencontrarse con los dos humanos que le habían torturado y enterrado vivo. No conocía el inmenso poder de su rabia, el tipo de criatura tan peligrosa que era. Ella estaba atada a él, pero era tan compasiva que no podía ver su verdadera naturaleza. Ella podría seguir huyendo para evitar la confrontación durante toda su vida si era necesario. Él prefería ser el agresor. Sería el agresor.

—No te preocupes respecto a lo que pueda suceder, pequeña.

Shea le tocó la mejilla con sus suaves dedos.

—Gracias por velar por mí cuando yo no era consciente de ello. No dejaste que me atraparan.

De nuevo le puso la mano en la boca.

—Sabía que no te hubiera gustado. Sus negros ojos señalaron el otro extremo de la habitación. Levantó la mano y la puerta se abrió al recibir su mandato mental.

Al momento el viento introdujo lluvia en la cabaña y se oyó un gemido agudo que se elevaba de entre las ramas. Shea sintió un escalofrío, se acercó al calor de su cuerpo para protegerse. El tiempo era salvaje en el exterior, furia negra, llovía a cántaros. A Shea no le hizo falta la luz de los relámpagos que iluminaban el bosque para ver con claridad los verdes y marrones vivos y profundos, las gotas de lluvia que parecían cristales reflejando la belleza de los árboles y arbustos. Veía no sólo con sus ojos humanos, sino con los de un animal. Podía sentir la fiereza de la tormenta en su propio cuerpo.

Jacques la estrechó más contra él cuando notó que ella intentaba rechazar esas intensas y extrañas emociones.

—No, pequeña, míralo. Esto es nuestro mundo. No hay nada de feo en él. Es puro, honesto y hermoso. —Le dijo murmurando sus palabras en su oído, buscando el calor de su piel con su boca y acariciándole el pulso del cuello con la lengua.

Un temblor de excitación, de sensualidad recorrió la sangre de Shea. Todo en ella parecía atraerle. Su cuerpo, su corazón, su mente. Volvió a surgir el miedo al reconocer cuánto le necesitaba. Ahora su vida era distinta. Ella era distinta. Si su padre hubiera sido como Jacques, su sangre correría por sus venas. De algún modo Jacques la había llevado plenamente a su mundo. Comenzó a respirar profundo, a empaparse de las vistas y de las fragancias, un instinto salvaje se despertaba en ella ansioso de compartir la furia de la tormenta.

—Son nuestros, Shea. El viento, la lluvia, la tierra que hay bajo nuestros pies. —Sus palabras rozaban su piel como si fueran una mano en un guante de terciopelo. Él le mordisqueaba seductoramente el cuello, lo que provocó que su sangre circulara a toda velocidad.

—¿Podemos marcharnos esta noche? ¿Ahora? —Su instinto salvaje crecía, casi tanto como su necesidad de él. Quería abandonar los bosques, huir de lo que quiera que hubiera en su interior y aumentar sus fuerzas en cada momento que estuviera allí.

—Tendremos que planificar dónde cobijarnos —le aconsejó él. Correr sin rumbo y a ciegas podría acabar con nosotros.

Shea cerró los ojos en un gesto de cansancio.

—No hay ningún sitio a dónde podamos ir ¿no es cierto? —Esa parte de ella que ordenaba tan bien los datos le decía que estaba intentando huir de ella misma.

Él la rodeó con sus brazos y la estrechó con ternura.

—No hubieras sobrevivido mucho más tiempo con la media vida que llevabas. Y en realidad nunca fuiste feliz allí. Nunca has sido feliz, Shea.

—Eso no es cierto. Me gusta mi trabajo, ser cirujana.

—No estás hecha para una vida solitaria, mi pequeña pelirroja.

—Una doctora rara vez está sola, Jacques.

—Una cirujana no tiene por qué relacionarse con los pacientes, una investigadora todavía menos. Estoy en tu mente, en tus pensamientos y no puedes ocultarme eso.

Sus verdes ojos le miraron.

—¿Se te ha ocurrido alguna vez que puede que no me guste que andes fisgando en mi mente? Eres como un cañón sin seguro. Nunca se sabe cuándo vas a disparar. —Su voz empezaba a tener un tono divertido y su cuerpo empezó a relajarse.

Jacques retuvo su suspiró de alivio. Estaba regresando a él, reuniéndose en el umbral.

—Es la costumbre de nuestra gente.

Ella se volvió para mirar la tormenta a través de la puerta abierta.

—¿Siempre es así?

Esta vez la información llegó con facilidad, sin ese extraño dolor de desmembramiento en su mente.

—No, todos los carpatianos pueden comunicarse a través de una vía de acceso común si lo desean. —Se frotó el puente de la nariz—. No estoy seguro de si puedo hacerlo. No recuerdo el acceso, sólo sé que existe.

—Los otros intentaron hablar contigo —adivinó ella hábilmente—. Cada uno utilizó una vía de acceso distinta para contactar conmigo podía sentirles pero no sintonizar con ellos. Cuando los carpatianos intercambian su sangre, el vínculo mental se vuelve más fuerte. Cada individuo que comparte crea una vía de acceso exclusiva que sólo los implicados pueden utilizar. —Otro fragmento de información que surgía de no sabía dónde—. Los hombres rara vez intercambian sangre a menos que ya tengan una compañera.

—¿*Por qué?* —Se le planteó la pregunta en su mente y Shea ni siquiera se percató de ello.

Jacques hizo el equivalente mental de encogerse de hombros.

—Una vez se ha intercambiado la sangre, podemos seguirnos la pista sin problemas. Cuanto más próximo es el vínculo, más fuerte el rastro. Si es un intercambio real, cada uno puede encontrar fácilmente al otro y «hablar» con él. Los hombres pueden transformarse después de estar muchos siglos solos.

—No entiendo qué es lo que quieres decir con «transformarse».

—Después de doscientos años perdemos todas las emociones, toda capacidad de sentir. Nos convertimos en depredadores natos, Shea, necesitamos una compañera para devolvernos los sentimientos, para equilibrarnos. A medida que pasan los siglos, es fácil ceder a la tentación de querer sentir algo, aunque sólo sea momentáneamente. Matar cuando nos alimentamos puede proporcionarnos un poder momentáneo. Pero también te transforma. Una vez transformado, un carpatiano, nunca puede volver atrás. Se convierte en la leyenda humana: en un vampiro. Un asesino inmoral, de sangre fría, sin compasión. Ha de ser capturado y destruido. —Una tenue sonrisa rozó sus labios, aunque no llegó hasta sus ojos—. Ahora puedes entender por qué los hombres solitarios rara vez tienen la oportunidad de realizar un intercambio de sangre. Es extraordinariamente fácil que te encuentren después de haberlo realizado y si uno se transforma...

Los blancos dientes de Shea empezaron a mordisquearse el labio inferior. Su pulso empezaba a agitarse bajo los dedos de Jacques.

—No quiero creer lo que me estás diciendo.

—Tú me has salvado de ese destino. Sé que mi mente todavía no se ha recuperado, pero estoy a salvo de caminar sobre la tierra como un muerto viviente.

—Esos hombres, los que van detrás de mí...

—Son asesinos humanos. —Había desprecio en su mente, en su voz—. Asesinaron a carpatianos, no a vampiros.

—Entonces, al que tú llamas el traidor...

—Es un carpatiano...que se ha transformado en vampiro.

9

Una ráfaga de viento aulló a través de la puerta y trajo la lluvia hasta el interior de la cabaña. Jacques apartó con cuidado a Shea y la puso detrás de él.

—Llegan los otros —dijo él para advertirla.

Shea buscó a tientas la pared que tenía detrás. Esta gente sin duda pertenecía a una raza distinta. Su padre también había sido uno de ellos. Una parte de ella estaba intrigada y excitada. Si los estudiaba como científica, se encontraría en su elemento. Pero, ahora se encontraba en medio de toda aquella historia, sin poder observarla desde fuera. Cogió a Jacques por la muñeca.

—Vámonos de aquí, alejémonos de esta gente, de este lugar.

—Es importante tener la máxima información posible. —Su voz era suave y seductora, deliberadamente tierna, la envolvía en un caparazón seguro.

—El sanador viene con el que dice ser mi hermano. La mujer está con ellos. —No le gustaba el hecho de no ver al tercer hombre. No se fiaba por completo de ninguno. En el fondo sabía que sus agresores le habían arrebatado algo muy valioso que nunca podría recobrar del todo.

La mano de Shea se deslizó por su brazo. Apoyó la frente en medio de su ancha espalda en un tierno y amoroso gesto de solidaridad. Jacques no soportaba apartarse por completo de la mente de Shea, por lo que ella podía escuchar fácilmente el eco de sus pensamientos cuando lo deseaba. Sentía pena por él, pena por ambos.

—Sea lo que fuere lo que te hayan arrebatado Jacques, te ha hecho más fuerte. El que te ha sanado era un hacedor de milagros —le susurró suavemente y muy en serio—. Nunca he visto nada igual. Pero ha sido tu determinación de seguir viviendo lo que te ha salvado.

Jacques intentaba oír que ella le estaba consolando, sin embargo lo que oyó fue su interés en su voz, la envidia de que Gregori pudiera curar de un modo tan mágico y rápido. El carpatiano había conseguido en una sola sesión, lo que ella no había podido hacer con más tiempo. Antes de que pudiera contestarle que había sido ella la que le había salvado la vida, el viento volvía a introducir lluvia y neblina a través de la puerta.

Apareció el sanador, Gregori, seguido de Mihail y de Raven. Jacques entrecerró los ojos y al momento se desencadenaron algunos recuerdos. Volar en el cuerpo de un búho, correr por el bosque en el cuerpo de un lobo, convertirse en la neblina y la niebla. Detrás de él, con la respiración entrecortada en la garganta, Shea miró a los visitantes y a Jacques, asombrada e intimidada ante el despliegue de cambio de formas, el ejemplo del poder ejercido de un modo tan natural.

Los ojos plateados de Gregori examinaron cada centímetro de Jacques.

—Tienes mejor aspecto. ¿Cómo te sientes?

Jacques asintió lentamente.

—Mucho mejor. Gracias.

—Necesitas alimentarte. Tu mujer todavía está pálida y agotada. Debería descansar. Si quieres, puedo curarle los morados. —Gregori hizo su oferta con su aire indiferente e informal. Su voz era tan persuasiva, tan hermosa que casi era imposible negarle nada. Transmitía pureza, era como un susurro de terciopelo negro, nunca levantaba la voz, ni parecía estar en otro estado que no fuera de paz y serenidad.

A Shea le dio un vuelco el corazón y luego se estableció en un ritmo duro y fuerte. Se dio cuenta de que estaba escuchando con toda su atención, que quería que siguiera hablando y hacer todo lo que él le dijera. Movió la cabeza mentalmente. Las habilidades de Gregori la fascinaban, pero era demasiado poderoso. No había utilizado ningún tipo de proceso mental, ni coacción, ni sugestión hipnótica. Su propia voz era su arma. Sentía que era el más peligroso de todos. No había estado tan cerca de tantas personas en mucho tiempo. Necesitaba estar a solas con Jacques, para tener tiempo de adaptarse.

—Te damos las gracias sanador, pero Shea no está acostumbrada a nuestros métodos. —El propio Jacques no podía recordar la mayoría de ellos. Se sentía tan incómodo ante la presencia de carpatianos como Shea. Sus ojos negros que resplandecían como el hielo atraparon el reflejo de un relámpago que cruzaba el oscuro cielo. —El otro hombre no está con vosotros.

—Byron —dijo Mihail—. Ha sido un buen amigo tuyo durante siglos. Se ha percatado de que has completado el ritual y que esta mujer es tu verdadera compañera. Busca en tu mente, Jacques. Recuerda lo difícil que es este momento para nuestros hombres sin pareja.

El rostro de Shea se sonrojó bajo su palidez sobrenatural. La referencia al ritual debía significar que sabían que Jacques le había hecho el amor. La falta de intimidad le molestaba sobremanera. Ella se movió para situarse al lado de Jacques y quejarse del apelativo «esta mujer». Tenía un nombre. Era una persona. Le parecía que la consideraban una histérica. Era evidente que no había tenido la oportunidad de mostrar su temple.

Jacques retrocedió y con su brazo barrió hacia atrás dejándola contra la pared. En ningún momento apartó sus ojos del trío. Sabía que era inestable, que todavía luchaba por aferrarse a la razón aunque su instinto fuera atacar. No confiaba en ninguno de ellos y no expondría a Shea a ningún peligro.

Shea le respondió con un fuerte pellizco. No iba a refugiarse detrás de su salvaje como una dama del siglo XVII que se desmayaba por nada. Sólo estaba rodeada de unos cuantos vampiros. ¡Total nada!

—*Carpatianos.* —Dijo Jacques con un tono divertido.

—*Si te ríes de mí, Jacques, me iré a buscar otra estaca de madera y haré yo misma el trabajo* —le amenazó ella en silencio—. ¡Bueno, por el amor de Dios! —Shea sonaba exasperada cuando se dirigió al grupo—. ¿Todos somos civilizados, no es así? —Le dio un empujón por la espalda a Jacques—. ¿No es así?

—Por supuesto. —Raven se adelantó desobedeciendo la mano de Mihail que intentaba detenerla—. Al menos las mujeres lo somos. Los hombres de por aquí todavía no han superado la etapa de saltar de un árbol a otro.

—Le debo una disculpa por la pasada noche, señorita O'-Halloran. —Dijo Mihail con un encanto muy al estilo antiguo—. Cuando la vi sobre mi hermano, pensé...

Raven le corrigió.

—No pensó, reaccionó. Es un gran hombre, pero demasiado protector con sus seres queridos. —Su tono de broma rebosaba amor—. Sinceramente, Jacques, no puedes hacerla prisionera, no puedes encerrarla como a una monja en un convento.

Shea estaba avergonzada.

—*¡Muévete, Jacques! Me estás avergonzando.*

Con mucha desgana Jacques se apartó. Pudo sentir la tensión que reinaba en la atmósfera en aquel momento, la enardecida mirada que empezaba a forjarse en la mente de Jacques. Para darle seguridad, le tomó la mano y mantuvo su mente conectada con la suya. En el momento en que se expuso a los demás pudo sentir como la examinaban centímetro a centímetro.

Raven miró a Gregori con mucha preocupación.

Un poco abochornada se retiró el pelo hacia atrás. Ni siquiera se había mirado al espejo. Jacques le apretó la mano.

—*¡No! Estás bien como estás. No tienen ningún derecho a juzgarte.*

—Jacques —dijo Gregori suavemente— tu mujer ha de alimentarse y curarse. Has de dejarme que la ayude.

Shea levantó la barbilla y sus verdes ojos lanzaban fuego.

—Soy perfectamente capaz de tomar mis propias decisiones. Él no ha de *permitirme* hacer o no hacer algo. Gracias por el ofrecimiento, pero ya me curaré con el tiempo.

—Ya te acostumbrarás a ellos —se apresuró a decirle Raven—. Son realmente unos maniáticos de la salud de las mujeres. Eso te ayudaría, Shea, ¿puedo llamarte Shea? —Raven sonrió cuando Shea asintió con la cabeza—. Estaremos encantados de responder a cualquiera de tus preguntas. Nos gustaría conocerte. Al fin y al cabo somos familia política —señaló ella.

A Shea le subió la adrenalina provocada por el miedo ante la simple observación de su compromiso con Jacques y eso desencadenó una reacción violenta en él. Un rayo cruzó el cielo, serpenteando y danzando antes de chocar contra la tierra con toda su furia. El viento aullaba en el interior de la cabaña, golpeaba las ventanas y las paredes. Un grave y ominoso gruñido se estaba forjando en la garganta de Jacques. Shea notó que volvía a salir la bestia, que él la acogía con instintos asesinos. Shea se giró hacia él, le puso las manos en el pecho y le empujó con todas sus fuerzas, propulsándole hasta la otra punta de la habitación.

—*No vas a hacerlo Jacques. Te necesito cuerdo en este momento. Estoy haciendo todo lo posible por entender todo esto, pero si hay una lucha, me volveré loca, te lo juro. Por favor ayúdame ahora. Por favor.* —Había lágrimas en su mente, una vulnerabilidad que jamás había visto en ella.

Jacques la rodeó con los brazos abrazándola mientras se esforzaba por recobrar el control. Su sufrimiento parecía otorgarle una fuerza añadida. Levantó la cabeza y sus ojos se desplazaron con cautela entre los dos hombres. Mihail y Gregori parecían totalmente tranquilos, sin embargo Jacques pudo notar su estado de alerta. Se obligó a sonreír y luego se encogió de hombros como si tal cosa.

—Me temo que mi mente no se ha curado con la misma rapidez que mi cuerpo. Tendréis que tener paciencia conmigo. Por favor entrad en casa sois nuestros invitados. —Esas palabras formales surgieron espontáneamente.

Mihail cerró la puerta.

—Gracias, Jacques. Sólo queremos ayudarte a ti y a tu compañera. —Se sentó deliberadamente en una posición vulnerable. Raven se sentó cómodamente en el brazo de su silla. Gregori se paseaba por la habitación a un paso aparentemente cansino. Caminaba con una fluida agilidad, con sensualidad animal, pero Jacques era muy consciente de que el sanador estaba colocándose sutilmente entre la pareja y Jacques.

—*Gregori. El Anciano. El Oscuro.* —Esas palabras se congregaban en su mente. Gregori era un hombre muy peligroso—. Recuerdo muy poco de mi pasado —admitió—. Quizás sería mejor para todos que Shea y yo cuidáramos de nosotros mismos. Soy muy consciente de mi inestabilidad y no me gustaría que nadie saliera herido.

Shea se giró en sus brazos para mirar a los carpatianos.

—Apreciamos vuestra ayuda, pero habéis de comprender que todo esto nos resulta muy nuevo.

Los ojos plateados de Gregori, estudiaron su pálido rostro, parecían penetrar hasta el fondo de su alma.

—¿Eres médica?

Shea se estremeció. Su voz era tremendamente persuasiva. Ese hombre tenía demasiado poder.

—Sí, soy cirujana.

Una sonrisa curvó la sensual boca del sanador. Ese gesto resultó carismático, pero ella se dio perfecta cuenta de que sus ojos no habían variado en absoluto su frialdad. Eran gélidos y vigilantes

—Eres muy buena. Los carpatianos no respondemos muy bien a la medicina humana. Jacques se estaba curando a pesar de todos los impedimentos. Estamos en deuda contigo.

—Tú pudiste hacer en una hora lo que yo no conseguí en varios días. —A pesar de todo había un tono de admiración en sus palabras.

—¿Cómo pudiste encontrar a Jacques cuando nosotros no lo conseguimos? —De nuevo la voz de Gregori parecía informal, pero ella intuyó que era una trampa.

Levantó la barbilla y le miró con sus desafiantes ojos verdes.

—Hace siete años cuando estaba estudiando, de pronto sentí un terrible dolor. Un dolor para el que no había explicación médica. La agonía duró horas. A partir de esa noche, empecé a soñar con un hombre al que torturaban, que sufría, que me llamaba.

—¿Dónde estabas? —preguntó Gregori.

—En los Estados Unidos. —Shea se pasó los dedos por el pelo para echárselo hacia atrás y descubrió que estaba temblando. Esos pálidos ojos eran desconcertantes. Parecían estar leyendo su alma, ver cada error que ella había cometido—. Sé que suena extraño, pero es cierto. No tenía ni idea de que ese hombre existiera de verdad, de que estuviera sufriendo. —El sentido de culpa se apoderó de ella—. Debía haberle buscado antes, pero no creía que... —Las lágrimas interrumpieron su relato.

—*No hagas esto mi amor* —le ordenó Jacques, estrechándola entre sus brazos para protegerla—. *No tienen derecho a juzgarte. Ninguno de ellos vino a buscarme. Tú cruzaste el océano y yo no te traté bien.* —Le besó con su cálida boca los morados del cuello—. Sin embargo, volviste a mí, a pesar de mi feroz ataque. —Dijo esto en voz alta para advertir a los carpatianos que dejaran de hacerle preguntas.

—Debiste asustarte mucho —dijo Raven.

Shea asintió con la cabeza y sonrió a Jacques.

—Sin duda alguna, nunca había visto nada igual en mi carrera. —Se esforzaba por parecer normal en un mundo que se estaba volviendo del revés.

—Eres joven para ser médica —observó Mihail.

Shea hizo un esfuerzo por mirarle por primera vez a los ojos. Jacques y Mihail compartían la misma complexión fuerte, la densa melena y los gélidos ojos negros. Ambos eran autoritarios, seguros de sí mismos y arrogantes. Las exquisitamente esculpidas facciones de Jacques se veían más desgastadas tras la dura prueba.

—Se te ve joven para tener cientos de años —respondió ella recordando el tacto de sus dedos en su garganta.

Mihail asintió con una leve sonrisa y con un gesto de la cabeza.

A su lado Jacques luchaba contra la bestia que recordaba el ataque de Mihail. Shea no le hizo caso.

—Una mujer llamada Noelle tuvo un hijo con un hombre llamado Rand. ¿Sabéis dónde está ese hijo? Ahora tendría veintiséis años —preguntó Shea.

Las facciones de Mihail se quedaron inmóviles, como una máscara. Se le escapó un leve silbido y Jacques instintivamente se puso delante de Shea.

—*Ten mucho cuidado Mihail* —advirtió Gregori.

—Noelle era nuestra hermana —afirmó suavemente Mihail— fue asesinada a las pocas semanas de haber dado a luz.

Shea sintió con la cabeza. La información confirmaba lo que Jacques le había dicho.

—¿Y el niño?

—*Esto no me gusta Gregori. ¿Por qué quiere saber el paradero del hijo de Noelle? Los humanos la mataron. Poseen una red con unos tentáculos muy largos. Quizás ella forme parte de la misma.* —La voz de Mihail llegó a la mente de Gregori.

—*Jacques lo sabría.* —Gregori estaba seguro.

—*Quizás no. Su mente está dañada.*

—Él lo sabría. Ella no podría ocultárselo. Temes por tu hermano. No la estás mirando con los ojos y la mente abierta. En sus ojos hay mucha pena y mucha tragedia. Está atada a un hombre que no conoce, que es extremadamente peligroso, que la ha herido en más de una ocasión. Es muy inteligente, Mihail, sabe en lo que se ha convertido y está intentando aceptarlo. Esta mujer no es una asesina.

Mihail inclinó la cabeza ante la afirmación de su amigo.

—El hijo de Noelle fue asesinado hace siete años, probablemente a manos de los mismos asesinos que torturaron a mi hermano.

Si era posible que Shea se quedara más pálida, así sucedió. Se tambaleó un poco y Jacques se apresuró a sostenerla. El muchacho había sido su sobrino, pero Jacques no recordaba ni al joven ni al hombre, de modo que el dolor que sintió era el de Shea. Su medio hermano, su única probabilidad de tener una familia.

—*Yo soy tu familia* —le dijo Jacques para reconfortarla, acariciándole la cabeza con la barbilla.

—*Era el joven de la segunda fotografía que me mostraron Wallace y Smith. Sé que era él.* Shea apoyó su cabeza sobre el pecho de Jacques—. *Sentí un tremendo desgarro cuando vi la foto.*

—Lo siento Shea. Han pasado muchas cosas. Necesitas tiempo para asimilar todo esto.

Perplejo por su evidente aflicción, Mihail miró a Gregori, que se encogió de hombros con bastante elegancia.

—¿Qué pasó con Rand, su padre? —Jacques planteó la pregunta en nombre de Shea, aunque ese nombre desencadenaba de nuevo el dolor en su cabeza, evocaba un oscuro vacío en el lugar donde debía hallarse su memoria.

—Rand regresó a la tierra durante un cuarto de siglo. Regresó el año pasado, pero no ve a nadie. Duerme casi todo el tiempo —respondió Mihail.

Los dedos de Shea se entrelazaron con los de Jacques.

—¿No pudo educar a su propio hijo?

Cuando Mihail movió la cabeza, Shea se tragó el nudo de protesta que se le había hecho en la garganta y miró a Jacques con una mirada acusadora.

—*Los niños y las mujeres que viven con ellos parecen ser abandonados con bastante facilidad por los de tu raza.*

—*Nosotros no somos Maggie y Rand.* Dijo Jacques con firmeza.

Shea se mordió el labio inferior, mientras estudiaba a Mihail.

—¿Qué significa «ir a la tierra»?

—Los carpatianos nos rejuvenecemos en la tierra —le explicó Gregori, observándola de cerca—. El sueño humano no proporciona una curación rápida, ni siquiera un verdadero descanso. Podemos realizar prácticas humanas como ducharnos, vestirnos y toda una serie de pequeños hábitos para protegernos, pero no lo necesitamos, sin embargo dormimos el sueño de los carpatianos. La tierra nos cura y también nos protege durante nuestras horas más vulnerables que son las solares.

Shea movía la cabeza negando y se llevaba la mano a la garganta en un gesto instintivo de protección. Sus ojos se encontraron con los de Jacques en un miedo de impotencia.

—*Yo no puedo. Tú sabes que no puedo.*

—*Está bien. A mí tampoco me gustaría otro entierro.* —Y era cierto. Jacques había empezado a sentir asfixia al asociar la profundidad de la tierra con el dolor y el tormento—. *No te obligaré a tomar esa decisión.*

Raven se aposentó sobre el hombro de Mihail.

—Yo duermo encima de la tierra en una cama muy cómoda. Aunque el dormitorio está situado bajo tierra, pero es una habitación muy bonita. Has de venir a verla algún día. A mí no me gusta dormir en la tierra. Yo también era humana, Shea, igual que tú. Es como estar enterrada en vida.

Se impuso un oscuro silencio en la habitación. Hasta el viento se detuvo, como si la naturaleza estuviera reteniendo su aliento. Entonces, Mihail se movió, pareció que había volado de la silla, su poder era inconfundible. Sus oscuros ojos cubrieron cada centímetro del cuerpo de Shea.

—*¿Gregori?*

—*Si es cierto, Mihail, Rand ha hecho lo que pensábamos que era imposible. A menos que...*

Mihail captó el pensamiento. Gregori sospechaba que la madre de Shea había sido la verdadera alma gemela de Rand.

—Lo que nos estás diciendo es de vital importancia para nuestra raza Shea. ¿Tu madre es humana?

—Lo era. Mi madre se suicidó hace ocho años. No pudo soportar vivir sin Rand. —Dijo levantando la mejilla en un gesto desafiante—. Estaba tan obsesionada con él, que no le quedaba nada para su hija. —Lo dijo con toda naturalidad, como si no hubiera sufrido, como si no hubiera estado sola toda su vida.

—¿La convirtió? —preguntó Mihail furioso con la mujer desconocida que había descuidado a su hija, nada menos que una hija. Por lo menos esa mujer nos la podía haber traído para que la educáramos.

—¿Era ella carpatiana?

—No, ella no era como vosotros, ni siquiera como yo. Sin duda era humana. Era hermosa, irlandesa y vivió totalmente apartada del mundo real durante casi toda mi vida. Me enteré de la existencia de Rand y de Noelle a través de su diario.

—¿Tenía tu madre alguna facultad psíquica? —preguntó Gregori pensativamente.

Raven miró a Mihail. Ella tenía facultades psíquicas. La respuesta de Shea era extraordinariamente importante para el futuro de su raza. Eso supondría la prueba de lo que habían sospechado y esperado durante mucho tiempo.

Shea se mordió de nuevo el labio.

—Ella sabía las cosas antes de que sucedieran. Sabía que iba a sonar el teléfono o que iba a visitarnos alguien. Tenéis que entender que rara vez hablaba. Se olvidaba de mí durante días enteros, incluso semanas, por lo que no sé demasiado sobre ella. No compartía precisamente mucha información conmigo.

—Pero, ¿estás segura de que Rand es tu padre? —insistió Mihail.

—Cuando nací mi sangre provocó un gran revuelo en el mundo científico. En el diario de mi madre ponía que Rand era mi padre y que padecía una rara enfermedad sanguínea. Ella pensaba que yo la había heredado. Me llevó a Irlanda, me escondió, porque los médicos y científicos la asustaban con sus insistentes preguntas. Ella estaba segura de que Rand había muerto.

Mihail y Gregori intercambiaron miradas. Su raza se estaba extinguiendo. La última niña que había nacido había sido Noelle hacía unos quinientos años. Los hombres estaban optando por poner fin a su existencia o transformarse en vampiros. Mihail y Gregori hacía tiempo que sospechaban que podía haber algunas mujeres bellas y con facultades psíquicas, que fueran aptas para convertirse en compañeras de hombres carpatianos como había hecho Raven. No se tenía conocimiento de que hubiera nacido un bebé medio humano, medio carpatiano. La única explicación posible era que la madre de Shea hubiera sido la auténtica alma gemela de Rand. Todo el mundo sabía que él no amaba verdaderamente a Noelle. Sin embargo, Rand no había transformado a la madre de Shea. Ninguna carpatiana habría permitido que su hija creciera sola como lo había hecho la madre de Shea. ¿Por qué no había dicho nada Rand? Su gente la habría cuidado.

—*Rand no mencionó el suicidio cuando se despertó.* —Murmuró Gregori—. *Vive retraído en sí mismo, pero eso no tiene nada de raro.*

—¿Podemos ver su diario? —le preguntó Mihail educadamente a Shea.

Shea movió su cabeza tristemente.

—Me estaban persiguiendo y tuve que destruirlo.

—Tu vida debe haber sido difícil, sin nadie que te guiara —dijo Gregori en voz baja—. Sin embargo, tienes una facultad única. Eres una auténtica sanadora.

—Estudié durante muchos años —respondió ella sonriendo—. Tuve mucho tiempo para aplicarme.

—Naciste con esa facultad —corrigió él—. Es un don muy poco común. —Los ojos plateados de Gregori se fijaron en su esbelta figura—. ¡Jacques! —Su voz se hizo todavía más grave, hasta el punto que el sonido parecía filtrase hasta el torrente sanguíneo y calentar la sangre como si fuera un buen brandy—. Está más débil. Su cuerpo tiembla. Sé que no acabas de comprender lo importante que es para toda nuestra raza, pero sé que tus instintos son fuertes y están intactos. Tú eres su compañero, le has jurado protección y cuidados.

La mano de Shea asió con fuerza la de Jacques.

—No le escuches. Lo que hemos elegido hacer nada tiene que ver con ninguno de ellos.

—Confía en mí, amor, nunca permitiría que te hiciera daño —dijo Jacques tranquilizándola—. Sólo le preocupa tu debilidad.

—Soy un sanador como tú Shea. —Gregori parecía deslizarse hacia ella. Su cuerpo fluía sin realizar el menor movimiento o suponer una amenaza. Simplemente, de pronto estaba más cerca—. Jamás lastimaría a una mujer. Soy carpatiano. Un hombre sólo busca proteger y cuidar a nuestras mujeres. —Su mano fue a buscar su cuello. El tacto de sus dedos era sorprendente. Ligero, caliente, como un cosquilleo—. Te has de alimentar Shea. —Su voz la envolvía, actuando a voluntad—. Jacques necesita que estés fuerte para ayudarle a afrontar lo que tiene que venir. Nuestra raza te necesita. Mi sangre es antigua y poderosa. Te ayudará, te curará, os reforzará a ambos.

—¡No! Jacques, no. Dile que no. —Por alguna razón la idea la alarmaba.

—Yo la alimentaré —objetó Jacques en voz baja, con su tono más amenazador debido al silencio.

Los pálidos ojos se deslizaron sobre él.

—Has de conservar tu fuerza para acabar de curarte. Mihail te dará lo que necesitas. Hubo un tiempo, no hace mucho, en el que tú le diste generosamente a tu hermano.

Jacques inspeccionó a Shea detenidamente. Su piel estaba muy pálida, parecía traslúcida. Los morados de su cuello y las manchas oscuras, no se habían curado. Se la veía cansada y estaba demasiado delgada. Gregori tenía razón, estaba temblando. ¿Por qué no había visto él su debilidad? Sin duda había contribuido a la misma.

—*Su sangre es muy pura, Shea. Es lo que me ha ayudado a curarme tan rápido. No me gusta la idea de que otro hombre cubra tus necesidades, pero es nuestro sanador. Quiero que hagas lo que él dice.*

—*No lo haré Jacques.* Shea movió la cabeza con fuerza—. *Quiero que nos marchemos ahora mismo. Me prometiste que podríamos irnos.*

—*Hemos de hacer esto, Shea. Él tiene razón. Cada día estás más débil.*

—*No necesitamos que nos ayuden.* Ella estiró el brazo para evitar el avance de Gregori—. Sé que intentas ayudarnos, pero todavía no estoy preparada para esto. Necesito entender las cosas por mí misma y acostumbrarme a lo que he de hacer para sobrevivir. Sin duda lo que digo no es tan descabellado. —Sus dedos se entrelazaron con los de Jacques, uniéndoles a los dos. Necesitaba tenerle a su lado, que comprendiera que necesitaba tiempo.

—¿Darte tiempo para que mueras lentamente por falta de cuidados? Hemos descuidado tu salud durante algún tiempo. Eres médica, sabes que es cierto. Tú decidiste mentalmente que tu vida *sería* corta. Eso no será así —dijo Gregori con dulzura. Su voz era seductora e hipnótica—. Nuestras mujeres son nuestra única esperanza. No podemos perderte.

Shea pudo sentir la rápida negativa de Jacques ante la posibilidad de que sucediera algo semejante. La violencia estuvo a punto de volver a manifestarse, pero pudo controlarla. Sus ojos negros se enfocaron en los verdes de Shea.

—*Sé que lo que dice es cierto, Shea. He sentido tu aceptación de la muerte en más de una ocasión. Has estado dispuesta a cambiar tu vida por la mía.*

—*Eso es distinto y tú lo sabes* —dijo ella desesperadamente. Las manos de Jacques estaban sobre ella, estrechándola junto a su cuerpo—. *No lo hagas Jacques. Deja que lo haga cuando sea el momento.*

—*Shea.* —Él se moría de ganas de hacer lo que ella le pedía. Ella podía leerlo en su mente, ver su necesidad de darle cualquier cosa que la hiciera feliz, sin embargo, la idea de que ella podía desaparecer le aterrorizaba. Su instinto le decía que tenía que hacer caso al sanador y asegurarse de que ella recobraba sus fuerzas. Luchó por controlarse, para que no fueran sus instintos animales los que tomaran la decisión.

—*Por favor, mi pequeña pelirroja, haz esto para que los dos estemos más fuertes. Una vez esté hecho, podremos estar juntos y solos y tomar nuestras propias decisiones.*

—*No estoy preparada Jacques. Intenta comprenderlo. Necesito tiempo para saber qué me está sucediendo. Necesito sentir que tengo el control de mi vida. No voy a morir. He aceptado lo que quiera que seas, lo que quiera que sea mi padre. Me he transformado del todo. Sé que de algún modo nos*

*has unido para siempre y estoy intentando digerir todo eso a
mi manera y a mi ritmo.*

—*Estoy intentando hacer lo que es bueno para ti.*

—*¿Cómo puedes saber lo que es bueno para mí? Tú decidiste por mí. Tomaste mi vida sin conocimiento ni mi consentimiento. No tienes derecho a hacer esto, Jacques.*

—*No, no lo tengo* —admitió él—. *Me gustaría pensar
que si no fuera por lo que me he convertido, te habría cortejado como debiera, habría ganado tu amor y tu lealtad. Espero que no fuera el tipo de hombre que impone su voluntad.*

—*Esto no es diferente, Jacques ¿Te das cuenta?*

—Está muy débil, Jacques y han pasado muchas cosas en
muy poco tiempo —la aterciopelada voz de Gregori era seductora—. No puede tomar decisiones racionales. ¿Cómo vas
a ayudarla? Si intentas suministrarle sangre, no podrás protegerla adecuadamente. Necesita sanación. Tú eres su alma gemela, Jacques. Busca en tu interior. Estas cosas estaban grabadas en ti antes de que nacieras. El hombre no puede hacer otra
cosa que velar por la salud de su compañera.

—*Mihail* —objetó Raven—. *La estamos forzando demasiado. No permitas esto.*

—*Ella es demasiado importante para todos nosotros. La
necesitamos con todas sus fuerzas, para que pueda controlar
a Jacques mientras su mente acaba de recuperarse. Ninguno
de nosotros puede hacerlo. No quisiéramos vernos obligados
a destruirle. Al final ella elegiría seguirle y también la perderíamos. Como puedes ver su primer pensamiento es para
Jacques no para ella. Sin duda ella le seguiría. Hemos de hacerlo Raven. Siento que esto te disguste.*

Jacques inclinó la cabeza para encontrar la cálida y tierna
sien de Shea. La rodeó con sus brazos y atrajo su cuerpo que
se resistía contra su poderosa estructura.

—Shea, creo que el sanador tiene razón en esto.

—*No puedo creer que me traiciones en esto. Te estás poniendo de su parte. ¿Por qué, Jacques? Deberías respetarme más.*

—*Porque sin ti yo soy demasiado peligroso para el mundo. Porque lo que siento por ti va más allá de toda emoción humana de amor.* —Jacques le levantó la barbilla y obligó que sus ojos verdes miraran los suyos. Al momento notó que su voluntad cedía para cumplir su mandato. Ella caía en las profundidades de sus ojos. Su voz era un murmullo en su cabeza, una orden en voz baja a la que intentó resistirse.

—*Aceptarás lo que te ofrece el sanador.*

Gregori ya se estaba acercando, su voz suave ensalzaba el poder de Jacques. Se mordió con cuidado la muñeca y la puso en la boca de Shea. Su olor era embriagador y desató la terrible hambre y necesidad que había en ella. Jacques sostenía su cabeza con la palma de su mano, obligándola a acercarse al fluido de la vida, la antigua sangre sanadora que vertería poder y fuerza en su cuerpo.

—Es muy testaruda, Jacques —dijo Gregori suavemente. Shea luchaba contra su compulsión de alimentarse. La rica sangre, tan potente, que entraba en su famélico cuerpo, no debilitaba su resistencia, sólo la hacía más fuerte. Gregori observó que Jacques empezaba a flaquear al ver cómo luchaba ella contra la coacción. La mente de Jacques podía estar fragmentada, incluso a veces rozar la locura, pero sus sentimientos por Shea eran fuertes y sanos. El sanador bajó de nuevo su tono de voz, utilizando la pureza del mismo para persuadir a Jacques.

—Tenemos pocas mujeres, son la única esperanza para nuestra raza. La forma más segura de exterminar a nuestra especie es asesinar a nuestras mujeres. Siempre han de estar vigiladas. Los asesinos han regresado a nuestra tierra. La tierra gime bajo sus pies.

—Shea los ha visto. —Jacques miraba con cautela mientras Mihail se acercaba, todavía no confiaba en el hombre que había estado a punto de estrangularla—. En dos ocasiones han estado a punto de atraparla.

—Aliméntate, Jacques. Te ofrezco mi vida como tú me la has ofrecido a mí tantas veces. —Mihail se hizo un corte en la muñeca y se la ofreció a su hermano.

En el momento en que la riqueza de su sangre llegó a su boca, el sabor y el poder de la misma desencadenaron una oleada de fragmentos de recuerdos. Mihail riéndose y empujando a Jacques desde la rama de un árbol para jugar. Mihail en posición agazapada delante de él para protegerle de un vampiro, con sus colmillos amarronados empezando a crecer al igual que sus uñas-garras. Mihail sosteniendo el cuerpo inerte de Raven en un río de sangre, tierra y cielo en erupción a su alrededor mientras Mihail miraba a Jacques con la desesperada resolución de unirse a su compañera en su destino.

Los ojos de Jacques saltaron al rostro de Mihail y lo examinaron detenidamente. Este hombre era un líder, un depredador poderoso y peligroso que había guiado hábilmente a su raza moribunda durante siglos de dificultades. Alguien a quien había elegido seguir, al igual que a Gregori. Algo se removió en su interior, la necesidad de proteger a este hombre, de cobijarle.

—*Mihail*.

Mihail movió la cabeza. Oyó claramente el eco de su nombre. La vía de acceso había estado siempre presente, familiar y fuerte, pero se perdió de nuevo con la misma rapidez.

Jacques estaba tan distraído con los fragmentos de los recuerdos que flotaban por su mente, que había aflojado brazos.

Ella notó su distracción y fue recopilando fuerzas, esperó y esperó. En el momento en que tuvo suficiente fuerza, apartó la cabeza de la muñeca de Gregori y dio un salto para liberarse. Abrió la puerta de golpe y salió en medio de la terrible tormenta.

El aire se detuvo dentro de la cabaña y se impregnó de una especie de malévola oscuridad. Las facciones de Jacques eran como una máscara de granito, sus ojos negros abiertos y con una mirada dura. Tomó un último sorbo del poderoso líquido, cerró cuidadosamente la herida y levantó la cabeza.

—Gracias por tu ayuda, pero ahora he de pedirte que te vayas. Quizás mañana por la noche, pruebes sanar mi mente con tu mano, sanador. —Su mirada estaba puesta en la noche, un oscuro propósito se intuía en su tono.

—¡Jacques...! —Se aventuró Raven dubitativa. Ese forastero era más una bestia que un hombre, no el gentil cuñado que ella conocía. Hubo un tiempo en que Jacques era divertido, se reía y hacía niñerías. Ahora no tenía piedad, era peligroso, quizás estaba loco.

Mihail la sacó de la cabaña mientras su cuerpo empezaba a perder la forma.

—*Tienen que arreglarlo entre ellos mi amor.*

—*¡Parece tan peligroso!*

—*No puede hacerle daño a su compañera.* —Mihail intentaba creérselo. Había oscuridad en Jacques, un vacío verdaderamente aterrador que ninguno de ellos podía alterar.

Gregori dudó en la puerta.

—Toma precauciones cuando duermas Jacques. Nos están persiguiendo. —Él también se disolvió y desapareció en la noche.

—*Gregori, ¿crees que le hará daño?* —A pesar de haber tranquilizado a Raven, Mihail sentía que no podía arriesgar la salud de Shea. Si alguien podía evaluar el daño de la mente de Jacques ese era el sanador.

—*Está pensando en castigar su impetuosa conducta* —respondió Gregori suavemente— *pero puedo sentir que su mente está conectando con la de ella y con sus emociones desbordadas. Intenta enfadarse con ella, pero no va a conseguirlo.*

La sangre de los ancianos había otorgado a Jacques toda su fuerza. Sentía su inmenso poder, volvía a saborearlo. Caminó descalzo por la habitación hasta llegar a la puerta y respiró profundamente. A pesar de la tormenta sabía exactamente dónde estaba Shea. Siempre estaba en su mente, jamás se separaban. Podía sentir sus fuertes emociones, su pánico y su desesperación, su necesidad de huir de las montañas, de los carpatianos, de él.

—*Volverás a mí Shea.* —Era claramente una orden y esperaba que ella la obedeciera, que no tuviera que obligarla a hacerlo.

Ella saltó un tronco podrido y se detuvo de repente bajo el dosel de un gran árbol. La orden era tajante y fría. Ella reconoció la ira en su interior. Era un sentimiento nuevo, totalmente nuevo. No recordaba haber estado nunca enfadada. Generalmente, procuraba no sentir nada. Prefería analizar las cosas.

—*Por favor, Jacques, intenta comprender. No voy a formar parte de todo esto.*

—*No voy a discutir contigo a distancia. Ven conmigo ahora.*

Shea se agarró a una rama de árbol que tenía delante para recobrar fuerzas. La falta de flexibilidad de Jacques la asustaba más que su ira. Notaba el poder que había en él, su seguridad total en sí mismo.

—*No volveré. No puedo. Vive tu vida, Jacques. Ya la has recuperado.* —Si Jacques realmente no había sentido ninguna emoción en siglos, seguramente estaría luchando como ella para controlarse. Todo era muy intenso. Ella quería el mundo tranquilo que entendía, donde gobernaba su cerebro y las emociones podían quedarse a un lado.

—*No puedes ganar esta batalla, Shea.* —Eso era una advertencia, nada más ni nada menos. Su tono carecía de sentimientos.

—*¿Por qué hemos de luchar? Has de aceptar mi decisión, tengo derecho a marcharme.*

—*Vuelve, Shea.* —Su orden tenía la fuerza del acero. Esta vez ejerció una presión sutil pero amenazadora.

Shea se puso ambas manos en la cabeza.

—*¡Para! ¡No puedes obligarme!*

—*Por supuesto que sí.* —Incluso aunque las palabras resonaran en su mente, se daba cuenta de que eran ciertas. Podía hacerlo casi todo. Salió del porche y se expuso a la lluvia estirando sus músculos perezosamente, que se revelaban en su respuesta. Estaba vivo de nuevo. Podía hacer que ella regresara con facilidad, doblegar su voluntad. Tenía que aprender que las mujeres carpatianas estaban bajo la protección de sus hombres en todo momento. Ella nunca tomaba precauciones, nunca inspeccionaba los alrededores, nunca pensaba en su propia seguridad.

¿Ese era el tipo de hombre en que se había convertido? ¿Había sido siempre así? ¿Alguien dispuesto a imponer su voluntad a la única persona que se había preocupado de él, que había arriesgado la vida por él? ¿Era tanto pedir que le diera tiempo para adaptarse? Jacques se frotó el puente de la nariz pensativo.

Ella era tan frágil y vulnerable. Shea podía enfrentarse al río más salvaje o a la montaña más alta. Tenía la fortaleza necesaria para manejar cualquier crisis, pero no sus propias emociones. Su competente pequeña pelirroja estaba aterrada ante sus propios sentimientos respecto a él. Su infancia había sido una pesadilla. No permitiría que su vida junto a él fuera igual.

Jacques sintió la curiosa fusión en la región del corazón, la fuerza del calor que se distribuía por su torrente sanguíneo.

—¿*Por qué insistes en luchar contra mí, pequeña?* —Su voz era un tierno susurro en su mente y estaba llena de ternura—. ¿*Sabes lo que te sucederá sin mí?*

Todo su cuerpo respondió a la aterciopelada caricia de su voz, sintió cómo surgía el amor. Si hubiera continuado discutiendo y castigándola, ella habría tenido su oportunidad, pero al cambiar su tono, estuvo perdida. Al momento sintió una tremenda desesperación. Jamás podría liberarse de él.

—¿*Es ese un destino tan terrible mi amor?* —Su voz hizo que el corazón de Shea se derritiera—. ¿*Estar conmigo?* —Esta vez había un fino hilo de pena—. ¿*Soy verdaderamente tan monstruoso?*

—*No sé cómo estar contigo. Me siento atrapada, no me puedo mover ni pensar.* —Shea se presionó las sienes con los dedos y se apoyó en un árbol—. *No quiero tener que necesitarte. No quiero tener que estar con ninguno de ellos.*

Él se iba acercando gradualmente hacia ella, ni lento, ni rápido. La lluvia caía sobre sus anchos hombros y resbalaba por su espalda. El frescor no hacía más que aumentar el calor en su cuerpo. Se la veía tan pequeña e indefensa. Con cada paso que daba en la noche, con la tierra bajo sus pies y la sangre de los ancianos corriendo por sus venas aumentaba su fuerza.

—*Te necesito para respirar, Shea* —admitió él de modo tajante—. *Siento asustarte. Me gustaría tener más control, pero no puedo estar solo de este modo, nunca más. Intento que mi presencia en ti sea como una sombra. Quizás con el tiempo pueda liberarte un poco más. Estar conmigo te aterra, pero estar sin ti me aterra a mí.* —Apareció un cierto tono de broma en él—. *¡Somos muy compatibles!*

Shea sabía que se estaba acercando, lo notaba por el modo en que latía su corazón, en que su cuerpo volvía a la vida. Enterró su rostro en la parte interior de su brazo que colgaba de la rama a la que estaba agarrada.

—Jacques, no me conoces.

—*Estoy dentro de ti. Te conozco. Tienes miedo de lo que puedo hacer. Tienes miedo de mi inestabilidad, de mi poder. Tienes miedo de lo que soy y de lo que tú eres ahora. Sin embargo, eres fuerte y estás dispuesta a que no me pase nada malo. Tu cerebro siente interés ante las posibilidades de la existencia de nuestra raza.* —Su risa era suave y seductora—. *Soy tu alma gemela, estoy atado a ti para adorarte, quererte y protegerte. Para velar siempre por tu felicidad. Y tú tienes las mismas facultades que yo.*

—*Tu primer pensamiento fue obligarme a regresar a ti* —le acusó ella.

Shea, amor mío, nunca piensas en inspeccionar, nunca miras si hay peligro. Y no puedes vivir sin mí. Es mi deber y mi derecho protegerte.

—*¿Qué me pasará si tú mueres? ¿Qué te pasará si yo muero?* —Ella conocía la respuesta, había visto la vida vacía de su madre—.

—*Esto es obsesión.* —Entonces dijo las siguientes palabras en voz alta para que el viento las llevara por las montañas—. Yo no seré como ella. —Levantó la cara hacia el cielo y las gotas de lluvia caían por su rostro como si fueran lágrimas. Era demasiado tarde. No podía sobrevivir sin Jacques. ¿No era ya como su madre?

Entonces, surgió de la noche un hombre tan hermoso que le cortó la respiración. Sus ojos negros recorrieron su cuerpo posesivamente, con una curiosidad depredadora.

Shea movió la cabeza.

—No soy lo bastante fuerte Jacques. —El viento la azotaba con tal fuerza que casi la tiró de lado.

—Elige la vida para nosotros, Shea —dijo él— para nuestros hijos. No será fácil vivir conmigo, pero te juro que nadie te amará más que yo. Haré todo lo posible para hacerte feliz.

—¿No te das cuenta? No podemos garantizarle la felicidad a nadie. Cada uno debe procurarse la suya. Y yo no puedo hacer esto.

—Sólo es miedo. Los dos tenemos algunos problemas, Shea. A ti te da miedo la intimidad y a mí la falta de ella. Simplemente es cuestión de hallar el término medio.

Su voz era tan suave que ella pudo sentirla en su piel, como si sus dedos se deslizaran sobre el satén en la más delicada de las caricias. Jacques se acercó más, con sus oscuros e intensos ojos.

—Elígeme ahora, Shea. Necesítame. Deséame. Ámame. Elige la vida para nosotros.

—No tendría que ser así.

—No somos humanos. Somos carpatianos de la tierra. Mandamos al viento y a la lluvia. Los animales son nuestros hermanos. Podemos correr con el lobo, planear con el búho y fundirnos con la lluvia. No somos humanos, Shea. No nos alimentamos de carne como los humanos, ni tampoco amamos como ellos. Somos diferentes.

—Siempre nos están persiguiendo.

—Y nosotros también perseguimos. Es el ciclo de la vida. Mírame, Shea.

10

Shea levantó su mirada esmeralda para encontrarse frente a la perturbadora intensidad de los ojos negros de Jacques. Estaba tan cerca que pudo sentir que el calor de su piel llegaba a la suya. Él le acarició la mejilla con los dedos y luego la boca. Su necesidad de ella era tan primitiva como la propia tormenta. Era un calor como el de una descarga eléctrica, como la lenta difusión de la lava disuelta.

—Necesítame Shea. —Su voz dolía de deseo—. Necesítame del mismo modo que yo te necesito a ti. Te entrego mi vida. Vive para mí. Encuentra el modo de vivir por mí. Ámame hasta ese punto.

Al cerrar los ojos se deslizaron las gotas de lluvia hasta las puntas de sus curvadas pestañas.

—No sabes lo que me estás pidiendo.

Él tomó su rostro entre sus manos mientras sus pulgares acariciaban el frenético pulso de su cuello. Cada una de sus delicadas caricias encendía hogueras en todo su cuerpo. La mirada de Shea, una vez más a regañadientes fue a reunirse con la de Jacques, sus ojos reflejaban desesperanza.

—Por supuesto, que sé lo que eso significa para ti, pequeña. Siento tu rechazo, tu repulsión a nuestros hábitos alimenticios. —Sus manos se deslizaron por su nuca y la atrajo junto a él.

—He intentado adaptarme —protestó ella—. Necesito más tiempo.

—Lo sé, Shea. Debía haber hallado otro modo de curarte. Estoy intentando descubrir qué tipo de compañero tienes. Quiero ser lo que tú necesitas, alguien a quien puedas respetar y amar, no alguien que te imponga su voluntad y rechace cualquier otra opción. Hay otros modos, mi amor, en que puedes alimentarte sin que te produzca náuseas. —Su boca encontró su pulso y sintió cómo saltaba bajo el aterciopelado tacto de su lengua.

Sus labios se desplazaron hacia su barbilla, a la comisura de sus labios. Su voz era grave y excitante.

—Deséame más, Shea. No me desees sólo con tu cuerpo. Déjame entrar en tu corazón. Su boca se pegó a la de Shea, pero no con suavidad sino con voracidad. El hambre se reflejaba en sus ojos cuando levantó su cabeza para mirar a Shea desde arriba.

—Ábreme tu mente. Quiéreme dentro de ella, tal como me quieres en tu cuerpo. Quiéreme cuando te necesite salvajemente con una necesidad que sólo tú podrás satisfacer. Adóptame en tu alma y déjame vivir en ella. —Su boca recorría todos los rincones de su rostro, de su cuello y de sus hombros.

Él cuerpo le ardía, le dolía y la necesitaba. Su corazón se acopló por sí solo al de Shea. Su mente era una nube de deseo, de imágenes eróticas y de necesidades sensuales. Estaba llena de ternura y amor, con una intensidad que también la quemaba a ella. El calor de la boca de Jacques reclamaba el pecho de Shea a través del delgado algodón de su camiseta. Su cuerpo reaccionó de modo salvaje y doloroso, los tejanos le apretaban y le resultaban incómodos.

Jacques la atrajo más hacia él, ella era su tormenta interior, su tormenta exterior, una parte de sí mismo.

—Haz que me sienta pleno, Shea. No me dejes así. Deséame. Quiero que necesites mi cuerpo dentro del tuyo. Tócame como yo te toco a ti.

Shea pudo sentir el salvaje deseo, su oscura y sensual voracidad. Sus ojos transmitían tanta necesidad, que no había modo alguno en que ella pudiera rechazarle. Sus manos ya se estaban desplazando sobre sus bien esculpidos músculos y se empezaba a despertar en ella un instinto tan salvaje como la tormenta que les envolvía.

Su boca se alimentaba en la de él, sus manos le arrancaron la ropa a Jacques y la suya, para liberarse de obstáculos artificiales. No podía estar más cerca de él, cuerpo contra cuerpo ya no era suficiente. Jacques le sacó la camiseta por la cabeza y la tiró a un lado, casi la curvó hacia atrás para alimentarse desesperadamente en sus pechos. Las manos de Jacques se deslizaron por sus costados, por sus estrechas costillas y su delgada cintura.

—Déjame entrar en tu corazón, Shea —murmuró Jacques entre sus pechos endurecidos, sintiendo el frenético ritmo de su corazón latiendo al unísono con el suyo—. Justo aquí, mi pequeña, déjame entrar. —Sus dientes arañaron su piel satinada y su lengua la acarició y lamió.

Le arrancó los tejanos de la cintura y se los bajó siguiendo la curva de sus esbeltas caderas. Arrodillándose, le rodeó las caderas con sus brazos y pasó su cara por sus bien enfundados panties de seda. Shea gritó su nombre y el viento arremolinó el sonido y se lo devolvió, envolviéndoles con su olor y con la fuerza de su deseo.

—Deséame, Shea. Deséame así. Como ha de ser. Justo así. He de poseerte. Aquí en medio de esta tormenta. He de poseerte ahora. —Él le rasgó los panties de seda y se los sacó, luego la estrechó contra él, nutriéndose de su dulce calor. El cuerpo de Shea se estremeció de placer y se convulsionó ante el avance de su boca, pero él no se detuvo, todo lo contrario cada vez la llevaba más cerca del abismo del éxtasis.

Shea sólo podía agarrarse de su densa y oscura melena con la mano y sostenerse mientras el mundo se hundía a sus pies y la lluvia chocaba contra la tierra. Jacques se las había arreglado para sacarle las botas y con ellas los pantalones. Allí estaba ella desnuda bajo la lluvia torrencial, tan caliente que temía que el agua al caer sobre su piel le produjera pequeñas descargas eléctricas.

—¿Me deseas Shea? —Esta vez su voz era dubitativa, como si toda su fuerza, todo su poder, pudieran venirse abajo con una palabra suya. Estaba arrodillado a sus pies, su adorable rostro —todavía ajado por el tormento, tan hermoso, tan sensual y carpatiano— tenía la mirada puesta en ella. Estaba perdido sin su presencia. Salvaje, desnudo, totalmente vulnerable. Durante un momento el viento y la tormenta se detuvieron como si el mismo cielo estuviera esperando la respuesta.

—No te puedes imaginar cómo te deseo Jacques, ni aunque puedas leer mi mente. —Le estiró para que se levantara y le inclinó hacia ella para que sus labios la besaran—. Te quiero en mi corazón. Siempre te querré allí. —Él podía sentir el calor de su respiración en su pecho. La lengua de Shea saboreaba la piel de Jacques y pudo sentir el brinco de su corazón. Shea deslizó sus manos hasta los glúteos de Jacques y lentamente le fue liberando de la cárcel de sus tejanos.

Un rayo cruzó el cielo como si fuera un látigo y durante un segundo se iluminó la silueta de Jacques. Su oscuro cuerpo, sus fornidos músculos y su tremenda necesidad quedaron al descubierto en mitad de la noche. Sus ojos nunca se apartaban de ella, oscuros, intensos y voraces. Shea le rodeó suavemente con sus brazos y tocó con su boca su vientre plano y duro. Jacques dio un brinco como si ella le hubiera quemado. Las manos de Shea siguieron el esculpido contorno de sus glúteos, se detuvieron un momento como si le estuvieran memorizando. Luego se arrodilló y su mano adoptando la forma de su aterciopelada verga empezó a frotarla y a acariciarla. Cada uno de sus movimientos provocaba en él una ola de placer sin límites que recorría todo su cuerpo de arriba a abajo, una violenta llamarada que amenazaba con engullirle.

Jacques tomó un puñado de su cabello rojo, empapado y oscurecido por la torrencial lluvia. La instó a seguir adelante empujando sus caderas violentamente contra ella, consumido por su deseo urgente de su contacto más íntimo. Ella se reía burlona y provocadoramente, mientras su húmeda y caliente cavidad bucal se introducía en él. Jacques dio un alarido y le estrechó la cabeza contra su miembro, al tiempo que levantaba la cara al cielo acogiendo la violenta tormenta.

—Tienes que sentirlo, Shea. No puedes hacer esto sin sentirlo de verdad. —Esas palabras salieron de él, crudas e hirientes, como si salieran de su alma.

Ella estrechó su abrazo y seguía su movimiento instintivo, para excitarle todavía más. Él le apartó la boca de su miembro y la levantó enterrando su cara en el cuello de Shea, respirando profundo para fingir cierto autocontrol. Le dio una palmadita en la cintura y la levantó.

—Pon tus piernas alrededor de mi cintura, amor. —Mientras tanto él le mordía el cuello suavemente, sus dientes apretaban, mientras su lengua aliviaba cualquier pequeño dolor.

Ella le rodeó el cuello con los brazos y se colocó sobre él, al momento sintió la dureza y el grosor de su miembro empujando agresivamente para entrar. Shea le notaba tan grande y tan caliente que temía que ambos prendieran en llamas.

Antes de que ella se hubiera podido acomodar, empujó hacia arriba penetrándola, llegando tan a fondo que Shea gritó su nombre. El grito se perdió en la intensidad de la tormenta que les envolvía.

La lluvia caía por el rostro de Shea, luego se deslizaba sobre sus pálidos hombros y por sus resplandecientes pechos formando perlas en sus rosados pezones. Jacques atrapaba el agua en su boca mientras su cuerpo se introducía cada vez con más fuerza dentro de ella. Las llamas les abrasaban, les consumían, trepaban sobre ellos. Ella era puro fuego asiéndole con fuerza, manteniéndole dentro, enguyéndole cada vez más en la magia de su hechizo.

Jacques volvió a buscar su boca, de un modo un poco brusco, alimentándose con voracidad, dominando, reclamándola como suya, marcándola para la eternidad.

—Ábreme tu mente. —El susurro volvía a sentirlo contra su cuello

Notó su boca en el hueco de su clavícula, sus dientes, su calor y su insaciable apetito.

—Dame tu mente, Shea. Déjame entrar y que me quede allí. —El susurro era como un hechizo. Estaba tejiendo un sortilegio tan fuerte que no podía negarle nada.

Él invadió su cuerpo, atravesó la barrera de su mente y ahora reclamaba su corazón. Al momento todo fue distinto. Él sintió el placer de Shea, que era tan intenso que casi se incendia con él. Ella sintió el placer de Jacques, que llegaba hasta las estrellas, mientras él aunaba fuerzas a la espera de complacerla a ella primero. Quería ofrecerle el mundo, le dolía que tuviera que amarle tal como era ahora, maltrecho, trastornado, casi demente. Ella podía ver su alma, la bestia apenas controlada siempre intentando dominar, nunca del todo domada. Podía ver su miedo a perderla, a convertirse en un vampiro, despreciado, acechado por su propia raza. También podía ver su tremenda necesidad de protegerla, de mantenerla a salvo y de complacerla. Quería conseguir su respeto y su amor, ser digno de ella. No intentaba disfrazar el demonio que había en él, oscuro y tenebroso, sediento de venganza, tan necesitado de alguien que lo dominara.

Shea permitió que su infancia solitaria y dura entrara en la mente de Jacques, sus temores a compartir su vida, su necesidad de controlar las situaciones y de disciplina, su deseo incondicional por él y sus sueños secretos de tener hijos y una familia.

Los brazos de Jacques se tensaron y sonrió dulcemente con aire triunfal. Ella había visto lo peor de él y su cuerpo seguía en estrecho contacto con el de Jacques acogiendo cada uno de sus avances con una ardiente fricción desde su interior. La mente de Shea se estaba consumiendo de ardor y de deseo por él, a la vez que todavía le quedaba una frágil promesa que estaba dispuesta a cumplir. Él se apoderó de su boca como lo estaba haciendo de su cuerpo, de un modo salvaje, loco y totalmente desinhibido. Los truenos retumbaron en el momento en que ella gimió suavemente aferrándose a él con fuerza y explotando de placer. El grito apagado de Jacques se perdió en la furia de la tormenta mientras todo su cuerpo parecía desintegrarse, dolerle, entrar en erupción con toda la fuerza de un volcán.

Exhausta y saciada, Shea apoyó su cabeza sobre el hombro de Jacques mientras él se apoyaba contra el tronco del árbol que tenían más cerca. La lluvia enfriaba el calor de sus cuerpos, hasta penetrar en el salvaje deseo y hambre voraz que les habían cobijado de la misma.

Jacques, con mucha suavidad le bajó las piernas, sosteniéndola por la cintura hasta que éstas estuvieran de nuevo en condición de sostenerla. Shea levantó la mano para echarse atrás su empapada melena. Él le tomó la mano y se la puso en la boca.

—Eres la cosa más bella que jamás han visto mis ojos.

Ella sonrió y movió la cabeza.

—Estás loco ¿lo sabes? Esta es una de las mayores tormentas que he visto nunca y no me he dado cuenta hasta ahora.

Él le regaló una sugerente sonrisa y se frotó el puente de la nariz con el dedo.

—Por algo será.

—Exactamente —asintió ella—. Porque tú estás loco y yo también debo estarlo.

Las manos de Jacques envolvieron los glúteos de Shea y la atrajeron a su impresionante cuerpo, colocó el rostro en el hueco de la clavícula de Shea y saboreó ese momento. Jamás olvidaría lo que había sentido, el aspecto de Shea, salvaje y hermoso bajo la tormenta y su aceptación total de él con su mente fragmentada y sus demonios intentando liberarse.

—Esto jamás desaparecerá Shea, lo que sentimos el uno por el otro. Nunca se apagará. Cada siglo se vuelve más fuerte. No has de preocuparte por perder esta pasión.

Sintió la sonrisa de Shea contra su piel desnuda y el pequeño beso que le dio en el pecho.

—Puede que yo no lo resista. Todavía no estoy segura de que pueda tenerme en pie.

—Creo que puedo ayudarte con eso. —Su voz tenía un tono de guasa y era sugerente a la vez, ella notó que él la estrechaba con más fuerza y en su estómago sintió que su miembro volvía a endurecerse.

—Estás realmente loco. No soporto estar tan mojada, pero estamos envueltos en la lluvia. —Ella se reía mientras protestaba y su cuerpo se movía sutilmente hacia el de Jacques, incapaz de creer que pudieran hacer algo más que agarrarse el uno al otro tras semejante enlace.

Él la giró de modo que quedó contra el árbol, su poderoso cuerpo la protegía de la torrencial lluvia. Le puso las manos en la cara e inclinó la cabeza para acercarse a la de Shea, su tierna y amorosa boca besaba sus labios ligeramente hinchados.

—Nunca me saciaré de ti, por muchos siglos que vivamos. —Sus manos se deslizaron posesivamente sobre sus senos y bajaron hasta su vientre para descansar allí con los dedos bien abiertos.

—No puedo esperar a sentir cómo crece nuestro hijo dentro de ti. —Sus ojos se oscurecieron hasta convertirse el hielo negro—. Jamás pensé que podría compartirte con nadie, pero pensar en nuestro hijo hace que te desee todavía más.

—Poco a poco, salvaje, creo que hemos de conocernos un poco mejor. Somos un par de enfermos emocionales y eso no es precisamente lo más recomendable para unos padres.

Él se rió suavemente contra su boca antes de volver a besarla.

—Sé lo que hay en tu mente y en tu corazón, pequeña. Ya no me asusta. Una vez has tomado una decisión, no te vuelves atrás pase lo que pase. Eso es lo que te hace tan buena investigadora.

—No te pienses que me vas a camelar con el sexo. Si tú estabas en mi mente, yo también estaba en la tuya y no pienses que no me he dado cuenta de tu afán de dominar.

Sus manos estaban surcando sombras y huecos, descubriendo todo tipo de secretos y zonas erógenas. Su boca se deslizaba por su cuello dejando un rastro de fuego mientras lamía las gotas de agua hasta llegar a sus senos.

—¿No crees que el sexo es una buena idea en estas situaciones? —La lengua de Jacques se enroscó en su pezón y lo mordisqueó cariñosamente siguiendo luego el contorno de la turgencia de su pecho hasta llegar al valle de su corazón—. ¡Pero sabes tan bien! —Su mano cubrió los flexibles rizos pegados a la piel por el húmedo calor de la zona antes de que sus dedos ardieran en el fuego de su ansiosa vaina—. ¡Y da tanto gusto acariciarte!

—¡Estás loco! —No podía hacer más que reírse empujando contra su mano y utilizando la suya para acariciarle y excitarle todavía más—. Jacques, te juro que ninguno de los dos podremos tenernos en pie. —Debería sentir el frío de la noche, pero la lluvia no hacía más que aumentar el erotismo del momento y la intensidad de las llamas.

Riéndose y feliz, Jacques la puso contra un tronco caído y luego la giró de modo que ella quedó de espaldas a él. Hizo que pusiera las manos sobre el tronco cubierto de musgo para que aguantarse bien y la inclinó hacia delante hasta que él le pudo besar la base de su columna. El ligero roce desencadenó en Shea un temblor de excitación que ascendió por toda su espalda, las convulsiones de placer que Jacques percibía a través de sus dedos le garantizaban que ella estaba a punto para él.

Jacques tomó sus finas caderas entre sus grandes manos y se detuvo un momento, maravillándose ante la perfección del cuerpo femenino, del cuerpo de Shea. Sus nalgas eran redondas y firmes, con unos músculos bien redondeados y seductores.

—Eres muy hermosa Shea, increíblemente hermosa. —Entonces la embistió prolongando el momento de la entrada, observando cómo la lluvia se deslizaba por su pálida piel satinada para encontrarse con la dura extensión de su cuerpo.

—¡Jacques! —Shea empujó hacia atrás contra él en un acto de gran excitación, su cuerpo era blando y sumiso, húmedo y acogedor.

Él se adentró en la apretada, caliente y aterciopelada cavidad perfectamente diseñada para su cuerpo. Sentirla era puro éxtasis, una experiencia de la que jamás se cansaría. Jacques empujó fuerte y profundo, con el deseo de satisfacerla por completo, con la necesidad de oír sus suaves gemidos. Le enloquecían esos pequeños sonidos que emitía su garganta y el modo en que su cuerpo empujaba hacia atrás para fusionarse con el suyo. La lluvia parecía formar parte de toda la escena, rodeándoles como un velo, deslizándose por sus cuerpos, sensibilizando sus pieles. Podía sentir a Shea a su alrededor, formando parte de él, formando un solo cuerpo, verdaderamente unidos, la tierra giraba a su alrededor y los cielos se abrían ante su pasión. Él podía notar cada uno de los músculos de su cuerpo tensos y a punto, a la espera, a la espera del momento perfecto, mientras Shea no cesaba de succionarle con los músculos internos, arrebatándole su simiente en uno de sus múltiples empellones, desatando en él un torrente de color, belleza y placer milagroso. Sintió cómo ella se abría a él, su mente, su corazón y su alma, deliciosamente femenina, exquisitamente mujer, toda suya. El placer de Shea sintonizó con el ritmo de Jacques, estremecimiento con estremecimiento. Él tuvo que aguantarla para que no se desplomara durante el momento de trance, hasta que al final ambos cayeron juntos sobre la empapada vegetación.

Abrazados y con la lluvia enfriando sus cuerpos, se reían como niños.

—Esperaba vapor esta vez —dijo Jacques casi aplastándola contra él.

—¿Puedes hacerlo? —Shea colocó la parte posterior de su cabeza en el nicho de su esternón y levantó una mano para acariciar provocativamente los poderosos músculos de su pecho.

—¿Puedes hacer que nuestro calor convierta a la lluvia en vapor? —Le sonrió como un chiquillo, por primera vez tan libre que olvidó durante unos momentos todo su sufrimiento. Ella le hacía invencible y vulnerable a la vez. Pero sobre todo, le hacía sentirse vivo.

—No, en realidad quiero decir lo que hicieron ellos, los otros. Se convirtieron en una especie de niebla o neblina. ¿Puedes hacerlo? —insistió Shea—. Bueno, dijiste que podías, pero pensé que quizás era una falsa ilusión.

Jacques levantó las cejas.

—¿Una falsa ilusión? —Jacques sonrió altanero, extendió el brazo y observó mientras aparecía pelo en toda su extensión y sus dedos se curvaban y convertían en garras. Tuvo que agarrar a Shea porque ella se alejaba de él con los ojos muy abiertos. Jacques tuvo cuidado de no herirla con su fuerza.

—Deja de reírte de mí, animal. Esto no es normal. —Una leve sonrisa empezaba a dibujarse en su suave boca. Sólo podía sentir felicidad por la inocente dicha que él encontraba en cada información que regresaba a su mente, con cada nuevo recuerdo de sus dones.

—Para nosotros es normal, amor. Podemos cambiar de forma siempre que lo deseemos.

Ella puso cara de escéptica.

—¿Quieres decir que esas horribles historias son ciertas? ¿Ratas, murciélagos y cosas pegajosas parecidas a gusanos?

—Pero, ¿por qué querría yo ser un gusano pegajoso? —Le dijo riéndose a carcajadas. El sonido de su voz le sorprendió, no recordaba haberse reído nunca en voz alta.

—Muy bien, Jacques. Me alegro mucho de que todo esto te parezca tan divertido. Esa gente surgió literalmente de la niebla, como si fuera una película. —Le asestó un puñetazo en el brazo para que le hiciera caso—. Explícamelo.

—Cambiar de forma es fácil cuando estás fuerte. Cuando dije que corremos con el lobo, lo dije literalmente. Corremos con la manada. Volamos con el búho y nos convertimos en el aire. —Le retiró el pelo mojado que cubría su rostro—. ¿Cómo es que no tienes frío?

Shea se sentó asombrada ante lo que estaba oyendo. No tenía frío era cierto. Sintió frío al pensar en ello, pero no había tenido frío.

—¿Por qué no he tenido frío?

Los carpatianos regulamos espontáneamente la temperatura de nuestro cuerpo. La ilusión también es muy fácil de dominar. No hemos de comprarnos ropa si no queremos. Aunque en general procuramos seguir las costumbres humanas. —La besó en la parte superior de la cabeza—. Puedes fingir tener frío si eso te hace sentirte mejor.

—No me gusta nada la idea de quedarme aquí Jacques, tan cerca de los otros. Tengo la sensación de que no puedo respirar. Pero quizás sea porque no estoy acostumbrada a ver que la gente se convierte en niebla cada día. Quizás deberíamos quedarnos algún tiempo y aprender algunas cosas más de ellos.

—Puedo enseñarte a adoptar otras formas. —Le dijo él un tanto enojado.

Shea le mordisqueó el cuello.

—Sinceramente no quiero aprender a cambiar de forma. Todavía estoy en el paso uno, aprendiendo a compartir mi vida y mi cuerpo con otra persona. Pero si alguna vez quiero ser una rata o algo parecido, te prometo que serás tú quien me enseñe. Me estoy refiriendo a otras cosas, como a los poderes del sanador para curarte tan rápido.

Jacques se tragó rápidamente su protesta. En realidad, se la veía entusiasmada, no atemorizada. No le gustaba la idea de que otro hombre estuviera cerca de ella, de que otro hombre pasara tiempo junto a ella. Pero era una sanadora y Gregori podía enseñarle mucho. Él quería que ella fuera feliz.

Recurrió a sus recuerdos. «Gregori. El Oscuro.» Anciano y poderoso. Solitario.

—Siempre está solo. —Los carpatianos hablaban de su poder, rara vez utilizaban su nombre o lo decían en voz alta—. El sanador siempre anda errante por la tierra en busca de conocimiento. No vive entre nuestro pueblo. No hay nadie más peligroso, ni nadie más entregado al cuidado de nuestra raza. Mihail es su amigo. Se entienden y respetan mutuamente.

Shea se acurrucó en el cuerpo de Jacques para protegerse de la tormenta.

—No puedo creer que estés recordando todo esto. Es sorprendente, Jacques. ¿Te duele la cabeza?

Se frotó la frente aunque movió la cabeza negativamente. Aunque lo cierto era que el dolor astillaba y fragmentaba su mente. Por ella, podía soportarlo todo.

—Su aprendiz tenía sólo medio siglo menos que Gregori y Mihail. Hasta su aspecto era diferente. Era un solitario como Gregori. También buscaba el conocimiento. Hablaba la mayoría de los idiomas como un nativo y había servido como soldado en muchos ejércitos. Era alto y de hombros anchos, con la misma musculatura que Gregori. Tenía el pelo largo y rubio, algo muy raro entre nuestra raza. Sus ojos eran oro, oro puro. Gregori le enseñó el arte de curar. Se les vio juntos durante bastantes años en distintas partes del mundo.

—¿Quién es? ¿Todavía vive? —Shea estaba intrigada.

—Se llama Aidan y tiene un hermano gemelo. Solía cazar con nosotros. —Tenía pulsaciones en la cabeza y parecía que le iba a estallar si continuaba.

—¿Cazar, qué? —Shea retuvo la respiración, temiendo lo que iba a decirle.

—Mujeres hermosas, pequeña y al final, fui yo quien te encontró. —Sus blancos dientes resplandecieron al mirarla lascivamente.

—No trates de disuadirme de este modo. —Ella ya se había aprovechado, introduciéndose fácilmente en su mente y rescatando las imágenes de peligro y repulsión. Incluso de miedo. Ya no de su adversario, sino de ellos mismos convirtiéndose en lo que pretendían destruir.

Jacques que no estaba preparado para que ella irrumpiera en su mente, estaba seguro de que podría suavizar la parte más bochornosa de su existencia. Shea siempre había sido reticente a entrar en su mente, no se le había ocurrido que podría hacerlo cuando quisiera.

Hizo un gesto tan compungido que Shea soltó una carcajada.

—Donde yo nací a eso se le llama «pillarte con los pantalones bajados».

Él se miró el cuerpo cubierto de gotas de lluvia. Su sonrisa era medio burlona y sus ojos se reían.

—Justamente.

—Bueno, ¿dónde está ahora Aidan? ¿Le asesinaron?

Al principio la mente de Jacques se negaba a soltar la información. Tuvo que repasar una y otra vez las piezas del rompecabezas en busca de la respuesta. Como vio que le dolía, Shea le frotó cariñosamente el brazo.

—Déjalo ya.

—Estados Unidos. Lo último que recuerdo es que él y su gente fueron a Estados Unidos para controlar allí el problema de los vampiros. Los vampiros ya no viven sólo aquí en las montañas donde pueden ser cazados fácilmente. Si Aidan todavía vive o si no se ha transformado —frunció el entrecejo ante la posibilidad— entonces todavía debe estar allí, lejos de nuestra tierra.

—¿A qué te refieres con su gente? ¿Una compañera? ¿Un hijo?

—Por lo último que supe de él no tenía compañera. Como es casi tan mayor como Gregori y Mihail, el peligro para él ha aumentado. Cuanto mayor es un varón carpatiano, más le cuesta ser civilizado.

—Entonces, Gregori también es un peligro. —Shea tembló ante la idea.

—Gregori es el mayor peligro de todos y Aidan va detrás. Sin embargo, Aidan tiene algún tipo de familia. Humanos, generaciones que le han servido fielmente. Les ha dado una fortuna, sin embargo, han elegido estar junto a él. De madre a hija, de padre a hijo. Es el único carpatiano que conozco que tiene una familia así.

Un rayo cayó a sus pies y el trueno sonó casi encima de sus cabezas. Shea se puso tensa, la sonrisa desapareció de sus labios y de sus ojos. Puso su mano abierta en el pecho de Jacques para mantenerlo a distancia. De pronto el acogedor bosque y la salvaje tormenta ya no eran un lugar sensual, sino un mundo oscuro y siniestro. Se puso en pie y giró sobre sus talones inspeccionando el oscuro bosque. Jacques se levantó con gran agilidad y le rodeó la cintura con el brazo en actitud protectora.

—¿Qué pasa? —De pronto se puso a inspeccionar el área, buscando fuera de sí mismo para descubrir a sus enemigos. Se puso delante de Shea para protegerla de cualquier amenaza. No halló nada alarmante, pero Shea tenía verdadero miedo.

Shea se apartó de nuevo de él mirando ansiosamente a su alrededor. Recogió su camiseta y se la puso contra su cuerpo.

—Los otros están lejos —dijo Jacques, pero volvió a colocarse delante de ella para protegerla de un enemigo invisible.

—Hay algo allí fuera, Jacques, algo diabólico nos está observando. —Se pasó rápidamente la camiseta por la cabeza—. Lo sé, nunca me equivoco. Salgamos de aquí.

Jacques esperó a que ella se pusiera los tejanos antes de hacer él lo mismo. Todos sus sentidos estaban en alerta máxima intentando probar que ella tenía razón. No pudo detectar nada, no obstante, el malestar de Shea empezó a correr por sus venas. Empezó a erizarse como un lobo dispuesto a atacar.

—Descríbeme lo que sientes. Déjame entrar por completo en tu mente. —Eso era una orden imperiosa.

Shea obedeció sin dudarlo. *Oscuro, malévolo, no es humano, ni carpatiano, está refugiado en la tormenta observando con ojos rojos y salvajes, vigilando y odiando. Ella notaba unos afilados colmillos y unas garras desnudas. No es un animal.*

—*Vampiro, Shea. Está allí fuera.* —Sus palabras fueron como un suave susurro en su mente. Jacques «vio» a través de su mente, captó las impresiones que identificaba al asesino que les vigilaba.

—*Has de obedecerme sin pensar en todo lo que te diga. ¿Me entiendes?*

—*Sí, por supuesto. No puedo ni olerlo ni verlo. Pero lo que hay en tu mente es un vampiro. Puesto que nunca has visto ninguno y las impresiones de tu mente son tan fuertes, no me queda más remedio que creer que es real. Permanece junto a mí. Si ataca, corre.*

—*Nunca te dejaré.* —Le dijo levantando la barbilla y con mirada rebelde—. *Soy perfectamente capaz de ayudarte.*

—*Él te utilizará para vencerme. Ya he luchado antes contra ellos.*

Su cuerpo hostigaba a Shea, forzándola a retroceder hacia la cabaña. No miraba sólo con sus ojos sino con todo su cuerpo.

Shea se movió con rapidez intentando concentrarse en la intensa sensación que sentía en su interior.

Lo que quiera que les persiguiera silenciosamente a través del espeso bosque emanaba un oscuro odio que la debilitaba. Su corazón latía alarmado. La cosa era siniestra, tan malvada y perversa que podía sentir su pesadez en el aire puro y cargado de lluvia.

A su derecha se formó una extraña niebla de modo inquietante, corrió por la lluvia y chocó contra los árboles. Se desplazó hasta la altura de las rodillas quedándose justo delante de ellos.

A Shea se le puso el corazón en la garganta y colocó su mano en la espalda de Jacques para sentirse más segura. Él se detuvo, aparentemente relajado, con los músculos contraídos y listos para atacar, como una pantera esperando su momento. Ella podía sentirlo, su estado de alerta, su quietud y seguridad.

A medida que la niebla que ahora estaba ya a unos pocos metros, se iba acercando, la masa húmeda se hacía más alta y las gotas se fueron adoptando la forma de un hombre. Shea quería gritar de miedo, pero se quedó muy quieta, para no distraer a Jacques.

La forma de Byron resplandeció por un momento. Ella pudo ver el árbol detrás de la neblina y luego se volvió sólido, estaba de pie con la elegancia propia de un varón carpatiano. Levantó su mirada del suelo para encontrarse con la gélida mirada de Jacques.

—Hemos sido amigos durante siglos Jacques. No puedo recordar un momento en mi vida en que no hayamos corrido juntos. Me resulta extraño y triste que me mires y no me reconozcas.

Shea detrás de Jacques, se movía agitada. La tristeza de Byron parecía ser insoportable para Jacques. Ella quería conectar con él, intentar aliviar su sufrimiento.

—¡No! —La orden fue tajante, clara y en un tono que no admitía discusión. Jacques permanecía inmóvil, como una estatua de piedra. Las palabras de Byron no parecieron conmoverle lo más mínimo.

Byron se encogió de hombros y su cara se contrajo por el sufrimiento.

—Cuando pensábamos que estabas muerto buscamos tu cuerpo. Pasaron meses, incluso años. Nunca estuviste fuera de nuestros pensamientos. Eras mi familia, Jacques, mi amigo. Fue muy duro saber que estaba totalmente solo. Gregori y Mihail, incluso Aidan han sobrevivido siglos porque, aunque solos, tenían un vínculo que les mantenía fuertes durante los siglos sombríos. Tú eras mío. Una vez desapareciste, mi lucha fue tremenda.

Jacques se quedó en silencio y en guardia, Shea le dio un empujoncito por detrás.

—¿*Puedes sentir su sufrimiento? Te está pidiendo ayuda. Aunque no puedas recordarle, ayúdale.*

—*No sabemos si se ha transformado* —respondió él regañándola—. *Notaste su presencia y aquí está. Un vampiro puede aparentar pureza o cualquier otra cosa que elija. ¡Quédate detrás de mí!*

—Sólo quería decirte que me alegro de que hayas vuelto y de que hayas encontrado a tu compañera. Estuvo mal por mi parte tener envidia. Tenía que haber sido más precavido al juzgar lo que no podía entender. —Byron se pasó la mano por su oscuro pelo—. Voy a ausentarme durante algún tiempo. He de recobrar fuerza para soportar los años venideros.

Jacques asintió lentamente.

—Voy a ir al sanador para ver si puede acabar de reparar el daño que ha sufrido mi mente. He observado que la relación de Gregori con Mihail parece fuerte, a pesar de que Mihail tiene una compañera. Me gustaría que si todo lo que me has dicho es cierto, podamos volver a retomar nuestra amistad.

El salvaje viento empezó a amainar. La lluvia caía de modo regular y el aire parecía muy denso. Byron asintió cansinamente e intentó esbozar una sonrisa que no llegó a iluminar sus ojos.

—Os deseo lo mejor para ambos y que tengáis muchos hijos, intentad engendrar niñas por mi bien.

—¿Cuándo regresarás? —preguntó Jacques.

—Cuando pueda hacerlo. —La forma de Byron empezó a desvanecerse, de modo que ya podían ver a través de su figura.

Jacques se agazapó todavía más en posición de ataque con un movimiento fluido que apenas podía percibirse. Shea, instintivamente se movió hacia atrás para dejarle más espacio de acción. Parecía buena idea ser precavidos. Jacques no había bajado su guardia en ningún momento, mientras que Shea hubiera corrido a consolar a Byron. Ella inhaló la noche, de pronto se deprimió. Con el viento llegó el opresivo odio que el bosque parecía emanar. Buscó el rostro impasible de Jacques. No parecía que él se hubiera percatado, que hubiera prestado atención a la neblina que se alejaba de él.

—¿Lo habrá notado? ¿Si no era Byron el causante, por qué no se ha dado cuenta? —La mente analítica de Shea examinaba la pregunta. Ella había supuesto que Jacques no podía sentir la presencia debido al estado de su mente.

—Regresaremos por otro camino, Shea. No podemos quedarnos en la cabaña. —Jacques la tomó de la mano y la arrastró a través de los árboles—. Esto ya no es seguro.

Shea tenía la vaga impresión de sentir una retorcida y malévola sonrisa. Una risa silenciosa, de alguien que se estaba divirtiendo. Sacudió la cabeza para deshacerse de la imagen, por temor a estar alucinando.

—¿*Jacques*? —Su voz tembló con incertidumbre.

Los dedos de Jacques se entrelazaron con los de ella.

—No te preocupes encontraremos un cobijo adecuado. Nunca dejaré que te pase nada. —Se llevó la mano de Shea a la boca con una increíble ternura—. Estás sintiendo al muerto viviente ¿Es Byron?

—No sé si es Byron. Sólo sé que es algo muy maligno. Marchémonos de aquí, vayamos a una ciudad llena de luces y mucha gente.

La arropó con actitud protectora y se acopló a su paso. Instintivamente sabía que en una ciudad serían vulnerables. Eran carpatianos, no humanos. Respiró profundo y soltó el aire lentamente para encontrar las palabras apropiadas.

—Si un vampiro nos está acechando, lo único que conseguiremos con eso será poner en peligro a humanos inocentes. Tienen muy pocas armas para luchar contra los muertos vivientes.

—Nos está observando, Jacques. Sé que no puedes sentirle, pero está aquí.

Jacques la creía. De nuevo buscó las imágenes en la mente de Shea y escuchó el estremecedor sonido de la risa burlona que retumbaba en su cabeza. Jacques maldijo en voz baja.

—¿Cuando te encontró Byron en el pueblo estás segura de que no bebió tu sangre?

—Te lo habría dicho. Inclinó su cabeza hacia la mía, pude sentir su aliento en mi cuello y sus dientes rozaron mi piel, pero me las arreglé para separarme de él. Apenas me atravesó la piel. —Ella se buscó el sitio y se lo cubrió con la mano—. De cualquier modo se ha disculpado. ¿No has notado su tristeza? Me ha roto el corazón.

El brazo de Jacques se tensó por un momento y luego la besó en la cabeza.

—Eres demasiado compasiva y confiada mi amor. Un vampiro puede ser el epítome de la belleza, de la ingenuidad.

Shea aceleró su paso para poder seguir el ritmo de Jacques cada vez más rápido.

—No lo creo Jacques, reconocí la belleza que hay en ti, cuando eras un monstruo. Sabía que había algo más que no podía ver. Creo que también podría reconocer el mal.

—Era la llamada de nuestras almas lo que reconociste. Somos almas gemelas, destinadas a estar juntas aunque estemos separadas.

—Llámalo como quieras, pero creo que si Byron fuera la malévola criatura que nos vigila lo sabría. Esa criatura odia.

—Sólo Gregori y yo te hemos dado nuestra sangre.

—Si yo fuera tú, no volvería al tema de que me obligaste a beber la sangre del sanador capaz de formular sortilegios. —Ella se giró, de nuevo enfadada recordando lo sucedido—. ¿Cómo pudiste traicionarme de ese modo?

Él la miró con su aire de superioridad machista.

—Tu salud es más importante que tu orgullo. —Lo cierto es que se sentía avergonzado de haberla obligado a hacer aquello, pero estaba contento de que ya hubiera pasado y de que ella ya no estuviera tan débil.

—Si tú lo dices. Espero que la herida le sangrara mucho tiempo antes de cerrarse. Y no me hables más, porque estás siendo arrogante y no te soporto cuando lo eres. —Dio un tropezón porque tenía las piernas cansadas.

—Su hubieras hecho lo que te dije estarías en plena forma, tu cuerpo ya se habría recuperado de todo el mal trago —replicó él, típico comentario masculino hecho deliberadamente para tomarle el pelo.

Shea frenó tan en secó que Jacques sin querer le dio un tirón.

—¿Tienes la menor idea de adónde vamos? Me siento perdida. Todo empieza a parecerme igual y deja ya esa sonrisita guasona que tienes en la mente. Crees que puedes manejarme, pero no puedes.

Él la estiró del brazo, sus ojos negros inspeccionaban inquietos, buscando en el bosque que les rodeaba. Todavía podía sentir la oscura malevolencia a través de Shea.

—Eres incapaz de guardar rencor.

El sentimiento de odio era opresivo. Las bromas de Jacques eran relajantes y curiosamente se sentía agradecida por ellas. Shea le puso los dedos en la parte interna del codo.

—No te fíes de mi buen carácter, Jacques. Recuerda lo que dicen de las personas pelirrojas.

—¿Qué son grandes amantes?

Ella se rió a pesar de las olas de oscura maldad que la invadían constantemente.

—¡Eso es lo que tú piensas!

Shea se rió de nuevo y el aire que les envolvía se volvió más denso y prácticamente estaba impregnada de odio. Incapaz de soportarlo otro minuto más, sin pensar en las consecuencias, se giró para enfrentarse al tenebroso bosque que tenían detrás.

—Si tanto deseas atraparnos cobarde, ¡sal para que te veamos y dinos quién eres! —Shea miró altiva a Jacques—. Ahora puede salir o no, pero no me sentiré perseguida como un animal.

Jacques podía notar que ella temblaba detrás de él. Le preocupaba que sin darse cuenta la hubiera forzado a aceptar demasiadas cosas nuevas a la vez. Le puso la mano en la nuca y la atrajo contra su cuerpo, sus ojos negros la miraban desde arriba con ardor.

—No dejaré que nadie te haga daño nunca. Jamás. Pueden intentarlo, pero no sobrevivirán. —Respiró profundamente antes de confesar—. No era consciente de que no eras carpatiana. En aquellos momentos no tenía claro casi nada. Sin pretenderlo te transformé. Me gustaría poder decirte que lo siento, pero a decir verdad, no es así. No sabía lo que hacía y supongo que lo hubiera hecho de otro modo si hubiera estado en mi sano juicio, pero ahora tú eres la razón de mi existencia Shea. Para mí no hay vida sin ti. Sólo viviría para la venganza y me convertiría en un muerto viviente. No quiero ser un vampiro. Persiguiendo a humanos y a carpatianos por igual. Tú eres mi salvación.

Ella le dio un empujón para apartarle. La lluvia recorría su rostro cuando dirigió su mirada burlona a Jacques.

—¿Ya está? ¿Esa es tu gran disculpa? Ya veo que no vas a ser el típico hombre que regala bombones y flores. —Se separó más de él—. No me hables más, maníaco incivilizado. No quiero ni oír el sonido de tu voz.

Jacques forzó una sonrisa que parecía muy dispuesta a cambiar la curvatura de las duras facciones de su boca. Shea tenía el don de hacer que hasta las situaciones más peligrosas parecieran un juego donde la risa estaba siempre a flor de piel. Siempre hallaba el modo de hacer que su locura, que el modo terrible e imperdonable como la había tratado al principio, pareciera un juego.

—¿Puedo rodearte con mis brazos? Aunque sus ojos seguían vigilando, en su mirada había un destello de felicidad.

—Estás hablando y te he dicho que no me hablaras. —Shea intentaba mantener su tono airado, pero se sentía ridícula y terminó soltando carcajadas.

Jacques le rodeó su delgada cintura y la estrechó bajo su hombro.

—Lo siento, no pretendía hablar cuando me has pedido que no lo hiciera. Gira aquí, voy a tener que subirte en brazos.

—No hables, siempre la fastidias cuando lo haces. —Anduvo junto a él unos cuantos metros más y se detuvieron delante de una tremenda pared de piedra que parecía llegar hasta el cielo, no había habido ninguna división entre el bosque y la roca que tenían delante para advertirles de su presencia.

—¿Subirme adónde? Hasta allí arriba no. —La oscura y malévola sensación se había esfumado. Quienquiera que fuera ya no les estaba observando. Estaba segura.

—Presiento que vamos a tener otra discusión. —Su tono burlón no llegó a reflejarse en la expresión de su cara, pero ella podía sentirlo en su mente. Jacques simplemente la levantó y se la puso sobre los hombros.

—De ningún modo, salvaje. No eres Tarzán. No me gustan las alturas. Bájame.

—Cierra los ojos. ¿Quién es Tarzán? Espero que no sea otro hombre. —El viento chocaba contra su cuerpo y podía notar que se movían deprisa, con tanta rapidez que el mundo estaba borroso. Cerró los ojos y se agarró con fuerza a él, incapaz de hacer otra cosa. La risa de Jacques era alegre y desinhibida, reconfortó el corazón de Shea, eliminando cualquier residuo de miedo. Ella consideraba que era un milagro que Jacques pudiera reír y ser feliz.

—*Tarzán es el prototipo del macho. Salta por los árboles y lleva a su mujer por la jungla.*

—*Entonces me imita a mí.*

Ella le dio un pellizco en la espalda.

—*Lo intenta.*

Él sintió el amor y la ternura en su voz y le dio un vuelco el corazón. Todavía les quedaba mucho para conocerse realmente el uno al otro, antes de aceptarse mutuamente por completo, pero el amor entre ellos se afianzaba en cada momento que pasaban juntos.

11

El paso hacia la cueva era estrecho, Shea tuvo que acortar la respiración. Parecía no tener fin, las escarpadas paredes le arañaban la piel, la invadía una sensación opresiva de tener toneladas de roca sobre la cabeza, rodeándole el cuerpo, esperando a aplastarla en cualquier momento. No podía mirar a Jacques, que de algún modo había adoptado una forma alargada y extraña. Los carpatianos eran capaces de hacer cosas en las que prefería no pensar. ¿Cómo se había metido en ese lío?

El sexo. Un hombre apasionado y atractivo de ojos negros y sedientos y ella cae en sus redes como una mosca en una tela de araña. El sexo. Eso le había arruinado la vida a muchas otras mujeres.

—*Puedo leer tus pensamientos.* Su tono era divertido, suave y muy envolvente.

—*Yo estaba totalmente cuerda y era racional hasta que te conocí. Ahora mírame. Estoy arrastrándome por una cueva.* —Se detuvo de pronto y se quedó totalmente inmóvil—. *Estoy escuchando algo. No me digas que me has traído a una cueva que está llena de murciélagos. Dímelo ahora mismo, Jacques o me largo de aquí.*

—*No te he traído a una cueva llena de murciélagos.*

Shea se relajó. No se quejaba de muchas cosas, pero los murciélagos eran las únicas criaturas en la tierra a las que quería tener a una considerable distancia. A kilómetros de distancia a ser posible. Los murciélagos eran una de esas cosas que podía mirar en el cielo nocturno pensando lo interesantes que eran, siempre y cuando se mantuvieran en las alturas y no se atrevieran a acercarse. Ella arrugó la nariz. Los sonidos que intentaba desoír eran cada vez más fuertes. Su corazón empezó a agitarse. Las paredes del pasadizo eran estrechas, no podía moverse deprisa. De pronto notó que se quedaba atrapada y se empezó a ahogar.

—*Me vuelvo atrás Jacques. No soy persona para estar en cuevas.* —Hizo todo lo posible para parecer serena y firme, para que no se notara que estaba a punto de gritar como una loca. Giró la cabeza con cuidado para evitar arañarse la cara con las puntiagudas superficies.

Jacques la tomó por la muñeca como si fueran un torno.

—*No podemos hacer ruido. Si cualquier criatura sale de la cueva o alerta a las otras de nuestra existencia, podrían encontrarnos.*

—*Aquí no cabe ni una aguja, mucho menos una persona. Nadie vendrá a buscarnos aquí.*

—*Un vampiro lo sabría en el momento en que los murciélagos salieran de la cueva.*

—*Los murciélagos no pueden salir de la cueva, porque no hay, ¿no habíamos quedado en eso?*

—Respondió ella dulce y razonable.

—*Confía en mí mi pequeña pelirroja sólo queda un tramo muy corto.*

—*¿No pensarás en hacerme dormir en el suelo verdad? Porque no voy a hacerlo, ni aunque haya diez vampiros acechándonos.*

—*Los vampiros ni siquiera soportan el amanecer, Shea. Matar a su presa tiene un efecto en su sangre. El sol los fulminaría inmediatamente. El vampiro podría traicionarnos a*

sus esclavos humanos con los que está aliado si encontrara la
entrada a esta cueva. O éstos podrían estar vigilando para ver
una señal como la salida de murciélagos volando inespera-
damente a la salida del sol.

—Resumiendo, me estás confirmando que aquí hay
murciélagos.

La estiró de la muñeca.

—*Deja de actuar como una chiquilla. Puedo controlar a*
los murciélagos y además nos ayudarán para alertarnos de
cualquier peligro.

Shea hizo una mueca, pero le siguió. Parecía que las facultades, el conocimiento y el poder de Jacques crecían a cada
instante. Estaba tan seguro de sí mismo que casi resultaba
arrogante. A veces era crispante y le entraban ganas de tirar-
le algo por la cabeza, pero estaba orgullosa de su creciente
fuerza.

El pasadizo empezó a ampliarse y a descender paulatinamente, como si se dirigieran a las entrañas de la tierra. Shea
notaba cómo le corría el sudor por el cuerpo y el esfuerzo de
sus pulmones. Se concentraba en la respiración, lo único que
podía ayudarla a mantener el control.

Jacques se dio cuenta de que estaba temblando, de que sus
dedos se retorcían nerviosamente entre los suyos. Su mente
apartó la barrera natural que había en ella y descubrió su malestar, su miedo ridículo a los murciélagos y a los espacios cerrados. No le gustaba el poder que tenían los carpatianos para
cambiar de forma. Incluso la extrema delgadez que adoptó Jacques para moverse por la cueva, le desagradaba. Acostumbrada a controlarse en todas las situaciones, pero le estaba costando seguirle tan a ciegas.

—*Lo siento, pequeña. Te estoy introduciendo en cosas*
que a mí me parecen perfectamente naturales, pero que para

ti son confusas y te asustan. —Su voz era una suave caricia que tranquilizaba a su agitado cuerpo.

Sólo su voz podía darle fuerzas. Shea enderezó los hombros y le siguió.

—*¿Supongo que habrá alguna cama por aquí verdad?* —Intentó introducir un poco de humor en la situación.

El pasadizo se ensanchó lo suficiente para permitir que Jacques asumiera de nuevo su forma. Lo hizo inmediatamente esperando que así Shea se encontraría mejor. También buscó un tema de conversación distendido.

—¿Qué piensas de Raven?

—Pensaba que teníamos que guardar silencio. —Shea miraba en todas direcciones buscando murciélagos.

—Los murciélagos saben que estamos aquí, Shea, pero no es necesario asustarlos. —El hablaba con calma como si controlar el movimiento de los murciélagos fuera lo más normal del mundo le puso la mano en la nuca tanto para tranquilizarla como si quisiera evitar que saliera corriendo. Empezó a acariciarle su satinada piel con el pulgar que fue a buscarle el pulso del cuello y lo masajeó suavemente.

—Raven parece muy agradable, aunque esté casada con otro salvaje como tú. *Probablemente tenga un gusto pésimo, igual que yo.* —Shea añadió deliberadamente ese pensamiento.

—¿Qué significa eso? —preguntó Jacques intentando parecer indignado, para hacer que siguiera hablando, para ayudarla a conservar su sentido del humor. Él apreciaba su valor y su férrea determinación para cumplir sus metas, por difícil que le resultara.

—Eso significa que no debe tener mucho sentido común. Ese hombre es peligroso Jacques, aunque sea tu hermano y el sanador es duda alguna, aterrador.

—¿Eso es lo que crees?

—¿Tú no? Sonreía y hablaba con amabilidad y calma, pero ¿le miraste alguna vez a los ojos? Es evidente que no siente emociones.

—Es uno de los ancianos. Gregori es el más temido de todos los carpatianos.

—¿Por qué? ¿Porque Gregori es demasiado poderoso y con sólo su voz puede hacer que hombres fuertes, carpatianos, hagan su voluntad?

—Es el que más conocimiento posee en todas las artes antiguas y modernas. Es el más letal e implacable. Es el gran cazador de vampiros.

—¿Y es lo bastante anciano y solitario como para transformarse en cualquier momento, no es cierto? Eso es muy tranquilizador. Y me obligaste a beber su sangre. Me costará mucho perdonártelo. —Dio un tropezón sin darse cuenta de lo cansada que estaba.

Se oyó un grito a través del suelo, de la propia corteza terrestre. De hecho, lo sintieron más que oyeron, era un grito de terror, fue más bien una gélida sensación de indefensión que notaron en sus terminaciones nerviosas. El sonido vibró por sus cuerpos y mentes y se transmitió a la tierra. Las rocas también captaron el grito e hicieron eco del mismo

Jacques se quedó inmóvil, sólo sus oscuros y fríos ojos se movían rápidamente. Shea se agarró a él horrorizada. Ese sonido era el de una criatura tremendamente necesitada, con un terrible sufrimiento. Inconscientemente ella buscó fuera de sí misma, tratando de rastrear el origen, el lugar de donde procedía.

—El traidor —dijo Jacques con una voz letal, con un tono grave de odio y de promesa de venganza—. Tiene a otra víctima en sus manos.

—¿Cómo? Todos sois muy poderosos, ¿cómo puede atrapar a uno de su raza? —Shea le tiró del brazo para que le prestara atención. En ese momento él parecía un extraño, un depredador tan letal como el lobo o como el vampiro.

Jacques parpadeó rápidamente y buscó la respuesta en su mente. Él había sido atrapado por un traidor ¿no era cierto? Cómo había podido suceder era algo que su maltrecha mente todavía no podía recordar. Hasta que no pudiera hallar y encajar todas las piezas todos los de su especie estarían en peligro.

Shea le pasó la mano por todo su brazo.

—No es culpa tuya. Tú no eres el culpable de que esté sucediendo todo esto.

—¿Reconociste su voz? —La voz de Jacques carecía por completo de expresión.

—Me ha parecido la de un animal

—Era Byron.

Shea sintió que se le paralizaba la respiración.

—No puedes estar seguro.

—Era Byron —dijo él con convicción absoluta—. Vino a pedirme mi amistad y le rechacé. Ahora el traidor le entregará a los asesinos humanos.

—¿Por qué no se lo queda el vampiro para él? —Shea intentaba comprender, su mente ya estaba planificando. Ella no podía dejar a Byron, ni a nadie en manos de esos carniceros, de esos asesinos. Había perdido un hermano al que nunca conoció en manos de esos hombres. Casi había perdido a Jacques—. Si os odia tanto a todos, ¿por qué no lo hace él mismo?

—El vampiro ha de regresar a la tierra antes de que salga el sol. A diferencia de nosotros, ni siquiera puede soportar la tenue luz del amanecer. El alba supondría su destrucción. Eso limita su campo de acción.

—Entonces, debía estar en el bosque observándonos, tal como me temía, ha debido seguir a Byron, de algún modo se las ha arreglado para atraparle y le ha entregado a los humanos antes del amanecer. Los humanos deben estar cerca.

—Gregori dijo que la propia tierra gemía bajo sus botas.

—Entonces, este traidor no puede ayudar a los humanos mientras haya luz.

—Por supuesto que no —respondió él con absoluta convicción.

—Pero el alba no tiene tanto efecto sobre nosotros. Podemos soportarla, Jacques. Si nos movemos ahora, podremos encontrarles. Todo lo que hemos de hacer es encontrar a Byron y ocultarle hasta las cinco o las seis de la tarde cuando nosotros volvemos a recobrar nuestra fuerza. Podemos hacerlo, sé que podemos. Hay muchos sitios donde puede estar. Nosotros podemos soportar el sol del amanecer y nadie nos esperará. Los humanos no pueden entrar en esta cueva, no pueden entrar en la tierra. Tienen que refugiarse en algún lugar. Tú conoces esta zona y si no te acuerdas, los otros sí. Vamos a buscar a Byron. Puede que el vampiro se enfade tanto que salga de su escondrijo, cometa un error y los otros puedan atraparle. —Ella le tiraba del brazo conduciéndole hacia la entrada de la cueva.

—No te expondré a esos hombres.

—¡Por favor, Jacques, vale ya! Lo digo en serio. Estamos juntos en esto. Siento tener que decírtelo y poner al descubierto tu evidente desventaja, pero yo puedo resistir más horas de sol que tú.

Él le acarició la nuca.

—Eso no significa que me arriesgue a que corras ese peligro.

Shea soltó una carcajada.

—Estar contigo ya es peligroso, idiota. *Tú* eres peligroso. —Shea se echó el pelo hacia atrás y levantó la barbilla desafiándole—. De cualquier modo, yo puedo sentir al vampiro y tú no. Y según parece, Byron tampoco pudo. Quizás los otros tampoco puedan. Me necesitas.

Jacques se iba dejando arrastrar a regañadientes hacia la entrada de la cueva.

—¿Por qué nunca gano cuando discuto contigo? No puedo permitir que corras ningún peligro, sin embargo, me estás conduciendo hacia el amanecer para enfrentarme a unos brutales asesinos en nuestra hora de energía más baja. Por la tarde, Shea, los dos seremos totalmente vulnerables y estaremos a su merced y a merced del sol.

—En ese caso, se trata de que encontremos un lugar seguro para entonces. Prefieres enfrentarte a un vampiro y a los asesinos humanos que a unos cuantos murciélagos. —Jacques le dio un tirón de pelo.

Ella le respondió con una sonrisa por detrás de su hombro.

—Tienes razón y no se te ocurra jamás transformarte en un murciélago. —Shea se encogió de hombros—. O en una rata.

—Podríamos ser un poco viciosos y dedicarnos a observar cómo hacen el amor los murciélagos y las ratas —le sugirió él con un cálido susurro cerca de su oreja.

—Estás enfermo, Jacques. Pero que muy enfermo. —El pasadizo volvía a estrecharse y tuvo que contener de nuevo la respiración. Al menos Jacques estaba accediendo, aunque refunfuñando un poco.

Jacques separó su cuerpo de su mente y pensó en Gregori, en cómo se movió, cómo se sintió cuando su esencia entró en su cuerpo, sanando sus heridas mortales de dentro afuera. Reconstruyó ese sentimiento y mandó un mensaje.

—Escúchame sanador. Necesito que me oigas.

—Debes estar en un gran apuro para pedir ayuda a alguien en quien no confías.

La voz sonó diáfana en su cabeza, la respuesta llegó tan rápida que Jacques sintió un pequeño triunfo. Estaba mucho más fuerte, era mucho más capaz que el día anterior. Gregori le había dado su sangre, ésta fluía por sus venas, bombeaba su corazón, había restaurado sus músculos y tejidos. Había olvidado lo fácil que era comunicarse.

—He oído el grito de Byron. El traidor debe haberle apresado. Seguro que se lo entregará a los humanos antes del amanecer.

—Se acerca el alba, Jacques. Gregori parecía tranquilo, impertérrito a pesar de las noticias.

—Entonces, debemos encontrarle. ¿Alguno de vosotros puede seguirle el rastro a Byron? ¿Ha intercambiado sangre con alguno de los dos?

—Sólo tú hiciste un pacto con él. Si se transformaba y no podía ir en busca del alba él mismo, quería que tú lo cazaras y viceversa. No querías que ni tu hermano ni yo tuviéramos la responsabilidad de destruirte.

—No puedo seguir su rastro. —Jacques no podía contener su frustración y desprecio por sí mismo en su voz.

—¿Estás seguro que el grito era de Byron?

—Totalmente. Hacía unos minutos que habíamos estado juntos. Shea notó una presencia, dijo que alguien nos estaba observando. Yo no pude detectar a nadie y Byron tampoco dio muestras de sentirse incómodo.

Jacques y Shea se iban desplazando a través del estrecho pasaje entre la roca en dirección a la entrada. Jacques notó la habitual inquietud de los de su raza al irse acercando hacia la luz.

—Haremos todo lo posible para encontrarle mientras podamos.

—A veces la mujer de Mihail puede seguirle el rastro a algunos que nosotros no detectamos. Ella tiene un gran don. Nos reuniremos en la cabaña. ¿Tenéis gafas de sol y ropa de protección?

—Shea sí tiene y yo puedo confeccionar la mía con facilidad. Ella todavía está demasiado débil para intentar cambiar de forma y no quiere ir bajo tierra. Yo tampoco. —Jacques oyó el eco de la sorna de Gregori. Había que proteger a las mujeres de su absurdo deseo de estar en medio del conflicto—. *Cuando encuentres a tu compañera sanador, quizás también se enturbie tu pensamiento* —respondió Jacques a la burla defendiéndose.

El amanecer empezaba a despuntar en el cielo, abriéndose paso entre las nubes. Seguía lloviendo a mares y el viento soplaba con fuerza a través de los árboles que tenían debajo. En la entrada de la cueva estaba a salvo, pero una vez salieran a la intemperie estarían expuestos a toda la violencia de los elementos.

Jacques se inclinó para susurrarle algo a Shea en el oído.

—La tormenta disminuirá el efecto del sol sobre nosotros. Puedo sentir el apoyo del sanador en esta tormenta.

—No hay sol. ¿Podrá también el vampiro salir con este tiempo?

Jacques movió la cabeza.

—Él no puede ver el amanecer, ni aunque el cielo esté cubierto de nubes. Nosotros muchas veces aprovechamos este tiempo para hacer desplazamientos a primera o a última hora del día. Nos facilita poder mezclarnos con los humanos y nuestros ojos y piel no se lastiman tanto.

Notó que Shea tembló e inmediatamente la abrazó cobijándola bajo su hombro. El tiempo no le afectaba, todos los carpatianos podían regular su temperatura corporal fácilmente. Shea tenía que aprender muchas cosas y ante todo tenía que vencer su aversión a alimentarse para conseguir reunir todas sus fuerzas.

—El sanador tiene razón, ¿sabes? Esto es demasiado peligroso para dejar que vayas. No sé en qué estaría yo pensando.

—El sanador puede meterse en sus propios asuntos. —Shea le propinó a Jacques una altiva mirada por encima del hombro—. El sanador puede ser muy inteligente y obrar milagros, pero no tiene ni la menor idea de cómo somos las mujeres. No cometas el error de escucharle a él en este asunto en concreto. Incluso con tu falta de memoria sabes mucho más que ese idiota.

Jacques se puso a reír de nuevo. Le acarició la nuca con su boca, lo cual provocó en Shea un estremecimiento de placer.

—Con qué facilidad me manejas. —Él no podía evitar la emoción de triunfo posesivo que recorría su cuerpo. Shea podía admirar al sanador por sus habilidades, incluso querer aprender de él, pero su actitud sin duda chocaba con el carácter independiente de Shea. Se dio cuenta de que a él ese era un aspecto que le gustaba especialmente.

—Tú no eres más que un hombre, ¿qué esperabas? —le preguntó ella mirándole directamente a la cara—. Yo, sin embargo, soy una brillante cirujana y una mujer con muchos talentos.

—Los murciélagos están empezando a impacientarse. No estoy seguro de poder retenerlos para que no se abalancen sobre nosotros —dijo él maliciosamente para tomarle el pelo.

Un temblor involuntario recorrió el cuerpo de Shea, pero simplemente estiró el brazo para asegurarse de que Jacques estaba cerca y regresó al asunto que les ocupaba.

—Pensemos dónde podemos llevar a Byron cuando le encontremos.

—La cabaña es demasiado peligrosa. Tendrá que ser una cueva o la propia tierra. Podemos dejarlo con el sanador y encontrar un lugar seguro para descansar, quizás regresar aquí.

—¡Eso me entusiasma, de verdad me entusiasma!

—¿Dónde aprendiste a ser tan sarcástica?

Jacques hizo la pregunta para bromear, pero una sonrisa amarga curvó la suave boca de Shea y sus ojos reflejaron sufrimiento.

—Cuando eres diferente aprendes rápido a protegerte, cuando no te atreves a llevar a casa a una compañera de clase porque tu madre se ha olvidado de que existes, de que existe el mundo. A veces se quedaba mirando por la ventana durante días enteros. Ni siquiera se daba cuenta de mi presencia. —De pronto se calló—. ¿Puedo llegar a ser como ella Jacques? Por estar contigo, ¿puedo llegar a ser así?

—No de la misma manera —respondió él con toda la sinceridad que pudo—. Algunas cosas están tan fragmentadas en mi mente que he de encajar toda la información. Sé que muchas parejas eligen vivir o morir juntas. Pero si hay un hijo que les necesita, el que quede de los dos debería ocuparse de su bienestar, emocional y físico. —No le habló de esos niños entregados a otras parejas porque el que quedaba solo no se veía capaz de sobrevivir sin su pareja. Sabían que su hijo o hija estaría bien atendido y querido, porque la mayor parte de las mujeres carpatianas abortaban o perdían a su bebé durante su primer año de vida—. Pero, yo sé que tú, Shea, por difícil que fuera para ti, siempre le cuidarías. Nunca abandonarías a nuestro hijo o hija como hizo tu madre contigo. Nuestro hijo será querido y guiado en todo momento de su vida. Estoy totalmente seguro de ello.

Ella le cogió del brazo para evitar que saliera a la intemperie.

—Prométeme que si tenemos un hijo y algo me sucede a mí, tú te quedarás con él y le educarás tú mismo. Le amarás y guiarás como alguien debía haber hecho conmigo. Prométemelo, Jacques.

—El hijo de un carpatiano es protegido y amado por encima de cualquier cosa. Nosotros no maltratamos a los niños.

—Eso no es lo que te he pedido.

Él cerró los ojos por un momento, incapaz de mentirle. Había estado solo demasiado tiempo y sabía que no querría seguir viviendo sin ella.

—Sólo tenemos una pareja en toda nuestra vida, mi pequeña pelirroja.

—Nuestro hijo, Jacques. Si algo sucediera no quisiera que le educara un extraño.

—A veces otra pareja que busca desesperadamente un hijo es mejor que un padre o una madre que se han quedado solos y que están desolados.

La rapidez de su inhalación y el portazo de su mente fue tan fuerte que le asustó, lo cual le hizo darse cuenta de que ese era un tema de vital importancia para ella.

—¿Nunca se os ha ocurrido pensar que el niño o la niña también pueda estar sufriendo? Que un padre o una madre que le consuele y vele por él o ella en un momento así sería mucho más valioso. Esta necesidad de elegir la muerte cuando hay un hijo o algún otro familiar que se queda atrás es egoísta y mórbida.

—Insistes en juzgarnos según las reglas humanas —dijo él con dulzura—. Todavía no tienes idea del alcance de nuestro vínculo. —Sus fuertes dedos se entrelazaron con los de ella y le giró la mano con los nudillos hacia arriba para besarlos con su cálida boca—. Quizás podríamos dejar esta conversación para un momento más apropiado, para cuando estemos a salvo y sepamos que Byron también lo está.

Ella se negó a mirarle.

—Estoy segura de que tienes razón, Jacques. —Las lágrimas la quemaban, pero ella prefirió atribuirlas a la sensibilidad a la luz, no a su conversación.

Siguió a Jacques hasta el comienzo del bosque sin rechistar, procurando mantener bloqueada su mente para que él no pudiera leerla. Podía entender por qué él sentía que si a ella le pasara algo tendría que elegir la muerte. Había estado demasiado tiempo solo y no podía enfrentarse a la vida sin su ancla. Quizás tenía razón, quizás sería demasiado peligroso para el mundo. Pero si ella tenía que aceptar eso, también sabía que no tendrían hijos en su vida juntos. La eternidad era mucho tiempo sabiendo eso. Pero no podía traer a un hijo al mundo, sabiendo cómo pensaba él. Nunca correría ese riesgo.

Se mordió el labio inferior y dio un pequeño tropezón debido al cansancio. Automáticamente se agarró a la cinturilla de Jacques para no caerse. Por un momento había pensado que tenía la oportunidad de vivir una vida normal, quizás no tan normal como otros lo entendían, pero con una estructura familiar, un hijo y un marido.

—*No, Shea. Ahora no tengo tiempo para consolarte, ni alejar tus temores. Deja este tema.*

Atónita de que él hubiera podido atravesar su bloqueo, le miró a la cara, persuasiva, atractiva y seductora, sin embargo asolada por un sufrimiento que ningún humano podría llegar ni a imaginar. Sus ojos desprotegidos del sol por llevar las gafas en la mano, se posaron sobre el rostro de Shea. Ella podía ver el amor, la posesión y una oscura promesa para toda la eternidad.

Le acarició la barbilla con los dedos provocando en ella una llamarada que le recorrió toda la columna. Le rozó el labio inferior con el pulgar y notó un estremecimiento de placer en la boca del estómago.

—*Tú me perteneces, Shea, somos dos mitades de una misma unidad. Eres la luz que ilumina mis tinieblas. Puedo torcerme, incluso enloquecer, pero mi corazón sabe, mi alma sabe que no puedo vivir sin ti.*

Su boca rozó suavemente sus pestañas.

—No es fácil matarme, mi pequeña pelirroja, ni tampoco entrego lo que es mío. El tormento de estos años me ha dado una fuerza que es difícil igualar.

Ella se frotó el rostro en su costado, en un gesto de acercamiento para hallar alivio.

—Somos muy diferentes en nuestra forma de pensar, Jacques. En el furor de la pasión es fácil decir que todo irá bien, pero vivir juntos puede resultar extraordinariamente complicado. Somos demasiado distintos.

Le rodeó la cintura con el brazo conduciéndola hacia el refugio que les proporcionaban los árboles. La lluvia era torrencial y les estaba empapando. Tremendos nubarrones grandes y oscuros se arremolinaban sobre sus cabezas. Pero, a pesar de todo él podía sentir los primeros pinchazos a medida que el sol iba subiendo por encima de las nubes. La luz del amanecer siempre le había puesto nervioso porque le hacía consciente de su vulnerabilidad. Volvió a colocarse las gafas de sol y siguió avanzando con un paso firme y rápido. Si ella se hubiera alimentado más de la sangre del sanador, podrían cambiar de forma y llegar a la cabaña en un instante.

Jacques sabía que ella había bloqueado su mente creyendo que él no sería capaz de romper el bloqueo, pero él jamás salía del todo de ella. Una parte de él siempre moraba en su interior, en silencio, como una sombra. Shea siempre había deseado tener un hijo y darle el amor que ella no tuvo. Ahora sentía que no tenía esperanza. La pregunta sobre el hijo había sido muy importante para ella, pero las almas gemelas no pueden engañarse. Él sólo pedía elegir la muerte al instante, sin demora, sin duda, en caso de que algo le sucediera a ella. De lo contrario temía convertirse en el monstruo que le acechaba desde su interior, que estaba tan próximo a la superficie, un monstruo como jamás habrían conocido ni humanos ni carpatianos. En él había algo muy negativo y sólo Shea se encontraba en medio de ese algo y del resto del mundo.

No había modo en que ella pudiera romper su vínculo. Todos sus sentidos lo sabían y eso le daba cierto sosiego. La rabia, siempre tan a flor de piel, tan letal, la tenía bien amarrada y de momento bajo control. Siempre y cuando Shea estuviera con él.

Pero ahora había que encontrar a Byron, se lo debía. El impulso que había en él era tan fuerte, que casi le desbordaba, como si una parte de él, no su mente sino algo más profundo, recordara su antigua amistad. Debía haber puesto a Shea en trance y mandarla a dormir mientras él se encargaba de este asunto, pero lo cierto era que simplemente no podía soportar la separación y quería tenerla cerca, donde pudiera protegerla. Y también quería que ella estuviera contenta.

—¡*Mujeres*!

Shea oyó con claridad su queja de descontento en su mente y una leve sonrisa se esbozó en las comisuras de sus labios.

—¿Te estoy complicando la vida, Jacques? —preguntó ella con dulzura y esperanzada.

Él se detuvo tan abruptamente que Shea se paró con una sacudida. Jacques tomó su pelo mojado entre sus manos llevándole la cabeza hacia atrás de modo que la lluvia cayera por la suave piel de su rostro.

—Lo cierto es, Shea, que me haces sentir tanto, que a veces no sé si seré capaz de resistirlo. Su boca encontró la de Shea casi a ciegas, apoderándose de ella con desesperación, alimentándose con tal voracidad que parecía que iba a devorarla, a tragársela para siempre.

—*¡Jamás te podrá pasar nada!* —Sus dedos la pellizcaban, su cuerpo ya se había endurecido por la pasión, su mente un torbellino de confusión entre el miedo, la determinación y el deseo.

Casi sin pensarlo, Shea reaccionó instintivamente, rodeándole el cuello con sus delgados brazos, su cuerpo suave y flexible se adaptó a la agresión del de Jacques, su mente calmada y amorosa, era un cálido y seguro cielo para la fragmentada y torturada mente de Jacques. Ella le besó sin reservas, volcando todo su amor y su apoyo en su respuesta. Él levantó la cabeza sin ganas y descansó su frente en la de ella.

—No me va a pasar nada, Jacques. Creo que tienes crisis de ansiedad. —Le frotó el cabello como si fuera un niño y le sonrió burlonamente.

—¿También tenéis psiquiatras los carpatianos?

Él se rió dulcemente, sorprendido de que pudiera hacerlo cuando sólo momentos antes había estado tan aterrorizado.

—Eres todo lo irrespetuosa que puede ser una mujer.

—No soy una mujer cualquiera, tonto. Soy médica y muy buena. Todo el mundo lo dice.

—¿Lo saben? —Él la tenía fuertemente asida por la cintura, como si quisiera absorberla en su propio cuerpo, cobijándola en sus brazos.

—¿Va a ser demasiado para ti, Jacques? ¿Enfrentarte a esos horribles carniceros de nuevo? ¿Estás seguro de que podrás hacerlo?

Levantó la cara para que ella no pudiera ver su sonrisa de lobo que no se manifestó en sus gélidos ojos negros.

—Estoy esperando renovar nuestra amistad.

Shea conectó con su mente y descubrió una macabra satisfacción ante la idea de la confrontación, pero Jacques era demasiado fuerte para permitir que ella pudiera ver cómo brotaba su rabia y su odio, amenazando vomitar violencia y venganza. Shea era una sanadora, una mujer amable que no podía concebir una maldad como la que él había visto, como la que él mismo poseía. Ella le tomó la mano y sus dedos se entrelazaron con fuerza. Puede que nunca tuviera un hijo, pero tenía a Jacques. Quería mantenerlo alejado de todo sufrimiento y tormento, lejos de los hombres o de criaturas que pudieran volver a destruirle. Estaba decidida a velar por su seguridad.

12

Raven se estaba cobijando en el porche, levantó la cabeza hacia el cielo con los ojos cerrados. Unas gotitas de sudor salpicaban su frente y sus dedos se retorcían compulsivamente sobre su estómago. No estaba con los otros, sino más bien en alguna otra parte fuera de su cuerpo concentrándose en descubrir dónde estaba Byron. Detrás de ella se encontraba su siniestro e intimidante esposo, evidentemente conectado con ella. Mihail se parecía tanto a Jacques que Shea no podía apartar la mirada de él. Cuando ella entró en el porche detrás de Jacques, vio claramente que Mihail estaba furioso. Hervía de rabia, la violencia estaba muy cerca de aflorar a la superficie, sin embargo su postura era puramente protectora. Se había colocado entre Raven y la cruenta tormenta.

Gregori era como una estatua, su rostro una máscara, sus plateados ojos vacíos como la muerte, pero Shea guardó una sana distancia. Había algo peligroso en su extraordinaria quietud. Shea sentía que no podía comprender la complejidad del hombre carpatiano. Gregori observaba a Raven a través de sus ojos medio cerrados e inquietos, ojos que veían demasiado. De pronto, soltó un improperio, en un tono grave y vicioso, sorprendente en alguien de su rango y poder.

—Ella no debería arriesgarse. Va a tener un hijo.

Los ojos de Gregori se encontraron con los de Jacques, rayos plateados y hielo negro. Compenetración total entre ambos hombres. Shea contactó con la mente de Jacques rápidamente para intentar comprender qué estaba pasando allí. El embarazo de Raven, si es que estaba embarazada, lo cambiaba todo, al menos según los hombres. Shea no veía prueba alguna de embarazo —A Raven se la veía tan delgada como siempre— pero no ponía en duda la palabra del sanador. Parecía infalible, completamente invencible. Los bebés eran lo más importante para los hombres. Le sorprendió, incluso conmocionó, el modo en que contemplaban el embarazo. Era un milagro para ambos. El bebé era más importante que ninguna de sus vidas. Shea estaba confundida. A pesar de los fragmentados recuerdos de Jacques, su instinto protector era extraordinariamente fuerte.

—Es consciente de lo que tiene a su alrededor, pero no se puede mover. Hasta su mente está bloqueada y quieta. Está totalmente paralizado. —La voz de Raven sobresaltó a Shea, la devolvió a la tormenta y a su misión de rescate. Era evidente que Raven hablaba de Byron—. No se puede mover ni llamarnos, ni siquiera mentalmente. Está oscuro y húmedo y sabe que sufrirá mucho antes de que terminen con él. —Raven movió sus manos sobre su vientre como protegiéndolo.

El sanador se movió a una velocidad increíble, la tomó del brazo y la arrastró a la intemperie en medio de la terrible tormenta. Gregori cogió a Mihail por la camisa y le arrastró también bajo la cortina de agua.

—¡Te ordeno que interrumpas tu estado de trance ahora, Raven! —le ordenó Gregori. Les zarandeó a los dos—. ¡Dejadle ahora!

Jacques saltó sobre su hermano, le agarró y le abofeteó una vez, dos veces.

—¡Vuelve! —le dijo con un grito ronco.

Shea se mordió el labio aterrorizada. La pareja estaba totalmente conectada y parecía haber caído en la trampa del vampiro junto con Byron. Gregori condujo a Raven más lejos exponiéndola por completo a la tormenta. Jacques empujó a Mihail detrás de ellos. Mihail se recuperó primero. Parpadeó ante su hermano, miró a su alrededor como si todavía no fuera del todo consciente de dónde estaba. Entonces, instintivamente, fue a buscar a Raven.

—Hazla volver, Mihail. Ve trás de ella. Guíala para que regrese. Esto es demasiado peligroso. Incluso con mi conexión con ella sigue atrapada —dijo Gregori—. Estamos tratando con algo más que un simple vampiro. Éste es un experto en magia negra y en el uso de plantas y piedras de poder. Sé lo que ha hecho y cómo lo está haciendo.

Mihail atrajo a Raven contra su cuerpo, sus ojos negros denotaban su cansancio mental. Raven parpadeó y miró a su alrededor, parecía sorprendida de verse bajo la lluvia. Se puso la mano en la sien en un gesto de dolor.

—Deja de mirarme. Me siento como si fuera un bicho raro. —Parecía herida y escondió la cabeza en el pecho de Mihail.

Sus brazos la rodearon y le ofrecieron el refugio de su cuerpo, inclinó la cabeza amorosamente hacia ella. Fue un gesto tan íntimo que Shea giró la cabeza. Para su desconcierto se dio cuenta de que el sanador la estaba estudiando. Shea se acercó a Jacques, buscando inconscientemente protección del escrutinio al que estaba siendo sometida.

—Necesitas alimentarte —le dijo el sanador con amabilidad.

—Cuando tenga hambre ya comeré —respondió ella tajante—. No tienes por qué preocuparte de nosotros. Sé cuidar de mí misma.

Los ojos plateados vieron a través de la mentira.

—Tu hambre se irradia a través de tu cuerpo y tu debilidad podría ponernos a todos en peligro. —Luego dirigió su poderosa mirada a Raven.

Raven se retorcía claramente.

—Cállate, Gregori —le dijo dirigiéndole una feroz mirada con sus ojos azules.

Una leve sonrisa curvó su boca, que no se reflejó en sus ojos.

—No he dicho nada.

—Has dicho demasiado y tú lo sabes. —Ella levantó la barbilla en actitud beligerante—. Tu sentido de la superioridad masculino basta para hacer gritar a una mujer. Sinceramente, Gregori, toda tu lógica fría vuelve loca a una persona. —Dejó que Mihail la condujera al porche.

—La lógica funciona, a diferencia de las mujeres emocionales. —Respondió Gregori sin inmutarse—. Tu primera obligación es proteger a su hijo. Nuestra prioridad es protegerte. —Su mirada plateada censuró a Mihail.

—No estás seguro de que esté embarazada.

—No juegues conmigo Raven. A veces tus modales rebeldes son tediosos. Sé que vas a tener un hijo. No puedes ocultarme algo así. Mihail sabe que es cierto y sabe que no puede permitir que corras el riesgo de involucrarte en esta misión en tu estado.

Raven se apartó su pelo de ébano.

—Nadie me da permiso para hacer algo. Soy yo quien decide. Nací y me crié como humana, Gregori —recalcó ella—. Sólo puedo ser yo misma. Byron es mi amigo y está en una situación desesperada. Sólo intento ayudarle.

—Si tienes tan cautivada a tu pareja que te permite hacer semejante tontería —replicó Gregori lanzando una suave

amenaza— entonces, no puedo hacer otra cosa que protegerte yo.

—¡No hables de Mihail de ese modo! —contestó Raven
furiosa—.

—¿*Realmente sabes cómo sacar de quicio a las mujeres,
verdad?* —le dijo Mihail, aunque comprendía perfectamente
a Gregori y sentía que tenía razón.

Gregori no le miró, simplemente se quedó contemplando la tormenta.

—*El hijo que lleva en su vientre es mi alma gemela. Es
una mujer y me pertenece.* —Era sin duda una clara señal de
advertencia y una amenaza real.

En todos los siglos que llevaban juntos jamás había sucedido
algo semejante. Mihail cerró inmediatamente su conexión con
Raven. Ella jamás podría entender cómo se sintió Gregori. Sin
una compañera, el sanador no tendría otra opción que acabar au-
todestruyéndose o convertirse en la encarnación del mal. En un
vampiro. En un muerto viviente. Gregori llevaba muchos siglos
esperando a su alma gemela, resistiendo aún cuando otros más
jóvenes que él ya habían sucumbido. Gregori había defendido a
su gente, vivido una existencia solitaria para garantizar la seguridad de su raza. Estaba mucho más solo que los otros de su especie
y era mucho más susceptible a la llamada del poder puesto que tenía que cazar y matar con frecuencia. Mihail no podía culpar a su
viejo amigo por su actitud posesiva y protectora hacia el bebé aún
nonato. Habló con tranquilidad y firmeza intentando evitar la
confrontación. Gregori llevaba tanto tiempo esperando, que la
promesa de encontrar a su compañera podía conducirle al abismo
de la locura si sentía que había peligro para la niña.

—*Raven no es como las mujeres carpatianas, siempre lo
has sabido y aceptado no permanecerá recluida en una ocasión así. Se consumiría y moriría.*

Gregori dio un gruñido con un ruido sordo y amenazador que dejó helada a Shea, puso a Jacques en posición de ataque agachado y obligó a Mihail a cambiar de posición para defenderse mejor. Raven empujó el poderoso cuerpo de Mihail y sin miedo le puso una mano en el brazo del sanador. Todos los demás podían pensar que Gregori atacaría en cualquier momento, pero había esperado siglos y sabía que no le haría ningún daño a ella ni a su hija.

—Gregori, no te enfades con Mihail. —Su voz era dulce y suave—. Su primer deber conmigo es velar por mi felicidad.

—Es velar por tu seguridad. —La voz de Gregori era una mezcla entre ardor y razón.

—En cierto modo es lo mismo. No le culpes por tener que adaptarse a lo que tú consideras mis defectos. Este asunto no ha sido fácil ni para él, ni para mí. Podíamos haber esperado a que yo estuviera más familiarizada con la forma de vida carpatiana, pero eso habría supuesto más tiempo del que tú tienes. Tú eres mucho más que un gran amigo para nosotros, eres nuestra familia, formas parte de nuestro corazón. No queríamos arriesgarnos a perderte. Los dos rezamos para que este bebé sea una niña y que crezca queriéndote y amándote como nosotros te queremos a ti, con la esperanza que ella sea tu otra mitad.

Gregori se movió como si fuera a decir algo.

—¡No digas nada! —Susurró Mihail en la cabeza del sanador—. Ella piensa que la niña tendrá alguna elección.

Gregori asintió mentalmente con la cabeza. Si Mihail había optado por permitir que su esposa albergara el reconfortante, aunque falso pensamiento de que su hija tendría alguna elección en ese asunto, que así fuera.

Shea estaba atónita al ver que un hombre tan poderoso, un líder como Mihail, permitiera con esa calma que un hombre le gruñera y le reprendiera como había hecho Gregori. Ella veía que el hermano de Jacques era un hombre con un carácter muy fuerte y el amor y la emoción que había en él y en Raven hicieron brotar lágrimas de sus ojos. Esa era la familia de Jacques, su legado y había mucho amor, un verdadero afecto entre ellos, que les hacía capaces de realizar cualquier sacrificio. Le dio la mano a Jacques y se la apretó con el sentimiento de que ella tenía algo en común con Raven.

Los ojos azules de Raven no se apartaban de Gregori.

—Si quieres examinarme para determinar el sexo del bebé puedes hacerlo. —Ella levantó la barbilla—. Pero si tú quieres que te acepte tal como eres, con tu naturaleza de depredador, tú también habrás de aceptarme tal como soy. Mi corazón y mi alma puede que sean carpatianos, pero mi mente es humana. No dejaré que me pongáis en un estante porque mi esposo lo considere necesario. Las mujeres humanas hace mucho tiempo que salieron de la prehistoria. Mi lugar está al lado de Mihail y yo he de tomar mis propias decisiones. Si consideras oportuno sumar tu protección a la de Mihail te estaré muy agradecida.

Se hizo un largo silencio y el rojo resplandor se desvaneció lentamente de sus punzantes ojos plateados. Gregori movió lentamente la cabeza con un gran hastío. Esta mujer era muy diferente de las de su raza. Temeraria. Compasiva. Inconsciente de cada tabú que rompía. Gregori le puso la mano en el vientre con los dedos abiertos. Se concentró y salió de su cuerpo. Se le cortó la respiración en la garganta y su corazón pareció fundirse. Se movió deliberadamente para rodear al diminuto ser, fusionando su luz y su voluntad durante una décima de segundo. No cabía la menor duda. Era su alma gemela, la defendería con todas las armas de que dispusiera, desde el vínculo de sangre hasta compartir la mente. Nadie era tan poderoso como él. Esa niña era suya sólo suya. Podría esperar hasta que fuera mayor de edad.

—Lo conseguimos, ¿verdad? —dijo Raven suavemente, devolviendo a Gregori a su cuerpo—. Es una niña.

Gregori se apartó de Raven tratando de guardar la compostura con su enorme fuerza de voluntad.

—Pocas mujeres carpatianas llevan a buen término su embarazo. El bebé rara vez sobrevive al primer año de vida. No estés tan segura de que estemos fuera de peligro. Has de descansar y necesitas cuidados. El bebé es lo primero. Byron diría lo mismo. Mihail ha de alejarte de aquí, fuera del alcance del vampiro y de los asesinos. Yo perseguiré y libraré a nuestra gente del peligro mientras tu compañero cuida de ti. —La voz de Gregori era grave y de tonalidades plateadas, eran tonos de luz que se movían y danzaban. Era casi imposible resistirse. Era una experiencia muy relajante y parecía razonable.

Raven tuvo que refrenar su compulsión de cumplir su deseo.

—No se te ocurra intentar eso conmigo, Gregori —le dijo mirándole e incluyendo a Mihail en la mirada.

—Y tú, grandullón le habrías seguido como el macho que salta de árbol en árbol que eres. Mira a estos chicos, Shea, son imposibles. Harían cualquier cosa por imponer su voluntad. —Shea sonrió—.

—Ya me he dado cuenta. —Era un alivio ver que Raven había aprendido a plantar cara a sus hombres. Shea era igual de fuerte.

—No puedo dejar a Byron ahí fuera para que sufra el mismo destino que Jacques. —Insistió ella tozudamente, mirando a Shea en busca de apoyo—. No podemos hacerlo.

Shea había visto con sus propios ojos de lo que eran capaces los carniceros humanos y tampoco estaba dispuesta a dejar que Byron corriera la misma suerte, del mismo modo que tampoco abandonaría a Jacques en esa situación. Ella asintió con la cabeza.

—Una vez hayamos localizado a Byron, podéis ir a buscarle. Yo me quedaré con Raven y os esperaremos aquí. El vampiro no puede salir cuando ha amanecido y tenemos armas por si aparecen los humanos.

—De cualquier modo, Mihail, sabes que podéis protegernos de los humanos aunque estéis lejos —le recordó Raven.

Shea tiene razón sanador. —Jacques de pronto apoyó a las mujeres. Estaba en deuda con Byron. No podía permitir que nadie sufriera como había sufrido él. Miró a Gregori.

—Te has dado cuenta de que Raven y Mihail tenían problemas cuando sus mentes estaban conectadas con la de Byron. ¿Qué ha pasado? ¿Cómo consigue atraparnos el vampiro?

—Atrapó a Raven y luego a mí a través de Byron, una hazaña increíble —admitió Mihail. Luego se frotó la barbilla en un gesto de dolor—. ¿No te habrás pasado demasiado pegándome, hermano?

Los dientes de Jacques dejaron al descubierto su blancura en un gesto que se acercaba a una sonrisa. No podía hacer más que admirar la frialdad de Mihail en medio de una amenaza tan letal como la del sanador y la del vampiro juntas. Ser capaz de hacer bromas, dejando a un lado el ego del varón carpatiano, era casi un milagro. Los fragmentos de su memoria se precipitaban, recuerdos de grandeza, de un ser poderoso entregado a la conservación de su especie. Sus brazos rodearon a Shea, su conexión con la realidad, su puente entre su pasado olvidado y el presente. Shea respondió al momento, tan sintonizada con él que no necesitó pensarlo ni un segundo. Inmediatamente se apoyó en él inundando la mente de Jacques de consuelo y amor.

—Hay una raíz —explicó Gregori—. Se puede moler hasta convertirla en un fino polvo y se mezcla con dos tipos de frutos del bosque y salvia. Se hierve hasta que se vuelve espesa, hasta que se ha evaporado todo el líquido y el gel que queda se mezcla con el veneno de un sapo de San Antonio. Estoy seguro de que el vampiro está utilizando esta pócima. La receta es muy antigua y se ha perdido, sólo la conocemos los que hemos estudiado alquimia y magia negra. Sólo sé de otros dos, aparte de mí que podrían conocerla.

—Aidan —dijo Mihail en tono bajo— o Julian.

—No puede ser —dijo Gregori—. Notaría su presencia en nuestra tierra. Aunque se hubieran transformado, les reconocería a ambos.

—¿Qué hace exactamente esta droga? —preguntó Shea. La identidad del vampiro a ella le parecía secundaria, pero estaba muy interesada en los efectos de semejante mezcla. Ella tenía un profundo conocimiento de las plantas medicinales. Las más comunes como la dedalera o el rododendro podían producir parálisis. También sabía que el veneno de sapo podía ser letal. Tribus de algunas partes del mundo habían descubierto sus propiedades y lo usaban para envenenar las puntas de sus flechas, cerbatanas y lanzas. De algún modo la mezcla de la raíz, las bayas y la toxina paralizaban el sistema nervioso e incluso podían afectar a la mente, pero ¿cómo la administraba?

—Ha de entrar en el torrente sanguíneo —dijo Gregori.

—¿Quién podía acercarse lo suficiente a un carpatiano para inyectárselo? Incluso un vampiro lo bastante astuto como para disfrazar su verdadera naturaleza no tendría fuerza suficiente para dominar a alguien de la estatura de Jacques. Es inconcebible —dijo Mihail—. Jacques era un cazador, un administrador de justicia. Durante el tiempo en que diezmaron a nuestro pueblo, él era doblemente precavido.

—El vampiro le engañó. Es el arma habitual de un traidor, ¿no es cierto? —Les informó Gregori pausadamente—. Está amaneciendo, hemos de darnos prisa.

La lluvia rompía el silencio, el viento movía los árboles. Jacques miraba el bosque sin ver. Los fragmentos de su memoria le engañaban y le susurraban. «Sangre, mucha sangre.» Las palabras surgieron sin más. Se tocó inconscientemente el cuello y frunció el entrecejo.

—Fue la trampa de un cazador, un alambre casi invisible me cortó el cuello.

Nadie se movió ni dijo una palabra para que Jacques no perdiera su concentración. Shea retenía hasta la respiración. La memoria era muy importante para Jacques y en estos momentos podía salvarle la vida a Byron. Ella podía sentir el dolor agudo que se producía en su mente, notó cómo lo bloqueaba, enfocándose en recordar. Se pasó el dedo unas cuantas veces por el entrecejo y luego volvió a fruncirlo ligeramente.

—Estaba débil. Entonces llegó él y me ofreció su sangre. No quería ofenderle, pero no quería aceptarla. Él era...me molestó. —Jacques se detuvo y se apretó con fuerza las sienes—. No puedo verle. —Miró a Shea con desesperación, con ojos de angustia—. No sé quién es.

Shea le abrazó mental y físicamente, odiaba esas arrugas de cansancio y dolor que se marcaban en su hermoso rostro.

—*Hace dos días apenas podías tenerte en pie y no recordabas nada. Es un milagro, Jacques. Lo que estás consiguiendo es un milagro.* —Ella intentó consolarle al darse cuenta enseguida de que no soportaba el hecho de no poder dar más detalles.

—Ya basta por el momento —dijo Gregori, su voz era como un bálsamo. Tocó las sienes de Jacques, inhaló profundo y se concentró para ayudarle a salir del cuerpo.

Shea pudo sentir cómo desaparecía el dolor y Jacques se quedaba en calma y sereno. El poder del sanador era extraordinario.

Ella también lo quería, empezaba a sentirlo en su interior, surgía para seguir la luz del sanador.

La voz de Gregori rompió el trance.

—Debiste haber aceptado su ofrecimiento. El veneno está en la sangre del traidor.

—¿Qué le inmuniza a él?

Mihail dio un silbido tan letal que estremeció a Shea. Había algo muy letal en todos esos hombres, algo muy distinto de sus homólogos humanos. Aceptaban la violencia con la misma facilidad que los animales del bosque. Eran depredadores, se veía en el modo en que se movían, actuaban y pensaban.

Gregori hizo un pequeño círculo en el porche. A Shea le pareció interesante que los tres hombres se situaran entre el amanecer y las mujeres.

—Hay formas de conseguirlo, pero ahora no tenemos tiempo para hablar de ello, porque hemos de actuar sin demora. ¿Raven, cuando te conectaste con Byron pudiste captar en qué dirección se encontraba?

—No estaba solo. Estaba en alguna parte bajo tierra, quizás una cueva. Era húmeda y llena de moho. No estaba muy lejos de aquí. —Raven miró a Mihail con ojos tristes, temiendo que no había podido proporcionarles la información que necesitaban para encontrar a tiempo al carpatiano. Un día con los carniceros humanos y sin duda Byron gozaría de una muerte lenta. Mihail entrelazó sus dedos con Raven y se llevó sus nudillos a la boca besándolos en un gesto de comprensión y compenetración.

—La bodega, Jacques —dijo de pronto Shea excitada—. Le han llevado a la bodega. No pueden conocer muy bien esta tierra e irán a un lugar conocido donde les ha ido bien. Les conozco, son muy arrogantes, especialmente Don Wallace. Sería propio de él utilizar el mismo sitio, pensando que así os daría en las narices a todos.

—Habría humedad y moho de acuerdo, pero habrán visto que el ataúd de Jacques ya no está. Sabrán que el lugar ha sido descubierto recientemente —arguyó Mihail con sentido común.

—Cierto, pero ¿no les habrá dicho ya el vampiro que Jacques está vivo? Nos vio a Jacques y a mí en el bosque con Byron —respondió Shea. Se creerán a salvo porque se supone que todos nosotros deberíamos estar a cubierto durante el día. Creedme ese es justamente el tipo de acción propia de un ser como Wallace. Cree que todos sois vampiros y que no podéis salir a horas diurnas.

—Este Wallace —dijo Mihail en voz baja— es el sobrino de Eugene Slovensky, enemigo de todos los carpatianos. Hace tiempo tuvimos un breve encuentro. Creo que la joven tiene razón. Se cree más inteligente y astuto que nosotros.

—Aidan hubiera prestado un gran servicio a su raza si le hubiera eliminado cuando tuvo ocasión —observó Gregori—. Esa noche todos estábamos bajo mucha presión, con Mihail herido y Raven en manos de aquellos locos.

—Quizás este Aidan ya se haya transformado —especuló Shea.

Gregori movió la cabeza despacio.

—No se transformó entonces y todavía no se ha transformado ahora. Es muy poderoso, tanto como Mihail y yo, el mundo lo sabría si uno de nuestra talla se hubiera convertido en la más temida de las criaturas. No, no es Aidan. De todos modos, tiene un hermano gemelo, tan poderoso como él o más, que sabría al instante si Aidan se ha transformado. —La voz de Gregori era grave y suave, llena de certeza.

Shea movió la cabeza para deshacerse del efecto hipnótico. El poder de Gregori la asustaba. Sólo con su voz podía hacerlo casi todo, provocar cualquier tipo de reacción en cualquiera de ellos. Nadie debería tener tanto poder.

—¿Por qué no podemos detectar al vampiro cuando está cerca? —preguntó Mihail al aire—. He inspeccionado la zona y no puedo detectar a nadie de nuestra raza, ni siquiera a Byron.

—Shea pudo detectar al vampiro y yo no pude —dijo Jacques—. Al principio no estaba seguro de hacerle caso pero pude sentirlo cuando nos fusionamos.

Shea levantó la barbilla desafiante.

—¿Crees que puedes explicar cómo han tramado todo esto sanador? ¿Cómo puede alguien haberlo hecho?

Gregori dirigió todo el poder de sus magnéticos ojos plateados sobre ella.

—Puedo hacer que la tierra tiemble bajo tus pies y atraer al rayo desde el cielo con una orden. Puedo cortarte la respiración con un solo pensamiento. Soy todas las cosas desde un ratón hasta un lobo que corre en libertad. ¿No te basta para creer? —le preguntó suavemente.

Su voz era como un arma de magia negra. Eso es lo que ella creía. Se estremeció y se acercó a Jacques. Todos confiaban en Gregori, ¿no era acaso uno de los ancianos? Todos le habían dicho que un vampiro podía ocultarse, aparentar normal. Nadie sospechaba de él. Todos reconocían que era el más peligroso por su conocimiento que se había acrecentado durante los siglos. Y era su sanador, les había dado su sangre a todos. Su cerebro recomponía las piezas del rompecabezas.

—*Es imposible* —dijo Jacques leyendo sus pensamientos.

—*¿Por qué?* —preguntó ella.

—*Mihail lo sabría. No sé cómo lo sé, pero lo sé, Gregori no podría engañar a Mihail.*

Ella dio un pequeño suspiro de exasperación.

Jacques ocultó su sonrisa ante su petulancia femenina. Realmente odiaba el modo en que Gregori trataba a las mujeres.

—Hay un humano a unos pocos kilómetros de aquí —afirmó Mihail—. No puedo detectar a nadie más. Se encuentra en la dirección de la antigua casa de Jacques. ¿Vamos?

La luz empezaba a despuntar en el cielo, había parches grises a pesar de las oscuras y borrascosas nubes y de la lluvia constante.

—Vamos, Mihail —dijo Raven—. Tenéis que ir, de lo contrario siempre sentiré que he sido yo quien le ha matado. Si no vais será por mi culpa.

—Tenéis que ir —insistió Shea, mirando a Jacques a los ojos. Él también la miró, Shea sentía una gran convicción. Llegaría un día en que Jacques también podría recordar su infancia, su gran amistad con Byron y cómo él se había negado a su intento de reconciliación. Tenía que hacerlo por el bien de su propia mente.

—*Lo sé.* —Su respuesta fue un sutil asentimiento mental mientras compartía los pensamientos de Shea—. Iré, Mihail —dijo en voz alta—. Quédate tú y protege a las mujeres. Es la única forma.

—Bien podría ser una trampa —advirtió Gregori—. Es más que probable que sea una trampa. De lo contrario esto supondría un descuido por parte de alguien tan astuto.

—Esa es la razón por la que debéis ir todos —dijo Raven—. Shea y yo esperaremos aquí. Mientras esperamos podemos destruir todas las pruebas de su investigación.

Shea no pudo evitar que se le escapara un grito de indignación. Levantó la barbilla desafiante. No se iba a dejar intimidar por esas poderosas criaturas. Sus ojos fueron de uno a otro con rapidez.

—He pasado varios años de mi vida recopilando datos —dijo acalorada.

Raven la cogió de la mano y se la apretó en un gesto de advertencia. Le dio un estirón para apartarla de Jacques y llevarla hasta la puerta de la cabaña.

—Muy bien Shea, ya hablaremos de ello.

—Tendréis que abandonar este lugar y poneros a resguardo si se hace demasiado tarde o recibís una advertencia nuestra —instruyó Mihail a su compañera—. No quiero que ninguna juegue a las heroínas. Quiero tu palabra.

Raven sonrió mirándole a los ojos, asintiendo con ternura.

—Nunca pondré en peligro la vida de nuestra hija, amor mío.

Mihail se acercó a Raven y le acarició la cara, siguiendo su contorno con sus dedos que se deslizaban tiernamente por su piel mientras su forma se desvanecía, se contorsionaba y empezaba a dar chasquidos y a crujir. Creció pelo por sus brazos y su espalda. Su poderoso cuerpo se encorvó, dio un salto y se transformó en un lobo.

Los ojos se Shea se pusieron como platos, atónita ante aquella súbita transformación. Ver al hombre convertirse en lobo era increíble. El corazón le latía con tal fuerza que temía que le fuera a estallar. No estaba segura si se debía a la excitación y al asombro o al terror.

—¡Jacques!

—*No pasa nada mi amor. Para calmarla se acercó a ella y la besó en la frente. Es el modo en que nuestra raza utiliza a los animales. Para nosotros es normal y nos ayuda a proteger nuestra piel y ojos del sol.*

—*Ya estoy bien, salvaje. He sufrido un pequeño sobresalto.* —Shea respiró profundamente para superar sus temblores. De pronto se dio cuenta de que seguía cogida de la mano de Raven y la soltó.

Jacques le dio otro beso en la frente antes de abandonar el porche y dirigirse hacia el bosque, asegurándose de que estaba fuera del alcance de la vista de Shea cuando su cuerpo empezara a cambiar.

Los plateados ojos de Gregori se proyectaron sobre ambas mujeres y luego concretamente sobre Shea.

—Hemos de proteger al bebé. Es inútil apelar al sentido común de Raven, pues carece del mismo y Mihail está tan enamorado de ella que no puede ver cuál es su primera obligación, así que de ti depende. Por el bien de todos, protege a esa niña. ¿Me entiendes?

Shea se sintió atrapada por esos ojos. No acababa de comprender sus razones pero veía su urgencia en su mirada. Shea asintió con la cabeza.

—Cuidaré de ella, sanador.

—No es sólo por mí, sino por los humanos y carpatianos. Esta niña debe vivir, Shea —reiteró—. Ha de vivir.

Shea captó claramente la advertencia, la súplica de su de otro modo maldecida alma. Esa niña era su única esperanza. Por primera vez creyó que él no era el vampiro, que su miedo a convertirse en uno de ellos era muy intenso y que esa niña era su única esperanza de sobrevivir. Volvió a asentir con la cabeza mirándole directamente a los ojos donde pudo comprender el peligro.

También por respeto hacia ella, Gregori, se dirigió al bosque fuera del alcance de la vista de Shea para cambiar de forma y correr hacia las ruinas de la antigua casa de Jacques.

Raven abrió las puertas de la cabaña y entró para resguardarse de la tormenta.

—Ya te acostumbrarás. Cuando conocí a Mihail no tenía claro lo que era. Pensé que era un vidente como yo. Créeme me quedé conmocionada cuando me enteré. No tenía ni idea de que existiera una raza semejante.

Shea le regaló una pequeña sonrisa. Regresar a su cabaña era reconfortante, con todas sus cosas.

—Todavía no estoy muy segura de creerme todo esto. Vivo esperando despertarme un día de estos de nuevo en mi despacho en los Estados Unidos. —Tomó una toalla y se la dio a Raven, luego se agenció otra para ella. Tenía el pelo chorreando. Era tranquilizador para ella hacer algo humano como secarse el pelo.

—Vivimos vidas relativamente normales, Shea. Mihail y yo tenemos una bonita casa en esta maravillosa tierra. Mihail tiene varios negocios. Tenemos amigos, buenos amigos. Viajamos. Lo que le sucedió a Jacques fue una terrible tragedia para todos nosotros. Estoy contenta de que te haya encontrado, todos lo estamos. Raven se acurrucó en una silla. La luz solar empezaba a pasar factura a su cuerpo.

Shea se inclinó sobre Raven y la examinó. Era una mujer hermosa, un poco pálida, con unos ojos de un color violeta poco habitual.

—Jacques todavía está bastante enfermo. Se está esforzando por recuperar su pasado. Es muy difícil. —Shea dio unos pasos, un tanto nerviosa—. Estoy preocupada por él. No siempre cree estar cuerdo. Todavía hay mucho sufrimiento en él.

—*¿Shea? ¿Me necesitas?* —Escuchó la voz de Jacques con toda claridad, como si hubiera captado sus pensamientos.

Se dio cuenta de que él jamás abandonaba del todo su mente. Debería haberse sentido mal, acechada, pero lo cierto era que se sentía segura. Ya se estaba acostumbrando a su conexión.

—*Estoy bien, Jacques. Por favor ten cuidado.* —Poder hablar a través del tiempo y del espacio, contactar con él siempre que quisiera o lo necesitara, la certeza de que él siempre sabría si ella se hallaba en peligro le provocaba un sentimiento de euforia y una tremenda tranquilidad.

Shea observó a Raven y al darse cuenta de su respiración rápida, se dirigió enseguida a ella para tomarle el pulso. Raven se rió y la apartó.

—Mi esposo me está haciendo trastadas. Le gusta que esté pensando en él cuando está fuera. Estoy bien. Te volverán loca, pero siempre resultan inquietantes y en general, son muy divertidos. Eso está bien, dado que nuestra vida es tan larga. ¿No te parece que sería horrible estar vinculado a alguien que fuera aburrido durante siglos?

—¿Hasta qué punto es peligroso el sanador?

Raven inhaló profundo. Mihail cree que Gregori es el más peligroso de todos los carpatianos y eso es mucho decir. Tiene más conocimiento que ninguno de ellos. Mihail ahora teme constantemente por él. Si se transformara en un vampiro, todos correríamos un grave peligro. Mihail le quiere mucho. Los dos le queremos. Esta es la razón por la que intentamos tener un hijo ahora, en lugar de esperar más. Para crear una compañera para él. Los carpatianos ya no tienen hijas. Nadie sabe por qué, pero los bebés que nacen rara vez superan el año de vida. Tanto Mihail como Gregori creen que una compañera humana puede darles una hija y creo que tienen razón, puesto que Gregori dice que mi bebé es una niña. Él sabrá.

—Esa es la razón por la que mi padre anhelaba tanto una niña. Mi madre nunca pudo llegar a decirle que estaba embarazada, pero en su diario ella escribió que él se sintió defraudado cuando Noelle tuvo un hijo varón.

—Conocí brevemente a tu padre —dijo Raven—. Se quedó muy conmocionado tras el asesinato de Noelle. Quería cazar a los asesinos, pero Mihail le dijo que era demasiado peligroso. Entonces le mandaron a dormir durante varios años.

—¿Simplemente se fue a dormir? —Shea estaba furiosa aunque no adivinaba la razón. Pensar en un hombre durmiendo mientras su esposa yacía muerta, su amante embarazada y otra persona cuidando de su hijo, la exasperaba. Tenía la impresión de que no le iba a gustar mucho su padre.

—Has de entenderles, Shea, el tipo de poder que tienen y su capacidad de destrucción. Pueden controlar la tierra, provocar un terremoto que podría destruir ciudades. El tema del control siempre ha sido de suma importancia para ellos. Alguien como Gregori es como una bomba de relojería. Él lo sabe. Mihail lo sabe, todos lo sabemos. Rand estaba tan desesperado que era peligroso para todos los que le rodeaban. Mihail hizo lo que creyó más oportuno para los humanos y los carpatianos. Rand obedeció porque Mihail es su líder. Nunca pareció estar demasiado apegado a nadie, mucho menos a su hijo. Incluso ahora, rara vez se le ve. Pasa la mayor parte del tiempo en la tierra.

—Y Rand no dijo nada a nadie sobre mi madre —dijo Shea amargamente—. La vida de mi madre quedó destruida y él podía haberlo evitado

—Lo siento, tu infancia debió ser terrible si tu madre era la verdadera alma gemela de Rand, entonces no hubiera podido sobrevivir sin él. En un vínculo del alma. —Raven suspiró y miró a otra parte para no ver el reproche en la cara de Shea—. Noelle no era la verdadera compañera de Rand. Me gustaría pensar que ella le amaba, pero por lo que dicen todo me hace pensar que estaba obsesionada con él. No tengo ni la menor idea de por qué Rand soportó aquello. Noelle fue tonta de no esperar a su verdadera alma gemela. Rand es un hombre muy atractivo. Ella confundió la lujuria con el amor.

—Desde que leí el diario de mi madre por primera vez siempre deseé decirle a Rand que le consideraba un gusano. Yo no quiero que me pase con Jacques lo que a ella le sucedió con él. No hasta el punto de no ocuparse de una hija, de vivir como una muerta en vida, de esperar hasta que yo me valiera por mí misma para marcharse.

—No todo el mundo es igual de fuerte, Shea —dijo Raven suavemente—. Mira Gregori, Aidan y su hermano Julian, todos ellos han durado mucho más tiempo que la mayoría. En todos estos años muchos se han transformado porque no han sido capaces de soportar la espera. ¿Por qué? ¿Por qué Gregori y no este vampiro? Lo que le sucedió a tu madre no te pasará a ti porque no eres la misma persona. Tú eres fuerte y tú madre no tenía forma de saber lo que le estaba sucediendo.

Shea caminó por toda la habitación y de pronto se sintió inquieta. La conversación le estaba produciendo un nudo en el estómago ¿Era Gregori realmente capaz de provocar un terremoto que destruyera ciudades? Proteger al bebé nonato era más importante de lo que ella hubiera podido imaginar. Cientos, quizás miles de vidas podían depender de ello. Eso era lo que Gregori intentaba transmitirle. Necesitaba a su hija para sobrevivir mucho más tiempo sin convertirse en un vampiro.

—Lo siento Shea, te han lanzado al agua y se han olvidado de darte tu primera lección de natación. Me gustaría poder ayudarte —dijo Raven.

—Siento que he tenido miedo durante tanto tiempo que no conozco otra forma de vida —confesó Shea—. Jacques depende de mí para conservar su cordura y ahora está sucediendo todo esto. Espero que tengas razón Raven. Espero que realmente yo sea muy fuerte.

13

Jacques llegó al borde de la pradera al final del bosque donde halló a Mihail inspeccionando cuidadosamente un trozo de tierra.

—Trampas para lobos —dijo lacónicamente y prosiguió con su inspección.

—Ve con cuidado con los alambres finos, quizás no puedas verlos —le advirtió Jacques—. Debe hacer algo para ocultar los alambres.

Gregori asumió forma sólida. Se quedó de pie muy quieto, inhalando el aire de la madrugada.

—Todo esto es una trampa gigante, amigos míos. No me gusta nada que sólo haya un humano con Byron.

—Eso en el supuesto de que Byron realmente esté dentro —añadió Jacques—. ¿Dónde están los otros?

—El vampiro debe estar bajo tierra, protegido del sol —dijo Mihail—. Una vez transformado no puede volver a ver la luz solar por nada del mundo.

—Entonces, ¿dónde están sus amigos humanos? —preguntó Jacques en voz alta.

Mihail se encogió de hombros intranquilo.

—Sugiero que nos acerquemos sin hacer ruido e invisibles para los ojos humanos.

—Dispersémonos para que podamos ayudarnos en caso de que sea necesario.

—¡El alambre! —la voz de Gregori era un hilo de voz—. Está ensartado a través de la pradera a diferentes alturas. Un delgado artilugio parecido a un garrote está situado de modo que nos seccione la garganta, pero también está colgado para que nos haga múltiples cortes y nos debilite. Es evidente que tampoco han pensado en los animales ni en otros humanos que puedan pasar por aquí.

—¡Ah, sí, ya los veo! Muy inteligente nuestro vampiro —dijo Mihail—. No cabe duda de que nos esperan, aunque creo que no hasta esta noche. Quizás sus amigos humanos hayan ido a por provisiones, pensando que tienen todo el día para torturar a Byron sin el peligro de nuestra interferencia.

—No lo sé Mihail. Noto algo que no me gusta —advirtió Gregori—. Hay algo que no cuadra.

—Yo también lo noto —dijo Jacques— aunque no puedo explicar qué es. Es como si todo estuviera planeado y nos estuviéramos metiendo en una tela de araña. Conozco este lugar, puedo sentir el dolor y el sufrimiento, tengo la sensación de que todo se está repitiendo. —Y así era, sus entrañas se retorcían y encogían. Le costaba mantener la calma por fuera cuando su carne se estremecía de dolor y su mente estallaba en mil pedazos de modo que no podía distinguir la realidad de su pesadilla sin fin.

—Quizás estés sintiendo el sufrimiento de Byron —le dijo Mihail preocupado. El rostro de Jacques permanecía impasible, pero se le marcaban más las arrugas y su frente empezó a exudar gotitas de sudor.

—*Jacques, ¿estás herido? Voy a buscarte.* La dulce voz de Shea se dejó oír en su mente, captó los fragmentos de sus pensamientos y empezó a recuperarse. Ella era, como siempre, lo único que le devolvía a la realidad.

—*Quédate donde estás, pero sigue conectada conmigo Shea. Estar en este lugar me desorienta. Te necesito para que me ayudes a controlarme.* —Le estaba suplicando, pero en realidad no tenía otra opción. Ella era su alma gemela y su presencia en su mente podía suponer el éxito o el fracaso de su misión. No quería ser la causa de la muerte de sus amigos.

Una tenue sonrisa iluminó la boca sensual de Gregori, sus ojos plateados proyectaban una peligrosa luz.

—Pretenden capturarnos a los dos, Mihail. A nosotros dos, los más poderosos de nuestra raza. Quizás necesiten una verdadera demostración de poder.

Jacques miró a Mihail un tanto nervioso. Quizás era por el modo en que su cuerpo recordaba cada quemadura y cada corte. Con la edad el dolor era más intenso, si se era capaz de sentir. A diferencia de los vampiros los carpatianos podían experimentar grandes sensaciones. Jacques había padecido lo que ningún hombre, humano o carpatiano, podía haber aguantado. Ni siquiera fue en nombre de la ciencia, sólo para satisfacer los deseos de un sádico.

—*Regresa Jacques.* —La voz de Shea estaba cargada de preocupación.

—*No puedo, no puedo dejar que Byron corra mi misma suerte.*

—*Puedo sentir tu dolor Jacques. Te está costando mucho concentrarte en lo que estás haciendo. Tu mente está muy dispersa. ¿Cómo vas a ayudar a Byron si te capturan? Vuelve conmigo.*

—*Yo le sacaré de allí, sólo quédate conmigo Shea.* —Jacques se concentró en ella, retuvo su fuerza y consuelo en su mente para luchar contra el creciente dolor que sentía. La tierra parecía rodar bajo sus pies y la lluvia le azotaba. Le quemaba la carne, podía olerlo. Sus heridas se abrieron y empezó a sangrar. Se tocó el pecho en el momento en que el dolor se apoderaba de él y empezaba a romper sus músculos y huesos. La garganta se le cerró y le fue imposible respirar. El corazón le latía con tal fuerza que parecía que iba a explotar.

—¡Jacques! —Gregori le asió por el brazo—. Es parte de la trampa preparada especialmente para ti. El vampiro sabía que vendrías y estás atrapado en su red. Está ampliando tus propios temores y el dolor que padeciste. Él no está aquí, no es más que una envoltura en la que estás atrapado. No es real, lucha para salir de ella.

—No te entiendo. —Puntitos de color escarlata salpicaron todo el cuerpo de Jacques y le mancharon la camisa. Sus ojos reflejaban dolor y locura.

—*Yo sí.* Shea captó la información de su mente. Le envolvió en la calidez de su amor—. *Siénteme, Jacques. Concéntrate sólo en mí y en lo que sientes cuando me tocas, cuando nos besamos.* —Ella le imaginó en su mente tomándola posesivamente y con ternura a la vez, su boca buscando la suya con voracidad. El modo en que ella se sentía en esos momentos, caliente y tierna, necesitándole y deseándole. Su boca tan hambrienta como la de él. Sus manos enredadas en su densa melena—. *Siénteme, Jacques.* —El susurro de Shea se deslizó sobre su piel como si fueran sus dedos.

Jacques concentró toda su atención eliminando todo lo demás hasta que pudo olerla, saborearla, notar el tacto de sus dedos, su voz suave y seductora. Ella se convirtió en su mundo, era su mundo, siempre lo sería. Nada más era real. Ella era su corazón y su respiración. La respiración de Shea reguló de nuevo la de Jacques. El corazón de Shea devolvió al de Jacques su ritmo lento y normal. La piel de Jacques ardía, pero no ya por las quemaduras y la tortura, sino de deseo.

El aliento de Shea parecía calentar su oído, su mente.

—*Te quiero Jacques. Haz lo que tengas que hacer y vuelve pronto conmigo.* —Ella le dejó ir con muy pocas ganas, dejando la estela de la calidez de su amor.

Jacques movió la cabeza para volver al presente. Casi al momento, la tierra se movió bajo sus pies y el dolor intentó atacarle de nuevo. Pero el vampiro no le atraparía dos veces en la misma trampa. Jacques se recompuso y se concentró en el sabor de la boca de Shea, en la curva de su cadera en su mano, en el modo en que se iluminaban sus ojos antes de reírse. La tenía cerca de su corazón, mantenía la visión de su salvaje melena delante de él, mientras se abría paso a través de la envoltura del maleficio y salía a cielo abierto.

—Bien —aprobó Gregori—. Pero éste es un gran maestro. No me gusta nada el cariz que está tomando este asunto, Mihail. Alcemos el vuelo y salgamos de los alambres, intentemos acercarnos desde otro ángulo. Yo iré primero. Nuestro pueblo no puede permitirse perderos a vosotros.

—Gregori —le recordó suavemente Mihail— si la niña es tu alma gemela y cometes alguna imprudencia, la estarás condenando a muerte. Recuerda esto cuando entres en ese lugar donde reina la locura.

Los ojos plateados de Gregori miraron a su viejo amigo.

—¿Crees que me arriesgaría a que a ella le sucediera algo? Llevo esperándola muchas vidas. Estos humanos no son nada. Llevan mucho tiempo persiguiendo a nuestro pueblo y ya es hora de terminar con esto.

Mihail asintió con sus negros ojos tan parecidos a los de su hermano.

—¿Estás preparado para esto Jacques?

La sonrisa de Jacques sólo expresaba una promesa de venganza.

—No te preocupes por mí. Hace tiempo que esperaba este momento.

Mihail dio un suspiro.

—Dos salvajes sedientos pensando que están en la Edad Media.

Jacques intercambió una fría sonrisa con Gregori.

—La Edad Media no fue tan mala como ahora, al menos se podía administrar justicia sin preocuparse de lo que pensarían las mujeres.

—Los dos os habéis ablandado —respondió Gregori—. No es de extrañar que nuestro pueblo tenga tantos problemas. Las mujeres son las que mandan y vosotros idiotas perdidos hacéis lo que quieren.

La forma sólida de Jacques empezó a ondularse y se hizo transparente.

—Ahora veremos quién es el más blando, sanador. —Su cuerpo desapareció por completo de la vista.

Mihail miró a Gregori, se encogió de hombros y luego le siguió. Nada de esto era de su agrado. Gregori era una bomba de relojería que podía estallar en cualquier momento. Y sólo Dios sabía de lo que Jacques era capaz. Parecía el peor momento de todos para enfrentarse al enemigo, cuando se estaban debilitando con la luz diurna.

Gregori esperó hasta que Mihail y Jacques hubieran desaparecido, antes de disolver su cuerpo. Alzó el vuelo hacia el cielo haciendo un gesto de dolor cuando la luz solar atravesó las oscuras nubes y le dio en los ojos. Cada vez que eso ocurría maldecía en silencio. Raven estaba sola con una mujer que no sabía apenas nada de las facultades de su pueblo. Además estaba muy débil. Esa niña era su única esperanza y era una estupidez rescatar a un hombre carpatiano que estaba a punto de transformarse. Unos pocos años más y Gregori iría a cazarle.

Jacques se desplazó a través de la pradera, volando alto por encima de la alambrada. El agua resbalaba por los finos alambres como si fueran gotas de cristal. Planeó lentamente en círculo sobre las ennegrecidas ruinas, en busca de la entrada oculta en el suelo. Le preocupaba no saber exactamente dónde estaba o que los otros lo averiguaran antes que él. Eso le hacía sentirse incompetente o que todavía estaba muy enfermo.

Una risa suave le produjo un cálido estremecimiento por todo el cuerpo.

—*¿Desde cuándo has sido tú alguna vez incompetente? Me volviste loca incluso cuando estabas en la cama supuestamente indefenso. La primera vez que me besaste me olvidé hasta de mi nombre. Eso no es ser incompetente.*

Jacques notó que la tensión se disolvía. Shea tenía la habilidad de conseguirlo con el mero sonido de su voz y su calidez.

—*Estoy buscando la entrada de la bodega. No se ve ninguna marca en el suelo.*

—*Cuando atravesé la pradera y me acerqué a las ruinas, la chimenea de piedra estaba a mi derecha. Rodeé el perímetro desde la derecha. La puerta estaba enterrada en la tierra. No podía verla, pero la noté con la mano. Recuerdo que tenía la chimenea a la derecha a unos cuatro metros.*

—Gracias, mi pequeña pelirroja. —Jacques se agachó bajo la lluvia y pasó la mano por la tierra húmeda cubierta de musgo.

—Por aquí hay algo —dijo Mihail en voz baja, sus ojos buscaban alguna trampa oculta. Su cuerpo planeaba por el área, mientras examinaba el terreno.

—Hay marcas en el suelo, como si hubieran arrastrado una rama hasta aquí. Han esparcido tierra y piedras sobre este punto.

—¡No lo toques! —Ordenó Jacques tajantemente—. La chimenea ha de estar a la derecha y más lejos.

—¿Recuerdas esto? —preguntó Mihail escéptico.

—Shea lo recuerda, puede ser otra trampa. La lluvia debería haber borrado estas marcas.

—No han tenido mucho tiempo para colocar trampas —observó Mihail—. Hace apenas una hora que se llevaron a Byron.

—Quizás estemos subestimando a este vampiro, Mihail. Yo hubiera podido fabricar estas trampas, igual que tú. Aidan y Julian también podrían haberlo hecho y también Jacques. ¿Quién más conocemos que tenga este poder? —preguntó Gregori.

—No hay muchos más que excedan los seiscientos años —respondió Mihail.

—Quizás este sea más un crimen de odio que de edad —se aventuró a decir Jacques—. Lo que me hicieron a mí fue con la intención de causarme el mayor sufrimiento posible antes de morir. Ese es un crimen de odio, de venganza.

Gregori y Mihail intercambiaron una rápida mirada de complicidad.

—Es evidente que has de tener razón, Jacques. —Respondió Mihail en nombre de los dos ancianos—. Un vampiro nos evitaría, no intentaría atraernos hacia él. Entonces, ¿a quién has enojado de tal modo como para ganarte este odio?

Jacques se encogió de hombros. Su propio odio era profundo y ardiente, una rabia tan arraigada que sabía que surgiría el demonio en el momento en que se encontrara frente a quienes estuvieron implicados en su captura y tortura. Quienquiera que le odiara de ese modo había creado un sentimiento semejante en él, un odio que no solo igualaba sino que sobrepasaba lo que cualquier vampiro pudiera sentir.

—Tú sabes más sobre mi pasado que yo, pero en realidad no importa, siempre y cuando él piense que fui yo quien le agravió —dijo Jacques—. Está aquí. La puerta está aquí.

—El humano está dormido —Mihail sondeó cuidadosamente la mente del hombre al que todavía no veía—. Está totalmente seguro de que no le vamos a molestar.

Gregori también sondeó al humano.

—No me gusta nada de esto, Mihail. Todo parece demasiado fácil. El vampiro sabe que podemos desplazarnos a primera hora del día. Aunque nuestros poderes no estén en su máxima potencia, incluso mermados podemos fácilmente con los humanos

—Quédate fuera del alcance de la vista, Gregori, cúbrenos las espaldas —le indicó Mihail—. Ordenaré al humano que nos abra la bodega y que nos deje entrar. Jacques y yo comprobaremos la trampa.

—Jacques y yo entraremos, Mihail. No podemos arriesgar tu vida. Ya lo sabes. —Gregori no esperó respuesta. Había pasado la mayor parte de su vida protegiendo a Mihail, el administrador de justicia de su pueblo. Incluso con su alma gemela tan próxima, Gregori no renunciaría a su deber. Se incautó de la mente del humano con facilidad para pedirle información.

Jeff Smith se despertó de golpe, con un terrible dolor en la cabeza y una extraña sensación en el alma. En su mente había algo que no le pertenecía, algo muy poderoso que le pedía todos los detalles de los últimos días, que insistía en que paso a paso fuera rebobinando las últimas horas. Intentó resistirse, pero era demasiado fuerte para conseguirlo. Le contó todos los detalles. El vampiro llevando al carpatiano paralizado. Donnie quemando y cortando a la víctima. Slovensky riéndose y azuzando. El vampiro observando impertérrito, con ojos vacíos y francamente aterrorizando a Jeff. Donnie y Slovensky habían ido a buscar provisiones, chismorreando entre ellos y con el vampiro.

El vampiro les prometió que nadie les encontraría, sus hechizos protegerían la mazmorra provisional hasta el anochecer. Los otros vampiros quedarían atrapados en la tierra hasta la noche. Jeff estaba a salvo y podía torturar a la víctima a voluntad. Smith hubiera preferido haber capturado a la doctora pelirroja. Tenía unos deliciosos pensamientos sobre lo que podía hacer con ella durante horas.

Jacques emitió un sonido, no en voz alta sino mentalmente e inmediatamente cortó la conexión con Shea. Así ella no podía ver el demonio que estaba surgiendo de su interior. Los colmillos ya estaban estallando en su boca y la neblina roja que auguraba una muerte se elevaba con violentas y asesinas intenciones. Se le escapó un gruñido grave de advertencia y silbó a Gregori para que se alejara de su presa.

Mihail se abalanzó para detener a su hermano.

—Necesitamos a este hombre.

Gregori se colocó firmemente entre los dos carpatianos, dándose cuenta de inmediato que la trastocada mente de Jacques sólo pretendía una cosa.

—*No intentes interferir, Mihail. Te atacará. Todavía no está curado del todo y es muy peligroso. No podemos controlarle y ha dejado fuera de su mente a la mujer. Ella es su único vínculo con la realidad. No podemos salvar a este humano.*

Se encogió de hombros como queriendo decir que no le importaba lo que le pasara. Y así era. Si Mihail no hubiera estado con ellos, Gregori ya habría dispensado justicia él mismo.

Smith notó que algo se apoderaba todavía más de su mente. Esta vez no era la misma petición de información. Era un ataque de un ser extraño, como si una mano de acero le estuviera aplastando el cráneo. Smith dio un grito y se giró para mirar al desmoronado hombre que yacía aparentemente indefenso delante de él. Tenía los ojos abiertos, mirándole fijamente, estaban cargados de dolor, incluso de maldad, pero su víctima parecía medio muerta. El vampiro le había asegurado que éste estaba paralizado de cuerpo y mente, que podía sentir el dolor que le causaban, pero que no podía gritar para pedir ayuda a su gente, ni hacerles daño a los humanos.

Smith tomó un cuchillo, todavía manchado con la sangre de la víctima y se dirigió hacia el ensangrentado ataúd. Al momento, una fuerza invisible le proyectó contra la pared y el cuchillo se dirigió hacia él. Jeff dio un grito y soltó el arma. La cabeza le estallaba de dolor. Lo que quiera que fuese, se encontraba fuera exigiendo que abriese la puerta. Se puso ambas manos en la cabeza, intentando resistir la compulsión, pero sus pies ya se estaban dirigiendo, obedeciendo al dictador invisible.

El ente estaba impaciente y aplicó más presión. Jeff sabía que iba a dejar entrar a su propia muerte mientras se encaminaba hacia la podrida escalera. Cada paso que daba acercaba su cuello a esos afilados colmillos. Pero no podía detenerse. El ente le mandó una clara imagen a su cerebro, pero no podía parar. Su mano ya estaba en la puerta. Dio un empujón.

La puerta de madera explotó hacia arriba y dos manos con zarpas le apresaron y le arrastraron bajo la lluvia. El trueno retumbó y cayó un rayo sobre un árbol partiéndolo en dos con un ruido ensordecedor. Se produjo una lluvia de chispas. La tierra pareció abrirse cuando Jeff fue propulsado por los aires. Ahora reconocía el rostro, al hombre que le había torturado durante varios días. El hombre que siete años antes le había enterrado vivo.

Esos ojos negros que le habían jurado la muerte, le habían acechado durante años y ahora eran hielo y fuego, ribeteados de rojo. Los dientes blancos, afilados y sedientos resplandecían. Jeff gritó de nuevo al notar que su aliento quemaba su cuello. Sintió que los dientes le desgarraban la carne, dejando al descubierto su yugular. El líquido caliente cayó sobre su pecho y miró hacia abajo para ver el río de su propia sangre. Ahora la criatura le estaba consumiendo mientras su corazón se esforzaba por seguir latiendo y su mente pedía otra oportunidad.

A su alrededor los fantasmas de las mujeres a las que había violado y asesinado, los hombres a los que Donnie le había incitado a torturar, rondaban por su mente. La lluvia caía por su cara que miraba al cielo. La criatura le dejó caer sobre el fango con un ruido sordo. Jeff se retorció, intentó arrastrarse y al girar la cabeza vio a un lobo que se acercaba desde el comienzo del bosque. Intentó emitir un sonido pero sólo salió un grito ahogado.

Jacques se agachó y le miró con frialdad absoluta, observando el aspecto vidriado de los exorbitados ojos de Jeff Smith.

—Irás al infierno que mereces, humano —dijo con desprecio en la mente del moribundo.

Jacques permanecía agachado al lado del hombre, sus ojos lanzaban llamas rojas, el demonio que había en su interior rugía y reclamaba venganza. Sabía que Byron estaba atrapado en la bodega, que ese humano y sus amigos le habían torturado, igual que habían hecho con él años antes. La adrenalina y el poder recorrieron su cuerpo.

Mihail andaba de un lado a otro nerviosamente. Jacques era más animal que hombre, actuaba según el antiguo instinto del depredador. Emitía continuamente unos gruñidos graves en su garganta, de lo cual Mihail estaba seguro que no era consciente.

Jacques se inclinó, tomó al humano por la camisa manchada de sangre y se lo acercó, su necesidad de muerte era inminente. La llamada era fuerte y salvaje. Cada palabra que Shea había dicho respecto a este hombre y a su compañero y lo que habían prometido hacerle a ella retumbaba en su mente. La necesidad del hombre carpatiano de proteger a su compañera y la sed de venganza le impulsaban a sentir cada momento del acto de quitarle la vida.

Mihail podía ver su lucha interior. Sería difícil para él vivir con eso, beber su sangre mientras le asesinaba. Tanto Gregori como él lo habían hecho, pero la experiencia era adictiva y peligrosa. En el estado en que se encontraba Jacques podía trastocarle para siempre. Se acercó a él prudencialmente.

—Jacques, no hagas esto. Tienes mucho que perder.

Jacques se giró hacia él, le enseñó los dientes y le lanzó un gruñido de advertencia, lo que provocó que de nuevo Gregori tuviera que situarse entre ambos.

—Déjale, Mihail. Si le mata y se bebe el resto de la sangre de este idiota, eso es lo mínimo que le deben estos asesinos. Ya no es un niño al que debas proteger.

Mihail lanzó un improperio, enojado con Gregori por restarle importancia a ese momento. Muchos se han perdido en estas mismas situaciones. Mihail pensaba que ya había perdido a Jacques una vez y que no quería volver a perderle de nuevo. También conocía a Gregori lo bastante bien como para saber que para detener a su hermano tendría que enfrentarse a su amigo. Gregori creía que Jacques era un peligro para todos. Con un suspiro se resignó a que sucediera lo inevitable.

Gregori observó cómo el deseo de luchar desaparecía en Mihail y concentró su atención en Jacques, simplemente esperando a que tomara la decisión.

Jacques olió la incitadora sangre. Su sed se había saciado, pero el sabor del miedo, la adrenalina y la necesidad de venganza, le quemaban. El impulso le consumía, pero el viento fresco que suponía Shea le anclaba en la realidad. Su cuerpo temblaba con la necesidad de consumir mientras mataba, de sentir cómo le absorbía la vida a ese hombre. Con desgana fue soltando la camisa y dejando ir al hombre. Jeff Smith podía morir por sí solo y Jacques renunciaría al poder último de una matanza. Respiró lento y profundo y se apartó del destrozado cuerpo, observando cómo sus hermanos, los lobos, se acercaban a la víctima. Consiguió vencer al demonio, luchando con todas sus fuerzas para recobrar el control. Le costó bastante volver a reconocer que los dos carpatianos eran sus amigos en lugar de sus enemigos.

Gregori asintió, luego se giró y entró en la bodega con precaución, inhalando el aire rancio, buscando trampas ocultas. El lugar olía a sangre y a miedo, a sudor y a carne quemada. Byron yacía en un ataúd ensangrentado, su cuerpo tenía miles de cortes y quemaduras. Sus ojos enseguida vieron a Gregori, se angustió y desesperó. Gregori intentó contactar con él a través de la vía de acceso habitual entre los carpatianos, pero la mente de Byron estaba petrificada, no podía moverse ni comunicarse. Sin embargo, por la desesperación que había en sus ojos, Gregori sabía que el sótano era peligroso para cualquiera de su raza.

Jacques entró en el lugar de la muerte con reparo, el olor le daba náuseas. Captó la advertencia que silenciosamente le había hecho Gregori y no se acercó con su forma al ataúd. Era demasiado fácil. El vampiro sabía que acudirían y Jeff Smith había sido una víctima propiciatoria. Posiblemente, los otros dos humanos también lo sabían.

—*¿Qué piensas?* —Gregori quería saberlo.

Jacques tenía que luchar para controlarse. Su cuerpo no dejaba de temblar y la necesidad de matar seguía quemándole. Le costaba pensar, concentrarse. Era consciente de los lobos que había fuera y de cómo disfrutaban descuartizando el cuerpo. Se sentía conectado con su forma de vida salvaje. Le llamaban para que se uniera a ellos, para cazar y alimentarse.

—*¿En qué piensas, Jacques?* Gregori utilizó deliberadamente su nombre para sacarle de esa necesidad de correr salvaje, de cazar, de matar y de ser verdaderamente libre.

—*Algo no va bien.* —Jacques no sabía qué era, pero estaba seguro de que había un peligro oculto.

Los ojos de Byron eran elocuentes, era evidente que intentaban comunicar algo. Cuando Gregori se acercó más, parecía más agitado, la sangre manaba de sus heridas.

—Tranquilo Byron, duerme. Ningún vampiro va a cazarnos en su trampa. Mihail nos espera fuera. Somos tres. —El tono de Gregori era armonioso, puro y relajante.

—Déjate llevar, lentifica tu ritmo cardíaco y deja que tu cuerpo hiberne. Te llevaré a un lugar seguro donde pueda curarte. Mi sangre es poderosa, sanarás rápido.

La sangre salía en mayor cantidad a medida que Byron se ponía más nervioso. La voz de Gregori se fue suavizando hasta convertirse en el viento y el agua, en la propia tierra.

—Jacques ha intercambiado sangre contigo en muchas ocasiones. El puede darte la suya si prefieres mantener tu pacto con él. No temas por nosotros, no hay trampa que haya preparado el vampiro que no podamos descubrir. Ahora duerme y deja que terminemos con esto. —Ahora sus palabras fueron un mandato—.

Aunque la mente de Byron era imposible de controlar, la voz de Gregori conseguía que todo aquel que la escuchara quisiera obedecer. Byron estaba exhausto y desecho por el dolor. Notó que su conciencia se iba desvaneciendo. Se le escapaba la vida y no podía revelarles el monstruoso y diabólico complot que acabarían descubriendo con el tiempo. Byron apagó su corazón para evitar las hemorragias. Sus pulmones trabajaron durante un momento y luego tras un leve suspiro, se inmovilizaron como si estuvieran muertos.

Gregori dio un suspiro de alivio.

—Podía sentir su sufrimiento.

—Yo también lo he sentido antes —respondió Jacques con una pequeña sonrisa—. Será mejor que no sienta o sepa nada hasta que podamos cuidarnos de sus heridas.

—No quiere mi sangre —dijo Gregori con su tono calmado y suave. Nada le agitaba, nada le conmovía. Mataba o curaba con la misma tranquilidad que hablaba.

—Sé que he hecho un pacto con él y voy a cumplirlo —dijo Jacques—. Vamos a descubrir esta trampa para poder sacarle de aquí. Este lugar está maldito.

Gregori examinó el ataúd en busca de alambres ocultos o algún tipo de bomba. Pasó la mano cuidadosamente por la cara externa de la burda caja de madera.

—El humano que estaba aquí no sabía nada, lo dejaron como cabeza de turco. Esto ha de ser una trampa mortal. —Gregori inspeccionó el cuerpo que yacía totalmente inmóvil con sumo cuidado—. Está en mal estado. Debía haberse puesto a dormir inmediatamente. Puede que antes quisiera morir o sabía que nos estaban esperando y quería avisarnos. Sea cual fuere la respuesta, el día se nos está echando encima y hemos de llevarle a una cueva donde podamos darle sangre y ponerle la tierra que necesita.

—Detente, sanador, déjame levantarlo a mí. Es mi amigo, aunque no le recuerde. He de cumplir con mi compromiso con él.

—Ve despacio, Jacques. La bomba, si hay alguna estará debajo. —Gregori en lugar de apartarse, se acercó más para apartar cualquier cosa que pudiera ser peligrosa.

—*Deprisa, Gregori. La luz es cada vez más intensa y empiezo a sentirme mal* —dijo Mihail desde fuera.

Jacques palpó con mucho cuidado por debajo del cuerpo de su amigo, tomándose su tiempo como si la luz de la mañana no les afectara. El olor a sangre se le metió en la nariz y la peste a carne chamuscada le revolvió el estómago. Cerca de las caderas de Byron encontró una pequeña resistencia. Se detuvo al instante.

—Aquí está Gregori, un cable trampa, afilado como una navaja. Me está cortando la muñeca. ¿Puedes verlo? No me atrevo a moverme hasta que no esté seguro de que no está conectado a ningún tipo de explosivo.

Gregori se agachó y examinó el intrincado cableado.

—Una bomba burda, bastante absurdo. El vampiro sabía lo fácil que sería para mí desmantelarla.

—Quizás sea un regalo de los dos humanos. Más bien parece una trampa humana —comentó Jacques, esperando pacientemente a que Gregori solventara el problema. Su gran fuerza le permitía aguantar el peso muerto de Byron con una mano sin cansarse—. ¿Hay algún otro dispositivo? Quizás el primero no sea más que una trampa.

Gregori ya estaba más que preocupado. Él era un maestro del engaño y de la astucia. Esta era una trama demasiado elaborada como para haber sido urdida en tan sólo una hora. Esto había sido planificado mucho tiempo antes, por alguien que estaba esperando la oportunidad para poder realizarlo.

¿Con qué fin? Mihail también se sentía incómodo, al igual que Jacques. En todo eso había algo muy perverso, pero ¿de qué se trataba? Perplejo, volvió a examinar el dispositivo, para no perderse nada.

14

Shea veía caer la lluvia a través de la ventana de la cabaña. Las gotas eran como pequeñas perlas plateadas que caían del cielo gris. Tembló sin razón aparente y cruzó los brazos como para protegerse.

—¿Qué pasa Shea? —preguntó Raven con delicadeza, sin intención de interrumpirla en sus pensamientos.

—Jacques se ha desconectado totalmente de mí —dijo tragando saliva. Todo este tiempo había estado muy segura de que necesitaba sentirse libre de su continuo vínculo con Jacques, sin embargo, ahora que él se había desconectado, casi no podía respirar—. No puedo contactar con él. No me deja.

Raven se sentó más erguida y su rostro se quedó inmóvil.

—¿Mihail?

—Déjame ahora —le ordenó. Raven captó que temía por la cordura de Jacques y la furia violenta y turbulenta que se manifestaba en los hombres carpatianos antes de que Mihail rompiera el contacto con ella. Se aclaró la garganta—. A veces intentan protegernos de los aspectos más duros de sus vidas.

Shea se giró para mirarla de frente con las cejas levantadas.

—¿Sus vidas? ¿No estamos los dos vinculados? ¿No han hecho algo para vincularnos a ellos irremediablemente? ¿No se trata sólo de *sus* vidas? Ellos nos han metido en esto y no tienen ningún derecho a decidir arbitrariamente lo que debemos o no debemos saber.

Raven se pasó la mano por su oscuro pelo.

—Yo he pensado lo mismo durante mucho tiempo —dijo suspirando—. Lo cierto es que sigo pensando igual. Pero insistimos en juzgarles según nuestras reglas humanas. Son una especie diferente. Son depredadores y tienen una visión totalmente distinta del bien y del mal.

Raven se pasó la mano por el pelo frunciendo el entrecejo.

—Yo quería esperar a tener un bebé, pero Mihail había empezado a notar diferencias en Gregori y ambos sentimos que necesitaba algún tipo de esperanza para sobrevivir. No obstante, me preocupa porque todavía me cuesta mucho adaptarme a su mundo.

Shea atravesó la habitación y se sentó en la cama que había al lado de la silla de Raven. Podía sentir el miedo en su voz y algo en ella respondió de inmediato.

—Al menos ahora somos dos. Podemos conchabarnos contra ellos.

Raven se rió dulcemente.

—Mantener algún tipo de control sobre mi vida con Mihail supone una lucha constante. Tengo la impresión de que con el bebé todo esto va a empeorar.

—Y es evidente que vas a tener al sanador tras de ti —añadió Shea. Es más implacable que el hermano de Jacques.

—Me gustaría poder decir que eso no es cierto, pero va a ser horrible, realmente horrible. Aunque no puedo culparle.

—No sé exactamente a qué se refería, pero parecía primordial que yo cuidara de ti.

Raven metió los pies debajo de la silla.

—Los carpatianos tienen muy pocos hijos. Hay algo que impide que puedan concebir mujeres.

La mente de Shea enseguida se concentró en recopilar datos.

—¿Puedes contarme más?

Raven estaba dispuesta a hacerlo.

—Casi un ochenta por ciento de todos los hijos que conciben son varones. Nadie sabe cuál es la razón. Sólo aproximadamente un setenta por ciento de los embarazos llegan a buen término. De los niños que nacen, sólo unos pocos sobreviven al primer año. Tampoco nadie sabe por qué. La última niña que nació fue hace unos quinientos años —dijo Raven con un suspiro—. Los hombres están desesperados. Mihail y Gregori tienen la teoría de que sólo las mujeres humanas con verdaderas facultades psíquicas pueden conseguir que se produzca un cambio y tienen la química correcta para ser verdaderas compañeras. Aunque tengan razón, ya te puedes imaginar la magnitud del problema sin mujeres y sin hijos, su raza no puede sobrevivir. Los hombres se convierten en vampiros porque no tienen esperanza.

—Quizás sea la forma que tiene la naturaleza de controlar la población. Viven mucho tiempo —Shea murmuraba más para sí que para ser oída.

—Su raza pronto se extinguirá si no descubren cuál es la causa del problema —dijo Raven tristemente—. Gregori es un gran hombre. Se ha entregado mucho a su pueblo y ha sufrido durante mucho tiempo. Se merece un destino mejor que convertirse en un vampiro y ser odiado y temido por el mundo. Por respeto, Mihail jamás permitiría que otro le cazase y le destruyera, sin embargo, para él tener que hacer eso sería una agonía. De hecho, tampoco estoy segura de que nadie pudiera destruir a alguien como Gregori solo. Para Gregori sería algo terrible ser cazado por la propia gente a la que ha protegido y curado.

—Gregori debe haber investigado el misterio de por qué no han nacido mujeres en siglos. Seguramente ya debe haber llegado a una conclusión después de todo este tiempo. Al menos debe tener algunas ideas. —Comentó Shea para llegar a su propia hipótesis. De pronto quería hablar con Gregori y conocer todos los datos que había recopilado con los siglos.

—El ha trabajado mucho en ello. Quizás sería una buena cosa que los dos os reunierais para compartir información —dijo Raven con tacto—. Pero sabes una cosa Shea, ninguna información sobre nuestro pueblo puede caer en malas manos. Cualquier documentación sobre nuestra raza puede ser peligrosa. Por el bien de nuestro pueblo debes destruir todos tus datos.

—No tengo ningún dato sobre los carpatianos, Raven. Ni siquiera sabía la existencia de esta raza. Yo buscaba la respuesta a una enfermedad sanguínea. Siempre he sabido que a la gente de esta región se la acusaba de ser vampiros. Creo que muchas leyendas encierran algo de verdad, por eso pensé que aquí pasaba algo. Eso y el hecho de que mi padre fuera de esta región fue lo que me decidió a venir aquí para ver qué podía descubrir. Sinceramente, Raven, no hay nada en mis archivos que indique la existencia de una especie diferente con el tipo de poder que tienen los carpatianos. Toda la información es puramente médica.

—Sigue siendo peligrosa para nosotros. Si cae en manos de esos llamados científicos pueden deducir muchas cosas. —Raven puso una mano en un brazo de Shea—. Lo siento sé que tus archivos suponen años de investigación, pero aunque el trabajo fuera para ti, es posible que tengas las respuestas a nuestras preguntas.

—El trabajo era para todas aquellas personas con el mismo trastorno sanguíneo que yo.

—No es un trastorno sanguíneo y esas personas no necesitan un remedio. Son una especie totalmente distinta, no son humanas y son una raza muy evolucionada. Trabajan mucho y contribuyen en la sociedad, pero nunca serán aceptadas por la raza humana. Si quieres hacer investigación médica, investiga sobre el verdadero problema, como la razón por la que no podemos llevar a buen término nuestros embarazos. Por qué mueren nuestros hijos. Por qué no concebimos niñas. Eso supondría un gran servicio. Créeme todos los carpatianos te estarían eternamente agradecidos. Yo te estaría agradecida. —Se puso las manos en actitud protectora sobre su vientre—. Si consigo parir esta hija, no podría soportar perderla—. Raven de pronto se sentó erguida—. Estoy segura de que tú puedes conseguirlo Shea, de que puedes hallar la respuesta para todos nosotros apuesto que puedes hacerlo.

—¿Conseguir algo que Gregori no ha conseguido en todos estos años? Lo dudo. Me cuesta mucho creerlo —dijo Shea escéptica.

—Fue a Gregori a quien se le ocurrió la idea de que las mujeres humanas con facultades psíquicas quizás seríamos la solución y estoy segura de que tenía razón. Tu madre y tú confirmáis esa teoría. También cree que hay algo en la química de las mujeres carpatianas que hace que sea casi imposible que el cromosoma femenino venza al masculino.

—¿No sabes que él pensaría siempre que es culpa de la mujer? —respondió Shea con desprecio—. Es más que probable que sean los hombres los que determinen el sexo, como sucede en los humanos y que sencillamente sean ellos los que no pueden concebir hijas. —Le dijo a Raven sonriendo—. Los hombres son los que están provocando su propia destrucción.

Raven se rió.

—Mihail nunca volvería a hablarme si nos oyera. Ya piensa que soy demasiado independiente y poco respetuosa. —Se encogió de hombros sin importarle demasiado—. Probablemente sea cierto. Pero es muy divertido. Me encanta ver su cara apenada. Está muy mono.

—¿Mono? Estoy seguro que le gustaría esa descripción. —Shea se levantó y caminó impacientemente. Estaba angustiada sin poder conectar con Jacques y no quería que Raven se diera cuenta de ello. Se había desconectado hacía sólo un rato, pero se sentía mal, más que simplemente mal. Ansiaba el consuelo del contacto de su mente.

—Quizás tengas razón. Quizás deba destruir todos estos papeles. No quiero ni pensar que el repugnante Don Wallace pudiera hallar un modo de utilizarlos en contra de alguien. Ese hombre es un sociópata. Lo digo en serio Raven está verdaderamente enfermo.

Shea empezó a recoger montañas de papel para llevarlas a la chimenea. Dudó en tirar sus cuadernos de notas. Había recopilado una gran cantidad de datos sobre el folclore de la región, junto con información científica. Odiaba tener que desprenderse de ellos. Respiró profundo y los tiró a la chimenea junto con una cerilla encendida.

Tuvo que controlar sus lágrimas. Sintió que le quemaban los ojos y se le cerraba la garganta hasta impedirle respirar. Sabia que no era sólo por perder los papeles, sino por la ausencia de Jacques en su mente. Se sentía muy sola, desolada. Cada vez le costaba más concentrarse sin su presencia. ¿Cuándo había empezado a necesitarle tanto? Odiaba el sentimiento de vacío, de esterilidad. ¿Dónde estaba él? Quizás le había pasado algo. Quizás había muerto y la había dejado totalmente sola.

—¡Shea! —dijo Raven con un tono agudo—. ¡No te pongas así! No estás sola. A Jacques no le ha pasado nada malo. Es sorprendente cómo te afecta su silencio, cuando hace sólo unos minutos que habéis perdido el contacto.

Shea se frotó los brazos que de pronto estaban fríos. Su estómago se estaba rebelando y todavía le costaba respirar.

—Creo que es porque Jacques no me deja nunca. No puede soportar estar solo.

Raven abrió los ojos.

—¿Nunca?

Shea movió la cabeza.

—Al principio pensaba que iba a volverme loca. La mayor parte del tiempo no lo notaba, pero él sabía lo que yo estaba pensando y luego me daba cuenta de que había estado todo el tiempo conectado. Ha estado tanto tiempo solo que necesitaba estar siempre en contacto conmigo para estar tranquilo.

—Eso debe ser terrible para él —dijo Raven—. Si ha roto la conexión es porque debe estar haciendo algo muy importante. Mihail también me está bloqueando y lo mismo Gregori. Pero no te preocupes estaremos bien las dos juntas y si algo les pasa nos enteraremos.

Shea encendió el generador para conectar su ordenador. Se sentía muy intranquila, inquieta, incluso alarmada.

—Raven, ¿tú no notas que pasa algo malo? —Tecleó su clave de acceso y esperó a que aparecieran los archivos en la pantalla.

—No, pero estoy acostumbrada a contactar de vez en cuando con Mihail para asegurarme y luego desconectamos. Llevamos juntos el tiempo suficiente como para haber creado una rutina. Contacto con él y tanto si él me deja entrar en su mente como si no, sé que está bien. Podrías probarlo.

Shea se concentró durante un momento en dar las órdenes en el ordenador para destruir los datos. Dando un suspiro volvió al lado de Raven.

—No es ese tipo de malestar. Se trata de algo más, al principio pensé que era porque no podía contactar con Jacques, pero ahora no creo que sea eso. Tengo la sensación de que algo malvado nos está observando.

Raven se puso a buscar e inspeccionar mentalmente el bosque que las rodeaba. Había ciervos a unos dos kilómetros. Sus tres hombres carpatianos estaban todavía más lejos.

—Conejos, zorros, lobos a varios kilómetros, pero no puedo detectar nada peligroso —le aseguró ella—.

Shea tomó la pistola y la abrió para cerciorarse de que estaba cargada.

—Casi me estoy mareando Raven. Hay algo allí fuera.

—Es la separación de Jacques. La primera vez a mí también me pasó, la noche se me hizo eterna. Sinceramente, Shea, la separación es muy difícil la mayor parte del tiempo, mucho más a primeras horas de la mañana cuando estamos más débiles y sabemos que nuestros hombres están en peligro. Puede que nosotras fuéramos humanas, pero ahora ellos son nuestra pareja. Es normal que echemos de menos su contacto.

Shea quería creerla, pero al igual que había notado la presencia maligna en el bosque, ahora también sentía el peligro. Miró a Raven, esa mujer era importante para todos. Shea le había prometido a Gregori que la protegería y no iban a pillarla por sorpresa.

—Quizás —dijo ella asintiendo suavemente.

Aun así se dirigió hacia la puerta, la abrió y salió al porche para inspeccionar el bosque.

Nada. La lluvia caía con más fuerza y Shea pudo oír el estruendo de un trueno en la distancia. El cielo se iluminó con un relámpago. De pronto estaba temblando y su dedo inconscientemente había buscado el gatillo. Enojada consigo misma, regresó al interior, colocó la pistola debajo de la ventana e intentó controlarse. Su conducta era inaceptable para ella misma. No podía creer que necesitara tanto a Jacques como para encontrarse mal físicamente y tener esa sensación de peligro por el mero hecho de no estar en contacto con él. No quería pensar que era una ilusión, un truco de su mente, sin embargo, ese era el menor de los males.

—Estás muy pálida, Shea. Has de alimentarte —le dijo Raven con cautela, consciente por propia experiencia de lo delicado del tema.

Shea tragó saliva. Estaba mareada de debilidad. Quizás fuera ese el problema, quizás nada tenía que ver con Jacques.

—Sé que todavía no puedo enfrentarme a ello. Sé que he de acostumbrarme, pero todavía me resulta todo demasiado nuevo.

—¿No eres capaz de verte mordiéndole el cuello a alguien, verdad? —Dijo Raven riéndose— yo tampoco. ¡Ug! Bueno... —Ella se sonrojó y una leve mancha rosada se esparció sobre su aterciopelada piel—. Mihail tiene una forma de conseguirlo... —Se detuvo.

Shea también se sonrojó.

—Sí, ya sé a qué te refieres. Me parece que Jacques hace lo mismo. —Su mano volvió a ceñirse alrededor de la culata de la pistola e intentó acallar el latido de su corazón. Tenía la boca seca de miedo.

Shea le robó una mirada a Raven. Estaba tranquilamente encorvaba, casi serena. Shea soltó un improperio en silencio. Allí pasaba algo terrible, lo sabía en lo más profundo de su ser, pero no podía hacérselo entender a Raven.

—¿Has intentado abandonar a Mihail alguna vez?

Raven la miró sorprendida. Una tenue sonrisa curvó sus labios.

—No puedes abandonar a tu alma gemela. En primer lugar, sabe lo que estás pensando y en segundo lugar te encontrará dondequiera que vayas. Además, no puedes estar mucho tiempo alejada de él, es demasiado incómodo, tanto física como mentalmente. Si dejas a Jacques, lo que sientes ahora no sólo no cesará, sino que empeorará. No puedes dejarle, Shea. Tendrás que aprender a vivir con él.

—Sé que en realidad no quiero marcharme —admitió Shea. Estaba a punto de llorar. La sensación de la presencia de un ente maligno era cada vez más fuerte, sin embargo no podía explicarlo. Se sentía muy confundida. Quería que Jacques estuviera cerca porque todo ese mundo era demasiado siniestro y extraño. Se encontraba totalmente fuera de su elemento.

Raven se puso inmediatamente de pie y le pasó un brazo por los hombros, malinterpretando su malestar.

—No te maltrata ¿verdad? —Le preguntó examinando la tenue marca de sus morados en el cuello—. Fue él quien te lo hizo ¿verdad?

Conscientemente, Shea se puso la mano en el cuello para cubrirse las marcas.

—No quería hacerme daño. No siempre sabe lo que está haciendo, pero no es el tipo de hombre que maltrata a las mujeres. Estoy lo suficientemente dentro de su cabeza como para estar segura de ello. Tampoco soy el tipo de mujer que soportaría eso. —Shea dejó que la otra mujer la abrazara, necesitaba consuelo.

—Tengo miedo constantemente. Tengo miedo de todo. Esa no soy yo. Además lloro y yo nunca lloro.— Lo que quiera que las acechara ahora estaba muy cerca. Quería llamar a Jacques.

—Has pasado una etapa traumática, Shea, y también tu cuerpo. Estás agotada y necesitas alimentarte. —Raven la soltó y dio un paso atrás—. Gregori es un gran sanador. Sé que piensas que podría ser un vampiro. —Se te ve en la cara cuando le miras— pero él daría su vida por ti, por mí o por Mihail. Es un gran hombre. Te podría ayudar mucho si le dejaras.

—Es el hombre más tenebroso que he conocido —admitió Shea—. Si yo tuviera una hija, no me gustaría que ese hombre fuera su marido.

—Pero tú no sabes suficiente sobre las almas gemelas. Si mi hija es su alma gemela y le elige —y será su elección, a pesar de lo que piensen mi marido y Gregori— será la mujer mejor protegida del mundo. Y cuando haya aprendido a tratarle, la más feliz.

—Tú tienes más fe que yo.

—Eso es porque hace más tiempo que les conozco. Concédete más tiempo y por lo que más quieras baja esa pistola. No hay nada allí fuera —reprendió Raven—. Sencillamente estás nerviosa porque Jacques no está contigo.

Cayó un rayo cerca y la cabaña tembló con el estruendo de un trueno. Raven se tambaleó y se dirigió a la silla.

—Seguro que está pasando algo. Eso ha sido uno de los nuestros.

Shea se puso la mano en la garganta. No podía evitar el sentimiento de que iba a suceder algo inminentemente. Se giró hacia Raven.

—¿Qué quieres decir con uno de los nuestros? —¿Por qué había ella accedido a quedarse con Raven para protegerla? Algo demoníaco las estaba observando y no podía descubrir qué era.

—¿Jacques, dónde estás?

—El rayo y el trueno —respondió Raven enseguida—. Uno de nuestros hombres está disgustado.

—Estupendo. Pataletas, eso es justo lo que necesitamos —dijo Shea fastidiada. Jacques todavía no había respondido ¿Dónde estaba? ¿No podía sentir que ella le necesitaba?

Sin embargo, eso les hace estupendos ¿no te parece? —dijo Raven riendo.

La puerta se abrió de golpe, la madera que acababan de reparar hacía tan poco tiempo, volvió a astillarse. Shea se giró instintivamente dando un paso para colocarse entre Raven y la entrada. En medio de la puerta estaba Don Wallace, con una escopeta en la mano y un hombre mayor detrás de él. Shea escuchó la risa maníaca de los dos hombres y vio la maldad y el desprecio en sus ojos.

—¡Jacques! —Gritó su nombre a pesar del disparo que salio del cañón de la escopeta. Los terribles aguijones que torturaban su brazo hicieron que se girara y cayera junto a Raven. Raven se llevó la peor parte del disparo y fue propulsada hacia atrás chocando contra la pared. Shea aterrizó en un charco de sangre. Había sangre por todas partes, debajo de ella, por el pecho y el estómago de Raven, ésta se vertía por todo el suelo de madera. Raven estaba quieta y sin vida, su rostro estaba pálido y Shea no pudo encontrarle el pulso.

Don Wallace la cogió por el pelo y la arrastró alejándola de Raven. Se reía mientras le daba patadas con desprecio en la pierna.

—Sabía que te atraparía, doctora. ¿Qué pequeño es el mundo, verdad?

—¡Jacques! ¡Dios mío, ha matado a Raven! ¡Gregori! Lo siento. No he podido salvarla. —Shea luchaba, dando patadas y puñetazos y ni siquiera se había dado cuenta de ello hasta que Wallace la pegó repetidamente en la cara.

—¡Cállate! Deja de gritar o te dejaré inconsciente. —La pegó un par de veces más—. ¡Estúpidos vampiros, se piensan que son muy inteligentes! ¿Ha sido muy fácil, verdad, tío Eugene?

Shea lloraba incontroladamente casi inmune al dolor que le producía Wallace arrastrándola por su brazo herido. De pronto sintió un calor en su mente.

—*¿Shea? Necesitamos que mires al hombre que te está apresando, que mires a tu alrededor lentamente y captes todo tal como tú lo ves.* —La voz de Jacques era tranquila y serena, no había rastro de odio o ira, simplemente un viento fresco de lógica—. *Los tres estamos vinculados y podemos ayudarte.*

—*¡Raven está muerta! ¡Le han disparado!* —gritó ella histérica en su mente, temerosa de moverse o de llamar más la atención y por supuesto de poner en peligro a Jacques.

—*Simplemente haz lo que te digo, mi amor. Mira a tu alrededor. Estudia a tu enemigo y fíjate en cada detalle para que podamos verle.* —Jacques estaba tranquilo, su respiración era regular y lenta para ayudarla a que también controlara su respiración—. *Aparta todo lo demás de tu mente. No importa lo que digan ellos. No importa lo que hagan. Danos la información que necesitamos.*

Shea respiró profundamente, cerró los ojos e intentó hacer lo que Jacques le decía. Era difícil superar el horror de la violenta muerte de Raven, del bebé tan valioso. Bloqueó todos los sonidos de la risa maliciosa, de las amenazas sexuales e insinuaciones. Wallace estaba de pie sobre ella, con una mano retorciéndole la melena y con la otra hurgando deliberadamente en las heridas ensangrentadas de su brazo. Ella se inhibió del dolor de sus heridas y de su cabeza. Abrió los ojos y primero miró a Raven. La sangre formaba un círculo a su alrededor. Su pelo negro-azulado estaba sobre una de sus mejillas como si fuera un chal. Shea intentó moverse. Su mirada se desplazó por la habitación y se fijó en Eugene Slovensky. Estaba arrodillado al lado de Raven, examinándola para asegurarse de que estaba muerta. Se levantó y retrocedió un par de pasos, carraspeó y escupió al cadáver. Alcanzó una bolsa de lona y la abrió. Con cara de felicidad sacó una gruesa y afilada estaca y se la mostró.

—Semilla del diablo —susurró como un poseso—. Novia del que mató a mi hermano. Morirás en el día de hoy mientras él duerme inconsciente. Tengo suerte de que el Buitre te odie a ti y a quien te creó tanto como yo os odio a los dos. No sé por qué quiere viva a la otra mujer, pero una vez más nuestros deseos coinciden.

—No exactamente, tío Eugene. Ésta nos la quedamos nosotros. Me prometiste que esta vez mataríamos al Buitre igual que a los otros —protestó Don Wallace.

Slovensky levantó la estaca y la colocó sobre el pecho de Raven. Shea intentó abalanzarse contra Slovensky incapaz de soportar la idea de ver el cuerpo de Raven profanado con una burda estaca de madera.

—¡*Concéntrate!* —ordenó Gregori con una voz tan poderosa, aún en la distancia, que devolvió a Shea a la realidad donde apenas había notado los puñetazos y bofetadas de Wallace.

Shea miró fijamente a Slovensky, la imagen quedó grabada en su mente. Vio el júbilo en su rostro, el odio, el placer perverso que le producía tener la estaca encima del cuerpo de Raven. Entonces de pronto, vio cómo su expresión cambiaba de placer a sorpresa. Su rostro empezó a enrojecer, luego una oscura sombra de color púrpura. Tosió y le salió sangre de la boca y de la nariz. Tosió de nuevo y le cayó el brazo a un lado escapándosele la estaca de entre los dedos.

—¿Tío Eugene? —La sonrisa en la cara de Wallace se desvaneció y dio un paso hacia su tío—. ¿Qué te pasa?

Slovensky intentó hablar, pero el único sonido que pudo producir fue un jadeo de dolor y salió más sangre aún de su boca, mezclada con espuma roja que le cayó sobre la barbilla.

Shea miró para otro lado, porque se le revolvía el estómago.

—¡*Mírale*! —la orden de Gregori era imposible de desobedecer. Uno de los ancianos más poderosos, conseguía que sus órdenes se cumplieran sin reparos, por lo que Shea mantuvo su mente concentrada exactamente donde él quería. Jacques y Mihail habían proyectado su poder y su fuerza justo detrás de él.

La aterrorizada mirada de Shea volvió al anciano como le habían ordenado. Estaba gris y su cuerpo se tambaleó hasta caer de rodillas.

¡Mierda, viejo! —dijo Wallace asustado—. No me hagas esto. ¿Qué demonios te pasa? ¿Te está dando un infarto?

—No se acercó a su tío. De hecho se retiró, arrastrando a Shea con él, mirando nerviosamente a todas partes temeroso de que no estuvieran solos.

Slovensky se estaba asfixiando, literalmente se estaba ahogando con su propia sangre. Se puso las manos en la garganta intentando soltarse de unos dedos imaginarios. Luego sus manos se dirigieron al corazón cuando su pecho empezó a abrirse.

Shea gritó, pero no podía mirar a otra parte por el mandato de Gregori. El corazón de Slovensky salió violentamente proyectado de su cuerpo y cayó al suelo, entonces Wallace la soltó.

Wallace hacía sonidos extraños, como pequeños maullidos intercalados con algunos tacos. Levantó a Shea y la llevó con él hasta la puerta. La tenía a su espalda y por un momento ella se sintió curiosamente agradecida. Jamás había matado ni herido a otro ser humano en su vida. Había hecho el juramento de salvar vidas. Su instinto era correr hacia Raven para ver si todavía podía hacer algo. Incluso ir a socorrer al anciano. Matar era algo totalmente impensable para ella.

—*Tú no le has matado* —dijo Jacques tranquilizándola.

—*He sido el instrumento que has utilizado* —protestó ella, mientras Wallace la arrastraba hacia afuera, la luz hirió sus ojos y gritó al sentir como si miles de cuchillos atravesaran su cráneo.

—*Mira a ese hombre, su mano sobre ti, cualquier cosa que pueda usar.* —Ordenó Jacques con brusquedad. Podía notar su horror, su rechazo.

—*No puedo, Jacques. No puedo pensar.* —Era cierto. Su mente se estaba consumiendo con las aberrantes imágenes de sangre y muerte.

—Esta vez no fue Gregori quien se encargó. Jacques se hizo con su mente con una fuerza férrea obligándola a obedecer. Era mucho más fuerte de lo que ella había imaginado jamás y estaba muy seguro de sus facultades, incluso durante las primeras horas del día. Otros carpatianos también se estaban acercando. A pesar de la responsabilidad de proteger a Byron se acercaban con rapidez hacia la cabaña.

Mihail se separó del resto sin desearlo, pero llevaba el peso muerto de Byron en sus brazos y debía dirigirse hacia la cueva de la sanación alejada del bosque, aunque su mente estaba totalmente enfocada en su esposa e hija. No tenía sitió para ninguna otra emoción. Mantenía su fuerza vital decreciente centelleando en su mente, las tenía amarradas a él, sin permitirles morir antes de que el sanador tuviera la oportunidad de ayudarlas.

Jacques concentraba su veneno en el hombre que le había torturado con tanta crueldad, que ahora tenía a Shea en sus sucias manos. Su odio era absorbente, total, se enfocaba en él y lo transmitía a través de Shea. Ella podía ver la neblina roja del deseo de matar, la necesidad y la sed de matar, el placer que suponía para él. Se concentró en la única parte de Wallace que Shea podía ver.

Don Wallace sintió de pronto una sensación de quemazón en el brazo, lo miró y vio que salía humo del mismo. Estalló en llamas de color rojo y naranja. El humo empezó a girar adoptando la maliciosa forma de un rostro sonriente. Wallace conocía ese rostro, él había sido el causante de cada uno de los surcos de dolor que en él se reflejaban. Gritó y empujó a Shea para apartarla de él, empezó a darse palmadas en el brazo con la otra mano para intentar detener el fuego. Podía notar ya el olor chamuscado de su carne como el de tantas de las víctimas a las que había torturado.

Shea cayó pesadamente al suelo agarrada a su propio brazo y quería permanecer allí con los ojos muy cerrados. La compulsión de girarse y mirar a Wallace fue demasiado fuerte. Se sentó y le miró con los ojos muy abiertos incapaz de hacer otra cosa.

Don Wallace se encontró flotando en el aire con su escopeta en el suelo. Las llamas se apagaron del mismo modo que habían prendido, pero su brazo era ya una masa de carne quemada. Todavía gritando, con la mano que le quedaba intentaba desenfundar su revolver de la pistolera que llevaba bajo el brazo. Se quedó horrorizado cuando se dio cuenta de que parecía que iba a arrebatarse su propia vida cuando lentamente apuntaba hacia sí mismo. Su dedo encontró el gatillo y lo puso en él compulsivamente.

Shea emitió un sonido en la garganta. Esa era una escena digna de una película de terror, sin embargo, no podía dejar de mirar. Un enorme lobo negro apareció de repente de entre los matorrales. Dio un salto en el aire, sus garras resplandecientes se ciñeron alrededor de la pierna de Wallace. Los huesos se partieron como ramitas cuando el lobo atrajo al hombre hacia el suelo y clavó sus colmillos en su garganta.

Shea fue liberada de la posesión mental, se puso en pie y corrió hacia el lobo que estaba descuartizando al hombre que forcejeaba con él.

—¡Jacques! ¡No! ¡No puedes hacer esto! —durante un extraño segundo el lobo se giró y la miró, el tiempo se detuvo. Reconoció los gélidos ojos de Jacques y podía sentir su triunfo.

Gregori tomó del brazo a Shea mientras surgía del bosque corriendo, todavía medio lobo, medio hombre, cambiando mientras corría.

—Venga, no tenemos tiempo, Shea, te necesito. Tú eres doctora, una sanadora. Ven conmigo. —No le soltó del brazo y se vio obligada a correr con él hacia la cabaña.

Gregori apartó de una patada el cuerpo de Slovensky.

—Escúchame, Shea. Tendremos que hacer esto juntos. Raven ha cesado sus funciones vitales todo lo que ha podido. Mihail está manteniendo vivas a las dos, pero la niña está en peligro. Tú encárgate de Raven y yo lo haré de la niña.

Shea estaba perpleja.

—¿Todavía está viva? —Intentó alejarse de Gregori—. Sólo conozco la medicina humana. No tengo ni la menor idea de cómo hacéis lo que hacéis. Podría matarla.

—Está en ti. Los sanadores nacen siéndolo, no aprenden. Puedes hacerlo. Te iré dando instrucciones. No tenemos tiempo de discutir, Shea. No puedo hacer esto solo. Mihail dice que Raven perderá a la niña en unos minutos. Ella ha de permitir que su corazón y pulmones vuelvan a funcionar, pero entonces empezará la hemorragia y morirán todos, Raven, la niña y Mihail. Los perderemos a todos —insistió él. La miró retándola—. ¿Me ayudarás?

Shea estaba temblando, pero levantó la barbilla.

—Dime qué tengo que hacer.

Gregori asintió con la cabeza.

—Has de bloquear todo lo que eres. Todo. Eres luz y energía, sólo eso. Una vez te veas como luz, podrás entrar en el cuerpo y curar las peores heridas. Curarás desde dentro. En primer lugar lo más importante será parar la hemorragia y luego reparar los órganos vitales. Es muy difícil y tú estás débil. En algún momento tendrás que alimentarte. Jacques vendrá a abastecerte cuando haya terminado con lo que está haciendo. No puedes fallarnos, Shea. Sé que puedes hacerlo. Si necesitas mi ayuda, estaré en tu mente.

No valía la pena protestar diciendo que ella no era capaz de hacer aquello, convertirse por arte de magia en luz y energía. No tenía más opción que probar. Gregori creía que podía hacerlo y ella también tenía que creerlo. Le debía a Raven y a su hijo una oportunidad. De cualquier modo, ella ante todo era médica. Su naturaleza era curar.

—Lo haremos juntos —dijo Gregori con tranquilidad, su voz era serena, como un bálsamo relajante en medio del caos de su mente. Podía notar cómo respondía a ese bello tono, un tintineo plateado, la pureza del bien. Shea se arrodilló en el suelo al lado del cuerpo inmóvil de Raven, cerró los ojos y buscó un lugar de paz en su mente donde concentrarse. Al principio todo parecía molestarla, pero Gregori también estaba allí, enseñándole a aquietar sus pensamientos y a volver a concentrarse. Al principio pareció como si la habitación se desvaneciera, luego el tiempo y el espacio. Su corazón dio un vuelco salvaje ante esa extraña sensación, pero el suave canto de Gregori la ayudó a permanecer en calma y a flotar por encima del caos mundano. Paulatinamente su cuerpo se fue haciendo más pequeño, se fue reduciendo hasta que lo único que quedó fue su alma. Luz, energía y poder.

—Vamos juntos. Mantén tu atención en Raven y en sus heridas. No puedes pensar ni en ti ni en lo que puede suceder. Cree en ti misma. Si empiezas a flaquear, avísame. La poderosa luz de Gregori parecía inundar el alma de Shea de confianza y consuelo.

Ahora sólo veía al sanador en él. Todo lo demás lo había dejado a un lado. Había mucha entrega y mucha pureza en su alma. Shea sólo podía maravillarse. Siguió su guía sin reservas. Él era el ejemplo vivo de lo que ella siempre había querido ser. Un verdadero sanador, con un raro y valioso don, se sentía humilde en su presencia. Luego recordó que Gregori era un poderoso anciano, que podía hacer que todo el mundo creyera y viera lo que el quería.

15

Shea parecía estar flotando por encima del cuerpo de Raven. Su mundo se redujo hasta que sólo existía la mujer que yacía inmóvil en el suelo. Al principio, parecía que Raven estaba muerta, que su fuerza vital la hubiera abandonado por completo. Lentamente, en su propia inmovilidad, con una nueva conciencia, Shea pudo sentir la tenue energía que desprendía Raven. Los colores vibraban a su alrededor, pero eran pálidos y parecían desvanecerse.

—Bien, Mihail —ordenó Gregori.

Las palabras fueron pronunciadas en voz alta, pero también en su cabeza. Shea se dio cuenta de que no había visto a Mihail. Estaba en alguna parte con Byron, manteniendo viva a Raven en la distancia. Ella quería pedirle perdón por haber permitido que sucediera esto, pero la luz en la que Shea se había convertido ya se estaba posicionando encima de Raven. Se sorprendió un poco al ver que parecía saber lo que tenía que hacer, pero se dio cuenta de que no estaba sola. La bola de blanco puro que tenía a su lado guiaba todos sus movimientos. Todos sus pensamientos estaban centrados en el cuerpo de Raven. Shea notó que Mihail le daba a Raven la orden de despertar a la inconsciencia mortal.

La sangre salió de golpe, brotaba de todas sus heridas. Su corazón latía con fuerza y retumbaba a través de la luz que era Shea. Se encontró nadando en sangre y cauterizando las peores heridas. Trabajaba deprisa totalmente concentrada para contener el flujo de la vida de Raven antes de que les abandonara. El cerebro de Shea evaluaba el daño interno de cada órgano incluso mientras actuaba. Las heridas las suturaba a través del pensamiento. Cada punto era meticuloso, cada extracción de fragmentos de bala precisa y realizada con sumo cuidado. Era igual que una operación física, salvo porque era más cansado. Mantener el grado de concentración necesario durante tanto rato era agotador. Aun así, no tenía demasiada noción del tiempo, igual que le sucedía cuando estaba en el quirófano, Shea se quedaba absorta en lo que estaba haciendo. Incluso notaba que cuando sudaba, una enfermera le empapaba el sudor en una gasa.

Este era el mundo que Shea conocía. Su mundo. Tenía la calma para tratar las grandes heridas. Tenía el conocimiento y las habilidades, pero sobre todo contaba con su gran determinación. No perdía la paciencia si veía la más mínima probabilidad de éxito.

El destrozo era tremendo. Estaba asombrada de que Raven hubiera sobrevivido tanto tiempo. Ni siquiera en un centro de urgencias le habrían podido salvar la vida, tenía demasiadas heridas mortales. Y el bebé...¿Cómo podría sobrevivir el bebe?

Gregory se aproximó al diminuto ser con suma delicadeza. La extensión de los traumatismos era tremenda. El bebé se estaba muriendo con cada borbotón de sangre que salía del cuerpo de su madre. Podía sentir su intención de querer alejarse del dolor y el destrozo del ataque. Sólo esperaba que Shea pudiera detener pronto la hemorragia, puesto que tenía que concentrarse en el bebé. Era tan diminuta, casi inexistente, sin embargo, él podía sentir su sufrimiento y desconcierto. Había conocido el miedo antes de nacer y ahora ya quedaría grabada en ella la impresión de que el mundo no era seguro, ni siquiera en el vientre de su madre.

Gregori murmuró suavemente, dándole confianza. Ya la había bañado una vez con su luz y ahora ella le había reconocido, se acercó hacia él, buscando consuelo. Con mucho cuidado se preocupó de la herida en la arteria que era la que le suministraba el alimento. Muy pronto él le daría su propia sangre, sellando así su destino, vinculándola a él para siempre. Había varias grietas en la placenta que selló meticulosamente. Se asustó al notar que la luz de Gregori se aproximaba, por lo que él le envió vibraciones tranquilizadoras.

Había una herida en su muslo derecho. Dolía y la sangre se vertía en el líquido que la envolvía. Con el más ligero de los toques Gregori cerró la herida y la sensación de su contacto la tranquilizó. Su canto y su tono grave, sonaban en su corazón, en su mente, empapaban su alma. Gregori le hablaba mientras trabajaba, la pureza de su tono la cautivaba y relajaba, por lo que optó con quedarse con su madre en lugar de rendirse a la muerte y desvanecerse con cada pérdida de sangre.

Gregori podía sentir su fuerza, su determinación. No cabía duda de que era hija de Mihail y de Raven. Si elegía marcharse, lo haría, pero si se quedaba, lucharía con todas las fuerzas que le quedaran en su cuerpo. Gregori se aseguró de que quisiera luchar. Le susurró con su tono más cautivador, le prometió un futuro fascinante, la fascinó con los secretos y la belleza del universo que le esperaba. Le prometió que jamás se sentiría abandonada, que él estaría junto a ella para guiarla, protegerla y velar por su felicidad.

Antes de que pudiera completar su trabajo, notó que Shea temblaba, que de pronto volvía a ser consciente del dolor de sus propias heridas. Asegurándole a la niña que iba a regresar, salió del cuerpo de Raven y se llevó a Shea con él. Se estaba tambaleando sobre las rodillas, tan pálida y exhausta que estaba gris. Aunque las heridas de su hombro y brazo no eran críticas, había perdido más sangre de lo que se podía permitir.

Jacques la estaba sosteniendo, abrazándola contra su pecho para que no se desplomara. Ella no parecía darse cuenta, sólo le empujaba sin conseguir resultado alguno.

—Todavía no he terminado. ¿Por qué me has sacado Gregori? —protestó ella, enojada. Su único pensamiento era regresar a su paciente.

—Has de alimentarte o no podrás continuar —le dijo para consolarla. Estaba tan cansada y exhausta que apenas podía girar la cabeza para encontrar el hueco de su cuello, al momento su cuerpo se contrajo al notar la calidez de la piel de Jacques. Se la acercó todavía más, notó el arañazo de sus dientes y un ligero mordisco en su cuello. Jacques casi gimió en voz alta, maldiciendo la fuerza de la sexualidad carpatiana que hacía que su cuerpo enseguida se endureciera, provocándole una dolorosa necesidad cuando la sangre y la muerte le rodeaban.

Shea le susurró algo en su yugular, algo dulce y un suspiro que invadió su cuerpo de una tremenda necesidad de un contacto íntimo. Disimuló su gemido de deseo de satisfacción urgente cuando ella hincó a fondo sus dientes en su cuello. Las llamas recorrían su torrente sanguíneo y le perforaban los músculos y los nervios. Le puso las manos en la cintura, luego en la espalda y después le tomó la cabeza para acercársela más. Su cuerpo necesitaba saciarse de ella. Nunca el calor había sido tan insoportable, ni la necesidad tan grande.

Gregori se rasgó la muñeca con sus propios dientes. Su mente estaba conectada con la de Mihail y juntos obligaron a Raven a alimentarse. Todavía era como un poyuelo, apenas tenía un cuarto de siglo, sin embargo era muy fuerte. Hizo falta la voluntad de ambos para que se alimentara de alguien que no fuera Mihail. Se resistió un momento.

—*Por nuestra hija, por nuestra pequeña* —susurró suavemente Mihail, doblegando amorosamente su voluntad a la suya—. *Has de hacer esto por nuestra hija.*

Gregori añadió su propio refuerzo.

—*Nunca te he pedido nada Raven, nunca te he pedido nada por nuestra amistad. Ahora te pido esto.*

Raven dejó a un lado su repulsión y dejó que Gregori y Mihail la pusieran en trance para que pudiera aceptar el fluido de la vida que tanto necesitaban ella y su hija.

Gregori se concentró en conectar con la niña. Era tan pequeña, tan indefensa y tenía tanto miedo. Sin embargo, ya era un ser vivo y pensante. Pudo sentir la confusión y su repentina consciencia de que estaba sola. Le envió vibraciones de apoyo. Su sangre, fluía por su pequeño cuerpo, lo cual estrecharía su vínculo, ello aseguraría su mutua atracción.

Se había pasado toda la vida preparándose para este momento, el día en que tuviera la oportunidad de elegir a su pareja. Siempre había sabido que sería hija de Mihail. Cuando años atrás Raven había sido atacada y herida mortalmente, Gregori se aseguró de suministrarle la sangre que necesitaba para su curación. Su sangre antigua era poderosa y fuerte y con ella había enviado los primeros vínculos con la esperanza de que Raven, una mujer humana concibiera una hija. Ahora podía reforzar ese vínculo, marcar a esa niña para él para toda la eternidad. Estaba ligada a él, en cuerpo y alma y él era para ella. Por primera vez en siglos sentía esperanza y para un hombre carpatiano a punto de convertirse en vampiro, la esperanza era lo único que le quedaba.

Shea cerró la herida en el cuello de Jacques con un sensual lamido, luego parpadeó mirándole con unos ojos ligeramente vidriados y aturdidos. Casi al momento cambió su expresión y apartó a Jacques de un empujón. No se trataba de que él le hubiera arrebatado su libre albedrío, sino de que ella se hubiera alimentado de todos modos para salvar a Raven y a la niña. Era el modo en que él la había obligado a matar sus enemigos. Con calma, sin emociones, le había dado la orden.

—*Siempre has sabido que había un demonio dentro de mí, pelirroja.*

Shea se pasó la mano por la cara y luego se apartó su salvaje cabellera como si también quisiera incluirle a él.

—*Siempre pensé que actuarías como un hombre, no como un animal deseoso de matar.*

—*Matar está en nuestra naturaleza. Somos depredadores.*

—*Aunque estuvieras intentando salvarme la vida y creyeras que tenías que matar a Wallace, no tenías que haberme utilizado para hacerlo de un modo tan sádico. ¡Lárgate! He de trabajar y estoy muy cansada.*

Jacques no se apartó de su lado. A pesar de la lluvia había luz en el exterior. A pesar de la gran tormenta que estaba generando, la luz estaba empezando a afectar sus ojos. Les quedaba muy poco tiempo para terminar, pronto sus cuerpos exigirían el sueño de su especie. Más tarde ya convencería a Shea de que no era un monstruo. En ese momento su trabajo era proteger a todos los presentes mientras estos trabajaban.

No dejaba de inspeccionar sus alrededores. Había provocado la tormenta y hacía que se mantuviera agitada y frenética por encima de sus cabezas, haciendo que la zona no fuera un lugar seguro para desplazarse por ella. Sostenía el tambaleante cuerpo de Shea y vigilaba al sanador, que se le veía pálido y demacrado. Lo que estaban haciendo era un misterio para Jacques. Estaba orgulloso de que Shea pudiera realizar aquel milagro y también le complacía secretamente que el sanador necesitara ayuda.

Jacques sabía que a Mihail la preocupación le debía estar consumiendo y que se sentiría impotente. Él había sido quien había optado por la lógica opción de llevar a Byron a la cueva de la sanación y colocarle en el suelo hasta que el sanador pudiera ocuparse de él. Eso significaba que debía mantener viva a Raven a distancia, hazaña que al cabo de un tiempo resultaba agotadora. Además hubiera preferido ser él quien le proporcionara su sangre a su pareja para protegerla de daños mayores.

Jacques maldecía en silencio. Tres carpatianos no deberían haber dejado jamás que los humanos les engañaran. ¿Por qué no habían detectado la presencia de los hombres en el bosque? ¿Por qué no había podido descubrir la amenaza contra Raven y Shea?

Miró el brazo de Shea, rojo y abierto con las heridas y volvió a maldecir. Él había jurado protegerla y velar por su felicidad. Hasta ahora no había hecho muy buen trabajo. ¿Cómo iba a conseguir que se le pasara el trauma de este día y mostrarle la belleza de su vida juntos? Por primera vez se fijó en el cuerpo de Eugene Slovensky. Suspiró y se apartó de Shea para levantar el cadáver, colocárselo sobre el hombro y lanzárselo a los lobos. Lo último que necesitaba Shea al terminar su extenuante operación era ver la funesta evidencia de su matanza.

Jacques se pasó la mano por el pelo y de pronto se dio cuenta de lo cansado que estaba. Todo lo relativo a su relación con Shea había ido mal. La había atraído inconscientemente sin su conocimiento ni consentimiento. Ni siquiera la había ayudado en los procesos difíciles. Peor aún, había abusado de ella cada vez que su mente se fragmentaba. Y ahora, para añadir a esta larga lista de errores, había eliminado sádicamente y con alegría a un enemigo utilizándola como guía. No era precisamente un esposo excelente.

Jacques intentó utilizar sus recién recuperados poderes para buscar el recuerdo de cuando Mihail atrajo a Raven. Mihail también lo había hecho sin su consentimiento, sin que ella supiera de la existencia de los carpatianos. Lo había hecho a toda prisa, para salvarle la vida y ninguno de ellos sabía si funcionaría, ni siquiera Mihail. Raven se vio forzada a aprender una nueva forma de vida.

Un ligero sonido le hizo girarse para ver a Gregori, que se alejó tambaleándose del cuerpo de Raven. Shea se derrumbó al lado de la mujer y no se movía. Los dos sanadores parecían exhaustos, casi impotentes.

—Necesitas sangre —le dijo Jacques a Gregori—. Le has dado demasiada a Raven.

—Ella la necesitaba —respondió Gregori cansado. Se estiró en el suelo y se puso un brazo encima de los ojos para protegérselos.

—Deja que te alimente. Hoy me he nutrido bien. Jacques le hizo el ofrecimiento formalmente. El sol seguía subiendo a pesar de la fuerte tormenta.

—Gracias, Jacques, pero estoy demasiado cansado. Esta es la antigua cabaña de Mihail. Busca la habitación escondida.

Jacques probó su fuerza y buscó la conexión perdida con su hermano.

—*¿Mihail? Están demasiado cansados para continuar. Tendrás que custodiar a Byron y yo me cuidaré de todos los presentes. En esta cabaña debías tener una habitación privada para descansar. ¿Dónde está?*

—*Debajo de la mesa hay una trampilla que conduce a una zona que está debajo de la cabaña. Ve con cuidado, no está muy bien escondida. Pero si descubrieran la cabaña o le prendieran fuego, podrías cerrar la tierra por encima y sobrevivirías.*

—*El sanador no aceptará sangre hoy. Aunque la necesita.*

Hubo una breve pausa mientras Mihail contactaba con Gregori para evaluar su estado.

—*Sobrevivirá. Condúceles a un lugar seguro.*

Sintiéndose de nuevo como un verdadero carpatiano, Jacques se abrió paso hacia la cámara oculta. No era habitual en los de su raza compartir los dormitorios, ni que tan siquiera supieran dónde descansaban. Al ser totalmente vulnerables durante la tarde, tenían mucho cuidado de proteger su lugar de descanso. Jacques no se sentía muy cómodo con esa situación y sabía que el sanador todavía menos.

Con su fuerza flaqueando y el sol ascendiendo, Jacques llevó el destrozado cuerpo de Raven a la cámara subterránea y la puso en una manta. Tras cerrar la cabaña, asegurar las ventanas y apagar el generador, Jacques tomó el frágil cuerpo de Shea en sus brazos. Ella dio un ligero suspiro de protesta, pero sus brazos se agarraron a su cuello y su cuerpo se acopló al de Jacques. Estaba en un sueño ligero cuando él la llevó abajo.

Gregori les siguió tambaleándose, demasiado agotado para ir flotando. Se estiró atravesado en la guarida y allí se quedó. Junto con Jacques pronunció las palabras para ordenar a la tierra que les protegiera del día y dijeron unos sortilegios para protegerse de los intrusos. Antes de quedarse dormido recordó la pradera con la enmarañada trampa mortal de cables y envió una advertencia silenciosa para evitar que algo o alguien pasara por allí. Más adelante desmantelaría esas peligrosas trampas.

Jacques colocó tierra y saliva sobre las heridas de Shea y las de Raven. Sólo entonces curvó su cuerpo alrededor de su compañera para protegerla y se dispuso a dormir.

Siguió lloviendo durante todo el día. La precipitación era natural y la lluvia caía de forma regular dándole a la tierra un tono grisáceo y deprimente. Pocos animales se habían aventurado a salir bajo la incesante tormenta. La tormenta había sido demasiado larga, impredecible y peligrosa. Alrededor de la pequeña cabaña algo inquietante advertía a toda forma de vida para que se alejara de la zona. Pocos humanos frecuentaban el espeso bosque por sus tierras salvajes, animales salvajes y leyendas salvajes.

En la cámara subterránea, Gregori se despertó varias veces, siempre vigilando, siempre consciente, dormido o despierto, de quienes tenía a su alrededor y de la región que les envolvía. Buscó a la niña en su mente. Era valiente e inteligente, una criatura viva entrañable que iluminaba su eterna oscuridad. Sus ojos plateados atravesaron el velo del sueño para mirar la tierra que tenían encima de su cabeza. Estaba muy cerca de transformarse, mucho más de lo que Raven y Mihail sospechaban. Se estaba manteniendo por los pelos. Hacía tanto tiempo que le habían abandonado los sentimientos que no podía recordar la calidez o la felicidad. Giró la cabeza para ver la delicada forma de Raven.

—*Has de vivir pequeña. Has de vivir para salvar a nuestra raza, para salvar a la humanidad. No habría nadie en esta tierra que pudiera detenerme. Vive para mí, para tus padres.*

Algo le llamó la atención. Le impresionó que un feto pudiera mostrar semejante poder e inteligencia, sin embargo, sentía su presencia, diminuta, temblorosa, insegura. Daba igual, ese ser estaba allí y se aferró a ella, la cobijó cerca de su corazón durante un largo rato antes de volver a dormirse.

Jacques enseguida se despertó en cuanto se puso el sol. Gregori ya se había marchado, estaba cruzando el cielo en busca de una presa. Jacques se unió a él en la caza, también necesitaba alimentarse. Tendrían que curar a Byron y eso suponía que tendrían que alimentarse varias veces. Planeaba por el cielo, su corazón latía y la sangre corría por sus venas. Se sentía muy vivo.

—*No podemos dejar a las mujeres solas durante mucho tiempo Jacques.* —La voz de Gregori se dejó oír en su cabeza—. *El vampiro estará furioso por no haber conseguido su objetivo.*

Jacques envió una llamada a través del grisáceo cielo, que se oyó silenciosamente en muchos kilómetros. Una pequeña cabaña emplazada en un bosque cobijaba a tres cazadores reunidos alrededor de un fuego. Al notar su presencia cambió inmediatamente de dirección. Gregori planeó detrás de él. Cazar era automático, fácil y llamar a la víctima algo normal. Pero en este caso era más práctico acudir donde estaban.

Shea oyó una voz. Yacía en silencio, sin saber muy bien dónde estaba. Por un momento le pareció como si todo hubiera sido una lejana pesadilla. Pero cuando miró a su alrededor, supo que se encontraba en una cámara subterránea. Alguien le había puesto tierra y hierbas aromáticas encima.

Probó sus fuerzas con prudencia, se sentó y se arregló impacientemente el pelo que le caía por la cara. El brazo era una tremenda herida y le pinchaba por tantos sitios que parecía ser la encarnación del dolor. Se tocó el hombro y su mano se manchó de sangre pegajosa y de tierra. Haciendo un gesto de dolor, Shea se inclinó para examinar a Raven.

No parecía tener pulso, ni ritmo cardíaco. Su rostro estaba pálido y sereno, muy hermoso. Shea suspiró. Inspeccionó como lo hacía Jacques cada vez que se disponía a dormir. Al no poder hacer nada por Raven se levantó y se estiró. Se sentía incómoda sin Jacques y quería contactar con él, pero instintivamente sabía que necesitaba alimentarse. Estudió la cámara hasta que descubrió la entrada.

Primero intentó buscar un mecanismo oculto para abrirla. Palpó cuidadosamente toda la superficie. Al sentir claustrofobia, su corazón empezó a latir con fuerza, se sentó y pensó. Jacques jamás la enterraría viva. Tenía que haber una salida. Miró la tierra que tenía encima y se enfocó en ella.

—¡*Ábrete, ahora!* —La imagen era muy vívida en su mente y la orden fue tajante. No obstante, se quedó pasmada cuando la tierra que tenía encima se abrió y pudo ver los tablones de madera de la cabaña.

Entusiasmada, Shea se acercó a la entrada de la cámara y dio otra orden. Orgullosa de sus poderes psíquicos recién descubiertos entró en la cabaña por la trampilla. Necesitaba el acto humano de ducharse para tener la ilusión de normalidad. Dudaba que pudiera abandonar del todo sus hábitos humanos.

A lo lejos Jacques levantó la cabeza alarmado. Corría un hilero de sangre por el cuello del cazador que llegaba hasta su hombro. Maldiciendo, Jacques se inclinó una vez más para alimentarse. ¿Cómo se había despertado Shea sin su permiso? ¿Era ya tan fuerte que podía desobedecer sus órdenes? Todavía debería estar durmiendo, sin embargo estaba fuera de la protección de la cámara. Tenía que darse prisa.

Shea salió del porche frontal vestida con ropa limpia, todavía tenía el pelo húmedo. No había ni rastro de la lucha mortal que había tenido lugar por la mañana. Llegó a la conclusión de que Gregori y Jacques lo habían limpiado todo. Pensó que los carpatianos lo habían hecho durante cientos de años y que eran expertos en eso.

Ese pensamiento hizo que le diera un vuelco el estómago y empezó a pasear bajo los árboles. Las hojas recogían la lluvia y la dejaban caer sobre su cabeza, pero no le importaba, eso le hacía sentir que formaba parte de la naturaleza. No quería alejarse mucho por si Raven necesitaba protección, así que se dirigió al sendero que conducía a su jardín de plantas medicinales. Se agachó para tocar una hoja que había sido dañada y vapuleada por la tormenta. Una sombra oscura y siniestra atravesó su mente. De pronto empezó a temblar de manera incontrolada. Se levantó deprisa y se giró para mirar al alto y pálido extranjero que emergió del bosque.

Era físicamente atractivo, impresionante. Shea nunca había visto a un hombre tan bello. Sus ojos eran profundos, tristes y magnéticos. Era imposible decir su edad. Su sonrisa estaba cargada de pena.

—Siento haberte asustado, puedo notar el latido de tu corazón.

Shea dio un paso atrás inconscientemente, sobre todo porque sentía la atracción de acercarse a él. Su llamada era intensa y sintió que estaba atrapada en un hechizo.

—¿Quién eres? —Su voz era como un hilo y estaba cargada de asombro.

—¿No me conoces? Te he buscado por todo el mundo. ¿Por qué no respondiste a mi llamada? —Sus palabras eran suaves, pero revelaban ira.

Shea se mantenía firme, pero se le había secado la boca.

—Lo siento, pero no te conozco. Es la primera vez que te veo en toda mi vida.

—Te despertaste a mi llamada. Has venido aquí conmigo. Tú eres mi amada Maggie. Si tu deseo era castigarme con tu silencio, lo has conseguido completamente. Ahora has de perdonarme, salir de este lugar y alejarte de quien cuyo hedor estás invadida. —Esta vez su voz se convirtió en un gruñido.

Shea luchó contra el deseo de llamar a Jacques.

—¿Eres Rand?

Él se acercó a ella y su estómago se encogió como protesta.

—¿Cómo es que no me conoces? ¿Te han herido? ¿Ha destruido tus recuerdos El Oscuro y te ha implantado los suyos?

Shea se puso la mano en el estómago para calmar su protesta y dio otro paso hacia el bosque para poner distancia entre ambos.

—No lo entiendo, ¿por qué llamas a Jacques El Oscuro? Pensaba que ese mote estaba reservado para el sanador.

Su silbido fue letal.

—Él es el mal, Maggie. Su hermano y él intentaron destruirnos. Pensé que ellos te habían separado de mí y tenía razón. El loco planeó su venganza y te atrajo a este lugar de muerte y ahora estás atrapada en su red de mentiras. —Siguió avanzando como si fuera su macabra pareja de baile, Shea siguió apartándose.

¿Era este su padre? ¿Era Rand? ¿Había estado realmente buscando a Maggie creyendo que ella todavía estaba viva? Parecía tan atormentado, tan sincero, que sólo quería consolarle, estrecharle entre sus brazos, sin embargo, había algo que se lo impedía.

—Creo que me confundes con mi madre. Yo soy Shea O'-Halloran. Si tú eres Rand, entonces eres mi padre.

—Has estado con él Maggie. Él es capaz de retorcer tu mente, de doblegar tu voluntad. Colocó recuerdos en tu mente que crees que son reales. No es así. Quería vengarse de la muerte de su hermana. Me culparon a mí porque yo te amaba. Me obligaron a enterrarme y a ti te castigaron alejándote de mí. Esta es la verdad. Incluso me arrebataron a mi hijo y se lo dieron a otra pareja para que lo cuidara. Le volvieron contra mí, de modo que sólo les era leal a ellos.

Todo parecía muy vago, su mente estaba confusa y perezosa. Ahora la estaba acechando, siguiendo cada uno de sus movimientos hacia atrás con un paso hacia adelante, inclinando su cabeza para acercarse a su cuello. Ella debía dejar que se alimentara ¿no es así? Aunque no fuera Maggie, era su hija y él estaba muy solo y atormentado. Pudo sentir su aliento caliente en su cuello, su voluntad la empujaba, su hambre afectaba a ambos. Ella no quería eso. ¿Qué le pasaba que estaba de pie tan quieta, esperando a que él tomara su sangre, cuando todas las células de su cuerpo le decían que debía salir corriendo?

—*¡Shea! ¡Por Dios! Apártate de él. No sé lo que está haciendo, pero estás en peligro. No dejes que beba tu sangre.* — La voz de Jacques sonó fuerte en su mente.

Shea dio un salto y puso distancia entre ella y el atractivo hombre.

—Me estás asustando.

Como era habitual en ella cuando la asaltaban las emociones, anteponía su cerebro para encontrar una salida.

—Ya no sé a quién creer. ¿Me estás diciendo que Mihail y Jacques planearon nuestra separación porque tú no amabas a su hermana?

Shea levantó las manos como implorando y sus enormes ojos verdes suplicaban sin vergüenza.

Se detuvo a pocos metros de ella, mucho más relajado al ver que buscaba respuestas en él.

—Creyeron que yo fui el responsable de la muerte de Noelle, porque la dejé desprotegida mientras estaba contigo. Ella fue asesinada por Slovensky y sus amigos.

—¿Conocías a Slovensky? —preguntó ella con calma, conteniendo la respiración—. ¿Podría ser su padre el responsable de todas aquellas muertes? ¿Podría ser él el vampiro?

—Si hubiera visto alguna vez a ese hombre le habría partido el cuello en el acto. Él es el único responsable de la muerte de Noelle. Puede que no la quisiera, pero ella era la madre de mi hijo. —Inclinó la cabeza y era fácil perderse en sus oscuros y misteriosos ojos.

Shea palpó detrás en busca de un tronco de árbol, necesitaba tocar algo real. Todo esto era como una gigantesca tela de araña, tan cargada de intrigas que no sabía hacia dónde dirigirse. Algo no iba bien. Estaba cada vez más confusa y su mente le empezaba a jugar malas pasadas. Presionó deliberadamente la palma de su mano en la corteza del árbol intentando enfocarse en algo que rompiera el hechizo que él había tramado a su alrededor.

—*Yo soy tu alma gemela, mi amor. Es a mí a quien has de recurrir cuando tengas miedo y estés necesitada.* —La voz de Jacques era firme y notó que ya estaba cerca.

Shea movió mentalmente la cabeza. Era como si estuvieran tirando de ella en dos direcciones opuestas. Sabía que era la hija de Maggie. Rand puede que creyera lo que le estaba diciendo, pero ella sabía quién era. ¿No es cierto?

Rand dio un leve suspiro.

—Todos podemos implantar recuerdos, Maggie. Es lógico pensar que ellos dirían que eres tu propia hija. De ese modo podrían decir que no hay modo alguno de que podamos estar juntos. ¿No te das cuenta de la genialidad del engaño, de la magnitud de la venganza? Duraría toda una eternidad.

—Un carpatiano sólo tiene una compañera. Soy Jacques. —Al echarse el pelo hacia atrás se dio cuenta de que le temblaba la mano y se la puso detrás de la espalda.

—Ha tenido muchos años para trabajar en tus recuerdos. Años. Se abrió paso en tu mente y luego te poseyó. ¿Realmente crees que pudo vivir todos esos años en ese sótano? —Su voz era suave y razonable.

Le dolía tanto la cabeza que apenas podía pensar. Cerró los ojos un momento y cuando los abrió, Rand se había acercado más y estaba de nuevo inclinado sobre su garganta.

—¡*Apártate!* —Las palabras eran tan claras y contundentes que Shea se apartó como pudo, perdió su calzado y tropezó con un tronco caído. Jacques estaba furioso y su furia era algo tedioso. Cayó del cielo como un fantasma silencioso para llegar hasta ella antes de que lo hiciera Rand. Sus dedos asieron posesivamente su brazo. La ayudó a incorporarse y acto seguido la puso tras él y miró al padre de Shea.

—¿Qué estás haciendo, Rand? —Dijo bruscamente. Su voz era grave y siniestra.

Rand sonrió con calma y gentileza.

—¿Y ahora también me vas a matar a mí? ¿Estás sediento de sangre verdad? Dices que soy su padre, sin embargo estás deseando matarme. —La miró directamente a los ojos—. ¿Tiene sentido esto? —Su tono era grave y triste—. ¿Que quiera destruir a tu padre?

—Estás intentando confundirla —El rostro Jacques con claras marcas de cansancio, se había endurecido por la ira. Shea estudiaba cada uno de sus amados detalles. De pronto, Rand no le pareció tan atractivo. Había algo siniestro en sus facciones perfectas y su sonrisa de labios finos. Rand parecía desprovisto de emociones, casi sin vida, su tristeza era irreal, mientras que el poderoso cuerpo de Jacques temblaba de emoción volcánica. Su mente era como una neblina roja de ira y temor a perderla, de haberla puesto en peligro sin haberse dado cuenta. La rabia era contra Rand que era capaz de engañar a su propia hija.

Rand suspiró suavemente y movió la cabeza.

—Con qué facilidad te has dejado engañar por este oscuro vampiro. Tu cuello tiene las respuestas que buscas. Las heridas son sucias y salvajes. ¿Quién sino un vampiro puede alimentarse con tanta falta de cuidado? ¿Acaso un amante compañero abusaría de su mujer de este modo? Cuando esta mañana ha matado utilizando tu inocencia, tu mente y tu alma para ayudarle ¿acaso no sentía felicidad? Cuando le suplicaste que se detuviera, ¿no continuó? Y cuando vino a ti con las manos ensangrentadas ¿no pudiste ver su oscuro deseo y sed en su mente, en sus ojos y en su cuerpo? ¿No viste la oscura compulsión de matar? Los vampiros son muy listos querida y has caído bajo su maldición.

Jacques miró al hombre más mayor con ojos oscuros y vacíos.

—¿Me estás retando?

Shea dio un grito ahogado. ¿Jacques y su padre? Se presionó la cabeza con ambas manos. No podía soportar esta confrontación, iban a luchar por ella como dos perros por un hueso. Ni siquiera sabía ya lo que era cierto.

—*Sí, sí lo sabes, mi pequeña pelirroja. Está intentando embrujarte. Pensaba que yo estaría ocupado con Byron. Pensó que podría alejarte de la seguridad de nuestra gente. No aceptará un reto justo.* —Jacques intentó tranquilizarla. Ella se esforzaba por guardar la calma, pero había padecido demasiados traumas en los últimos días. Jacques estaba seguro de que Rand no sólo lo había planeado todo, sino que también contaba con ello para dominarla.

La sonrisa de Rand era tranquila.

—No quiero causarle a Maggie más sufrimiento. Pero quedas advertido, Oscuro, si Mihail no fuera tu hermano serías cazado y destruido. Has engañado y herido a esta mujer a la que yo amo y no dejaré que te salgas con la tuya. Pero no seré el causante de que sufra más.

Jacques enseñó sus colmillos.

—Estaba seguro de que dirías algo semejante. Prefieres hacer tu trabajo sucio con trucos.

Rand levantó una ceja.

—Escúchale amor mío. Luego me acusará de haberme asociado con los asesinos humanos. ¿Vas a decir que yo intenté matar a Byron? ¿Y qué me dices de Noelle? Quizás sea el responsable de lo que te pasó a ti y a mi propio hijo. Pero tú eres el vampiro Jacques y eres lo bastante poderoso como para engañar a alguien como Gregori. Sería estúpido si luchara contra ti cuando tienes a Maggie como rehén.

Shea se agarró a la camisa de Jacques por la espalda.

—Rand, te equivocas respecto a él. Me parezco a Maggie, pero en realidad soy tu hija. Y yo lo sabría si de verdad fuera un vampiro.

Rand la miró con ojos tristes.

¿Cuántas veces te has preguntado qué es? ¿No sentiste el placer que sentía al matar? Deseaba hacerlo, lo estaba esperando y se alimentó vorazmente. Eso no puedes negarlo. ¿Quién mejor que Jacques para tramar todo esto? Noelle era su hermana y la adoraba. Él te apartó del resto y de la mujer de su hermano. Mató a los humanos porque podían identificarle. —Inclinó la cabeza cansado—. Sé que no puedo convencerte, pero con el tiempo te darás cuenta de que tengo razón. Dime Maggie, ¿no me viste distinto cuando él llegó? ¿Quizás te parecí más un villano? ¿Me preguntó quién proyectaría esa imagen en ti? Dudo que fuera yo quien lo hiciera.

—Su mente estaba más tranquila y podía discernir mejor en mi presencia, como bien sabes. Vete, Rand, vuelve al agujero del que has salido. —Jacques gesticuló, su rostro se había oscurecido preparándose, al igual que su cuerpo para un posible ataque de Rand.

Rand simplemente desapareció de la vista, su suave risa hizo temblar a Shea. Al momento se apartó de Jacques y no se atrevió a mirarle.

Con sus suaves dedos le tomó la barbilla obligándola a mirarle.

—Te quiero, Shea. No puedo luchar contra las mentiras que te ha contado hasta que no pague mi deuda con Byron. Espera a juzgarme hasta que podamos hablar tranquilamente.

Su voz era tan adorable, su tacto tan tierno que le abrió el corazón. De pronto estaba de nuevo inmersa en la seductora profundidad de sus ojos negros. Estaba dispuesta a hacer lo que le ordenara. Su cuerpo respondía al de él, a su atormentada mirada, a su deseo desesperado. El cuerpo de Shea cobraba vida y llamaba al de Jacques, ablandándose y volviéndose más flexible ante la expectativa. Le dolían los pechos y ardía por que la tocara.

Shea rechazó su mirada y se echó atrás para que el calor de su cuerpo no le afectara a él, de ese modo se interrumpió la corriente eléctrica que había entre ambos. Aturdida, se pasó la mano temblorosa por el pelo.

—¿Cómo vas a convencerme, Jacques? ¿Con sexo?

Él ardía de deseo, una oscura sed que no se apagaba jamás. Una vez encendido, crecía hasta una urgencia que casi le devoraba. Ella era básicamente humana y no podía entenderlo, ni siquiera sabía la magnitud del deseo que embargaba a las almas gemelas.

—Amor, tú eres lo bastante inteligente para ambos. Tú misma descubrirás quién dice la verdad. Rand está enfermo. Me gustaría que no fuera así, pero si realmente creyera que tú eres tu madre me habría atacado inmediatamente. Un verdadero compañero sólo puede proteger a su compañera. Así ha sido siempre. Ningún otro hombre puede estar con ella. Se está aprovechando de tu ignorancia sobre la forma de vida carpatiana no he de convencerte de lo que siente mi corazón ni de lo que siente el tuyo. Sé que estoy trastornado. Tú también lo sabes, pero te darías cuenta si realmente fuera malvado. Lo sabrías. No habría modo de que pudiera ocultártelo. —Le alargó la mano—. Piénsalo con tu cerebro lógico. Confío en que hallarás tu propia respuesta.

—Jacques —dudó ella, queriendo tocarle, necesitando tocarle, pero temiendo perderse en el desenfreno de la atracción sexual a la que no podía resistirse—. ¿Cómo sé si estoy pensando por mí misma si siempre estás conmigo, siempre estás compartiendo mi mente?

—Tendrás que descubrirlo tú sola, Shea. —Sus ojos negros se desplazaron amorosamente por su rostro—. Me conoces mejor que nadie y jamás he intentado ocultarte nada. Si me calificas de monstruo, hasta yo te creeré. —Su sonrisa era dulce y tranquilizadora.

Shea respiró profundamente y entrelazó sus dedos con los de Jacques. Parecía tener razón y estar tranquilo. Saltaron chispas desde su piel hasta la de Shea y su pulso se aceleró, pero caminó pausadamente por el bosque junto a él, feliz de estar a su lado. Jacques era ya una parte de ella, del propio aire que respiraba. Lo aceptó porque la ayudaba a sentirse completa.

16

Gregori tenía un aspecto impresionante. Shea le observaba mientras se arrodillaba al lado de Raven, toda su atención parecía estar concentrada en la mujer que yacía inmóvil.

—¿Te has ocupado de las heridas de Shea? —Esa pregunta sorprendió a Shea. Se dirigió a Jacques, le preguntó al hombre, con su irritante estilo.

—Las heridas se están cerrando —le aseguró Jacques.

—*Rand despertó a Shea y la atrajo hacia el bosque. Él es el traidor, sanador. Me aparté de él porque está vinculado a Shea. Ella podría sentir cualquier cosa que yo le hiciera. Es muy peligroso. No puedo ser yo quien aplique la justicia. Shea no me perdonaría jamás.*

—No lo hagas, Jacques —dijo Shea con voz ahogada. Estaba exasperada con él—. Sé que estás hablando con Gregori. Si tienes algo que decir, dilo en voz alta para que yo pueda oírte. ¿Piensas que Rand es el vampiro verdad?

Ella también lo pensaba y eso la hacía sentirse desleal. Sabía que había algo raro en Rand, quizás la muerte de Maggie le había trastornado y vivía en el pasado. Pero algo de lo que Rand había dicho en el transcurso de su extraña conversación le daba vueltas en la cabeza. Algo por lo que no pondría las manos en el fuego.

Gregori le pasó la mano por el estómago a Raven y sus dedos se abrieron. Su toque duró solamente un breve momento, un gesto sorprendentemente tierno y después se dirigió a Shea.

—Jacques conoce su deber respecto a ti Shea. Este hombre, Rand, tu padre biológico, nunca ha formado parte de tu vida. Quédate con lo real, no con tus fantasías de la infancia.

—En primer lugar tú no sabes nada de mi infancia, fantasías o no. Respondió Shea tajante, provocada a adoptar esa postura más allá de sus fuerzas debido a la actitud de superioridad y de calma imperturbable de Gregori. Sin duda, Gregori la sacaba de sus casillas. Suponía que se debía a que siempre usaba la lógica. Era *ella* quien se suponía que debía hacer eso—. Tengo mi propia mente Gregori y estoy muy contenta con ella. Quizás las dos primeras veces que nos vimos te causé una impresión errónea. No soy una histérica que huye ante el menor signo de peligro. No me desmayo cuando veo sangre y puedo tomar mis propias decisiones.

—Si te he dado la sensación de que pensaba eso de ti te pido disculpas —dijo Gregori con educación y gentileza—. No pienso en absoluto eso de ti. Tienes mucho valor y eres una sanadora nata, pero sabes muy poco de nuestra forma de vida. Conservar una buena salud requiere mucho esfuerzo. Sientes el rechazo humano a beber sangre, igual que Raven.

Ella levantó la barbilla.

—Sé muy bien que tengo un problema en lo que a eso se refiere. Ya me ocuparé de ello a su debido tiempo. Pero ahora hay cosas mucho más importantes de las que ocuparnos en este   momento.
—A su lado estaba Jacques moviéndose como si fuera a protestar, pero se contuvo.

—En eso te equivocas, no hay nada más importante —respondió Gregori, con su aterciopelada y poderosa voz—. Tu salud es esencial para todos los miembros de nuestra raza.

Eres una mujer. Puedes crear vida dentro de ti. Representas la esperanza para todos los hombres que no tienen pareja.

—No tengo intención de traer ningún hijo al mundo.

Se hizo un silencio total. Gregori dirigió toda la fuerza de su mirada plateada hacia el rostro de Shea. Sus ojos atravesaron todas sus barreras hasta que ella notó que él podía verle el alma. Él exhaló lentamente.

—Entiendo por qué sientes eso, Shea. Lo que te hicieron fue abominable. Veo el sufrimiento en tu decisión. Te aconsejo que esperes a que Jacques se recupere del todo antes de renunciar a ese importante sueño. Creo que descubrirás que nuestra raza ama y cuida a los hijos, que es consciente de que son un tesoro. Lo mismo creemos de las mujeres.

—¿Esa es la razón por la que Rand abandonó a mi madre? ¿Es por eso que permitió que otra pareja cuidara de su hijo? ¿O vuestra raza sólo quiere a las hijas?

Gregori dio un suspiro.

—Queremos a todos nuestros hijos o hijas, les protegemos y les cuidamos, Shea. No entiendo a Rand, jamás le he entendido. De momento pienso que es peligroso y que hemos de hacer algo al respecto. Colocó alambres en la pradera, peligrosos no sólo para nosotros sino para cualquier criatura humana o animal. He pasado un buen rato desmantelando sus trampas. No podemos permitir que continúe con esta conducta. Lo sabes, pero no quieres aceptarlo.

—¿Así de fácil? ¿Le juzgas y ni siquiera estás seguro? ¿Cómo sabes que ha sido él? —Shea se estaba retorciendo los dedos, intentando buscar una salida para su padre. Recordaba con toda nitidez su respiración en su cuello, pero alejó el pensamiento de su mente, volviendo a sentirse desleal.

—Porque ninguno de nosotros notó su presencia en el bosque —respondió Jacques. Notó una sombra en la mente de

Shea, se dio cuenta de que había conflicto entre su cerebro y sus emociones—. Sólo tú le sentiste, Shea. Pudo despertarte, a pesar de mi orden de que durmieras. Te atrajo deliberadamente hacia el bosque e intentó beber tu sangre para reforzar su poder sobre ti.

—Quizás esté enfermo. Quizás esté confundido. Podía haberme forzado. ¿Por qué no lo hizo, Jacques? No cabe duda de que podía haberlo hecho —insistió ella—. Es mucho más fuerte que yo y a mí me parecía estar como en un sueño. ¿Si realmente es el vampiro por qué no me obligó?

—Porque a una compañera no se la puede obligar a elegir. Ha de ser una verdadera decisión. De lo contrario no se forma un verdadero vínculo. Él lo sabe. —Jacques se acercó a ella—. Está grabado en él antes de su nacimiento.

Shea se apartó de él y se frotó las sienes que pulsaban con fuerza.

—¿Por qué es tan malditamente complicado todo lo relacionado con tu raza? Mientras fui humana nunca me pasó nada semejante.

—Eras sólo medio humana, Shea —le recordó Jacques con delicadeza— y sabías que corrías peligro. Tu madre fue lo bastante consciente como para ocultarte de la sociedad fanática que te perseguía.

Shea tembló y se frotó los brazos para calentarse.

—Me gustaría que pudiéramos irnos a alguna otra parte para resolver todo esto Jacques. He de hallar el modo de perdonarte por utilizarme para matar de ese modo a esos hombres.

La forma de Mihail se hizo sólida justo delante de los ojos de Shea y casi le da un síncope. Le sonrió.

—He de darte las gracias por devolverme a mi amor. Sin ella, mi vida no valdría nada. Eres un gran valor para nuestra raza. Es una pena que hayas sido arrojada a nuestro mundo sin una preparación que te facilitara la transición. Son tiempos difíciles para nosotros —le tocó suavemente el brazo—. Te ruego que nos perdones por utilizarte para detener a Slovensky y a Wallace. No podíamos permitir que mataran a Raven o te secuestraran como era su intención. Raven no podía ayudarnos, por eso recurrimos a ti. No estuvo bien utilizarte sin tu consentimiento, pero el tiempo del que disponíamos no nos permitió ese lujo. Tu compañero no pudo hacer más que protegerte y desde esa distancia es imposible hacer cualquier cosa si no es a través de los ojos de otro.

Mihail era elocuente y parecía sincero y Shea no pudo enfadarse con él. Suspiró y se mordió el labio inferior.

—Me gustaría que no hubiera pasado de ese modo, Mihail, pero estoy contenta de que Raven esté viva.

—No puedo entender cómo esos humanos pudieron disfrazar su presencia. Yo estuve controlando a Raven en todo momento —dijo Mihail—. Vosotras no debíais haber corrido ningún peligro. Inspeccioné los alrededores; Gregori y Jacques también lo hicieron. Un vampiro podía habernos confundido, pero los humanos no.

—Yo también lo hice —dijo Raven débilmente, con un hilo de voz—. No detecté ningún peligro, sin embargo, desde el principio Shea estuvo incómoda y segura de que no estábamos solas. Yo traté de tranquilizarla, pensando que se debía a la separación de Jacques.

—Sólo Shea pudo detectar al vampiro en el bosque —dijo Jacques.

Shea pasó a ser el centro de la atención. Jacques le pasó una mano por la cintura y su cuerpo guardaba una actitud protectora respecto a ella—. Sé que todos estáis pensando que es Rand. No quiero que sea él. Quiero tener una familia.

—Tienes una familia —dijo Mihail dulcemente—. Yo soy tu familia. Raven es tu familia. Nuestra hija también lo será y por supuesto, Jacques. Algún día tendréis hijos. —Le lanzó una tenue sonrisa a Gregori—. Incluso puedes considerar al sanador como tu familia. Nosotros lo hacemos, aunque a él le disgusta mucho. Estamos juntos y somos amigos. Estos últimos días no han sido el mejor ejemplo de cómo es nuestra vida. Estamos siendo atacados y hemos de defendernos. En general, nuestra vida se parece mucho a la de los humanos. No nos juzgues por estos últimos días. Son excepcionales.

—Quizás Byron pueda decirnos quién nos traicionó —sugirió Shea desesperada—. ¿No podemos esperar a escuchar lo que tenga que decir antes de condenar a Rand? —¿Qué le preocupaba tanto? ¿Y qué era lo que había dicho Rand?

Jacques se la acercó.

—Nadie *quiere* que sea Rand, mi pequeña pelirroja y puedes estar segura de que nadie actuará sin pruebas.

Shea sabía que pretendía tranquilizarla, aunque ella supiera implícitamente que su padre era el traidor. En el fondo sabía que era cierto. Lejos de él podía ver las cosas con mayor claridad. No era sólo un hombre confundido y atormentado por la muerte de su amante. Podía ser un asesino frío y calculador.

Shea cerró los ojos incapaz de afrontar sus pensamientos. Jacques no podía ser el que le arrebatara la vida a Rand. Sencillamente no podía. Su mente se llenó de consuelo y el brazo de Jacques la rodeó con actitud protectora.

—*No es necesario que sea yo quien dé caza a Rand si se demuestra que es el vampiro que está cazando a nuestra gente. Los otros pueden ocuparse de ello. Podemos alejarnos de este lugar si así lo deseas mi amor.*

Si Rand era el vampiro, el traidor, Jacques tendría más razones que nadie para destruirle sin piedad. Sin embargo, ella no podía soportar esa idea.

—*Gracias, Jacques. No quiero que seas tú quien acabe con su vida si realmente es necesario.*

—*Vamos con Byron y haremos lo que te he prometido. Luego buscaremos un lugar para descansar.*

Shea asintió, su cabeza se apoyó en el pecho de Jacques. Podía oír el tranquilizador latido de su corazón, sentir que el calor de su cuerpo aumentaba y que se lo transmitía a ella. Él era sólido y real y ella les debía a los dos su capacidad de tomarse las cosas con calma y tomar decisiones racionales. En esos momentos, Shea no estaba segura de ser capaz de hacer semejante cosa. Su brillante cerebro parecía no funcionar muy bien últimamente.

—*Vamos con Byron sanador ¿nos sigues?* —Preguntó Jacques.

Gregori dejó a Raven con Mihail, aunque no muy convencido. Una mujer no se podía reclamar antes de cumplir los dieciocho años. Cada día de la vida del sanador sería una prueba de resistencia, viviría en el infierno hasta que la niña fuera mayor de edad. Cazaría, se alimentaría y evitaría matar a menos que fuera reclamado para administrar justicia. Esa sería la fase más peligrosa, alejarse del poder que otorgaba arrebatar una vida. Y en alguna parte, no muy lejos, Rand estaba esperando.

Cuando Gregori se giró para seguir a Jacques y a Shea, Mihail le detuvo.

—¿Es posible que los humanos hayan descubierto algún tipo de droga capaz de ocultar su presencia? Si es así, todos estamos en grave peligro y hemos de movernos para hacer frente a esta nueva amenaza.

—Todo es posible, pero lo más probable es que sea el vampiro que está utilizando un sortilegio para encubrir su presencia. Es muy antiguo y casi olvidado. Lo descubrí en el libro perdido de Shallong. Éste lo enterró con sus monedas malditas en la montaña de las ánimas. Pensaba que nadie más se atrevería a viajar hasta allí. —Gregori miró a Shea para asegurarse de que no podía oírles.

—Es muy posible —prosiguió Gregori— incluso probable, que Rand se despertara hace más de siete años, encontrara muerta a la madre de Shea y se transformara. Su odio ciego os culpó a los dos. Pudo haber estudiado las artes antiguas y haber regresado para conducir a Slovensky y a su sobrino a matar a nuestra gente hace siete años. Ninguno de nosotros sabíamos que se había despertado, por lo que nunca sospechamos de él. Jacques pensaba que conocía al traidor, una vez estuvo cerca de él. Rand formaba parte de su familia a través de Noelle.

—¿Crees que Rand habría consentido en que torturaran y asesinaran cruelmente a su hijo?

—El hijo de Noelle, Mihail. Si Rand está tan trastocado como sospecho, fue él quien ayudó a los humanos hace siete años. Todos corremos peligro, pero especialmente Jacques. La única que podría escapar de la muerte sería Shea, pero sufriría horriblemente.

—Ahora sabe que le perseguiremos e intentará huir.

Gregori movió la cabeza.

—No, ha trabajado mucho para elaborar su venganza. Esto es odio, Mihail. Ahora vive para matar y nosotros somos a quienes busca. Se quedará aquí y continuará intentando atraer a Shea.

—Avisa a Jacques.

—No es necesario. Jacques lo sabe. Mantendrá a Shea a su lado. Jacques es peligroso, Mihail. Sigues considerándole el hermano pequeño al que hay que proteger. Ha desarrollado un gran poder. Rand le subestimará, porque no se dará cuenta del monstruo que ha creado.

—No estoy muy seguro de que me guste que te refieras a mi hermano como el monstruo. —Había cierto tono de humor en la voz de Mihail.

—Deberías saber lo que digo de ti a tus espaldas —dijo Gregori, mientras sus brazos se acomodaban para albergar las alas que empezaban a formarse.

Podía oírse el eco de la risa de Mihail mientras el ave alzaba el vuelo.

La cueva de la sanación era más pequeña que la mayoría de las otras cámaras del laberinto de túneles subterráneos. La tierra era rica, oscura y fértil. Olía bien, con el aroma a hierbas mezclado con la fragancia natural de la tierra. La mano de Shea encontró el bolsillo trasero de Jacques y la introdujo creando un vínculo entre ellos mientras examinaban la magnitud de las heridas de Byron. Shea tuvo la tremenda sensación de *déjà vue*. Smith y Wallace no habían tenido tanto tiempo para torturarle como tuvieron con Jacques, pero aún así su cuerpo estaba oscurecido por las quemaduras y cubierto de cortes.

Shea encontró la mano de Jacques y se entrelazaron los dedos, sin apenas atreverse a mirarle. La visión del cuerpo torturado de Byron le traía tediosos recuerdos. Intentaba estar optimista.

—Bueno, al menos son coherentes en el tipo de daño que provocan. Ahora sabemos cómo ayudarle, basándonos en la experiencia.

Jacques no quería que Shea tocara al otro hombre. La emoción era intensa, desagradable e insoportable. Despreciándose a sí mismo, Jacques respiró profundamente y sacó el aire, colocando instintivamente su cuerpo entre Byron y su compañera.

Shea le acarició la cara con sus suaves dedos.

—¿Qué pasa? —Su voz era tan hermosa, clara, refrescante y tranquilizadora que Jacques sentía vergüenza de decir la verdad, pero no podía mentirle.

—No lo sé. Solamente sé que no puedo soportar que le toques. Dios mío, Shea me odio por esto, pero no puedes hacerlo. —Tomó el rostro de Shea entre sus manos y sus negros ojos estaban cargados de tristeza—. No puedes hacer esto.

—¿Qué crees que va a pasar si toco a este hombre? ¿Crees ahora en las historias de Rand? ¿Crees que me has influido de algún modo y que nuestra química no es real?

—Sólo sé que si tocas a este hombre no podré controlarme. Surgirá el demonio que hay en mí, mi mente se hará pedazos y nunca podré recuperarme.

Shea podía notar su propio desprecio por sus celos injustificados, su temor a que ella no le hiciera caso y que sucediera algo terrible. Se dio cuenta de que todavía sabía pocas cosas sobre los carpatianos, que Jacques estaba tenso y en esos momentos se parecía más a un animal que a un hombre. Shea le agarró el brazo y le sonrió.

—Esperaremos al sanador.

Jacques notó que la tensión desaparecía de su cuerpo.

—Creo que será lo mejor.

Shea levantó el brazo para colocarle los dedos en la nuca. Le dio un masaje sugerente y tranquilizador al mismo tiempo. Jacques reaccionó arrimándosela con fuerza contra su cuerpo, su boca firme y dominadora capturó la de Shea. La besó posesivamente, su cuerpo daba muestras de la misma exigencia que su boca.

—Te necesito ahora, Shea. Mi cuerpo me abrasa y me duele como si estuviera en el infierno. Hemos de estar solos enseguida o creo que moriré.

La risa de Shea quedó apagada al estar su cabeza contra su pecho.

—Nunca ha muerto nadie de deseo de hacer el amor. —Pero tampoco estaba segura. Su cuerpo también ardía y suplicaba el contacto con el de Jacques.

Gregori se materializó de pronto, hizo un suave suspiro y les frunció el entrecejo. Al igual que niños que se sienten culpables se separaron.

El sanador habló.

—Estará débil, Jacques. Puede que hasta intente oponerte resistencia. Hace tiempo que está a punto de convertirse. Háblale de la hija de Raven, de que crees que Shea quizás pueda engendrar una hija. —Gregory le dio el consejo con su habitual tono de voz calmado—. Has de controlarle. He notado su resistencia a nuestra intervención.

Jacques asintió. Él quería que Shea se alejara de Byron y se trasladó al final de la habitación, como le estaba indicando mentalmente. Le dio las gracias y trasladó su atención a su antiguo amigo.

Shea le miraba sintiéndose orgullosa de él. Puede que todavía no fuera capaz de verla tocar a otro hombre, pero no le gustaba ese aspecto suyo. Por otra parte ella podía notar su determinación de salvar a Byron. Sabía que no podía mentirla para quedar bien ante ella. No intentaba ocultarle su lado oscuro, sino que quería que ella pudiera amarle a pesar del mismo.

Y así era. No lo entendía, pero le gustaba todo de él. No huía de lo que tenía que hacer. Todos los días se enfrentaba al demonio que llevaba dentro. Todo había ocurrido muy deprisa, una cosa tras otra. A Shea le había costado mucho asimilar toda la información, pero lo importante era que Jacques estaba con ella. Era sincero en todo, incluso en su tremenda necesidad de ella.

Byron gimió, lo cual hizo que Shea pusiera su atención sobre los dos hombres que estaban junto a él. Gregori quieto como una estatua, totalmente concentrado sobre el cuerpo salvajemente agredido. Jacques le estaba ofreciendo la muñeca a Byron. A Shea le dio un vuelco el estómago, pero no apartó la mirada.

Byron se resistía, sus ojos imploraban.

—Has de tomar mi sangre. Las mujeres están a salvo; les ha fallado la trampa gracias a tu advertencia. —El tono grave de la voz de Jacques parecía una melodía que resonaba en el aire. Shea contactó con él para aumentar su fuerza. Podía notar la sorpresa de Jacques al sentir que la voluntad de Shea se unía a la suya para obligar a Byron a alimentarse.

—La esposa se Mihail va a tener una hija —le dijo Jacques dulcemente—. Shea es humana y puede engendrar hijas. Ahora tenemos un futuro Byron. Queremos que te unas a nosotros para hallar a esas mujeres humanas con facultades psíquicas que necesita nuestro pueblo. No puedes despreciar tu vida. ¿Y si a través de nuestro vínculo de amistad, mi hija estuviera destinada a ser tu compañera? ¿Qué le pasaría a ella? Toma lo que se te ofrece libremente viejo amigo y sálvate. Eres fuerte. Resistirás hasta que nuestra raza se renueve.

Byron miró a Jacques a los ojos durante bastante rato en busca de algo que sin duda encontró. Puso los labios sobre la muñeca que se le brindaba y bebió. Por primera vez, Shea no encontró ese acto repulsivo. Había algo hermoso en el modo en que Jacques le ofrecía su sangre desinteresadamente a Byron. Sin duda era mucho más personal que el modo en que se donaba sangre.

El cuerpo de Shea se estremeció con un ardiente deseo y sin pretenderlo inundó la mente de Jacques con su furor. Vio cómo se encorvaba su cuerpo, como si alguien le hubiera golpeado físicamente. De pronto se sintió culpable, pero enseguida él le estaba acariciando el cuello mentalmente, su contacto mental era tan excitante en su estado de excitación como si fuera físico.

Gregori se enderezó lentamente, inhaló con fuerza y miró a Jacques.

—*Toma a tu mujer y busca un lugar alejado de nosotros. Ya sabes lo peligrosos que somos los hombres carpatianos en estos momentos. Ve a satisfacer tus necesidades, Jacques.*

—*No recuerdo mucho de este lugar. Te recuerdo que nuestra casa ha sido asaltada y que el vampiro sabe dónde está.*

—*Adéntrate en la tierra. La cueva prosigue hasta que encuentres su mismo centro, las aguas termales. Allí estaréis a salvo. Y solos.*

—*¿Y Byron?*

—*No puede hablar. Como te sucedió a ti, sus cuerdas vocales están paralizadas. Dudo que pueda recordar al traidor. Le pondré en el suelo para que se cure. Y saldré a buscar a Rand. Nuestro príncipe ya ha dictado sentencia para semejante traidor. No te equivoques, me aseguraré de que él sea el culpable antes de destruirle.*

Jacques se agachó y tocó a Byron en el hombro.

—Ve a dormir a la tierra, Byron. Regresaré cada día para asegurarme de que te alimentas y de que tus heridas se están cerrando. ¿Confías en mí?

Byron asintió pesadamente con la cabeza y cerró los ojos. Agradeció el abrigo de la tierra sanadora. La sangre ya fluía por sus venas proporcionándole la fortaleza para curarse. Se sentía mejor al saber que de algún modo había podido avisar a los suyos de la trampa que había colocado el vampiro. Le habían utilizado para atraer a los hombres y apartarlos de las mujeres. El vampiro le había incluso susurrado el plan de sacrificar a Smith mientras Slovensky y su sobrino mataban a Raven y se llevaban a Shea. La tierra se abrió y su volátil cuerpo flotó para introducirse en la cuna natural. La rica tierra cubría todo su cuerpo y le daba la bienvenida. Byron se entregó al sueño y a la tierra.

Jacques hizo un gesto con la cabeza a Gregori despidiéndose y se dirigió a Shea. El momento en que sus dedos tocaron los de Shea, la electricidad corrió con fuerza y nitidez entre ambos. La sacó de la cámara y se metió con ella por el túnel. Para su horror en lugar de regresar al bosque, Jacques la arrastraba hacia las entrañas de la tierra. El túnel era lo bastante amplio como para permitirles caminar juntos, pero ella no se movía con suficiente rapidez como para seguirle. A cada paso el cuerpo de Jacques se endurecía y le dolía. Su respiración era ya un jadeo. La cogió en brazos y corrió con ella a través de los entresijos del túnel.

—¿Qué estás haciendo Jacques? —Le dijo Shea medio riendo, medio preocupada, mientras la llevaba a cuestas y con sus finos brazos alrededor del cuello de Jacques.

—Te llevo a un lugar donde podamos estar solos. —Respondió él con determinación. Hacía horas, días, toda una vida que la deseaba. Tenía que poseerla en aquel instante.

Shea enterró su rostro en el hueco de su hombro, su cuerpo estaba respondiendo con urgencia a su voz, a su respiración jadeante y al rápido latido de su corazón. Sus labios se pusieron en el cuello de Jacques y su respiración calentaba su piel. Notó cómo temblaba él y suavemente saboreó la zona con la punta de su lengua.

—¡Um! Sabes muy bien.

—¡Maldita sea Shea! Te juro que si sigues así no llegaremos a las termas.

—Nunca he oído hablar de las termas —murmuró ella distraídamente, acariciando de nuevo su yugular y jugando con sus dientes. Su boca se desplazó un poco más arriba de su cuello hasta llegar a la oreja.

—Aguas termales. No queda mucho —dijo él gimiendo, pero agachando la cabeza respondiendo a sus atenciones.

La mano de Shea se deslizó hasta los botones de su camisa, jugó con ellos, abriéndolos lentamente de modo que la palma de su mano quedara en contacto con la piel caliente de Jacques.

—Creo que ya estás bastante caliente, Jacques —le susurró ella maliciosamente en el oído, acariciándole el lóbulo con la lengua—. Yo sé que sí lo estoy.

Él se detuvo, se inclinó contra la curvada pared y la depositó en el suelo. No había palabras para describir el deseo, la urgencia de su cuerpo, el caos de su mente. Se inclinó sobre ella, llevando hacia atrás su esbelto cuerpo mientras se apoderaba de su boca. Su mano se colocó sobre la garganta de Shea, levantándole la barbilla para acceder mejor.

Shea experimentó un curioso movimiento de tierra bajo sus pies. Los colores daban vueltas en su cabeza y las llamas lamían su cuerpo. Apenas podía soportar el roce de la ropa en su piel. Tenía el pecho hinchado y dolorido, los pezones empujaban la ropa que los envolvía.

Jacques estaba encendido, sus ceñidos tejanos le resultaban insoportables y ya no le dejaban ni respirar. Los rasgó y liberó su cuerpo de esa tela restrictiva y del algodón que la cubría a ella.

—He de poseerte ahora mismo, Shea —le dijo con voz ronca. Sus manos estaban por todas partes, acomodadas sobre sus pechos firmes, con los pulgares acariciando, excitando y llevando sus pezones a cumbres de vértigo.

Los dientes de Jacques mordisqueaban la vulnerable zona del cuello de Shea, descendiendo por el acolchado sendero que conducía a sus abultados senos. Celebró la rápida inhalación de Shea con un doloroso deseo. Sus manos pellizcaron la estrecha cintura de Shea mientras la mantenía inmóvil. Su camiseta de algodón se abrió dejando al descubierto su estrecha caja torácica ella emitía ruiditos salvajes y roncos que no hacían más que aumentar la excitación de Jacques.

—Estás fuera de control, salvaje mío —susurró Shea suavemente, incitándole con sus manos. Eran una llama ardiente que calentaba el aire que les rodeaba.

Jacques le bajó los tejanos arrastrándola hacia el suelo y cubriendo el cuerpo de Shea con el suyo mientras lo hacía.

—¿Eso es lo que crees?

Colocó sus manos sobre sus caderas y la levantó lo suficiente como para poder enterrarse en lo más profundo de ella. El placer se encontraba entre la exquisitez y el dolor, el alivio y el gozo puro. Ella estaba muy caliente y a punto, su aterciopelada y ardiente vagina le envolvía y apretaba. Sintió sus labios sobre los músculos de su pecho, su respiración, su tenue murmullo de éxtasis. El cuerpo de Jacques se tensó todavía más respondiendo a todos esos impulsos y se movía más rápido y más profundo. Se produjo una calima de vapor a su alrededor y el dolor punzante se transformó el un dulce éxtasis en el momento en que los dientes de ella descubrieron su yugular. Él fluía dentro de ella, sensual y aromática, su cuerpo la poseía al estilo dominante de los de su especie. Salvaje. Sediento. Con urgencia.

Se movía más despacio, más deprisa, profundo y superficial. Estaban totalmente conectados, sus almas y corazones volaban en libertad. No quería abandonar su cuerpo jamás, un puerto de placer que duraría toda una eternidad. Su corazón latía, su cerebro estaba lleno de erotismo. Sus colmillos estallaron dentro de su boca reclamándolo todo de ella. Incluso mientras ella se alimentaba, él inclinó su cabeza y poseyó también su cuello.

Shea gritó en el momento en que los dientes de Jacques se introdujeron con fuerza y su cuerpo la invadía, la fricción aumentaba y los colores danzaban. La lengua de Shea lamió el pecho de Jacques y ella se agarró a él como un áncora, mientras planeaban en la oscuridad de la noche. Los brazos de Jacques la envolvieron con fuerza, su cuerpo la penetraba profundo, sus músculos se acoplaban perfectamente a los de ella, sus mentes y corazones se fusionaron como mitades de una misma unidad. Era imposible saber dónde empezaba uno y dónde terminaba otro.

Atrapó la boca de Shea con la suya, compartiendo su fuerza vital mientras llegaban a la cumbre y trascendían el tiempo y el espació.

Ella yacía en sus brazos, consciente sólo de la belleza y de la paz del lugar. La tierra que tenía bajo sus pies era acogedora y suave, el curvado túnel que tenían encima era como un santuario para ellos. El cuerpo de Jacques, musculoso y duro era un buen puntal en la turbulenta tormenta de su acto sexual. Por una vez, el hambre de Shea se había saciado. En el furor del momento se había alimentado bien, tomando lo que Jacques le ofrecía gratuitamente. Se dio cuenta de que era eso a lo que él se refería cuando le dijo que había modos de camuflar su desagrado por los hábitos alimenticios. Ella le pasó la mano cariñosamente por los bien definidos músculos de su espalda, aspirando la combinación de aromas. Por primera vez en muchos días sentía verdadera paz.

Jacques la estrechaba contra su cuerpo, agradecido de que la urgencia y el dolor hubieran desaparecido. Él levantó la cabeza y acarició tiernamente el pelo de Shea.

—No hemos llegado a las piscinas.

—¿Qué piscinas?

La voz de Shea era somnolienta y sensual a raíz de haber hecho el amor. El corazón de Jacques dio un vuelco y su cuerpo se tensó de nuevo ante la expectativa.

—El túnel conduce a las fuentes termales, un lugar muy hermoso donde podemos descansar un tiempo. Te llevaba allí cuando me incitaste.

Shea se rió dulcemente.

—¿Yo he hecho eso? Si lo único que se necesita es desabrocharte la camisa, podemos prepararnos para una vida salvaje juntos.

Jacques acarició la calidez de su cuello, y lentamente fue desplazando sus atenciones hacia la invitación de sus pechos firmes.

—¿Tienes idea de lo atractiva que eres?

—No, pero puedes decírmelo si quieres —le animó ella, rodeándole el cuello con sus delgados brazos. Ella cerró los ojos, saboreando la sensación que él le provocaba con su lengua sobre su pezón.

—Te amo. —Dijo él de repente, levantando la cabeza para encontrarse con sus ojos verdes.

—Lo digo de verdad, Shea. No sólo te necesito, sino que te quiero. Lo sé todo de ti, he estado en tu cabeza, compartido tus recuerdos, sueños e ideas. Sé que piensas que te necesito y que esta es la razón por la que estoy contigo, pero es mucho más que eso. Te quiero. —Sonrió inesperadamente y le pasó la yema del dedo por el labio inferior—. Pero lo más importante es que tú me quieres a mí. Te lo has estado ocultando a ti misma, pero lo he descubierto en un recóndito rinconcito de tu mente.

Shea contempló la sonrisa burlona en su rostro y le empujó por la sólida pared de su pecho.

—Te lo estás inventando.

Jacques se apartó de ella y la ayudó a levantarse. La ropa estaba esparcida por todas partes y él no hizo ningún gesto para recuperarla. La camisa de Shea todavía estaba abierta y los tejanos bajados a la altura de sus tobillos. Sonrojada, se los subió. Él le retuvo las manos para evitar que se los abrochara.

—No te preocupes, Shea. Las piscinas están aquí mismo. —Caminó unos pocos metros y miró atrás por encima del hombro—. No me lo he inventado y sé que me estás mirando el trasero.

Shea se tiró melena pelirroja hacia atrás que voló en todas direcciones.

—Cualquier mujer en su sano juicio miraría tu bello trasero, aunque no es necesario que añadas eso a tu arrogante lista de virtudes. Y haz de favor de salir de mi mente si no te he invitado a entrar. —Ella le miraba, no podía evitarlo. Era hermosamente masculino.

Jacques estiró la mano hacia atrás para tomar la de Shea y entrelazaron sus dedos.

—Pero en tu mente encuentro cosas muy interesantes cariño. Cosas que no tienes la menor intención de comunicarme.

Ahora Shea podía oír un ruido. No el goteo del agua que filtraba por la tierra al túnel, sino un rugido que a cada paso se iba haciendo más intenso. Miró cuidadosamente a su alrededor temiendo que el techo se desplomara encima de ellos. Jacques la estiró de la mano para apresurarse a llegar.

En el siguiente giro, se agachó para introducirse por una pequeña entrada y Shea le siguió muy a su pesar. En el momento en que se incorporó de nuevo, la visión casi le corta la respiración. El habitáculo era inmenso, las paredes eran de cristal de roca, que centelleaba en la vaporosa cámara. Las piscinas estaban escalonadas, separadas sólo por paredes de roca simétricas. Salía vapor de varias piscinas, dando al lugar un aspecto etéreo. Una gran cascada de agua espumosa caía paralela al muro más alejado de la piscina más profunda. Grandes rocas redondeadas y largas y rocas planas dividían las piscinas, formando remansos de agua naturales idóneos para sentarse o estirarse.

Shea contemplaba el paraíso subterráneo maravillada.

—Esto es increíble. ¿Cómo es que nadie lo conoce?

Jacques se rió con dulzura.

—¿Quieres decir ningún humano? —Se giró hacia ella, le puso la mano en la nuca y se dispuso a poseer su boca porque tenía que hacerlo. Ella era demasiado tentadora, con su ropa abierta, su pelo alborotado y su mirada de desconcierto.

El cuerpo de Shea se ablandó y se flexibilizó al momento, fusionándose con el de Jacques musculoso y firme. Su boca estaba caliente y seductora, sus senos presionaban el vientre desnudo de Jacques. Jacques levantó la cabeza, su pulgar recorrió su labio inferior, su garganta y el pezón derecho.

—Estas cuevas son profundas y tienen muchos kilómetros. Es fácil perderse y desaparecer. Pocos humanos se acercan a este lugar. Tiene fama de ser peligroso. —Jacques no dejaba de acariciarle su suave piel—. Sácate los tejanos.

Ella le sonrió.

—Creo que eso es peligroso. ¿Por qué querría hacer algo que sin duda va a ponerme en apuros?

Jacques le acarició la cintura, siguió el dibujo de cada una de sus costillas bajo su piel satinada. Podía notar cómo temblaba.

—Porque te deseo. Porque tú quieres complacerme.

Shea se rió en voz alta, sus cejas se curvaron hacia arriba.

—¿De verdad? ¿Es eso lo que quiero hacer?

Él asintió solemnemente.

—Estoy seguro.

Ella se apartó de él, incitándole deliberadamente.

—Ya veo. No lo sabía, gracias por decírmelo.

—De nada —respondió él con tono grave y siguiendo todos sus movimientos con la mirada. Shea era grácil y seductora, una sirena que le invitaba a seguirle. Su cuerpo se agitó y con cierta aflicción buscó las piscinas que podían ser más seguras para observarla. Él se metió en la más cercana, se estremeció al notar las burbujas que parecían dedos que le acariciaban su sensible piel.

Su risa provocadora le perseguía, alcanzando sus terminaciones nerviosas e inflamándolas. Shea notó una corriente inesperada de fuerza. Jacques era un ser casi invencible, pero podía verle temblando, oír el latido de su corazón incluso con el ruido de las cascadas. Todo eso por ella. Se bajó los pantalones, exhibiendo su esbelto cuerpo, su incitante triángulo de fuego, provocándole burlonamente. Su camisa voló hasta llegar al suelo y levantó los brazos hacia el cielo, una seductora tentando los cielos.

El cuerpo de Jacques se endureció ante el espectáculo. Su oscura mirada no se perdía ningún balanceo, ningún movimiento rítmico de su agraciado cuerpo. Shea se metió lentamente en la piscina, dejando que las burbujas del agua lamieran su cuerpo como si fueran una sugerente lengua. Se adentró hasta el centro y terminó zambulléndose como una nutria resbaladiza. Jacques se sentó en el borde de la roca, con las piernas bajo el agua y las burbujas lamiéndole hasta las caderas. Observó cómo ella nadaba hacia él, su cuerpo resplandecía en el agua, rompiendo la superficie y volviendo a desaparecer.

Shea sacó la cabeza y sus enormes ojos verdes repasaron todo su cuerpo. Él estaba muy quieto, como si fuera una estatua de piedra. Sus músculos estaban bien definidos y marcados y su cuerpo preparado para el ataque. Una sensual sonrisa se dibujó en las comisuras de la boca de Shea. Ella nadó lentamente hacia él.

—De modo que piensas que quiero complacerte.

—Sin duda alguna. —Su voz se manifestó como un grave gruñido. Ya le costaba hasta respirar.

Ella le sonrió, sexy, provocadora, muy femenina.

—Tienes razón, quiero complacerte. Pero, ¿cómo sé que no has utilizado tus poderes mentales para hipnotizarme y todo esto es idea tuya, en lugar de mía?

Él tuvo problemas en recobrar la voz y cuando la encontró era como gravilla.

—No me importaría hipnotizarte para hacer que cumplieras mi voluntad, pero creo que puedes complacerme sin necesidad de hacerlo. —A él le costaba pensar, su mente era una nube de erotismo. El agua lamía sus caderas a medida que ella se acercaba.

Sus pechos acariciaron sus piernas, enviando olas de fuego por su torrente sanguíneo. Ella le forzó a abrir las piernas y se acomodó entre éstas. Le puso la barbilla encima de una pierna.

—He de pensar en la mejor forma de complacerte. Tú tienes todo tipo de ideas interesantes en la cabeza. He de buscar la mejor ¿no te parece? —Su respiración era cálida como la seda, dándole más vida a su endurecido cuerpo. La lengua de Shea captó una gota de agua y la saboreó.

Jacques gruñía por el placer que recorría todo su cuerpo. Sus piernas rodearon el cuerpo desnudo de Shea, acercándola tanto a él que su suave boca quedó al nivel de su aterciopelado y palpitante miembro. Él se movió deliberadamente hacia delante. Las burbujas estallaban a su alrededor; el pelo de Shea flotaba por encima de las piernas de Jacques, se enredaba, uniéndolos cada vez más. Jacques se dio cuenta de que estaba reteniendo la respiración, que ya no podía tomar aire.

El tacto de la boca de Shea era como seda caliente. La mente de Jacques parecía disolverse, su cuerpo temblaba y su corazón explotaba. Notaba como si sus entrañas se estuvieran haciendo pedazos. Su cuerpo ya no le pertenecía, ya no estaba bajo su control. Shea interpretaba con su boca vibrantes notas que encendían todavía más su pasión. Él sólo podía observarla indefenso, atrapado en la red de la belleza y el amor.

Jacques tomó su cabeza entre sus manos, recogiendo su pelo mojado entre sus dedos. Nadie, ni nada en todos los siglos que había vivido le había preparado para la intensidad de la emoción que ella le hacía sentir. Ahora sabía lo que significaba la expresión «morir por alguien».

Jacques le levantó la barbilla con el pulgar para mirarla a los ojos, así podía penetrar fácilmente en su alma. Tenía que ver lo que realmente sentía después de todos sus errores y torpezas en su relación. La levantó y la abrazó con una exquisita ternura, acunándola con una desatada fuerza, como si quisiera cobijarla eternamente en su corazón.

La boca de Jacques se desplazaba sobre la satinada piel de Shea recogiendo las gotitas de agua.

—Ámame, Shea, ámame así. Estás en el aire que respiro. No temas. —Sus manos recorrían su esbelta figura, acariciaban cada línea de su cuerpo, descubriendo cada recodo secreto.

Al levantarla y acercársela más, el agua se escurrió del cuerpo de Shea cayendo sobre el de Jacques, caliente y apasionado. La boca de Shea estaba en el cuello de Jacques, dándole amorosos y delicados besos que le conducían a la locura. Esta vez él era tierno y amoroso, tomándose su tiempo, disfrutando de poder tocarla, de poder poseerla siempre que quisiera y cómo el quisiera. El agua les salpicaba y envolvía sus cuerpos como si fuera una manta.

Jacques volvió a acariciar su brillante pelo, le besó los párpados, las mejillas, las comisuras de sus labios. Cada centímetro de su cuerpo le pertenecía y lo adoraba con ternura. Cuando por fin el cuerpo de Jacques volvió a poseer al de Shea, los ojos de ambos reflejaban el mismo mensaje, el alma de Shea estaba marcada con el nombre de Jacques, con su tacto, para toda la eternidad.

17

Jacques se movió lánguidamente. No quería moverse, pero el hambre acuciaba y necesitaba alimentarse desesperadamente. Había alimentado a Shea, a Byron y a su propio cuerpo todavía en proceso de curación. Tenía que alimentarse con frecuencia para poder abastecer a los demás. Se separó del cuerpo de Shea. Ella gemía suavemente y abrió los ojos.

—No es posible que quieras más. —Le había hecho el amor muchas veces y a fondo en las últimas horas. No estaba segura de poder moverse.

Él le pasó un dedo por el vientre.

—Yo siempre quiero más. *Insaciable* es la palabra. —Suspiró, se puso de pie y se estiró—. Quiero que te quedes aquí mientras voy a alimentarme. Estarás a salvo.

Ella levantó una ceja.

—¿Y eso cómo lo sabes? ¿No conocen todos los carpatianos este lugar? He de ir contigo. —Shea quería que protegerle de cualquier peligro. Si Rand era el vampiro, le odiaba más a él que a nadie.

Jacques se aseguró de que su rostro no expresara nada. Shea conservaba la ilusión de que todavía era ella quien cuidaba de él. Su pensamiento protector transmitió una calidez inesperada a Jacques. Le gustaba eso de ella. No era tan tonto como para olvidarse de que ella era incapaz de matar a una mosca.

—Si te esforzaras en aprender a inspeccionar, sabrías si hay carpatianos cerca. Pero como estamos aquí, nadie vendrá a invadir nuestra intimidad —dijo él con aspereza.

—El vampiro puede disfrazarse ¿acaso lo has olvidado? —preguntó ella con recelo—. Creo que es más probable que en realidad te vayas a cazarle.

Jacques le acarició el pelo con ternura.

—Voy a alimentarme, mi pequeña pelirroja. Mi trabajo no es cazarle. Gregori ha sido elegido para ello. No le envidio el trabajo. En cuanto a que el vampiro te moleste, he inspeccionado y no he hallado rastro de él y tú no das muestras de sentirte incómoda. Quédate aquí esperándome. Ya sé dónde puedo encontrar comida. Sólo será cuestión de unos minutos.

Shea le miró.

—Más te vale no engañarme.

—Las almas gemelas no pueden engañarse.

Se estiró de nuevo y se inclinó para besarla.

—No te muevas, Shea y permanece conectada a mí. No quiero sorpresas desagradables cuando vuelva. De cualquier modo, si estás conectada conmigo verás que te estoy diciendo la verdad. Solo voy a alimentarme.

Ella se tumbó al lado de una de las fuentes termales e introdujo ociosamente los dedos en el agua. Su cuerpo estaba deliciosamente magullado. Lo cierto es que no quería moverse.

—Muy bien, salvaje mío, pero no soy yo la que siempre se mete en líos y si tropiezas con Rand, márchate. —Se giró totalmente ajena a que con su postura le estaba ofreciendo de nuevo su cuerpo—. Él puede ser mi padre biológico y al igual que cualquier hija puedo tener fantasías sobre el padre perfecto, pero no quiero correr ningún riesgo. He pensado mucho en todo esto.

—¿En qué? —le animó él, esperando que fuera ella misma quien lo dijera.

—En la razón por la que soy la única que puede sentir la presencia del vampiro aunque se disfrace. La razón por la que noté la presencia de los humanos cuando Raven no la notó.

—Debíamos haberlos detectado nosotros —respondió Jacques, invitándola a contarle más. Se agachó a su lado. Shea tenía un cerebro excepcional y con el tiempo suficiente, sabía que sería capaz de apartar las emociones y contribuir de manera importante a la solución de sus problemas.

—Sangre. ¿No se basa todo en eso? ¿Los vínculos y la telepatía mental? ¿No os podéis seguir la pista mutuamente gracias a los intercambios de sangre? ¿No es esa la razón por la que rara vez los hombres intercambiáis sangre? Rand no lo ha hecho con ninguno de vosotros, ¿no es cierto?

Jacques movió la cabeza.

—No, siempre tuvo mucho cuidado en evitar eso. Pero, tuvo un alma gemela. No necesitaba compartir, ni tampoco por qué transformarse.

—Pero, Noelle, no era su verdadera alma gemela. Siempre lo supo, aunque nadie más lo supiera. Posteriormente, quizás todos os disteis cuenta de que ella no podía haber sido su compañera, pero él ya había establecido la costumbre de no intercambiar jamás su sangre. Él sabía que podía transformarse en cualquier momento, de modo que se protegió. —Shea sintió que estaba redimiendo a su madre—. Maggie fue su alma gemela. Mihail nos dijo que Rand se había despertado hacía tan sólo un par de años y que no se había relacionado con nadie. Eso fue después de los asesinatos de vampiros.

—Si es así, Rand no puede ser el culpable.

—Si es es así. Supongamos que se despertara antes y hubiera hallado a mi madre muerta. Tú me has dicho que un viudo normalmente elige la muerte. ¿Qué sucede si no lo hace? ¿Si decide seguir existiendo?

Se hizo el silencio mientras Jacques digería lo que le estaba diciendo.

—Mihail pensó que Rand estaría bien porque Noelle no había sido su verdadera compañera. Pero si lo fue Maggie y ya estaba muerta cuando se despertó, entonces se transformó. Sin embargo, estaba su hijo. Podía haberse quedado para protegerle. —Él respiró profundamente—. Pero para poder conjurar un hechizo de encubrimiento…Hay muy pocos que tengan ese poder.

—¿Cómo? —preguntó Shea.

—Mihail es el carpatiano más viejo. Gregori es el único que es un cuarto de siglo más joven. Aidan y su hermano gemelo, Julian, quizás sean medio siglo más jóvenes. Byron y yo somos los siguientes en la lista. Hay un par más de aproximadamente la misma edad, pero tienen compañera y no son sospechosos. Luego está Dimitri, pero está muy lejos de aquí. Sólo un anciano tiene el poder suficiente para encubrir su presencia. —Jacques no se daba cuenta de todo lo que estaba recordando, pero Shea sí y eso hacía que la traición de Rand fuera más llevadera.

—Pero Rand pudo hallar la forma de hacerlo —insistió ella—. Tiene sentido Jacques. No me gusta —de hecho me disgusta enormemente— pero yo comparto su sangre y no existe otra explicación. Noté su presencia en el bosque porque llevamos la misma sangre. Tiene que ser eso.

—Tú te oponías a esa idea Shea. —La mano de Jacques se posó sobre el vientre plano de Shea. No podía evitarlo, tenía que tocarla, sentía que estaba en su derecho.

—No quería aceptarlo Jacques. Pero he tenido tiempo para pensar en ello. Es la única explicación racional. Él me quiere viva y espera tenerme, aunque sabe que no soy Maggie. Para ello tiene que matarte. Te quería muerto, quería ver muerta a Raven y probablemente también a Mihail. —Shea respiró profundo—. Rand dijo algo que me preocupó, pero no podía recordarlo. Acabo de encajar las piezas. Mencionó a Byron. Él se suponía que no debía saber que Byron era uno de los que los humanos habían torturado. Nadie se lo había dicho y Byron no podía comunicarse con él. Entonces, ¿cómo lo sabía?

Los oscuros ojos de Jacques brillaron como la obsidiana.

—No había reparado en ello. Tienes razón. Sabía lo de Byron. Lo mencionó.

Shea se pasó su mano, de pronto temblorosa, por el pelo. Sus ojos encerraban un dolor inmenso cuando le miraron.

—¡Dios, mío, Jacques! ¿Sabes qué significa eso? Que él fue el responsable de que mi hermano cayera en manos de Don Wallace y Jeff Smith. Fue el causante de la tortura y de la muerte de su propio hijo. ¿Cómo es posible? ¿Puede alguien estar tan desquiciado, tener la sangre tan fría?

—Lo siento, Shea. Un vampiro no tiene ningún sentimiento real. Los muertos vivientes han elegido entregar su alma. Es totalmente perverso. —Jacques notó una sensación desconocida de bloqueo en la garganta. Pesadez en el corazón. Admiraba la valentía de Shea para expresar en voz alta sus conclusiones—. La razón por la que los humanos tienen semejantes leyendas desde la antigüedad es porque unos pocos han experimentado de lo que es capaz un vampiro. Me gustaría que no fuera así. Daría cualquier cosa para ahorrarte este sufrimiento

—A mí también me gustaría que las cosas fueran diferentes, pero no creo que sea posible. Y creo que corres verdadero peligro. Aunque Rand no fuera el vampiro, sin duda está enfermo, está amargado y te odia. Por favor, ten cuidado. No quiero que te hiera. —Sus grandes ojos verdes estaban llenos de ansiedad. Se sentó y le rodeó el cuello con los brazos—. Me gustaría ponerte en un estante donde nadie pudiera volver a hacerte daño.

Jacques rompió rápidamente la conexión de sus mentes. Shea insistía en que él corría peligro. Sencillamente no se le ocurría, ni siquiera después de lo que había experimentado con él, de lo que había presenciado, que él podía ser el agresor en la siguiente batalla. Que él podía estar esperando enfrentarse con el traidor. Que podía disfrutar con ello. A pesar de todo lo que le conocía, no acababa de aceptar su naturaleza depredadora. Si era eso lo que le faltaba para acabar de aceptar su relación, estaba dispuesto a que fuera llegando por etapas.

Para Jacques esa era la belleza del vínculo entre almas gemelas. Todo estaba al descubierto para aceptarlo, pero de cada uno dependía hacer lo que quisiera con ello. Jacques sabía que él sería capaz de ir hasta la Luna y traerla a la Tierra por ella, caminar sobre el agua o nadar en un mar de lava, si eso la hacía feliz. Shea era toda su vida y tenían siglos para conocerse a fondo. Ella no tenía por qué estar enfrentándose constantemente a sus instintos asesinos.

Le puso la mano en la cara y la deslizó suavemente por su cuello, mientras el pulgar acariciaba su suave piel. Moría de amor por ella.

—Te prometo que tendré cuidado.

—De verdad, cariño, ten mucho cuidado —insistió ella.

Las comisuras de sus labios se curvaron hacia arriba.

—Te lo prometo, tendré mucho, mucho cuidado —respondió él.

El dedo de Shea siguió el dibujo de su sonrisa.

—Siento haberme puesto tan terca para aceptar la sangre del sanador, pero todavía no puedo soportarlo, ni siquiera pensar en ello. Cuando estamos juntos, todo parece distinto, es algo hermoso y natural, pero el pensamiento de otro hombre. —El estómago le dio un vuelco y se calló.

La boca de Jacques recorrió el rostro de Shea y se detuvo en sus labios durante un breve y perturbador momento.

—Lo sé. Ahora estoy más fuerte y puedo cuidar bien de ti, mi pequeña pelirroja.

Shea levantó las cejas y frunció el entrecejo.

—No me refería precisamente a eso. No seas machista conmigo. Eso me pone más enferma que buscar algún humano atractivo para alimentarme.

Era evidente que le estaba tomando el pelo. Aunque él lo sabía, por un momento una nube de celos invadió su mente. Surgió la rabia y tuvo que controlarse. Al momento se dio cuenta de que tenía suerte de que ella no quisiera alimentarse de ningún otro hombre. Algo en su fragmentada mente o quizás en su naturaleza posesiva, no lo soportaba. Ningún hombre, humano o carpatiano, iba a estar totalmente a salvo hasta que él aprendiera a controlar su temor a perderla. Jacques se pasó la mano por el pelo.

—Todavía me queda mucho para volver a la normalidad absoluta.

Ella soltó una carcajada.

—Nunca ha dicho nadie que fueras normal, Jacques.

Sus bromas le aliviaron y se rió con ella.

—Quédate aquí, pelirroja. Quédate a salvo por mí.

Ella se reclinó perezosamente sobre la roca plana. Su pelo rojo brillante estaba esparcido formando como una corona de hilos de seda. Las nítidas líneas de su cuerpo desnudo, sus pechos hinchados y duros y sus rizos salvajes le incitaban. Jacques se apartó de ella. Tendría que aprender mucho sobre autocontrol en los próximos siglos. Se giró de golpe y se marchó.

Una vez hubo atravesado la pequeña entrada que conducía de nuevo al túnel cambió de forma mientras corría a toda velocidad por los intricados pasadizos. Su cuerpo se comprimía, se reducía hasta llegar a convertirse en la criatura que aterraba a Shea. Las pequeñas alas le facilitaron el desplazamiento por el laberinto de túneles, hasta el atajo. Era una pequeña chimenea que se había formado con el paso de los siglos gracias al incesante goteo del agua. Se introdujo en la misma y se proyectó hacia el cielo de la noche. Casi al instante su cuerpo volvió a transmutarse en pleno vuelo, adoptando la forma más grande, poderosa y formidable de un búho. Las patas con garras y el pico encorvado, las plumas gruesas y los ojos que ven en la oscuridad eran buenas herramientas. Se dirigió hacia el bosque donde estaba la cabaña con los tres cazadores.

Jacques había ordenado que se reunieran allí. Se quedarían toda la noche, sin poder adivinar la razón, pero incapaces de desobedecer la sugestión hipnótica. Ya había bebido su sangre, dirigido sus mentes en otra ocasión y podía llamarles cuando lo necesitara. Los cazadores no tenían intención de pasar la noche allí, puesto que aquel paraje era inhóspito para ellos y empezaban a creer en las supersticiones de los lugareños. Él sabía que los recuerdos que les había implantado permanecerían el tiempo que quisiera y que siempre responderían a sus órdenes si así lo deseaba.

La belleza de la noche, vista a través de los ojos del búho era increíble. A lo lejos y debajo suyo, en el suelo del bosque, los animales corrían para cobijarse. El dosel verde de árboles se mecía con el viento, creando una hermosa coreografía. La brisa pasaba a través de sus alas, las elevaba y le daban velocidad lo cual le producía un sentimiento de gozo y poder. Divisó la cabaña y empezó el descenso.

Casi inmediatamente se dio cuenta de que algo no iba bien. No salía humo de la chimenea y en una noche semejante los tres cazadores necesitarían calentarse. El búho bajó planeando y extendió las patas. Aterrizó en forma de hombre y con todos los sentidos bien alerta ante cualquier posible peligro, inspeccionando cuidadosamente la zona. No captó signos de vida, olía la muerte. El hedor le llegaba a la nariz mezclado con el aroma picante del terror. Alguien había muerto violentamente y antes de morir había sabido que iba a terminar de ese modo. Jacques se movía con cuidado, disfrazando su presencia a la vista de los humanos. No detectó a nadie en la zona inmediata, pero tampoco había detectado a Smith o a Wallace. No notó ninguna amenaza, por lo que siguió avanzando hacia la oscura cabaña.

Encontró el primer cadáver al lado del porche. El hombre estaba esposado, tenía el cuello destrozado con una herida brutal y profunda, como si un animal salvaje le hubiera atacado y matado. Le habían vaciado de sangre. Jacques se puso al lado del cadáver del cazador durante un momento, furioso consigo mismo por haber expuesto innecesariamente a los humanos al peligro. Era evidente que Rand sabía que necesitaría alimentarse con frecuencia, por lo que terminar con su suministro era lo más eficaz.

Jacques se quedó muy quieto mientras inspeccionaba su entorno. La matanza era reciente, hacía pocos minutos, el cuerpo todavía estaba caliente. El vampiro estaba cerca esperándole. No dudaba de que él era el próximo en su lista. No podía detectarle, sin embargo, sabía con toda seguridad que estaba siendo observado. Respiró profundamente y dejó que su demonio interior se despertara con un feroz rugido. Jacques notó un leve movimiento en su mente, una pregunta dulce y amable.

—*No intentes contactar conmigo, Shea. El vampiro está cerca e intenta tenderme una trampa. No puedo distraerme.*

—*¡Entonces, voy a buscarte!* —Dijo Shea alarmada.

Jacques casi podía ver su rostro, sus enormes ojos verdes abiertos como platos, llenos de preocupación y la barbilla levantada con determinación.

—*Haz lo que te digo, Shea. No puedo preocuparme por ambos y tener éxito.* —Utilizó su voz más firme y le dio un empujón mentalmente.

Podía notar su rechazo a obedecerle, pero no protestó más, por temor a ponerle en peligro. Jacques subió por la escalera con sigilo. La puerta estaba entornada, el viento la empujaba abriéndola y cerrándola suavemente. Las bisagras eran viejas y estaban oxidadas y chirriaban con cada empujón del viento. Jacques se introdujo en la cabaña donde reinaba el olor a miedo y a muerte, el irresistible olor de la sangre.

El suelo era una piscina oscura, casi líquido negro, pegajoso y denso. Los dos cuerpos habían sido arrinconados de cualquier manera después de que el vampiro se hubo saciado de la substancia cargada de adrenalina.

Había vaciado deliberadamente los cuerpos de sangre para que el olor de la misma acuciara más el hambre de Jacques. También se aseguró de que no le quedara nada para calmar esa ansiedad, esa hambre devoradora. Ésta se acrecentaba continuamente, debilitaba su cuerpo y le restaba fuerza.

—*No, no es así, Jacques.* —La voz de Shea sonó dulce y nítida en su cabeza—. *No estás débil. Eres fuerte, muy fuerte y sano. El vampiro te ha tendido otra trampa. Sal de la cabaña, sal al exterior. Eres joven y fuerte. No puede hacerte nada.*

—En su mente había una confianza total en él, apenas había

sombra de duda o preocupación. Ella confiaba en él, por lo que Jacques no podía hacer más que seguir su guía y confiar en sí mismo.

Registró detenidamente el interior de la cabaña, en busca de trampas ocultas. Cuando el sentimiento lúgubre le volvía a acechar contactaba con Shea para tranquilizarle. Ella siempre estaba con él, totalmente leal, dispuesta a hacer que él se viera como ella le veía a él. La confianza que ella tenía en él, le permitió ver que la trampa del vampiro se apoderaba de su mente. De pronto, sonrió con buen humor. Reconoció la habilidad del vampiro para crear ilusiones y su poder, pero Shea había roto el encanto con su inquebrantable fe en él. Jacques era lo bastante fuerte como para enfrentarse al muerto viviente, sólo tenía que ser capaz de detectar las trampas mentales que le ponía.

Jacques salió a respirar el aire fresco de la noche. El viento empujaba su ropa y peinaba su cabellera. Un lobo solitario aullaba incesantemente en busca de una compañera. El sonido le atrapó, le conmovió, levantó la cabeza y se dejó llevar por la noche. El lobo estaba alejado de sus compañeros, un marginado, que no comprendía su naturaleza depredadora.

Un sonido le alertó, un pequeño crujido en el sotobosque, pero fue suficiente para alejar su mente del lobo y volver al enemigo que le estaba acechando. Se colocó en posición de ataque agazapado. Cuando giró la cabeza Rand salió de su escondite. Estaba empapado de sangre, con los colmillos fuera, los ojos enrojecidos y las uñas largas en forma de garras. Su piel enrojecida debido a su última matanza, se estiraba tersa contra su cráneo, parecía la muerte caminando hacia él.

—Sabía que dejarías a tu novia para venir a abastecerte de los humanos. No pudiste resistir al ver la sangre allí desparramada —dijo Rand con una voz cargada de desprecio.

Las cejas de Jacques se elevaron casi de manera imperceptible.

—Parece que quieres conseguir todo lo que deseas. ¿Incluye eso las compañeras de otros hombres?

La boca de Rand adoptó una mueca desagradable.

—Tú me arrebataste a mi alma gemela. Tu hermano y tú. Sin embargo, ahora los dos habéis encontrado justo lo que nunca me permitisteis tener. Destruiré a Mihail y a su mujer y te arrebataré lo que me pertenece.

—Maggie está muerta, Rand y sólo tú eres el responsable de su muerte. Abandonaste a Noelle en manos de los carniceros humanos mientras te ibas a ver a tu amante, pero no tuviste el valor de traerla ante Mihail y presentársela como tal. Todavía estaría viva si lo hubieras hecho.

—Noelle la habría matado. Ella la había amenazado en muchas ocasiones.

—Mihail jamás habría permitido eso y lo sabes. Fue tu falta de valor lo que la mató. Cualquier carpatiano que se precie defiende a la que elige como compañera. ¿Podría ser que te gustara tanto ir detrás de las mujeres que en realidad no quisieras comprometerte en serio con Maggie? Quizás te gustaba tener a las dos mujeres, quizás te gustaba provocar a Noelle. Quizás los dos tuvierais una relación pervertida y no te veías capaz de afrontar algo tan justo y tan puro.

Rand rugió echando la cabeza hacia atrás, el sonido denotaba ira y agonía.

—Estás yendo demasiado lejos Oscuro. ¿Crees que no puedo ver lo que eres realmente? Eres un asesino. Está muy claro para quienes podemos verte con una visión clara. ¿Acaso no sientes la necesidad de destruir? ¿No te gusta disfrutar del poder? Eres igual que yo, tanto si eliges estar a mi lado como si no. Tu naturaleza es oscura y horrenda, como el mundo en que tu hermano y tú me obligasteis a vivir. No necesito destruirte, ya lo harás tú solo. La mujer acabará viendo quién eres.

Shea sabe exactamente lo que soy y está dispuesta a vivir conmigo. Tú has elegido tu propia vida y tu propio destino, Rand. Te despertaste antes de tiempo.

—¡Sentí un tremendo desgarro cuando mi alma gemela eligió morir!

Eso no te excusa de tu responsabilidad en este asunto. Ella no habría elegido la muerte si hubieras tenido valor para llevarla ante Mihail y mostrarle el mundo al que pertenecías. También podías haber elegido seguirla en su destino, pero una vez más dejaste que se enfrentara sola al suyo. En su lugar, te dedicaste a culpabilizar a otros de tus carencias y planeaste una venganza. Dime, Rand, ¿por que entregaste a tu propio hijo a esos carniceros? Era un muchacho, sólo tenía dieciocho años. ¿Qué había hecho para merecer tan cruel destino?

El rostro de Rand volvió a retorcerse adoptando una máscara de odio.

—Le di la oportunidad de unirse a mí, de buscar la venganza por lo que Mihail y tú me habíais hecho. Yo, su padre, fui a verle y le expliqué mi plan. Tenía el cerebro tan lavado por ti y por Mihail, que me llamó vampiro. Vi que habíais manipulado su mente. No me escuchó. No podía permitir que semejante traidor siguiera vivo. Mis esclavos se hicieron cargo de él. Pensaban que eran ellos los que me controlaban, pero yo introducía pensamientos en sus mentes a voluntad. Me pusieron el apodo de El Buitre y pensaban destruirme después de haberme utilizado. Fue divertido hacer que se pusieran unos contra otros, obligarles a enfrentarse para la matanza. Wallace y Slovensky eran malvados por naturaleza y fue fácil influenciarles. Smith era débil, un seguidor, un buen sacrificio.

—Hiciste que torturaran y mutilaran a tu propio hijo. ¿Y qué me dices de los otros? ¿Por qué los otros?

Rand sonrió, esa sonrisa era una parodia malvada y sin gracia de la diversión.

—Por gusto, por supuesto, para practicar. Gregori piensa que él es el único que puede utilizar los secretos oscuros, pero no es tan inteligente como cree.

—¿También planeas matarle?

—No será necesario. Pronto se transformará. —Había una inmensa satisfacción en su voz—. No elegirá la muerte, como todos pensáis. Lleva demasiado tiempo luchando y es demasiado poderoso. Partirá este mundo por la mitad y aplastará a todo aquel que intente destruirle. Aidan y Julian juntos puede que tengan alguna oportunidad, pero ellos también están muy próximos a la transformación. Juntos gobernaremos, como debería haberlo hecho nuestra raza desde el comienzo. Ha sido tu hermano el que ha alejado a nuestro pueblo de ocupar el lugar que se merece. Los seres humanos son ganado para abastecer nuestras necesidades, sin embargo, nos escondemos de ellos como cobardes. Los otros me odian ahora, pero pronto todos los ancianos me seguirán.

—¿Y qué me dices de Shea y este plan perfecto?

—Ella se convertirá en uno de los nuestros cuando hayas muerto. Lleva la sangre de Maggie y me pertenece. Tú no tienes ningún derecho sobre ella.

—¿Y tú crees que puedes vencerme en la lucha? —dijo Jacques desafiante, el demonio interior forcejeaba por liberarse, ansiaba el goce y la emoción de la lucha. El odio afloraba contra ese hombre que había destruido su inocencia, a su familia, sus recuerdos, sus creencias. Un odio salvaje contra ese hombre que había creado a un ser oscuro y peligroso que se esparcía como una mancha sobre su alma de gentil carpatiano.

—Te derrotarás a ti mismo, Oscuro. Tu mujer está vinculada a mí. Cuando me golpees, ella sentirá el dolor. Sangrará con cada corte. Pero ella también sentirá cómo gozas en cada una de tus agresiones. Te conocerá por lo que eres y sabrá que necesitas atormentar y matar. Al final te verá como el monstruo que eres. Verá que has matado a su padre, que has disfrutado haciéndolo y sentirá cada agresión.

El dolor estalló en la zona de las sienes de Jacques, mientras intentaba desesperadamente recordar si lo que decía el vampiro podía ser cierto. ¿Sentiría Shea el dolor que él le causara a Rand? ¿Bastaba el hecho de que ella compartiera la sangre de su padre para que sucediera eso? Necesitaba inmediatamente una respuesta. Rand le había acorralado con esta revelación.

Antes de que Jacques pudiera mandar la pregunta y resolver el dilema, el vampiro se abalanzó sobre él con una rapidez sobrenatural, un amasijo de garras se dirigieron a su yugular. Jacques dio un salto para apartarse, sintió la quemazón de las puntas de las garras de Rand en su garganta y le hicieron un corte superficial. Jacques respondió automáticamente, llevando sus propias garras al rostro del vampiro.

Rand gritó de dolor, un grito de miedo y de odio. Jacques siguió acechándole, apareciendo y desapareciendo de su vista, lacerándole en el pecho para restarle fuerza. Mantenía su mente firmemente alejada de Shea. No podía pensar que ella estaba en peligro, que esa salvaje lucha podía afectarla en modo alguno. En su interior iba creciendo el gozo hasta que su cuerpo y mente cobraron una nueva vida con ese poder. El vampiro cayó hacia atrás bajo su agresión. En un último y desesperado intento de ganar la batalla, Rand desapareció, invocando al cielo para que hiciera su voluntad.

Un rayo golpeó la tierra, quemando la zona donde se encontraba Jacques y chamuscándole la punta de sus cabellos. Un segundo rayo cayó justo en el lugar donde un segundo antes estaba el carpatiano, pero Jacques se había adelantado y estaba por encima de los árboles y de Rand. Sus alas batían con fuerza mientras se impulsaba.

Rand gritó cuando las afiladas garras de Jacques le desgarraron el pecho, entonces buscó su corazón palpitante.

—¡Shea! ¿Puedes oírme? ¡Ven conmigo! ¡Ayúdame ahora! ¡Sálvame! ¡Soy tu padre! ¡Ven a ayudarme para salvarme de este monstruo que está desgarrando mi carne sin piedad!

Jacques alcanzó el órgano, se lo arrancó y lo lanzó lejos del vampiro.

—Estás muerto vampiro y ahora alcanzarás, eso espero, algo parecido a la paz. Los crímenes que has cometido contra mí y contra mi familia han sido vengados. Ve a reunirte con tu Dios y con su misericordia. Yo no siento ninguna respecto a ti. Te la habrías llevado contigo si hubieras podido. La justicia carpatiana ya ha sido aplicada.

Rand se tambaleó hacia delante, su rostro gris estaba fláccido, manchado con la sangre contaminada que manaba libremente. Su boca se movía compulsivamente, cayó sobre sus rodillas. Jacques dio un salto hacia atrás para apartarse del desgarrado cuerpo cuidando de que sus garras no le tocaran, de que ninguna gota de su oscura sangre le salpicara. Le quemaba la mano mientras se la limpiaba en la hierba marchita.

El aire que les envolvía se detuvo, el viento se silenció por completo. La tierra parecía gemir. Un vapor fantasmagórico se desprendía del retorcido cadáver, mezclado con un olor tóxico. Jacques instintivamente se alejó de ese macabro espectáculo. Los vampiros son difíciles de matar, todos luchan para evitar la muerte con todos sus trucos. La sangre contaminada recorría su camino hacia las botas de Jacques siguiendo los últimos mandatos perversos del vampiro. Jacques contemplaba sin inmutarse al vampiro arrastrándose hacia él, acercándose centímetro a centímetro, con su rostro deformado por su depravación, por el odio.

Jacques sacudió la cabeza.

—Te odiabas a ti mismo, Rand. Te has odiado todos estos años. Lo único que hubieras tenido que hacer era hallar el valor para seguirla. Maggie habría salvado tu alma.

Pequeños murmullos se escapaban de su detestable boca, la sangre estaba por todas partes y Rand se escindió delante de Jacques, en su último intento de alcanzarle, todavía con la firme determinación de asesinarle.

Jacques inhaló profundamente, respiró aire fresco otra vez, aire limpio y así supo que el vampiro había muerto. Dando un pequeño suspiro trasladó los cuerpos de los cazadores muertos a una zona despejada de árboles y recogió todas las ramas secas que encontró. No podían quedar pruebas de lo sucedido esa noche. El vampiro también debía ser totalmente devorado por las llamas para que no hubiera posibilidad de que su sangre contaminada pudiera revivirle. El poder de la sangre de un vampiro era increíble.

La debilidad preocupaba cada vez más a Jacques. Había gastado todo su remanente de energía en la lucha y todavía tenía que encender y mantener una enorme hoguera en medio de una zona empapada de agua.

El lobo volvió a aullar, esta vez mucho más cerca, era evidente que se dirigía hacia el escenario de la muerte y la destrucción, quizás atraído por el olor de la sangre. Jacques limpió la tierra con un rayo dirigido al río de sangre, para que ninguna criatura enloqueciera ingiriendo ese fluido.

Un lobo inusualmente grande, dorado y raro salió de los límites del bosque, circundó el área cautelosamente y se sentó a unos pocos metros de Jacques. Le miraba fijamente con sus peculiares ojos dorados, sin temor alguno. No parecía afectarle ni el fuego, ni el rayo, ni el carpatiano. Jacques miró intencionadamente al animal con la certeza de que no era sólo un lobo. La criatura no intentó utilizar el acceso mental habitual para comunicarse. Simplemente, le observaba, asimilando la extraña escena, sus ojos no se movían.

Una sonrisa sin humor se dibujó en el duro rostro de Jacques.

—Si has venido en busca de acción esta noche, estoy demasiado cansado para complacerte y demasiado hambriento.

La forma del lobo se contorsionó, se estiró y brilló con el humo del fuego, pronto se presentó un hombre grande, pesado y musculoso ante Jacques. Su larga y enmarañada melena era rubia, sus ojos dorados, su cuerpo perfectamente proporcionado.

—Eres Jacques, hermano de Mihail. Había oído que estabas muerto.

—Esa es la historia que circula por aquí —afirmó Jacques con recelo.

—¿No te acuerdas de mí? Soy Julian el hermano de Aidan. He estado fuera estos últimos largos años. Las montañas lejanas, los lugares sin gente, son mi hogar.

—Lo último que oí de ti es que estabas luchando por tierras lejanas.

—Cuando me apetece, lucho si es necesario —asintió Julian—. Veo que tú también lo haces. El vampiro está muerto y estás increíblemente pálido.

Jacques sonrió tenuemente.

—No dejes que mi color te engañe.

—Todavía no me he transformado y si algún día temo que pueda sucederme acudiré a Aidan para que me destruya si no soy capaz de hacerlo yo mismo. Si deseas sangre te la ofrezco. El sanador me conoce, puedes preguntarle si soy de fiar. —Esbozó una mínima sonrisa con un humor un poco sarcástico.

—¿Qué estás haciendo por aquí? —Preguntó Jacques desconfiando.

—Me dirigía a los Estados Unidos, cuando oí que habían regresado los carniceros y pensé que para variar podría ser útil a mi pueblo.

Jacques admiraba las respuestas de Julian. Era un hombre al que no le preocupaba lo más mínimo la opinión de los demás o la impresión que pudiera dar. Tenía autocontrol y se le veía en paz consigo mismo. No le importaba en absoluto que Jacques sospechara de él, que le estuviera acribillando a preguntas.

—*Sanador escúchame. Necesito sangre y Julian, a quien tengo delante, el gemelo rubio, me ha dicho que tú respondes de él.*

—*Nadie puede responder por alguien como Julian. Es un solitario, sigue su propia ley, pero su sangre no está contaminada. Si Julian se transforma, seremos Aidan o yo quienes le cacemos. Aprovecha lo que te ofrece.*

—¿Ha hablado bien de mí? —La sonrisa de Julian era francamente sardónica.

—El sanador nunca habla bien de nadie. No eres su favorito, pero me ha dicho que no puedes hacerme ningún daño.

Julian sonrió, se puso la muñeca en la boca y se mordió, luego estiró el brazo y le ofreció a Jacques el fluido de la vida.

—Me parezco demasiado a él, soy un solitario, que estudia demasiado. Me las arreglo mejor cuando estoy solo. Temo que Gregori me ha dejado por imposible. —No parecía preocupado por ello ni lo más mínimo.

Jacques casi se cae al avanzar hacia la muñeca que se le brindaba. Su boca se aferró con fuerza sobre la herida y la sangre fluyó hacia las células marchitas de Jacques. La corriente de fuerza y de poder fue increíble. No se daba cuenta de lo necesitado que estaba su organismo hasta que el alimento corrió por sus venas. Tuvo que controlarse para no abusar de su gentileza, para no darse un festín con el rico suministro.

—No te preocupes, no tengo que hacer nada esta noche toma lo que necesites, ya cazaré en el pueblo antes de partir. —Julian se lo ofreció de modo informal.

Jacques hizo un esfuerzo para apartar los labios de la herida y la cerró cuidadosamente, luego miró el bello y erosionado rostro. Reflejaba inteligencia, frialdad, serenidad y algo más. Jacques podía captar la peligrosa quietud que había en él. Julian siempre estaba preparado para lo inesperado.

Gracias Julian. Si alguna vez estás necesitado, espero poder devolverte el favor —le dijo Jacques con toda sinceridad.

—Ya me encargo yo de esto —dijo Julian—. Es una pena que estos tres hombres hayan tenido que morir esta noche. Cuando sus familias vean que no regresan y no encuentren sus restos, este hecho alimentará todavía más las leyendas de vampiros que abundan en este país y en estas tierras.

—Debía haber previsto que Rand los utilizaría en mi contra, sabía que yo les reuniría para alimentarme. —Jacques sentía amargamente sus muertes.

—No fuiste tú quien les mató, sino el vampiro. Y has librado al mundo de unos de nuestros monstruos. Humanos y carpatianos están en deuda contigo. Piensa sólo en eso, Jacques. Te deseo un buen viaje y una larga vida.

—Buen viaje y larga vida, Julian —respondió Jacques formalmente.

18

Jacques se adentró en el laberinto de túneles, su cuerpo se movía a una velocidad sobrenatural. Podía oír todos los sonidos, el goteo del agua, luego el ruido de la cascada, el batir de las alas de los murciélagos, incluso el leve movimiento de la tierra. Pero no podía detectar a lo que más quería. No se oía ningún ruido procedente de las piscinas. Ningún ruido de movimiento de agua, ningún murmullo, el sonido de la respiración suave del sueño, ni el latido del corazón.

Shea yacía inconsciente sobre una roca cuando Jacques entró en la cámara subterránea llena de vapor. Se quedó muy quieto en la entrada, no se atrevía a moverse ni a hablar. Ella no había respondido a su llamada telepática. Si la había perdido, el monstruo de Rand habría ganado. Nadie volvería a estar a salvo hasta que Jacques fuera destruido. Él movió la cabeza. No, si ella estaba muerta no dejaría que se enfrentara sola a lo desconocido. Rand no se saldría con la suya. Jacques la seguiría, la encontraría. Pasarían juntos su vida en el otro mundo.

Se aclaró la garganta con cuidado, haciendo algo de ruido, esperando que ella se girara para mirarle. No se movió, su cuerpo estaba totalmente inerte. Jacques inhaló profundamente y captó un ligero olor a sangre. Salvó la distancia que les separaba en un instante, su velocidad era tal, que apenas pudo detenerse para no caer de cabeza en la piscina. Se tambaleó precariamente al borde de la redondeada roca antes de recuperar el equilibrio.

Había sangre sobre la roca al lado del cuerpo desnudo de Shea, un ligero reguero de sangre sobre sus senos. Jacques gritó, se cayó de rodillas a su lado, la tomó en sus brazos y la estrechó contra su pecho. Su corazón no latía. No podía encontrarle el pulso, ni una señal de vida.

—¡No! —Gritó con voz ronca, su voz retumbó fantasmagóricamente en toda la cámara. Fue un grito solitario y perdido, su corazón estaba desgarrado, como el de Rand.

—¿*Jacques?* —La voz era muy tenue y lejana, pero inconfundiblemente la de Shea.

Jacques contuvo la respiración por un momento, temiendo haber perdido por completo la cabeza.

—¿Shea? —respiró su nombre, como un susurro de seda parecido al tacto de su cabello sobre su piel—. ¿Dónde estás mi amor? Vuelve a mí.

Jacques presionó su frente contra la de ella y le puso la mano en el corazón. Notó el primer latido fuerte, el primer bombeo de sangre por sus venas y arterias. Capturó su boca con la suya para tomar el primer aliento de sus pulmones. Ya podía seguir latiendo su propio corazón y seguir trabajando sus pulmones. Le caían las lágrimas mientras la tenía entre sus brazos.

—¿Qué te ha pasado allí fuera? —Preguntó ella dulcemente, agarrándose a él.

—Tuve que luchar contra el vampiro —le dijo con el rostro enterrado en su densa mata de pelo rojo. Tomó uno de sus cabellos con la lengua y lo recorrió de arriba abajo, necesitaba sentirla cerca de él.

—Lo sé. Era Rand. Sentí que le herías. Podía sentir su odio. Fue terrible, como si mi cuerpo hubiera sido invadido por algo ajeno. Cuando le atacabas, podía sentir su dolor. En seguida empecé a sangrar. Sabía que utilizaría eso en contra tuya, por eso intenté hacer lo que tú dices que podemos hacer todos los carpatianos. —Miró atribulada a su alrededor contemplando los regueros de sangre—. Me costó un poco, pero al final pude ponerme a dormir.

Ella le dejó sin habla con su habitual coraje.

—¿Por qué no contactaste conmigo?

—Tenía miedo de distraerte, Jacques. Sabía que estabas en una lucha a vida o muerte. Lo último que necesitabas era preocuparte por mí.

—Todavía estás sangrando —señaló él en voz baja, apartándola un poco para examinarla.

—No duele mucho, ahora que has regresado y estás a salvo —le aseguró ella.

—Siento lo de tu padre. Sé cuánto te importaba tener vivo a algún miembro de tu familia. —Él inclinó su cabeza sobre el enojoso corte del pecho izquierdo de Shea. Su lengua lo lamió suavemente y las propiedades curativas de su saliva cerraron al instante la herida. Su piel, que un momento antes estaba tan fría y sin vida, comenzó a calentarse de nuevo. Empezó a salir vapor a su alrededor envolviéndoles en su abrazo—. Mi familia tendrá que ser tu familia —añadió él—. Nosotros crearemos nuestra propia familia.

Shea se frotó la cara contra su pecho como si fuera una gatita, su boca recorría el eje de su cuello.

—Tenemos una extraña familia, Jacques, todos ellos. Creo que nosotros tendremos que ser los más cuerdos.

A él le encantaba su voz. A pesar de lo triste que estaba en esos momentos, porque el hombre que era su padre había sido el responsable de tanta muerte y odio, todavía tenía fuerzas para intentar que él se sintiera mejor. Sus brazos la estrechaban en actitud protectora.

—Supongo que no podemos decirles lo que pensamos.

—Mejor no. Creo que ellos tienen la idea equivocada de que somos nosotros los que estamos un poco tarados. —Shea movió la cabeza, sacándose su dorada melena del cuello y dejándole ver un largo y profundo arañazo.

Jacques se inclinó al momento para curarla. Su lengua saboreó la dulce especia de la vida, la acarició con la lengua y ascendió hasta encontrar su oreja. La mordisqueó suavemente con los dientes. Notó el temblor de Shea como respuesta a sus caricias. Su piel suave y cálida, encendía a la suya.

—Podremos crear nuestra propia familia, Shea. Tener nuestros hijos. Al notar que se ponía tensa, la estrechó con más fuerza y le habló con su aterciopelada voz susurrante.

—Ahora, no, Shea, más adelante, cuando estés fuerte, te sientas segura y te hayas curado por completo. Una hija, un hijo, hijos. Tu sueño se ha convertido en el mío. Podemos hacerlo, Shea.

—No, Jacques —dijo ella.

—Sí podemos, mi amor. Ahora recuerdo las cosas con mayor rapidez. Sé que a medida que estemos juntos, podré sentir más lo que tú sientes. Quiero un hijo. Quiero que seas feliz, quiero darte una familia. No te cierres a esa idea. Tenemos siglos para tomar esa decisión, pero quiero que sepas esto: yo también lo quiero.

—Cuando me prometas que si me pasa algo tú te quedarás, amarás y guiarás a nuestra hija o hijo, entonces aceptaré.

Él le mordisqueó el cuello con los dientes.

—Gracias, tengo fe en mí mismo. Algún día podré hacerte esa promesa. También te diré que si algún día sucede eso, nuestro hijo o hija será mi esperanza en la tierra y cuando él o ella tenga una familia, me reuniré contigo.

Shea notaba que se le inundaban los ojos de lágrimas.

—Ahora soy realmente feliz, Jacques. Jamás podrás hacerme un regalo más bello que el que acabas de hacerme ahora. Aunque nunca lo consigas, siempre te querré por intentarlo.

—Tu felicidad es lo más importante para mí.

—Hueles diferente, Jacques. —Le dijo Shea inhalando su aroma, se echó hacia atrás y le miró a los ojos—. ¿Por qué hueles distinto?

Jacques se rió.

—No es otra mujer, pelirroja. ¿Por qué eres tan desconfiada? Encontré a alguien parecido a mí en el bosque. Necesitaba alimentarme y me ofreció su sangre.

—¿Y la tomaste? —Preguntó ella atónita. Jacques había recorrido un largo camino desde el hombre oscuro, precavido y peligroso que era en su primer encuentro—. ¿Era un desconocido y le dejaste que te ayudara?

—Tú eras una desconocida para mí y dejé que hicieras algo más que simplemente ayudarme —le dijo bromeando con su cálida boca junto a la de Shea—. De hecho, me diste todo tipo de ideas interesantes sobre cómo podías ayudarme más.

—No es verdad. Que yo recuerde te dije que era tu médica, nada más y no me escuchaste. Sabes, Jacques, esa una muy mala costumbre tuya, no escucharme.

La boca de Jacques se desplazó de nuevo a su oreja, su aliento removía la sangre de Shea.

—Te prometo poner remedio a la situación a la mayor brevedad humanamente posible —le susurró con la magia de un hechicero.

Shea podía sentir su respiración hasta en la punta de los dedos de sus pies. Luego detectó una fea herida en su hombro. Le acercó su boca y la lamió para curársela, saboreando al mismo tiempo el sabor único de Jacques. Notó su involuntaria respuesta y se acercó más aún, deliberadamente, pegando por completo su cuerpo al de Jacques. Degustó su sabor, degustó la adrenalina, el placer primitivo de la batalla, el dolor.

—¿*Humanamente* posible, eh? —reflexionó ella—. No sé si me gusta el modo en que lo has expuesto. Me parece que te las arreglarás para darle la vuelta con bastante facilidad. —Ella le rodeó con sus brazos y le bajó la cabeza. Ciegamente y sin errar encontró sus labios. Lo puso todo en ese beso, su temor, su aceptación de sus costumbres. Su deseo hacia él, su necesidad de él, todo ello se lo transmitió a Jacques.

Jacques la estrechó posesivamente entre sus brazos. Su boca estaba sedienta de la de Shea, necesitaba degustar su dulzura, su pureza, borrar la huella de su demonio interior. El cuerpo de Shea estaba solícitamente dispuesto, su boca tan sedienta como la suya. Él arrojó su ropa en todas direcciones y se movió para estrecharla todavía más. Notó que ella se movía, los dos se tambalearon y cayeron en la piscina que tenían debajo.

Enlazados se sumergieron hasta el fondo, con las bocas enganchadas, compartían su risa en sus mentes. Jacques movía sus piernas con energía mientras ella enrollaba las suyas alrededor de su cintura. Salieron a la superficie formando anillos y un pequeño oleaje en el agua. Ella se reía con la cara de Jacques entre sus manos.

—Eres tremendamente romántico, Jacques. Casi no puedo respirar aquí.

Las manos de Jacques se deslizaron hasta sus nalgas y las masajeó sensualmente. Levantó una ceja.

—¿Estás diciendo que he tenido yo la culpa? Yo nunca pierdo el equilibrio. Te he seguido hasta el agua para evitarte el bochorno.

Shea le puso la mano en la cintura y acarició un peculiar hoyito que había en su cara posterior, luego deslizó la mano hasta seguir la línea de sus caderas.

—Creo, salvaje mío, que me necesitas mucho. —Ella presionó su cuerpo contra el de Jacques, caliente y con una gruesa evidencia de su deseo—. Mucho, mucho. —Shea estrechó sus piernas en su cintura y se colocó sobre su agresivo miembro introduciéndoselo hasta el final.

La respiración de Jacques explotó y parecía que le envolvía una nube de fuego. Sus dientes encontraron la esbelta columna de su cuello, manteniéndola sujeta y quieta para su intrusión. Era un momento tan bello que le daba la sensación de que el tiempo se había detenido, de estar en otra dimensión. El pelo de Shea flotaba a su alrededor como sedosas algas marinas y sus pechos se clavaban en el tórax de Jacques. Ella estaba relajada y flexible, fluía a su alrededor como miel caliente, sin embargo, sus músculos estaban firmes y se movían compulsivamente para mantenerle dentro de su cuerpo.

El agua les salpicaba con el movimiento de sus cuerpos, acariciaba sus pieles sensibles como dedos regalando cálidas y adorables caricias. Ella era su mundo en ese momento, el verdadero sentido de su vida. Los colores se manifestaban a su alrededor, ya no vivía su antiguo mundo, un mundo gris y desteñido, ahora su mundo estaba lleno de colores vivos y reales. Los sentimientos eran fuertes, las emociones profundas, su corazón latía maravillado, sus instintos protectores y su gran capacidad para amar le invadían el alma entera. A diferencia de su mundo de sufrimiento y rabia, de frialdad extrema y desesperación, su amor por ella era un milagro. Ella jamás entendería lo que realmente significaba para él, ni siquiera leyendo su mente, porque la profundidad de sus sentimientos era inmensa. La había esperado y necesitado durante mucho tiempo, sin esperanza alguna, sin embargo, ahora estaba en sus brazos, su corazón y su mente sintonizados con los suyos, su alma ineludiblemente unida a la suya.

Jacques, mientras su cuerpo se movía con dulzura y amorosamente hacia ella, mientras sus caderas empujaban hacia delante y se adentraba cada vez más profundo en el cuerpo de Shea, sabía que su vida había cambiado para siempre. Tendría un hogar, una familia, hijos, risas y amor a su alrededor durante todo el tiempo que eligieran permanecer en el mundo. Tendría su cuerpo, su corazón, su pureza y su bondad para atemperar su naturaleza depredadora. Su infierno se había convertido en un paraíso que de algún modo, a pesar de todos sus errores, había conseguido alcanzar.

Puesto que ella podía leer la mente de Jacques con tanta facilidad, dado que él rara vez salía de la suya del todo, Shea pudo ver sus sentimientos. Apoyó su cabeza sobre su hombro, cerró los ojos y dejó que la explosión que se acercaba la inundara. Sus brazos se tensaron en torno a Jacques, en torno a su ancla, su seguridad. Pasará lo que pasara en el futuro, fuera lo que fuera que tuvieran que afrontar, se tenían mutuamente y eso es lo máximo que se puede alcanzar.

Jacques elevó a ambos hasta el cielo y volaron juntos mientras el agua de la piscina salpicaba y se alejaba de ellos. Jacques tomó el rostro de Shea entre sus grandes manos y miró sus vivaces ojos.

—Te quiero, Shea. Siempre te querré —le juró.

—Yo también te quiero, Jacques —susurró ella.

Él busco su boca, la cálida dulzura que sólo ella podía proporcionarle y la tomó sediento. Se fundieron todavía más en su abrazo y el agua se cerró sobre sus cabezas. Riendo, tosiendo, se separaron y nadaron hasta la superficie, los horrores del día se ahogaron en las profundidades de su amor.

Otros títulos de
Christine Feehan

publicados en
books4pocket

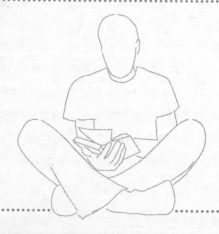

> > > >

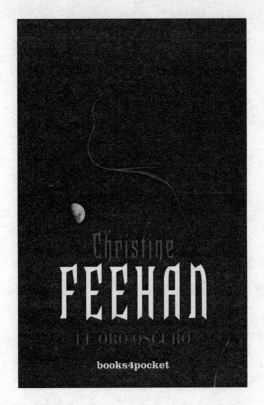

Christine
FEEHAN
EL ORO OSCURO

books4pocket

> > Alexandria tiene un solo objetivo en la vida: proteger a su hermano pequeño. Acostumbrada a salir adelante por sí misma, no puede aceptar la abrumadora protección del carpatiano Aidan, a pesar de que éste le ha salvado la vida. Y menos aún la idea de renunciar a su libertad e independencia. Pero, al mismo tiempo, su más íntima naturaleza la empuja hacia los poderosos brazos de Aidan. Alexandria se debate en una terrible lucha interior, mientras fuera, en las sombras, acecha otro peligro...

> > >

EL DESAFÍO OSCURO

Christine
FEEHAN

books4pocket

Julian es un ser extraño entre los carpatianos, seres con poderes sobrenaturales que los humanos suelen confundir con los vampiros. Viaja y lucha solo, ocultando el secreto que corroe su alma y que le convierte en un imán que atrae el peligro y la amenaza allá donde va. Muchas veces ha pensado en exponerse a la luz del sol y acabar con todo. Hasta que el destino le lleva hasta Desari, la única que puede salvarle. Y una vez la ha encontrado, nada en la tierra puede mantenerle alejado de ella.

Christine FEEHAN

EL PRÍNCIPE OSCURO

books4pocket

Mihail lleva sobre sus hombros la responsabilidad de la continuidad de su pueblo, los carpatianos. El príncipe ha sacrificado desde hace tiempo su felicidad, pero cuando conoce a la bella Raven sabe que ha encontrado a su compañera. Siglos de autoridad y poder sobrehumano lo han convertido en un arrogante, pero su carácter se estrella ante la voluntad de esa mujer frágil y fuerte a la vez, que no está dispuesta a renunciar a la libertad de la que goza en el mundo de los humanos.